*

Le défi de Blake

MERLINE LOVELACE

L'espoir d'Alex

LE BÉBÉ D'UN MILLIARDAIRE

Traduction française de
EDOUARD DIAZ

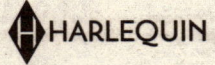

Titre original :
THE PATERNITY PROPOSITION

Ce roman a déjà été publié en 2021

© 2012, Merline Lovelace.
© 2021, 2025, HarperCollins France pour la traduction française.

Ce livre est publié avec l'autorisation de HARLEQUIN BOOKS S.A.

Tous droits réservés, y compris le droit de reproduction de tout ou partie de l'ouvrage, sous quelque forme que ce soit.
Toute représentation ou reproduction, par quelque procédé que ce soit, constituerait une contrefaçon sanctionnée par les articles 425 et suivants du Code pénal.

Si vous achetez ce livre privé de tout ou partie de sa couverture, nous vous signalons qu'il est en vente irrégulière. Il est considéré comme « invendu » et l'éditeur comme l'auteur n'ont reçu aucun paiement pour ce livre « détérioré ».

Cette œuvre est une œuvre de fiction. Les noms propres, les personnages, les lieux, les intrigues sont soit le fruit de l'imagination de l'auteur, soit utilisés dans le cadre d'une œuvre de fiction. Toute ressemblance avec des personnes réelles, vivantes ou décédées, des entreprises, des événements ou des lieux serait une pure coïncidence.

HARPERCOLLINS FRANCE
83-85, boulevard Vincent-Auriol, 75646 PARIS CEDEX 13
Service Clients — www.harlequin.fr
ISBN 978-2-2805-1403-3

Édité par HarperCollins France.
Composition et mise en pages Nord Compo.
Imprimé en décembre 2024 par CPI Black Print (Barcelone)
en utilisant 100% d'électricité renouvelable.
Dépôt légal : janvier 2025.

Pour limiter l'empreinte environnementale de ses livres, HarperCollins France s'engage à n'utiliser que du papier fabriqué à partir de bois provenant de forêts gérées durablement et de manière responsable.

1

— Oh ! Oh !

Julie Bartlett releva la tête en entendant l'exclamation du mécanicien. Elle avait chaud, elle transpirait à grosses gouttes et elle était couverte d'huile de moteur. Elle n'était pas d'humeur à devoir résoudre un nouveau problème technique. Le petit avion PA 36 Pawnee sur lequel ils travaillaient était presque deux fois plus vieux qu'elle, et il avait connu des années difficiles avant d'être racheté, de troisième ou quatrième main, par ses nouveaux associés. Il n'était pas question pour elle de reprendre l'air avant que le chef mécanicien d'Agro-Air ait réussi à changer plusieurs pièces essentielles du moteur.

Chuck Whitestone, chef mécanicien d'Agro-Air — pour la bonne raison qu'il était le seul — était l'un des deux associés de Julie. Le second, Dusty Jones, était pilote, et à eux deux ils totalisaient quatre-vingt-quatre années d'aviation agricole.

Après des années de vaches maigres, de chute des prix agricoles et de faillites en chaîne qui avaient ruiné tant de fermiers de l'Oklahoma, la production agricole du pays connaissait une forte croissance, et leur société aurait dû dégager de confortables bénéfices.

« Aurait dû » était l'expression juste. Dusty Jones aurait pu donner des leçons à n'importe quel pilote, jeune ou vieux, elle pouvait en attester. Il pulvérisait déjà des engrais et des pesticides par avion sur les champs de blé de son père lorsqu'elle n'était qu'une petite fille. C'était lui qui lui avait donné son baptême de l'air lorsqu'elle avait neuf ans, et qui l'avait laissée s'essayer aux commandes de l'appareil dès leur second vol. Grâce à Dusty, elle avait obtenu sa licence de pilote avant d'avoir atteint l'âge légal de conduire une voiture. Et c'était ce qui lui avait permis de financer ses études à l'université d'Oklahoma après la mort de ses parents, grâce à une succession de petits jobs de pilote. Et aussi d'être engagée par une petite compagnie locale d'aviation dès la fin de ses études universitaires.

Son projet, à l'époque, était d'accumuler un maximum d'heures de vol, et d'évoluer vers des appareils plus grands, destinés au transport de passagers. L'augmentation vertigineuse du prix des carburants avait sonné le glas de ces nobles ambitions. Les compagnies aériennes commerciales supprimaient certaines de leurs lignes et réduisaient leurs effectifs, si bien qu'elle s'était réorientée vers le transport de fret. Au cours des quatre années qui venaient de s'écouler, elle s'était posée sur un nombre incalculable d'aérodromes perdus au fin fond de nulle part, de l'Alaska à l'Amérique du Sud, si bien qu'elle ne se souvenait même plus du dixième des lieux où elle avait passé la nuit. Elle poursuivrait encore cette ronde folle si Dusty ne lui avait pas téléphoné, deux mois plus tôt, pour lui proposer de s'associer avec lui et avec Chuck Whitestone.

Il lui avait fait remarquer que Chuck et lui seraient bientôt des septuagénaires. Ils avaient hâte de prendre leur retraite. Si Julie restait avec Agro-Air durant quelques années, elle pourrait alors facilement racheter leurs parts. Tout ce dont ils avaient besoin, c'était d'une petite infusion de capital pour leur permettre de tenir jusqu'à ce que la hausse des prix agricoles leur procure une retraite confortable.

La suite montra que ce que Dusty définissait comme « une petite infusion de capital » dépassait de plusieurs zéros les estimations de Julie. Mais elle ne pouvait pas non plus laisser Dusty et Chuck faire faillite. Alors, elle démissionna de son emploi et engloutit toutes ses économies dans la société Agro-Air. Toutefois, il demeurait que même une pilote aussi expérimentée qu'elle ne pouvait pas se lancer du jour au lendemain dans l'aviation agricole. Voler sous des lignes à haute tension ou frôler la cime des arbres requérait des talents de pilotage totalement différents. Sans oublier de solides connaissances en biologie et en chimie. Par chance, elle avait étudié ces matières durant son passage à l'université. Dusty tenait néanmoins à ce qu'elle se familiarise avec chaque aspect du métier, et il avait insisté pour qu'elle ne s'épargne aucune des tâches de base, aussi rébarbatives soient-elles. Durant ces deux derniers mois, elle avait ainsi conduit des camions, mélangé les pesticides et participé à la maintenance de l'avion.

Durant ce pénible apprentissage dans la chaleur de l'été, elle avait également appris que l'un de ses associés passait autant de temps aux tables du casino que dans le cockpit de l'avion. L'argent qu'elle avait investi dans Agro-Air aurait dû financer du matériel neuf. Or Dusty s'en était servi pour éponger ses dettes les plus pressantes.

Et c'était pour cela qu'elle était là, à tenter de remettre ce vieux coucou en état de reprendre l'air. Si bien qu'elle n'avait pas du tout envie d'entendre Chuck grommeler qu'il avait découvert un nouveau problème dans le moteur de l'avion.

— Qu'y a-t-il, Chuck ?

— Nous avons de la compagnie, grogna le mécanicien, désignant un point derrière elle.

Elle tourna la tête. A travers la brume de chaleur iridescente, sur la piste de terre qui conduisait au hangar de tôle ondulée qui leur servait de centre d'opérations et de siège social, elle vit approcher un nuage de la poussière rouge si caractéristique de l'Oklahoma. Puis elle distingua le véhicule qui en était à l'origine, une Jaguar XFR basse et élancée.

— Oh ! non ! murmura-t-elle.

Une seule raison pouvait motiver l'arrivée d'une voiture à plus de soixante-dix mille dollars sur un aérodrome d'herbe sèche dans ce coin perdu de l'Etat. Chuck avait dû parvenir à la même conclusion, car il secoua la tête d'un air sombre.

— Dusty a encore fait des siennes.

Les dents serrées, elle tira un chiffon de la poche de sa

combinaison de mécanicien et s'en servit pour essuyer les traînées de cambouis sur son visage. La canicule brutale de juillet l'avait incitée à nouer son épaisse chevelure auburn sous une casquette de base-ball. Le résultat, c'était qu'elle ruisselait de transpiration et qu'elle n'était pas d'humeur à menacer, à cajoler ou à négocier avec un énième créancier d'Agro-Air.

Sauf que...

Quand la Jaguar argentée vint s'arrêter à quelques mètres d'elle, Julie constata aussitôt que l'homme qui en descendait ne ressemblait pas aux autres agents de recouvrement qui venaient de temps à autre leur reprocher d'être en retard sur le paiement d'une facture. Elle abaissa ses lunettes de soleil et, en pilote chevronnée habituée à capter l'essentiel d'un seul regard, elle nota les cheveux fauves aux mèches décolorées par le soleil, les épaules de lutteur sous la chemise blanche immaculée aux manches retroussées sur des bras musculeux. La boucle d'argent de sa ceinture étincelait au soleil de juillet, au-dessus d'un pantalon noir à pinces tel que seuls les hommes au ventre plat et aux hanches étroites peuvent se permettre de porter.

Et celui-ci pouvait certainement se le permettre. Il aurait même pu poser pour n'importe quel magazine de mode du monde occidental dans ce pantalon, avec un top-modèle anorexique et boudeur cramponné à son bras. Julie ne perdait pas une miette du spectacle.

Puis l'homme ôta ses propres lunettes de soleil, et elle étouffa une exclamation de surprise.

A présent, elle reconnaissait ces hanches étroites et ces larges épaules. Comment aurait-elle pu les oublier ? Elles l'avaient clouée contre les draps de son lit, un an plus tôt.

Une chaleur différente irradia soudain dans tout son être, et un flot d'images érotiques se mit à défiler dans son esprit. Elle se revit à califourchon sur ces hanches-là, couverte de transpiration, explorant de ses mains chaque centimètre carré du corps fabuleux allongé sous elle.

Et pourtant, elle ne se souvenait plus du nom de son propriétaire. Andy ? Aaron ? Cette incapacité à se rappeler un détail aussi important lui fit l'effet d'une douche froide. Elle ne faisait pourtant jamais l'amour avec des inconnus. Jamais !

Sauf cette fois-là. Mais elle ne recommencerait pas non plus. Elle était trop prudente, trop précise, trop ordonnée pour apprécier les aventures d'une nuit. En principe.

Ce ne serait jamais arrivé s'il ne s'était pas posé sur le petit aérodrome de Nuevo Laredo aux commandes d'un élégant bimoteur Gulfstream.

S'ils ne s'étaient pas trouvés face à face dans la cabane qui faisait office de salle des opérations...

S'il ne l'avait pas invitée à boire une bière...

Elle refoula ces souvenirs avec irritation. Tous les « si » du monde n'effaceraient pas l'erreur monstrueuse qu'elle avait commise cette fameuse nuit. Ou les heures d'anxiété qui avaient suivi ce marathon sauvage de sexe. Ils s'étaient protégés, mais le mois suivant elle avait été en retard. De presque dix jours.

Par la suite, elle avait compris que cette anomalie était probablement due à un emploi du temps erratique qui perturbait ses cycles de sommeil, mais ces dix jours avaient été les plus longs de sa vie. Au seul souvenir de ce qu'elle avait ressenti en entrant dans la pharmacie pour se procurer un test de grossesse, elle replaça vivement ses lunettes de pilote au sommet de son nez, de crainte que son ancienne angoisse ne se lise dans ses yeux lorsqu'elle irait saluer ce fantôme surgi d'un passé pas si lointain.

Mais il ne lui accorda pas un regard. Il se dirigea tout droit vers le chef mécanicien penché sur le moteur du Pawnee.

— Je cherche Julie Bartlett. Est-elle par ici ?

Chuck était moitié cherokee et moitié afro-américain et, dans ses meilleurs moments, il n'était pas particulièrement sociable. Il toisa le nouvel arrivant d'un air froid.

— Peut-être bien. Qui veut le savoir ?

— Je m'appelle Dalton. Alex Dalton.

C'était cela ! songea Julie, alors que Chuck toisait de nouveau le visiteur. Elle l'appelait Alex !

— Est-ce le casino qui vous envoie ? s'enquit le chef mécanicien d'un ton revêche.

Visiblement surpris par cette question, Alex secoua la tête.

— Non, répondit-il. Je vends des équipements de forage pour l'exploration pétrolière. Julie Bartlett est-elle ici ?

Chuck la laissa répondre elle-même, ce qu'elle fit. Mais, avant cela, elle s'essuya de nouveau les mains avec un chiffon et prit le temps de respirer bien à fond.

— Oui, c'est moi.

Elle pouvait à la rigueur accepter le fait qu'il ne l'ait pas reconnue tout de suite dans cette combinaison de mécanicien trop large pour elle et avec cette casquette de base-ball vissée sur la tête. Ce qui lui déplut en revanche souverainement, ce fut le regard qu'il lança dans sa direction. Etait-ce de la surprise qu'elle lisait dans ces yeux d'un bleu de glacier ? Ou de l'incrédulité à l'idée d'avoir passé la nuit avec ce monstre couvert de cambouis ? En tout cas, ce regard faisait mal. Et, en retour, elle le considéra d'un air froid.

— Que puis-je faire pour vous, Dalton ?

— J'aimerais vous parler.

Il jeta un rapide coup d'œil en direction de Chuck, avant d'ajouter :

— En privé.

Le bref regard qu'il avait posé sur elle l'ayant blessée, elle fut tentée de lui rétorquer qu'ils pouvaient parler ici même, mais elle hocha la tête.

— D'accord. Allons à l'intérieur. Le bureau est climatisé.

Dusty lui-même aurait reconnu que le terme « bureau » était trop grandiose pour le réduit de contreplaqué construit dans un coin du hangar. Mais il avait le grand avantage de disposer d'un climatiseur installé sur une plate-forme précaire, devant l'unique fenêtre du local, afin de livrer une héroïque bataille contre la canicule de juillet.

Une agréable bouffée d'air frais caressa son visage alors qu'elle faisait signe à Dalton d'entrer et refermait la porte derrière lui. Il resta immobile un instant, jetant un rapide regard autour de lui. Elle imaginait facilement ce qu'une personne venue de l'extérieur devait penser de cet environnement. Elle-même était restée stupéfaite lorsqu'elle était entrée dans ce « bureau » pour la première fois, deux mois plus tôt. Rapports météo, calendriers de missions, factures de carburant et bons de commande de produits phytosanitaires couvraient toutes les surfaces horizontales disponibles, y compris l'antique ordinateur que Dusty avait acquis aux temps héroïques de l'informatique. Une vieille lampe orientable trônait sur le bureau métallique sorti du surplus de l'armée. Dans l'étroit espace entre celui-ci et la cloison, il y avait une chaise. Une seconde était placée contre l'armoire à classement métallique un peu cabossée.

Pour l'heure, ce siège était occupé par Belinda, la chatte borgne et obèse de Dusty, qui entrouvrit son œil unique doré et agita ses moustaches. Constatant que les visiteurs étaient venus les mains vides, elle se désintéressa aussitôt d'eux et se laissa rouler sur le dos, exposant son gros ventre parsemé de taches de rousseur.

Julie s'apprêtait à chasser l'animal afin que leur visiteur puisse s'asseoir, mais un simple coup d'œil à sa chemise blanche immaculée et à son pantalon noir la convainquit d'y renoncer. S'il s'asseyait sur cette chaise, il se relèverait couvert de poils de chat. Alex parut d'ailleurs parvenir à la même conclusion, car il jeta un coup d'œil à la vaste panse tachetée de Belinda, et choisit de rester debout.

Elle ne parvenait pas à se convaincre que cet homme d'affaires froid et sophistiqué était le même homme que ce pilote insolent et beau parleur avec qui elle avait passé les quelques heures les plus intenses de sa vie. Et c'était bien normal au fond, attendu que ce jour-là il n'y avait rien de froid en lui. Il brûlait de désir pour elle, et elle pour lui. Maudissant silencieusement sa tendance à devenir écarlate à la moindre occasion, elle refoula fermement l'image de ses jambes puissantes et de ses épaules musculeuses, et s'appuya contre le bord du bureau de Dusty.

— Vous pouvez parler devant Belinda, dit-elle en désignant le chat. Elle ne répétera pas notre conversation. De quoi souhaitiez-vous me parler ?

— Vous souvenez-vous de moi ?

Qu'il puisse s'imaginer qu'elle l'avait oublié lui paraissait incroyable. Néanmoins, une femme devait sauver la face.

— Il m'a fallu un petit moment pour vous reconnaître lorsque vous êtes descendu de votre voiture, répondit-elle avec un haussement d'épaules nonchalant. Mais je me suis enfin souvenue de vous. Nuevo Laredo. Il y a environ un an.

Le regard d'Alex quitta son visage pour examiner de nouveau sa combinaison de mécanicien informe. Cette fois-ci, il fit un méritoire effort pour dissimuler ses sentiments, mais elle devina facilement ce qu'il pensait.

— Vous, en revanche, on dirait que vous avez quelque peine à me reconnaître, observa-t-elle d'un ton sans chaleur.

Elle ôta sa casquette et la jeta sur le bureau encombré, laissant ses cheveux tomber librement sur ses épaules. Ses lunettes de pilote suivirent une seconde plus tard.

— Alors ? Est-ce plus facile, ainsi ?

Elle vit qu'il avait instantanément reconnu ses épaisses boucles auburn, l'étrange couleur de ses yeux. L'un d'eux était vert, l'autre d'une teinte entre noisette et brun.

Il l'avait même taquinée à ce sujet, se souvint-elle, le cœur battant. Et, juste après, il avait fait pleuvoir des baisers sur ses paupières, avant de tracer un chemin de feu jusqu'à ses lèvres, son menton et le creux de sa gorge...

A ce souvenir, elle sentit les pointes de ses seins durcir et devenir sensibles sous la combinaison de mécanicien graisseuse. Puis elle le vit esquisser un sourire, et son corps la trahit. Ses joues s'enflammèrent instantanément.

— Oui, murmura-t-il. Maintenant je vous reconnais.

Elle cessa de respirer. L'homme qu'elle avait devant elle était bien celui de son souvenir. Ce lent sourire incroyablement sexy qui plissait la peau hâlée au coin de ses yeux le transfigurait. Le magnifique spécimen de mâle se transformait en véritable dieu grec.

Et ce sourire avait suffi à anéantir toutes ses défenses. La suite avait été un dîner, une ou deux bières, quelques histoires d'avions et, pour finir, deux — non, trois ! — orgasmes cataclysmiques.

Hélas, après cette folle soirée, tous les hommes que Julie avait rencontrés lui avaient paru trop ternes, trop inintéressants pour qu'elle ait envie d'aller au-delà du stade du dîner. Bien sûr, il fallait reconnaître que, depuis quelques mois, elle n'avait plus beaucoup de temps à consacrer aux hommes, ennuyeux ou pas. Mais sa situation allait peut-être connaître une embellie.

— Il n'a pas été facile de vous retrouver, commenta-t-il.

L'avait-il vraiment recherchée ? A cette idée elle sentit son optimisme revenir en force. L'embellie se confirmait de minute en minute.

A moins que...

S'était-il déplacé jusqu'à ce coin perdu de l'Oklahoma dans le seul but de s'octroyer une nouvelle nuit de plaisir avec elle ? Une nouvelle aventure aussi brève que la première ? Cette possibilité lui faisait venir un goût amer dans la bouche. C'était probablement tout ce qu'elle méritait, pour avoir permis à un visage avenant et à un sourire enjôleur de faire taire la voix de sa raison.

Mais, bien sûr, il avait parcouru une très longue route pour venir la voir. C'était peut-être une indication que son intérêt pour elle allait au-delà des raisons évidentes. Si tel était le cas, les choses se passeraient sans doute de façon différente, cette fois-ci. Ils iraient plus lentement, partageraient davantage que quelques bières et quelques récits d'exploits aériens avant de se retrouver au lit. Malgré sa ferme détermination à garder la tête froide, cette possibilité fit naître un délicieux frisson d'anticipation dans son corps.

— Vous étiez déjà partie lorsque je me suis réveillé, déclara-t-il, l'arrachant à sa rêverie.

— Je devais décoller à 5 heures.

Elle s'abstint d'ajouter qu'elle se sentait aussi horriblement coupable. A l'époque, elle fréquentait un autre homme. Il n'y avait rien de sérieux entre eux, bien sûr, mais elle le voyait assez régulièrement pour en retirer l'impression de l'avoir trahi. Ce à quoi il fallait ajouter qu'elle avait honte de s'être conduite d'une façon qui lui ressemblait si peu. Ils s'étaient d'ailleurs séparés peu de temps après, avec Todd. Probablement parce qu'il ne soutenait pas la comparaison avec son amant d'une nuit.

Pour être totalement honnête, elle devait avouer qu'elle avait été tentée, en une ou deux occasions, d'entreprendre elle-même des recherches pour revoir Dalton après leur brève rencontre. Il lui était même arrivé, après sa rupture avec Todd, de jeter un coup d'œil au registre de l'aérodrome de Nuevo Laredo pour se renseigner sur son aérodrome de base. Mais, peu de temps après, elle avait accepté une mission au Chili et transporté du fret destiné aux exploitations minières, jusqu'à ce que Dusty la convainque d'investir dans Agro-Air. Depuis qu'elle était revenue aux Etats-Unis, son existence était faite de longues journées de travail et de nuits sans sommeil, à songer à tous les embêtements que leur causait la passion de Dusty Jones pour le jeu. Elle n'avait pas le temps de vivre en dehors des fertilisants et des insecticides. Heureusement, à cette époque de l'année, l'activité ralentissait, et elle disposait de quelques semaines pour effectuer l'entretien du Pawnee avant la préparation des champs pour les plantations d'hiver.

Ce qui la ramenait à la fuite d'huile qu'elle avait constatée dans le moteur. Elle décida de mettre tout de suite les choses au clair.

— Je suis flattée que vous ayez fait toute cette route jusqu'ici pour me retrouver, Dalton, déclara-t-elle. Mais vous devez comprendre que je ne suis plus la personne que j'étais lorsque nos chemins se sont croisés. Beaucoup de choses se sont produites dans ma vie depuis lors, et je n'ai plus le temps ou l'énergie nécessaires pour une aventure passagère.

Le voyant froncer les sourcils, elle s'empressa d'ajouter :

— Même si je ne nie pas que la nôtre a été très agréable.

— Je ne suis pas venu ici dans l'espoir de renouer nos anciennes relations, répliqua-t-il.

— Dans ce cas, pourquoi êtes-vous venu ? s'enquit-elle, s'efforçant de ne pas avoir l'air déçue.

Il lui vint alors seulement à l'esprit qu'il était peut-être ici pour parler affaires. Durant leur première rencontre, ils n'avaient pas beaucoup parlé de leurs familles respectives, mais elle avait supposé, d'après l'avion qu'il pilotait et la très coûteuse montre à son poignet, qu'il devait être un parent des Dalton, ces riches industriels d'Oklahoma City. Ce qu'il avait confirmé quelques instants auparavant en s'adressant à Chuck. A la connaissance de Julie, Dalton International n'avait jamais investi dans l'aviation agricole, mais ils pouvaient être tentés de commencer, cette activité promettant de devenir extrêmement lucrative dans un avenir proche.

A moins, bien entendu, d'avoir investi tout son argent dans une société dont le principal actionnaire était un joueur compulsif. Réprimant une grimace, Julie attendit que Dalton réponde à sa question.

Lorsqu'il le fit, il n'y avait plus la moindre trace de sourire dans son expression.

— Je suis venu jusqu'ici pour découvrir si vous êtes tombée enceinte cette nuit-là, à Nuevo Laredo.

— Comment ?

— Vous m'avez très bien entendu, dit-il d'un ton brusque. Avez-vous été enceinte ? Avez-vous accouché d'un bébé que vous avez déposé sur le pas de la porte de ma mère, il y a de cela deux semaines ?

Elle le dévisagea d'un air abasourdi, avant de balbutier :

— Vous... vous plaisantez, n'est-ce pas ?

— Je n'ai jamais été aussi sérieux.

La surprise initiale de Julie se transforma rapidement en colère. En quelques minutes, cet homme avait joué avec ses émotions de toutes les façons possibles. Et elle qui avait été assez naïve pour espérer...

Tu t'es comportée comme une idiote.

Ils n'avaient passé qu'une unique nuit ensemble, n'avaient jamais eu le temps de se connaître, au-delà de la brûlante attirance qui les avait jetés l'un vers l'autre. Mais l'idée qu'il ait pu penser, ne serait-ce qu'un instant, qu'elle était le genre de femme capable d'abandonner son enfant la mettait en rage. Elle se redressa brusquement et se dirigea tout droit vers la porte, qu'elle ouvrit en grand.

— Croyez-moi sur parole, si j'avais mis au monde un bébé, je ne l'aurais certainement pas déposé devant la porte de votre mère ou de quelqu'un d'autre. Et maintenant, je vous suggère de remonter dans votre jolie voiture et de disparaître de ma vue.

Il ne bougea pas d'un millimètre.

— Vous avez accepté un job au Chili il y a huit mois. Vous n'êtes rentrée qu'en mai dernier. Le détective privé que j'avais engagé n'a pas été en mesure de vous localiser là-bas.

Ce n'était pas très surprenant. Sans son carnet de vol, elle-même n'aurait pas pu se souvenir de tous les lieux où elle avait atterri durant ces quelques mois frénétiques. Mais l'idée que Dalton ait lancé un détective sur sa piste l'irritait au plus haut point.

— Où je suis allée et à quel moment je suis revenue, ça ne vous regarde pas. J'ignore pour qui vous vous prenez, mais...

— Je me prends pour le père de ce bébé, coupa-t-il d'un ton sec. Les analyses d'ADN ont montré une probabilité de soixante-dix pour cent.

Cette réponse la désarçonna temporairement, et il lui fallut une seconde pour répliquer :

— Je croyais que ces analyses étaient précises presque à cent pour cent.

— En règle générale, c'est vrai, convint-il avec une mauvaise grâce visible. Mais une certaine marge d'erreur demeure possible lorsque le père supposé a un jumeau identique.

— Vous avez un jumeau ?

— Oui.

Elle cessa de respirer. Existait-il réellement deux spécimens de ce modèle en liberté de par le monde ?

En liberté ? Pas forcément. Dalton ne portait aucun anneau de mariage à son doigt le jour de leur rencontre. Et un rapide coup d'œil à sa main gauche lui confirma que ce n'était pas non plus le cas aujourd'hui. Mais, naturellement, cela ne prouvait rien.

— C'est votre problème, pas le mien, répliqua-t-elle d'un ton acide. A présent, vous devriez retourner d'où vous venez. De mon côté, j'ai un moteur qui réclame toute mon attention.

Elle lui montra la porte ouverte d'un geste péremptoire, mais il ne bougea pas pour autant.

— Il n'y a qu'un seul moyen de déterminer la paternité du bébé avec certitude, déclara-t-il.

— Et quel est-il ?

— Comparer l'ADN du père et celui de la mère.

— Je le répète, c'est votre problème, rétorqua Julie. D'ailleurs, je ne suis sûrement pas l'unique femme avec qui vous ayez... heu... que vous ayez connue l'année dernière. Avez-vous déjà interrogé votre carnet d'adresses ?

— Justement, oui. Vous êtes le dernier contact sur ma liste.

D'accord, elle l'avait cherché. A présent, elle savait. Il avait passé en revue toute la liste de ses conquêtes avant de racler le fond. Et le fond, c'était elle.

— Voulez-vous que je vous dise ce que vous pouvez faire de votre liste ?

Le visage de Dalton se crispa, et une colère égale à la sienne étincela au fond de ses yeux.

— Cela vous étonnera peut-être, mais il n'est pas dans mes habitudes de faire la cour à toutes les femmes que je rencontre.

Elle n'avait pas non plus l'habitude de se laisser charmer par des inconnus, mais il n'était pas question de l'admettre. Si Dalton le play-boy avait envie de la prendre pour une traînée, c'était son affaire.

— Dehors ! gronda-t-elle, les dents serrées.

— Tout ce que je vous demande, c'est un échantillon de salive.

— Dehors !

Il consentit alors à bouger, mais seulement pour venir se planter devant elle. Redressant les épaules, elle s'interdit de reculer, mais elle devait reconnaître qu'elle ne se souvenait pas que le séduisant inconnu avec qui elle avait passé une nuit inoubliable ait été aussi grand, ni aussi intimidant. Il se tenait si près d'elle qu'elle distinguait parfaitement la minuscule cicatrice sur le côté de son menton, la froide détermination au fond de ces yeux d'azur.

Elle n'était pas une mauviette, pourtant. Avec son mètre soixante-dix-sept, il lui arrivait de se sentir à l'étroit dans certains cockpits d'avion. Mais Dalton la dépassait de dix bons centimètres et, à cet instant précis, il avait l'air aussi dangereux que n'importe quel macho tête brûlée qu'il lui ait été donné de rencontrer au cours des années.

— Ecoutez, reprit-il, s'efforçant visiblement de contrôler sa colère, il ne s'agit pas uniquement de vous et de moi. Nous avons besoin de connaître l'ascendance du bébé, ne serait-ce que pour des raisons de santé.

Elle devait convenir qu'elle n'avait pas envisagé la question sous cet angle. Bien sûr, il était tout naturel de chercher à savoir si les parents du bébé souffraient d'une maladie génétique. Elle faillit céder, alors, et elle l'aurait fait si Dalton n'avait ajouté entre ses dents serrées :

— Nous vous paierons.
— Pardon ?
— Mille dollars en espèces pour un échantillon d'ADN, ici, tout de suite.

Elle ne parvenait plus à respirer. Non seulement il la croyait capable d'abandonner son propre bébé, mais il semblait persuadé qu'elle ne lui dirait la vérité que contre de l'argent. Heureusement pour lui, elle n'avait aucun outil à portée de main, car sinon elle lui aurait volontiers fendu le crâne.

— Dehors ! cria-t-elle. Fichez le camp !
— Je n'en ai pas terminé avec vous, prévint-il, rivant son regard de glace au sien.
— Et que comptez-vous faire ? répliqua-t-elle ironiquement. Me faire filer par votre détective ? Lui ordonner de voler ma tasse de café pour obtenir mon ADN ?
— C'est l'une des options. Mais il y en a d'autres.

Il examina lentement le petit bureau encombré, puis ses yeux revinrent se poser sur elle, coupants comme des poignards.

— Je vous donne vingt-quatre heures pour réfléchir.

Elle aussi aurait aimé lui donner un sujet de réflexion, comme un bon coup de pied à l'endroit où cela fait le plus mal. Mais elle se contenta de claquer violemment la porte derrière lui. Si violemment même que le panneau métallique faillit lui revenir en pleine figure.

2

— Mille dollars !

Le visage ridé de Dusty s'illumina de bonheur. Le vieux bonhomme aux jambes torses, aux cheveux gris rebelles sous un Stetson de paille hors d'âge, était rentré une demi-heure après le départ d'Alex Dalton, et il ne se tenait plus de joie.

— Mille dollars pour un cheveu ou une goutte de salive ! s'exclama-t-il. Voilà qui paiera presque la facture de notre prochaine livraison de fertilisants.

— Une nouvelle livraison de produits ? s'écria Julie en oubliant temporairement la scandaleuse proposition d'Alex Dalton pour bondir sur ses pieds, au grand chagrin de Belinda, qui s'était endormie sur ses genoux. Chuck, voulez-vous rappeler s'il vous plaît à notre associé que nous n'avons pas encore réglé la dernière livraison ?

— Dusty, nous n'avons pas encore réglé la dernière facture, répéta docilement Chuck sans cesser de mâcher sa chique de tabac.

Elle serra les dents. Si elle n'adorait pas ces deux vieux forbans, elle aurait été fort tentée de les laisser sombrer dans la faillite et de recommencer à vivre comme une personne normale. S'efforçant de contrôler sa colère, elle se tourna vers son associé.

— Vous aviez promis !

— Je sais, je sais, reconnut Dusty en se grattant la nuque d'un air embarrassé. Mais nous arrivons à la période des semis de blé d'hiver. On ne peut pas gagner de l'argent si on ne rend pas service au client. Donnez donc votre salive à ce Dalton, ma petite Julie, et nos problèmes seront résolus.

— Ne m'avez-vous pas entendue ? répliqua Julie d'un ton exaspéré. Ce monsieur pense que j'ai abandonné un bébé sur le pas de sa porte !

— Je croyais que c'était la porte de sa mère.

— La sienne, celle de sa mère, quelle importance ?

— Vous ne diriez pas cela si vous aviez croisé la route de Delilah Dalton, observa Dusty.

— Parce que vous, vous la connaissez ?

— Parfaitement. J'ai fait sa connaissance il y a trente ou quarante ans, à l'époque où son mari venait de créer sa société d'exploration pétrolière. Delilah...

Il marqua une pause, secouant la tête, puis il soupira.

— Cette femme était vraiment magnifique. D'ailleurs, elle l'est probablement encore. Mais je n'ai jamais rencontré une personne aussi collet monté qu'elle.

— Raison de plus pour que je ne me plie pas aux exigences de son fils en lui fournissant un échantillon d'ADN, répliqua-t-elle. Je ne veux rien avoir à faire avec lui ou avec sa mère.

— Mais, ma petite Julie ! Mille dollars ?

— Non.

— Juste pour une petite goutte de salive ?

— Non.

Il poussa un long soupir, comme si sa patience était mise à rude épreuve par une enfant butée. Comme si c'était elle qui avait englouti les bénéfices de la saison passée dans des machines à sous.

— D'accord, je comprends votre point de vue, mais...

— Non, Dusty.

L'intéressé exhala un nouveau soupir à fendre l'âme, puis il souleva son chat obèse avant de décocher sa dernière flèche :

— Si les Dalton sont vraiment déterminés à retrouver la maman de ce bébé, comme vous dites, je pense que vous allez bientôt avoir de leurs nouvelles. A moins qu'ils n'envoient simplement leurs avocats.

— Avocats ?

Elle réprima un gémissement. Outre le Pawnee de quarante ans d'âge avec un moteur qui ruisselait d'huile, un associé incapable de rester hors des casinos, allait-elle devoir faire face à une horde d'avocats descendus comme des vautours pour dévorer les dernières miettes d'Agro-Air ?

— Ecoutez, Dusty, j'appellerai Dalton dès demain, lorsque je me serai un peu calmée, et je lui confirmerai que je ne suis pas la mère de son enfant. Mais il n'est pas question que j'accepte son argent.

— Ce que j'en disais, marmonna son associé en caressant la tête du chat, c'était seulement pour que vous soyez préparée à ce qui va suivre, ma petite Julie. Ce Dalton n'est pas le genre d'homme à attendre tranquillement une réponse.

Alex ne décoléra pas durant les deux heures du trajet de retour à Oklahoma City. Julie Marie Bartlett ignorait encore à qui elle avait affaire.

Avec qui elle avait fait l'amour. Il avait presque oublié cette chevelure de cuivre sombre qui avait pourtant immédiatement capté son regard, lorsqu'il était entré dans le centre d'opérations à l'aérodrome de Nuevo Laredo. Et ses fascinants yeux vairons. Pour ne rien dire de ses lèvres pulpeuses, de sa poitrine ferme et menue, ou des hanches minces qui complétaient le tout.

Mais il devait avouer que, jusqu'à récemment, il n'avait plus du tout repensé à ces charmants attributs. Jusqu'au jour où sa mère l'avait appelé pour le convoquer séance tenante dans leur grande résidence familiale. Lui, et aussi son jumeau. Leur mère était venue leur ouvrir, un nourrisson dans les bras. Il se souvenait encore du choc qu'ils avaient éprouvé lorsqu'elle leur avait annoncé que quelqu'un avait abandonné le bébé en question sur le pas de sa porte. L'instant suivant, elle brandissait une lettre affirmant que l'enfant, âgé de six mois, était la petite-fille de Delilah Dalton.

Dès qu'ils eurent retrouvé la voix, Alex tout comme Blake exprimèrent leurs doutes quant à l'authenticité de la lettre. Et ils avaient de bonnes raisons pour cela. Depuis cinq ans, la détermination de leur mère à voir au moins l'un d'eux marié n'avait jamais faibli, bien au contraire. Il lui importait peu de savoir lequel des deux frères épouserait l'une des candidates à l'autel qu'elle leur soumettait constamment. Le principal, pour elle, c'était qu'ils soient heureux et socialement établis. Et, surtout, qu'ils lui donnent des petits-enfants. Beaucoup de petits-enfants. Comme elle le leur avait fait remarquer d'un ton acide, elle ne rajeunissait pas. Et eux non plus. Les deux frères n'avaient tout d'abord vu dans la soudaine apparition de ce bébé qu'une nouvelle manœuvre machiavélique de leur mère. Puis elle leur avait annoncé qu'elle avait fait procéder à des analyses d'ADN.

Les yeux fixés sur la route devant lui, il croyait encore revivre cette scène surréaliste dans le salon de sa mère. Son frère ou lui avait indéniablement conçu un enfant.

Encore sous le choc de cette nouvelle, il avait tenu le bébé dans ses bras. Molly avait les yeux bleus et les joues roses, et elle l'avait conquis avec son premier sourire édenté. Il l'aurait bien déclarée sienne sur-le-champ, mais Blake lui avait rappelé que l'analyse comportait une marge d'erreur possible de trente pour cent, et Delilah avait insisté sur la nécessité de retrouver la maman.

Alex et son frère avaient donc entrepris de contacter systématiquement les femmes avec qui ils avaient eu des rapports au début de l'année précédente. Leurs deux listes ne se ressemblaient pas. En tant que vice-président en charge des opérations de Dalton International, Alex voyageait beaucoup plus que son frère, qui était vice-président des stratégies financières.

Malgré tout, ses responsabilités lui laissaient peu de temps pour s'amuser, et sa liste n'était donc pas très longue. Elle incluait l'avocate qu'il fréquentait depuis près de six mois. La femme divorcée que sa mère lui avait jetée dans les bras dès qu'elle s'était rendu compte que l'avocate et lui ne se marieraient jamais. La ravissante fille d'un sénateur de l'Etat, qu'elle lui avait choisie pour cavalière au gala de charité annuel du country-club d'Oklahoma City. Et Julie Bartlett.

Les trois premières avaient accueilli sa requête avec des

expressions allant de l'étonnement à la franche hilarité. La dernière, en revanche...

C'était forcément Bartlett. Elle était restée à l'étranger une bonne partie de l'année précédente, enchaînant les missions dans des contrées du bout du monde. Le détective privé qu'il avait engagé pour enquêter sur ses activités et sur son dossier médical avait temporairement perdu sa piste, mais il reviendrait certainement avec de nouvelles informations.

D'ailleurs, il n'avait nullement besoin d'une quelconque confirmation de ce qu'il savait déjà. Julie Bartlett n'aurait pas refusé de lui fournir un échantillon de son ADN si elle n'avait pas effectivement donné le jour à ce bébé, avant de l'abandonner.

Son frère avait été du même avis. Enfin, pour l'essentiel.

Alex avait confronté Blake dans son bureau d'angle de la tour de verre et d'acier qui abritait le quartier général de Dalton International. Les immenses baies vitrées révélaient une vue spectaculaire du centre-ville très animé d'Oklahoma City, mais les frères Dalton ne s'intéressaient ni au monument de la Ruée vers l'Ouest ni aux bateaux de touristes multicolores naviguant sur la petite rivière qui traversait le parc à leurs pieds.

— Son refus de te fournir volontairement un échantillon d'ADN est troublant, reconnut Blake. Mais il ne constitue pas la preuve irréfutable du fait qu'elle soit la mère.

— Sommes-nous en position d'obtenir une injonction du tribunal pour l'obliger à fournir ce fameux échantillon ?

— Pas sans justifications supplémentaires, telles qu'un dossier hospitalier, et des attestations de témoins qui l'auraient vue enceinte. Des preuves concrètes qui puissent justifier une décision de justice.

Il s'était attendu à une telle réponse. Blake était prudent et réfléchi par nature, et le diplôme d'avocat accroché au mur derrière sa table de travail ne faisait qu'entériner sa tendance à examiner un problème sous tous les angles avant de s'y attaquer.

Enfant, il avait déjà ce caractère. Alex se lançait à corps perdu dans tous les défis, qu'il s'agisse d'un nouveau jouet, d'un cerf-volant accroché dans un arbre ou de la grande brute dans la cour de récréation. Son jumeau, lui, prenait le temps d'évaluer la situation, même s'il finissait toujours par intervenir lorsque c'était nécessaire — le plus souvent lorsque Alex saignait déjà du nez ou qu'il ne parvenait pas à redescendre de la cime de l'arbre sur lequel il s'était aventuré. La situation actuelle n'était pas sans rappeler d'une façon un peu embarrassante d'autres situations de leur passé.

— J'aurais dû l'inviter à déjeuner, grogna-t-il. J'aurais pu tout simplement subtiliser son verre ou sa serviette et l'emporter avec moi.

— C'est vrai, convint Blake d'un ton serein, tu aurais pu faire cela. Mais cela ne nous aurait pas aidés devant un tribunal. Dans un procès en paternité ou, dans le cas qui nous concerne, un procès en maternité, l'échantillon doit être prélevé dans des conditions strictement contrôlées.

— Mais, au moins, nous saurions.

— Peut-être. Pour ma part, j'ai fait quelques recherches sur le sujet des analyses ADN. Un tribunal de Virginie a débouté une plaignante qui avait présenté des résultats d'analyses presque à cent pour cent probants, au motif que les laboratoires avaient trop peu de personnel pour un volume d'examens énorme, ce qui induisait une marge d'erreur trop importante dans les résultats.

Alex, qui marchait de long en large dans le bureau, s'arrêta net et fit face à son frère. Une personne extérieure ne serait probablement pas parvenue à les distinguer l'un de l'autre. Tous deux mesuraient un mètre quatre-vingt-cinq, tous deux avaient les yeux bleus, et ils avaient tous deux exactement la même morphologie. Mais des différences existaient, et elles étaient immédiatement apparentes à tous ceux qui les connaissaient bien. Les cheveux de Blake étaient d'un or plus sombre. Alex avait une cicatrice au menton, souvenir d'une rencontre brutale avec un piquet de clôture lorsqu'il était enfant.

Ils possédaient en outre cette capacité unique qu'ont les jumeaux de pouvoir quasiment lire les pensées l'un de l'autre, et Alex n'aimait pas particulièrement les messages qu'il recevait à cet instant.

— Suggères-tu que Molly pourrait bien n'être ni ta fille ni la mienne ?

A son grand étonnement, cette éventualité laissait un vide béant dans son cœur. Il venait de passer deux semaines à s'habituer à l'idée d'être papa. Ou, au moins, tonton. L'idée que ni Blake ni lui n'aient le droit de faire partie de la vie du bébé le laissait désemparé.

— Ce que je dis, c'est qu'il ne serait pas inutile de faire procéder à de nouvelles analyses, étant donné la personne qui est à l'origine des premières.

— Tu as raison, convint-il avec un soupir d'exaspération. Je crois notre très chère mère parfaitement capable d'avoir envoyé un cheveu de bébé de l'un de nous au laboratoire, au lieu de celui de Molly.

— Moi non plus, je n'en serais pas très surpris, reconnut Blake en riant. Combien de candidates au mariage a-t-elle semées sur ta route, ces temps derniers ?

— Huit. Et sur la tienne ?

— Cinq.

— Voilà ce que nous allons faire, déclara Alex, déterminé à éclaircir une bonne fois pour toutes le mystère de la naissance de Molly. En premier lieu, nous allons demander de nouvelles analyses pour confirmer que Molly est bien à nous. Ensuite, nous convaincrons Mlle Bartlett de nous fournir un échantillon d'ADN. S'il s'avère qu'elle n'est pas la maman de Molly, nous...

La sonnerie de l'Interphone l'interrompit. Irrité, il attendit que son frère décroche le combiné.

— Je croyais avoir dit à ta secrétaire de ne pas nous déranger.

— Elle n'est pas ma secrétaire, corrigea Blake avec son habituel souci de précision. Elle est mon assistante de direction.

Alex adorait son frère, mais il y avait des moments où son comportement le faisait enrager. Comme en ce moment.

— Dis-lui simplement... et puis, zut ! Dis-lui ce que tu veux, je m'en fiche.

Il ne put s'empêcher de gémir tout haut lorsque leur mère pénétra dans le bureau d'un pas dégagé. Avec sa personnalité survoltée, sa chevelure aile de corbeau à peine parsemée de quelques fils d'argent qui lui tombait jusqu'à la taille, et les dix ou douze carats de diamants qui scintillaient habituellement à ses doigts, Delilah Dalton avait le don de tuer net toutes les conversations lorsqu'elle faisait l'une de ses apparitions flamboyantes.

Point de diamants aujourd'hui. Elle y avait renoncé deux semaines plus tôt afin de ne pas égratigner la peau délicate du bébé qu'elle berçait en cet instant contre son sein. Elle portait des leggins noirs et une tunique imprimée d'une profusion de géraniums roses qui soulignaient sa haute silhouette élancée. Le porte-bébé de toile qu'elle arborait en bandoulière avait des motifs psychédéliques.

— Alors ? s'enquit-elle en entrant d'un pas de reine. Comment cela s'est-il passé, avec cette Mlle Bartlett ?

Alex choisit de contre-attaquer avec une autre question :

— Où as-tu trouvé cette tenue ?

— Sur un merveilleux site internet du nom de Baby Glamour, répondit-elle en tapotant le dos du bébé. Je songe à leur commander aussi des leggins léopard assortis à des serre-tête, pour Molly et pour moi.

Ils échangèrent discrètement un regard : ils connaissaient leur mère ; lorsqu'elle se mettait une idée en tête, elle n'en démordait plus. Alors, si elle avait décidé que Molly était sa petite-fille...

Mais qui croyaient-ils abuser ? Ils avaient eux aussi accepté cette possibilité, deux semaines plus tôt. Même si les futures analyses prouvaient le contraire, le bébé avait déjà laissé une empreinte indélébile dans leurs cœurs.

Personne n'aurait pu en douter en voyant Blake faire le tour de sa table de travail pour aller à la rencontre de leur mère. Un sourire idiot aux lèvres, il contempla un long moment l'enfant endormie. Et Alex devina que son propre visage devait arborer la même expression niaise, car leur mère les considérait tour à tour d'un air extrêmement satisfait.

— Dis-moi, insista-t-elle, que t'a répondu cette Bartlett ?

— Elle s'appelle Julie, rappela-t-il.
— Peu importe, répliqua-t-elle en balayant cette précision d'un revers de main irrité. A-t-elle reconnu être la maman de Molly ?
— Non.
— Eh bien, nous n'allons pas tarder à découvrir la vérité. Quand compte-t-elle nous fournir un échantillon d'ADN ?
— Elle refuse de le faire.
— Quoi ?

L'exclamation outrée de Delilah avait réveillé la petite Molly qui ouvrit de grands yeux effarés. Dans un réflexe qui devait autant à l'inquiétude qu'à son instinct protecteur, Alex tendit aussitôt les bras vers le bébé.

— Laisse-moi la tenir un instant, d'accord ?

Delilah détacha le porte-bébé et lui permit d'en extraire l'enfant. Lorsqu'elle vit le sourire qui fleurissait sur ses lèvres alors qu'il serrait la petite Molly dans ses bras, elle eut toutes les peines du monde à réprimer un cri de victoire.

Elle n'aurait pu écrire elle-même de meilleur scénario. Elle était prête. Plus que prête. Toutes ces longues et dures années passées à voyager d'un puits de pétrole à un autre, et celles plus difficiles encore qu'elle avait consacrées à faire de Dalton International l'entreprise prospère qu'elle était aujourd'hui l'avaient épuisée. Elle avait besoin de se détendre. De profiter de la fortune que ces années de calvaire avaient construite. De consacrer toute l'énergie de son amour à ses deux grands fils, aussi magnifiques l'un que l'autre, même s'ils manifestaient la même irritante indépendance. Et au bébé qu'Alex tenait dans ses bras à cet instant.

— Dis-moi, reprit-elle d'un ton péremptoire. Que t'a dit cette Bartlett ? Est-elle, oui ou non, la mère de cette enfant ?
— Je ne sais pas, avoua-t-il en effleurant la joue de Molly d'une caresse. A en juger par sa réaction initiale, j'aurais dit que non. Mais, dès que je lui ai demandé de me fournir un échantillon d'ADN, elle s'est mise très en colère.

— Ha ! Voilà la preuve ! Le fait qu'elle refuse une requête aussi simple prouve bien qu'elle a quelque chose à cacher.

Alex effleura de nouveau la joue de l'enfant d'un geste tendre. Cette scène aurait fait trépigner Delilah de joie, si son fils n'avait arboré une expression des plus sombres.

— Je lui ai également proposé de l'argent contre cet échantillon, poursuivit-il. Cela a eu l'air de la rendre encore plus furieuse.

— C'est parce que tu ne lui en as pas proposé suffisamment, déclara Delilah, la femme d'affaires en elle éclipsant tout à coup la grand-mère. Tout le monde a un prix. Tu n'as pas encore trouvé le sien, c'est tout.

Il savait qu'elle avait raison. Aux côtés de leur mère, Blake et lui avaient fait face à des concurrents qui avaient commis l'erreur de croire qu'ils pouvaient profiter de l'aimable caractère de leur père pour faire obstacle à la croissance de l'empire Dalton. Et c'est ainsi que Dalton International avait progressivement avalé tous ses concurrents, y compris bon nombre d'entreprises d'une importance négligeable, du genre d'Agro-Air.

Leur mère fondit sur cette information comme un vautour sur une carcasse.

— T'es-tu renseigné sur la société pour laquelle elle travaille ?

— Naturellement, répondit Blake. Nous avions commandé une analyse financière complète avant qu'Alex ne se rende là-bas.

— Et alors ?

— Agro-Air fait face à des fins de mois difficiles. Son fondateur est un vieux type du nom de Josiah Jones.

— Josiah Jones ! s'exclama Delilah comme si la terre venait de s'ouvrir sous ses pieds. *Alias* Dusty Jones ?

Alex installa le bébé contre son épaule avant d'échanger un regard avec son jumeau. Il ne se souvenait pas de la dernière fois où ils avaient vu leur mère à ce point déstabilisée.

— Je crois... En fait je suis sûr que Julie a dit qu'il était l'un de ses associés, déclara-t-il d'un ton prudent.

— Oh ! mon Dieu !

Ils échangèrent un nouveau regard de perplexité, comprenant de moins en moins ce qui se passait.

— Voudrais-tu bien nous expliquer comment tu as fait la connaissance d'un personnage comme ce Dusty Jones ? suggéra Alex.

— Nous nous sommes affrontés il y a de longues années, expliqua Delilah comme si elle sortait de sa transe. J'ai oublié à quel sujet, mais ce curieux petit bonhomme pouvait faire voler son antique biplan mieux que n'importe qui.

— Il a progressé du biplan en toile jusqu'au Pawnee, déclara Alex en souriant au souvenir de la fuite d'huile dans son moteur. Mais c'est toujours du très vieux matériel.

— Et il est l'associé de cette fille avec qui tu as passé une seule nuit ? s'enquit Delilah qui retrouvait toute sa combativité.

— Elle s'appelle Julie, répéta-t-il d'un ton sévère. Julie Bartlett.

Ronronnant presque de satisfaction, sa mère lui prit délicatement l'enfant des bras et la replaça dans le porte-bébé suspendu à son épaule.

— A moins que le Dusty que j'ai connu il y a quarante ans ne soit devenu un tout nouvel homme, il est sûrement plongé jusqu'au cou dans les ennuis d'une façon ou d'une autre. Demande à ton détective de faire sa petite enquête. Je parie mon manteau de chinchilla tout neuf qu'il trouvera quelque chose pour faire pression sur lui et sur cette dévergondée avec qui tu as passé la nuit.

— Julie, répéta Alex, les dents serrées. Elle s'appelle Julie.

— Que m'importe son nom ! répliqua Delilah en se dirigeant vers la porte. Nous parlons de ta fille. La tienne ou celle de Blake. Alors, pas de sentiment. Utilisons les grands moyens tout de suite.

Alex prit l'ascenseur pour monter à l'un des appartements en terrasse au dernier étage de la tour de Dalton International, et il passa le reste de l'après-midi et toute la soirée à mettre au point son plan d'action.

Il avait hérité l'instinct de tueur de sa mère. Et, dans ce cas-ci, il était impatient de montrer à une certaine pilote agricole aux yeux verts et aux hanches minces qu'il n'était pas quelqu'un qu'elle pouvait éradiquer de sa vie comme un vulgaire insecte nuisible.

Dans un recoin de sa conscience, néanmoins, il savait que c'était plus que cela. Durant le long trajet de retour vers Oklahoma City, l'idée d'une revanche était devenue presque une obsession. Il aurait pu attribuer cette réaction à sa nature compétitive, mais il savait que ce n'était qu'une partie de l'équation. Tout comme lors de leur première rencontre, Julie Bartlett avait touché un point au plus profond de lui-même.

Dans son immense appartement, face à une vue panoramique de la ville, il se versa un scotch et des glaçons avant d'aller s'asseoir à sa table de travail. Sa première tâche consista à appeler son détective privé pour lui demander d'enquêter sur Dusty, comme sa mère le lui avait conseillé. Il ne fallut pas longtemps à Jamison pour lui faire parvenir un rapport préliminaire sur les petits ennuis du vieux pilote. Et, ces derniers mois, ces ennuis étaient devenus plus fréquents et moins petits. Il avait même de gros ennuis.

Pendant que le détective approfondissait son enquête, Alex travailla plusieurs heures à son ordinateur. Blake et lui avaient déjà procédé ensemble à une analyse financière des opérations d'Agro-Air. Lorsqu'il alla se coucher, vers minuit, Alex était en possession d'informations concernant la société que son principal actionnaire ne tenait sans doute pas à partager avec ses deux autres associés.

La tête sur l'oreiller, éclaire par les rayons argentés de la lune que les grandes fenêtres de toit laissaient pénétrer dans la chambre, il prit enfin le temps de réfléchir à cette journée en montagnes russes. Et, ayant réfléchi, il dut se rendre à l'évidence. Ce n'étaient pas les remarques acerbes de sa mère, le jargon juridique de Blake, ni même la question cruciale de la parenté de Molly qui l'avaient incité à lancer cette enquête approfondie. C'était Julie Bartlett.

Cette jeune femme rousse, agressive et insolente, couverte de cambouis, s'était glissée dans son subconscient plus profondément même que la jolie pilote ayant éveillé son intérêt sur l'aérodrome de Nuevo Laredo. Il découvrirait coûte que coûte si elle était ou non la mère de cette enfant qui était ou n'était pas la sienne. Et, en cours de route, il parviendrait peut-être, s'il jouait finement ses cartes, à l'attirer de nouveau dans son lit.

Un flot d'images de leur nuit ensemble resurgit dans sa mémoire. Il avait totalement oublié le nom du restaurant où ils avaient dîné ou du motel près de l'aérodrome qui avait été leur destination suivante. Mais, à présent qu'il avait revu Julie Bartlett, il ne pouvait plus chasser de son esprit l'image de son corps nu brûlant de désir sous le sien.

Etouffant un gémissement, il frappa l'oreiller du poing.

3

Pour commencer sa journée, le mercredi matin, Alex appela sa mère. Depuis qu'elle avait confié la plupart des opérations de Dalton International à ses deux fils, Delilah avait pris l'habitude de dormir un peu plus que les cinq heures qu'elle s'accordait quotidiennement lorsqu'elle élevait ses garçons tout en bâtissant son entreprise pratiquement à partir de rien. L'arrivée de Molly avait cependant réactivé les anciennes habitudes. Elle se levait de nouveau avec le soleil et se mettait au lit dès que le bébé s'était endormi pour la nuit.

Elle sirota sa première tasse de café tout en écoutant Alex lui exposer son plan. Lorsqu'il eut raccroché, elle demeura un long moment assise dans la cuisine de son immense résidence. Elle n'avouerait jamais à l'un ou l'autre de ses fils qu'elle se sentait plus à l'aise dans cette pièce lumineuse et gaie, avec son papier peint à motifs de pastèques, sa collection de casseroles de cuivre toutes bosselées, que dans les dix-sept autres pièces de la maison, agencées à grands frais par les plus illustres décorateurs d'intérieur du moment.

Elle désirait que ses fils aient davantage que la cabane misérable dans laquelle elle avait grandi avant que son père ne trouve du travail dans les champs de pétrole. Ni Big Jake ni elle n'avaient terminé le lycée. Malgré cela, leurs fils avaient non seulement décroché de solides diplômes universitaires, mais également acquis une culture qui la ravissait. Mais il demeurait qu'Alex et Blake auraient dû être mariés depuis longtemps, pour lui donner les petits-enfants dont elle avait tant besoin. Des bébés comme Molly.

— Ah, Jake ! murmura-t-elle dans un soupir. Si tu la voyais ! Elle a tes yeux.

Une souffrance familière se réveilla dans son cœur. Elle en était réduite à espérer que la forme de ses yeux était tout ce que Molly avait hérité de ce grand-père irresponsable, incorrigible… irrésistible.

Puis l'un des moniteurs qu'elle avait fait installer dans chaque pièce de la maison lui transmit les sons d'un bébé en train de se réveiller, et elle se catapulta hors de son fauteuil.

Le second coup de téléphone d'Alex ce matin-là fut pour Agro-Air. Il désirait s'assurer que l'associé principal de la société serait présent lorsqu'il se rendrait là-bas pour présenter son offre.

Dusty Jones était affalé sur la chaise derrière le petit bureau encombré lorsque Alex fit son entrée dans le vieux hangar métallique qui servait de siège social à la société. Julie Bartlett et le mécanicien au visage ridé avec qui elle travaillait la veille étaient aussi présents, et leurs regards tournés vers lui exprimaient divers degrés d'intérêt. Il nota que l'expression de Julie était considérablement moins amicale que celle de ses associés.

Aujourd'hui, elle n'était pas en tenue de mécanicien. Mais, dans cette nouvelle tenue, elle faillit lui faire oublier le but de sa venue. Ce ne fut qu'au prix d'un valeureux effort qu'il réussit à ne pas attarder son regard sur les longues jambes lisses merveilleusement mises en valeur par le jean coupé qu'elle portait. De la même façon, il ne se permit qu'un bref regard au décolleté de son petit haut moulant, qui révélait une poitrine ferme et menue. Mais, en dépit de tous ses efforts, le charmant spectacle avait réveillé la bête qui sommeillait en lui. Il était grand temps de se reprendre, pourtant, et il se concentra sur les cheveux d'acajou rassemblés à l'arrière de sa casquette de base-ball, et sur son regard meurtrier fixé directement sur lui.

— Je m'apprêtais à vous appeler, déclara-t-elle avant même qu'il ait franchi la porte.

— Vraiment ?

Il fit de son mieux pour dissimuler la montée d'adrénaline qu'il ressentait à cet instant. Allait-elle avouer qu'elle était la mère de son enfant ? Ou le nier farouchement, et lui fournir un échantillon d'ADN pour le prouver ?

A cet instant précis, il eût été bien en peine de décider laquelle des deux solutions avait sa préférence. Cette femme l'avait empêché de dormir une bonne partie de la nuit. Il ne savait trop ce qu'il devait en penser, mais la possibilité qu'un bébé puisse les unir l'un à l'autre durant le reste de leurs vies avait commencé à faire son chemin.

— Avez-vous quelque chose à me dire ? demanda-t-il, son regard rivé dans le sien.

— Oui, je...

— Une seconde, ma petite Julie !

Il tourna son regard vers le petit homme aux cheveux blancs et au visage buriné qui venait de se lever brusquement pour reposer son énorme chat sur le bureau encombré. Il avait enfin Dusty Jones devant lui, l'homme qui avait osé affronter sa mère à une époque déjà lointaine. Alex le jaugea du regard, se demandant à quel sujet Delilah avait bien pu se disputer avec ce petit coq belliqueux.

— Dalton a téléphoné pour nous annoncer qu'il venait nous rendre visite, rappela Dusty. Pourquoi ne pas écouter ce qu'il a à nous dire ?

— Je sais déjà ce qu'il est venu nous dire, répliqua Julie, les yeux étincelants de colère. Il veut que je lui apporte la preuve que je suis ou ne suis pas le genre de femme qui abandonnerait son propre enfant.

Elle s'était pourtant promis de ne plus se mettre en colère. Dalton, après tout, avait un besoin légitime de connaître l'identité de la mère de son enfant. Mais, sous le regard de ces yeux d'un bleu intense qui semblaient la disséquer, elle se sentait prête à exploser.

— Est-ce vous ?

— Attendez ! s'interposa vivement Dusty. Vous disiez que vous apportiez une nouvelle proposition dont vous aimeriez discuter avec nous. De quoi s'agit-il, Dalton ?

— Nous ne sommes pas intéressés par votre nouvelle proposition, gronda-t-elle.

— Elle pourrait nous intéresser, ma petite Julie. Peut-être bien. Ecoutons ce que ce monsieur a à nous dire.

Le regard qu'elle posa sur ce vieux gredin aurait dû le carboniser, mais il l'ignora.

— Pourquoi teniez-vous tant à ce que nous soyons présents tous les trois, aujourd'hui ? s'enquit-il, s'adressant à Alex Dalton.

— Je sais que je me suis montré un peu brutal, hier, commença ce dernier.

— Ah, vous croyez ? répliqua-t-elle d'un ton grinçant.

— Mais j'ai eu le temps de réfléchir, poursuivit-il tranquillement. Au lieu d'un règlement en espèces, nous pourrions…

— Les espèces nous conviennent très bien, l'interrompit Dusty. En tout cas, c'est mon avis.

— … conclure un arrangement dans le cadre des affaires.

— Quelle sorte d'arrangement ?

Dalton répondit à la question de Dusty, mais sans la quitter du regard :

— Dalton International n'a encore jamais investi dans le secteur de l'aviation agricole. Avec le présent développement de la production agricole, le moment est peut-être venu de le faire. Nous sommes disposés à investir une somme substantielle dans Agro-Air.

— Combien, exactement ? s'enquit Dusty, l'œil brillant.

— Suffisamment pour acquérir un avion plus moderne. J'ai trouvé un Lane AT-602 d'occasion disponible immédiatement, avec des capacités techniques qui vous permettront de doubler votre chiffre d'affaires.

Il avait fait ses recherches, elle devait le reconnaître.

Involontairement, elle ressentit un élan d'enthousiasme en songeant au puissant moteur du 602.

— Entre-temps, poursuivit Dalton, je vais demander à nos ingénieurs d'évaluer vos systèmes de pulvérisation actuels. Avec les ressources de Dalton International et votre expertise sur le terrain, nous devrions être en mesure de faire d'importants gains de productivité.

— Et que demande votre entreprise en contrepartie de cet investissement ? voulut savoir Dusty.

— Cinquante pour cent des bénéfices de la société, jusqu'à l'amortissement de notre investissement dans le premier appareil. Nous négocierons plus tard un pourcentage pour l'achat d'un nouvel avion, et nous prendrons à notre charge les coûts de recherche et développement, ainsi que les essais en vol d'éventuels nouveaux systèmes de pulvérisation.

— Et... c'est tout ? s'enquit Dusty en se frottant le menton d'un air pensif. Une participation aux bénéfices ?

— Non. Il y a une condition préalable à cet accord.

— Ah ! s'écria-t-elle. Je me disais, aussi !

— Vraiment ? répliqua Alex avec un sourire qui n'atteignait pas ses yeux. Dans ce cas, vous ne serez pas étonnée si je vous demande de séjourner une semaine à Oklahoma City en tant que mon invitée.

— C'est cela, maugréa-t-elle, irritée. J'y vais, vous profitez de cette fameuse semaine pour relever mon ADN sur un verre ou sur une brosse, et votre belle proposition s'évapore d'un seul coup.

— C'est une proposition sérieuse, assura-t-il. Aussi sérieuse que ma promesse de ne rien prendre que vous ne m'ayez offert.

La façon qu'il eut de prononcer ces mots la fit frissonner de la tête aux pieds, et sa mémoire traîtresse la ramena instantanément à ces sublimes instants de plaisir partagé durant la nuit qu'ils avaient passée ensemble.

— Je ne vous suis pas, déclara-t-elle d'un ton sévère, refoulant l'image de ses lèvres sur les siennes. Comment le fait que je sois votre invitée durant une semaine peut-il vous aider à découvrir si je suis ou non la maman de votre fille ?

Il hésita, et son regard alla se poser brièvement sur les deux autres hommes. Chuck demeurait stoïque, et l'expression de son visage ne révélait rien de ses pensées. Dusty, lui, attendait visiblement la réponse avec la même impatience que Julie.

— Ce n'est pas le but, reconnut enfin Dalton. J'aimerais seulement que vous ayez une chance de passer un peu de temps avec Molly et moi, et que vous constatiez de vos propres yeux la qualité de notre relation. Et, si par hasard vous étiez sa maman, de nous assurer que c'est réellement ce que vous désirez.

Il leva une main pour arrêter les protestations indignées qu'elle s'apprêtait à émettre, avant d'ajouter :

— Et ce sera aussi pour vous l'occasion d'étudier de près les opérations de Dalton International.

Sans lui laisser le temps de répondre, Dusty intervint avec autorité.

— Attendez dehors, dit-il en poussant leur visiteur vers la porte. Nous avons besoin de discuter de votre proposition, mes associés et moi.

— Il n'y a rien à discuter ! déclara-t-elle d'un ton indigné alors que Dusty claquait la porte au nez de Dalton. Il n'est pas question que je passe une semaine à Oklahoma City !

— A vous entendre, ma petite Julie, on pourrait croire qu'on vous envoie au bout du monde. Oklahoma City n'est qu'à deux pas d'ici.

— Dusty, écoutez-moi attentivement. Je ne passerai pas une semaine à Oklahoma City. Un point, c'est tout !

— Mais oui, ma petite Julie. Nous allons en discuter tranquillement, d'accord ?

Alex était appuyé contre sa Jaguar lorsque Julie ressortit du bureau, vingt minutes plus tard, le visage crispé de colère. Elle se dirigea aussitôt vers lui, ses longues jambes réduisant rapidement la distance qui les séparait. Lorsqu'elle lui annonça d'un ton sec qu'ils acceptaient les termes de sa proposition, il s'abstint prudemment de toute manifestation triomphaliste.

— Mais je tiens à ce que vous sachiez, Dalton, que je le fais contre mon gré.

— Oui, je vois cela, reconnut-il.

— Et je n'ai pas non plus l'intention de vous laisser régler mes factures. Je paierai moi-même mes frais de séjour.

— A votre aise, répondit-il avec un haussement d'épaules nonchalant. Mais je vous signale que Dalton International dispose d'une suite en terrasse pour les visiteurs étrangers, et qu'elle est actuellement libre.

Elle hésita, luttant visiblement contre sa colère à l'idée d'être manipulée. Puis la raison gagna la partie.

— D'accord, marmonna-t-elle, visiblement à contrecœur.

— Voulez-vous que je vous attende ici pendant que vous rassemblez quelques affaires ou que je vous suive jusque chez vous ?

— Donnez-moi simplement l'adresse de la suite et un double de la clé, si vous en avez un sur vous.

— J'avais prévu de vous conduire moi-même en ville.

— Je prendrai ma voiture. J'ai une ou deux petites choses à régler avant de partir.

La bataille était gagnée. Il était inutile de continuer à se battre sur des points de détail. Aux prises avec un sentiment qu'il préférait ne pas trop analyser, il nota une adresse au dos de l'une de ses cartes de visite et y ajouta le digicode de la porte.

— Et ceci est le numéro de ma ligne privée, dit-il en griffonnant un autre numéro. Appelez-moi dès que vous serez installée.

Il lui tendit la carte, mais la retint un instant, lorsqu'elle s'en saisit.

— Et merci d'avoir accepté, dit-il d'une voix douce.

— Vous me remercierez peut-être moins lorsque vous aurez Dusty pour associé, répondit-elle, oubliant suffisamment sa colère pour lui offrir un sourire hésitant. Il est le meilleur pilote de toute la région, mais... enfin, vous verrez.

— Je me charge de Dusty.

Mais pouvait-il affirmer la même chose au sujet de Julie ?

Cette pensée augmenta encore son impatience à aller de

l'avant, alors qu'elle se dirigeait vers un pick-up garé sur le côté du hangar en balançant ses hanches parfaites.

La semaine à venir promettait d'être intéressante, décida-t-il en reprenant la route.

Julie suivit le même itinéraire un peu plus tard dans l'après-midi. Elle ne parvenait toujours pas à croire qu'elle s'était laissé pousser dans cette ridicule situation par les jérémiades de ce vieux renard de Dusty, qui avait habilement joué sur son sentiment de culpabilité. Son intention à elle avait été de conseiller à Alex Dalton de chercher ailleurs la maman de son bébé. De lui fournir tous les échantillons qu'il désirerait et de passer à autre chose.

Et cependant, elle était là, sur l'autoroute, roulant vers la masse de gratte-ciel scintillants qui surgissaient de la plaine d'Oklahoma. Si elle avait fini par accepter, c'était parce que Dusty lui avait juré solennellement de rester loin des casinos si elle donnait son accord à la proposition de Dalton. Et, en outre, ce serait l'occasion d'obtenir des informations de première main concernant les opérations de Dalton International, d'évaluer leur département d'ingénierie et leur centre d'essais. Sans oublier qu'elle n'avait pas pris de vacances depuis une éternité.

Elle ferait du shopping, décida-t-elle alors que les champs laissaient la place aux centres commerciaux et aux restaurants fast-food de la banlieue. Elle flânerait dans les musées d'Oklahoma City, elle irait au concert. Et, éventuellement, elle passerait quelques heures en compagnie d'Alex et de sa famille.

Elle avait fait sa petite recherche sur Google, cet après-midi, lu les nombreux articles de la presse financière qui décrivaient l'ascension fulgurante d'une petite entreprise familiale devenue une corporation géante fournissant des équipements d'exploitation pétrolière aux pays producteurs du monde entier. Elle avait également trouvé une profusion d'articles concernant les Dalton dans les pages mondaines. Etalée sur deux pages entières, il y avait une photo de la somptueuse résidence de Delilah, ouverte au public durant le gala de charité qui avait eu lieu au printemps précédent. De nombreux autres clichés montraient les frères Dalton, ensemble ou séparément, en compagnie de ravissantes créatures en robe du soir et couvertes de bijoux.

Un Dalton en smoking lui avait coupé le souffle. En voir deux d'un coup avait failli l'achever. La photo en question était aussi venue lui rappeler à quel point leurs univers étaient éloignés l'un de l'autre. Elle avait pu ressentir une certaine affinité avec le pilote charmeur qui lui avait payé un verre sur un aérodrome à la frontière mexicaine. Mais, à part leur amour de l'aviation, ils n'avaient vraiment rien en commun. Sauf, bien sûr, une nuit de sexe torride, et cette enfant qu'il l'accusait d'avoir abandonnée.

Suivant les indications de son GPS, elle quitta l'autoroute pour s'engager dans les rues de la ville, en direction du gratte-ciel qui abritait le QG de Dalton International. L'entrée du parking souterrain de l'immeuble était gardée par une barrière et un agent de sécurité en uniforme. Si ce dernier fut surpris d'entendre la conductrice d'un vieux pick-up Ford couvert de poussière rouge lui déclarer qu'elle avait rendez-vous avec le vice-président, il n'en laissa rien voir. Il lui sourit et lui remit une clé électronique.

— M. Dalton nous a prévenus que vous arriveriez cet après-midi, mademoiselle Bartlett. Il vous a réservé une place de parking près de l'ascenseur. Vous n'aurez qu'à glisser cette carte dans le panneau de contrôle de la cabine, et l'ascenseur vous déposera directement au dernier étage.

Ces vacances forcées ne seraient peut-être pas si désagréables, après tout. Quasiment résignée à une semaine de shopping et de farniente, elle gara son pick-up à la place indiquée et ramassa son sac de voyage sur le siège du passager. Un ascenseur aux parois de verre la transporta hors de la pénombre du parking souterrain dans la lumière éclatante du jour, puis fila trente étages plus haut à l'extérieur de la façade, lui offrant une vue fabuleuse sur les magnifiques parcs de la ville et les méandres de la rivière.

En sortant de la cabine, elle suivit les indications gravées sur une discrète plaque de bronze jusqu'à une double porte, puis elle composa le code et s'arrêta net sur le seuil.

Mon Dieu !

Pile devant elle se dressait un véritable mur de verre. Les immenses baies vitrées offraient une vue fabuleuse de la ville à ses pieds, avec le grand stade de football couvert et le dôme du Capitole couronné du Guardian, sa célèbre statue de bronze. Elle se tenait toujours dans l'entrée, frappée de stupeur, lorsqu'elle entendit une autre porte se refermer dans le couloir. Elle jeta un coup d'œil par-dessus son épaule, et son cœur s'emballa d'un seul coup.

L'agent de sécurité devait avoir averti Alex de son arrivée, car il venait vers elle d'un pas déterminé.

— Vous avez fait vite, commenta-t-elle. Comment avez-vous pu arriver aussi rapidement ?

— J'habite ici.

— Ici ?

— Au bout du couloir. C'est juste à côté de mon lieu de travail et très pratique pour recevoir les clients de passage.

— Oui, je n'en doute pas.

Les nombreux articles dépeignant Alex Dalton et son frère entourés d'admiratrices plus ravissantes les unes que les autres resurgirent dans sa mémoire, et elle se dit soudain qu'elle n'était pas la première « cliente » à avoir profité de cet appartement tellement pratique.

— Si vous avez l'intention de surgir dans ma chambre par une porte dérobée et de reprendre notre relation là où nous l'avions laissée, je vous préviens que vous perdez votre temps.

Il se garda bien de répondre, mais le sourire qui étira ses lèvres ne fit que l'irriter davantage.

— Ecoutez, Dalton...

— Vous vous trompez de Dalton.

— Pardon ?

— Je suis Blake, le frère d'Alex, dit-il en lui tendant sa main. Et je suppose que vous êtes Julie Bartlett ?

43

— Je... euh... oui.

Leur ressemblance était extraordinaire. Elle n'était pas encore revenue de sa surprise qu'il lui serra la main dans une étreinte ferme et assurée. Des yeux bleus au regard vif, la copie exacte de ceux de son jumeau, lui souriaient.

— Alex m'a informé que vous aviez accepté sa proposition. Rien ne vous y oblige, vous savez.

— D'après les déclarations de votre frère, j'avais cru comprendre que les Dalton faisaient bloc sur la question de la parenté du bébé.

— C'est vrai, mais cela ne signifie nullement que nous ayons l'intention de vous contraindre par la force — vous ou la maman de Molly, quelle qu'elle soit.

Elle fut à deux doigts de le croire. Mais un tintement annonça l'arrivée de l'ascenseur qui livra bientôt passage à son jumeau. L'un des Dalton avait une poigne de lutteur. L'autre lui coupait le souffle. Et ce fut particulièrement le cas lorsqu'il lui offrit un sourire identique au premier.

— Je vois que vous avez déjà fait la connaissance de l'avorton de la famille.

— Oui... heu... il m'a dit qu'il habitait à cet étage, balbutia-t-elle, faisant un effort pour se reprendre.

— Moi aussi.

D'un geste nonchalant, il indiqua une autre double porte à sa droite, et le cœur de Julie manqua un battement. Elle allait se retrouver prise en tenaille entre les deux Dalton.

— J'ai réservé une table pour dîner dans un restaurant en ville. Disons 19 heures, si cela vous convient ?

Cela lui convenait très bien. Elle préférait de loin rencontrer sa mère en terrain neutre. La redoutable tigresse qu'Alex avait décrite ne pouvait tout de même pas faire trop de scandale dans un lieu public.

— C'est parfait.

— Je passerai vous prendre ici.

Elle acquiesça en silence, et laissa la porte se refermer sur elle avec un déclic discret. Et, une nouvelle fois, elle se demanda comment elle avait pu se laisser entraîner dans une folie pareille.

Une heure plus tard, elle s'était douchée et légèrement maquillée, et elle avait revêtu l'unique tailleur qu'elle ait emporté avec elle. Elle avait passé ces quatre dernières années en jean ou en combinaison de mécanicien, et elle n'avait guère eu l'occasion de jouer les coquettes. Elle considéra d'un œil critique son reflet dans le miroir. L'ensemble, constitué d'un pantalon noir moulant et d'une tunique assortie au col rehaussé de perles, l'avait accompagnée dans des douzaines de voyages et avait prouvé sa résistance au feu et à l'eau, ainsi que son infroissabilité. Mais qu'il convienne pour un dîner avec les Dalton était une tout autre affaire.

Le regard admiratif d'Alex Dalton lorsqu'elle alla répondre à son coup de sonnette suffit à calmer une bonne partie de ses craintes. S'il s'agissait bien d'Alex... Oui, c'était bien lui. La minuscule cicatrice sur son menton le trahissait.

Un autre souvenir remonta à la surface. L'homme avec qui elle avait fait passionnément l'amour possédait un autre signe caractéristique : une petite tache de naissance qui appelait les baisers. Son regard alla involontairement se poser sur un point situé cinq centimètres au-dessus de sa ceinture. Elle tourna aussitôt la tête, priant de toutes ses forces pour ne pas rougir jusqu'aux oreilles, et ramassa son sac.

— Blake vous a trouvée sympathique, déclara Alex en s'effaçant pour la laisser sortir la première.

— Moi aussi, assura-t-elle en jetant un coup d'œil vers son côté du couloir. Vient-il avec nous au restaurant ?

— Nous allons nous y rendre à pied, si cela ne vous fait rien. C'est à deux pas. Et Blake ne sera pas des nôtres, ce soir.

— Ce sera seulement vous, moi et votre mère ?

Et probablement aussi le bébé.

Mais non, ils n'amèneraient pas un bébé dans un restaurant bondé du centre-ville. Alors qu'ils approchaient de l'ascenseur, elle se prépara mentalement au premier round de sa confrontation avec la tigresse Delilah.

— A vrai dire, répondit Alex en faisant éclater sa bulle de préparation psychologique, ce sera seulement vous et moi.

4

— Seulement nous deux ?

Julie s'arrêta net et considéra l'homme à son côté d'un regard soupçonneux. Elle devait reconnaître qu'il n'avait pas l'air de comploter un plan machiavélique. En réalité, c'était même tout le contraire. Dans son pantalon kaki fraîchement repassé et sa chemise bleue à manches courtes et au col déboutonné, il était d'une beauté ravageuse.

A l'exception d'un détail mineur, bien sûr, à savoir qu'il la croyait capable d'abandonner son propre enfant. Sans oublier qu'il avait exercé un odieux chantage sur elle pour l'obliger à passer une semaine en ville.

— Je pensais que la raison principale de cette excursion était — comment disiez-vous ? — de me montrer les rapports harmonieux que vous avez avec le bébé ?

— C'est vrai, convint-il tranquillement en poussant le bouton d'appel de la cabine. Mais, avant de vous jeter en pâture à cette tigresse que j'appelle maman, j'ai pensé que nous pourrions prendre le temps de nous connaître mieux.

Mieux ? Ne s'étaient-ils pas déjà connus d'une manière extrêmement intime ? Son regard redescendit involontairement vers la boucle de sa ceinture. Jurant silencieusement, elle s'obligea à relever les yeux.

Elle allait devoir apprendre à contrôler ces images qui surgissaient dans son esprit aux moments les plus inopportuns. Sinon... la semaine allait être très longue.

Ils ressortirent du building de Dalton International dans la chaleur écrasante de juillet à peine atténuée par l'ombre des gratte-ciel de la ville. Par bonheur, le restaurant n'était qu'à un pâté de maisons. On entrait dans l'élégant bistrot à la française par le lobby d'un hôtel des années 1930 qui avait fait tout récemment l'objet d'une somptueuse rénovation. D'après les articles parus dans la presse, Dalton International avait levé une bonne partie des fonds qui avaient financé cette rénovation. C'était sans doute ce qui expliquait que la propriétaire en personne se soit précipitée à leur rencontre dès qu'ils eurent franchi le seuil de l'établissement.

— Alex !

La petite femme débordante d'énergie se lança alors dans ce que Julie supposa être une longue harangue de bienvenue en français. Alex l'embrassa sur les deux joues en riant et répondit dans la même langue, puis il revint à l'anglais pour procéder aux présentations.

— Cécile, permettez-moi de vous présenter Julie Bartlett. Julie, j'ai le grand plaisir de vous présenter Cécile Duchamp, la plus grande artiste de la bouillabaisse qui ait jamais traversé l'Atlantique.

— Bah, répondit Cécile modestement. Je suis une Provençale, et en Provence tout le monde sait préparer la bouillabaisse.

Le sourire qu'elle tourna vers Julie ne vacilla pas. Au contraire, il s'élargit. Mais le regard qui l'accompagnait était vif, évaluateur et distinctement féminin.

Et, alors que la jolie petite femme brune les conduisait à un box circulaire niché dans un coin de la salle, Julie ne put s'empêcher de se demander si Cécile ne faisait pas, elle aussi, partie de la liste des candidates au titre de maman du bébé.

— Je vais vous apporter une bouteille de votre réserve personnelle, n'est-ce pas ? Ainsi que les crudités.

— Vin rouge ou vin blanc ? demanda Alex en se tournant vers Julie. Ou peut-être préférez-vous une autre boisson que le vin ?

Comme la bière mexicaine qu'ils avaient partagée à l'aérodrome de Nuevo Laredo ? Une nouvelle scène resurgit dans sa mémoire :

Alex éclatant de rire devant sa grimace lorsqu'elle avait mordu dans le citron vert — juste avant de se pencher par-dessus la table pour effacer la moue de ses lèvres.

— Le rouge sera parfait, répondit-elle précipitamment.

Le vin s'avéra plus que parfait. Le vin de Cécile avait la douceur du velours dès la première gorgée. Pour Julie, son bouquet évoquait un immense champ de grands tournesols se balançant dans la brise, avec leurs couronnes dorées levées vers l'astre solaire. Probablement parce que cette fleur particulière figurait sur tous les posters représentant le sud de la France.

Alex était adossé à son siège dans une attitude détendue, mais elle ne se laissait pas abuser une seconde par son apparente nonchalance. Et ses soupçons se confirmèrent lorsqu'il lui fit une requête apparemment anodine :

— Parlez-moi de ce que vous faisiez au Chili.

— Est-ce cela que vous entendiez lorsque vous parliez du besoin de mieux nous connaître ? répliqua-t-elle d'un ton irrité. Ce qui vous intéresse, c'est seulement ce que je faisais l'année dernière. Pour le reste, je pense que votre détective vous a tenu informé.

Une ombre de contrariété traversa son visage hâlé.

— Je m'efforçais seulement d'alimenter la conversation.

— Très bien. Dans ce cas, pourquoi ne pas me parler de vous-même ?

— Qu'aimeriez-vous savoir ?

Elle avait glané des informations générales sur lui grâce à ses recherches sur internet : âge, éducation, associations professionnelles. Elle avait appris des détails physiques plus intimes durant leur nuit ensemble. Et elle avait indéniablement senti la farouche détermination qui avait conduit Alex Dalton et sa famille tout en haut de l'échelle de la fortune. Mais l'homme lui-même était encore un mystère pour elle.

— Qu'est-ce que cela vous fait d'être un jumeau ?

Il se détendit et esquissa un sourire mélancolique.

— Tous les clichés sont vrais. Blake et moi, nous nous sommes toujours battus férocement pour conserver nos identités individuelles. Nous nous sommes aussi battus l'un contre l'autre. La rivalité entre deux moitiés d'un même tout prend une tout autre dimension. Et, bien entendu, nous ne laissions pas passer une seule chance de nous faire passer l'un pour l'autre, pour semer la confusion dans l'esprit des baby-sitters et des professeurs.

Il sirota une nouvelle gorgée de son vin, et elle fixa sa gorge, se rappelant les endroits exacts où elle avait posé ses lèvres, alors qu'il poursuivait :

— Le lien est toujours là. Un lien indéfinissable, intangible. Même lorsque nous sommes dans des régions différentes du monde, si Blake souffre, je le sens. Si je me mets en colère, sa pression sanguine s'envole.

Elle demeura silencieuse, s'efforçant d'imaginer une telle proximité avec une autre personne. Comme s'il avait lu dans ses pensées, Alex demanda :

— Et vous ? Qu'est-ce que cela vous fait d'être fille unique ?

— J'ai toujours adoré cela, répondit-elle, ressentant un pincement de tristesse au souvenir de ses chers parents, disparus plus de dix ans auparavant. Mes parents me gâtaient beaucoup.

— C'est sans doute ce qui explique que vous ayez réussi à les convaincre de vous laisser passer votre licence de pilote à l'âge de... Quel âge aviez-vous ? Quatorze ans ? Quinze ans ?

Avant qu'elle n'ait le temps de se lancer dans une nouvelle tirade coléreuse contre ses intrusions dans sa vie privée, il leva une main apaisante.

— Après l'épisode de Nuevo Laredo, j'étais curieux à votre sujet. Je me suis livré à quelques petites recherches.

— Qui n'ont eu aucune suite jusqu'au jour où quelqu'un a déposé un bébé devant la porte de votre mère.

Pourquoi avait-elle dit cela ? Maintenant, il allait croire qu'elle était amère d'avoir été délaissée.

Mais Alex ne parut pas s'en formaliser. Il se contenta de sourire et de hausser les épaules.

— Le fait est que j'ai cherché à vous retrouver. Mais, à ce stade, vous étiez déjà partie en Amérique du Sud.

Voilà qui mettait leur histoire dans une perspective différente. Tellement différente, à vrai dire, qu'elle se surprit à se détendre pour la première fois depuis qu'Alex Dalton avait resurgi du passé pour mettre sa vie sens dessus dessous.

Ils s'en tinrent à des sujets sans danger durant tout leur repas, puis Cécile fit flamber elle-même leur dessert de crêpes Suzette à la table, et Julie dut reconnaître qu'elle n'en avait jamais goûté d'aussi légères ni d'aussi succulentes.

— Je vous avais bien dit que Cécile était une artiste, lui fit remarquer Alex en la voyant soupirer d'aise.

— Oui, c'est vrai, convint-elle, piquant sa fourchette dans le dernier morceau de crêpe pour essuyer la délicieuse sauce au Grand Marnier. Je me demande si Cécile les fait aussi à emporter. J'adorerais les faire goûter à Dusty et à Chuck. A la réflexion, je ferais mieux de m'abstenir, ajouta-t-elle après une pause. Dusty donnerait la moitié de la sienne à Belinda, et elle n'a certainement pas besoin de calories supplémentaires.

— Un nom peu ordinaire pour un chat, constata-t-il en posant nonchalamment le bras sur le dossier du box circulaire.

La main d'Alex était encore à vingt bons centimètres, mais Julie aurait pu jurer qu'elle sentait sa chaleur irradier lentement dans sa nuque.

— Belinda n'est pas une chatte ordinaire. Dusty prétend qu'elle a le pouvoir de sentir les insectes nuisibles à un kilomètre.

— Peut-être devrais-je m'assurer qu'il inclut Belinda dans l'inventaire des avoirs d'Agro-Air, au moment de la signature du contrat.

Ce rappel de leur accord aurait dû faire voler en éclats la bulle de bien-être générée par le délicieux dessert — et c'est probablement ce qui se serait produit si elle n'avait pas été aussi consciente de la présence de ce bras tendu sur le dossier du box, des muscles durs sous la peau hâlée couverte d'une légère toison décolorée par le soleil.

— Ce serait peut-être une bonne idée, convint-elle en reculant prudemment.

— Que diriez-vous d'un café ? Peut-être un capuccino ? Cécile les prépare avec de la vraie crème fouettée maison.

— Je crois que je vais passer. Mais prenez-en un si cela vous tente.

— Non, je crois que cela ira, pour moi.

Il se glissa hors du box avec une aisance naturelle, et il en fit le tour pour venir lui offrir sa main. Elle hésita un bref instant. Son sentiment de bien-être s'évaporait lentement, et un doute insidieux revenait l'assaillir. Alex et Cécile semblaient être très bons amis. S'était-il arrangé pour qu'elle mette de côté son verre ou sa fourchette, afin qu'ils finissent dans un sachet en plastique de laboratoire d'analyses ?

Il lui avait promis de ne prendre que ce qu'elle serait prête à lui donner. Tiendrait-il sa parole ? Son instinct lui disait que oui. Sa logique répondait que les enjeux étaient trop élevés pour qu'elle prenne le risque de lui faire confiance.

Elle leva alors ses yeux vers les siens, et ce qu'elle y lut la convainquit d'écouter son instinct. Elle glissa la main dans la sienne, et ces doigts souples et vigoureux qui avaient fait chanter son corps se refermèrent sur les siens. Dangereusement consciente des sensations qu'ils éveillaient de nouveau, elle se glissa hors du box et libéra aussitôt sa main pour ramasser son sac.

Marchant devant lui, elle se dirigea vers l'entrée du restaurant, calculant mentalement combien elle allait avoir à payer lorsqu'il adressa un signe amical à la propriétaire.

— Au revoir, Cécile !

Depuis la cuisine ouverte, la jolie petite femme brune leva sa spatule pour lui lancer un salut.

— Au revoir, Alex !

— Nous n'avons pas payé l'addition, protesta Julie.

— J'ai un compte chez Cécile.

— Mais pas moi, répliqua-t-elle. Je croyais avoir été assez claire. Je tiens à régler moi-même toutes mes dépenses.

— Ce n'était qu'un dîner, Julie.

— C'est curieux, mais pour moi cela ressemble davantage à une tentative de corruption. Certains penseraient même que cette semaine a toutes les caractéristiques d'un chantage.

— Personnellement, je la considère comme une condition

préalable à une proposition d'affaires parfaitement légitime, répondit-il avec un haussement d'épaules.

— Dois-je comprendre que vous allez faire figurer toutes mes dépenses sur les comptes de votre société ?

— Non, bien sûr. Mais...

— Pas de « mais », Dalton. Je me débrouille toute seule depuis l'âge de dix-sept ans. Je paie toujours moi-même mes factures.

Alex s'apprêtait à protester lorsqu'il se souvint que la ravissante pilote aux cheveux de cuivre avec qui il avait passé une merveilleuse nuit l'avait quitté dès l'aurore après avoir déposé un bref baiser sur ses lèvres, prétextant un vol matinal. Lorsqu'il s'était levé à son tour, plusieurs heures plus tard, il s'était aperçu qu'elle avait déjà réglé leur note d'hôtel.

— D'accord, capitula-t-il. Je vais noter toutes nos dépenses. Nous ferons nos comptes à la fin de votre séjour.

Ou pas. Il n'avait aucune intention de lui présenter une facture. Il avait jeté un coup d'œil aux finances d'Agro-Air, et il doutait qu'elle ou l'un de ses deux associés soit en mesure de régler la note d'une semaine de grands crus et de repas dans des établissements comme celui de Cécile. Au demeurant, au terme de son séjour, il saurait avec certitude si elle était ou non la mère biologique de Molly. Si c'était effectivement le cas, les dépenses de cette semaine prendraient une importance très secondaire par comparaison avec les négociations qui suivraient.

Il devait toutefois reconnaître que la probabilité que Julie ait pu abandonner son enfant diminuait rapidement. Cette femme était farouchement indépendante. Si l'on ajoutait à cela le fait qu'elle était particulièrement entêtée, il devenait difficile de croire qu'elle ait volontairement renoncé à quoi que ce soit, et surtout pas à son propre bébé.

Sans ces zones d'ombre dans son emploi du temps lorsqu'elle était en Amérique du Sud et son refus catégorique de lui fournir un échantillon d'ADN, il aurait peut-être mis immédiatement un terme à cette visite forcée. Puis il nota le doux balancement de ses hanches alors qu'elle se dirigeait vers l'entrée du Dalton International Building.

Il allait attendre encore un jour ou deux, décida-t-il, les yeux fixés sur son petit derrière rond. Il demanderait à son détective privé de poursuivre son enquête, de découvrir ce que Julie cachait derrière cette façade ombrageuse.

Lorsque l'ascenseur s'arrêta en douceur au dernier étage, c'était son unique intention. Il allait creuser un peu plus. Son seul désir était de découvrir qui était vraiment la femme qui se cachait à l'intérieur de cette enveloppe de rêve. Les détails de leur folle nuit s'étaient un peu estompés avec le temps et les pressions de son travail, mais il lui restait suffisamment de souvenirs pour saisir le prétexte de leur planning du lendemain et s'inviter chez elle afin de boire un dernier verre.

— J'ignorais que nous avions un planning à établir, objecta-t-elle en se débarrassant de son sac et de sa clé magnétique sur la table basse du salon.

— Ma mère s'est retirée des affaires il y a cinq ans, mais elle a un peu de mal à renoncer à sa place aux commandes de la société. Nous sommes invités à un brunch chez elle à 10 heures précises demain matin. Après cela, je pensais vous offrir une visite guidée de nos opérations locales.

Pendant que Julie réfléchissait à sa proposition, il alla jusqu'au meuble mural d'acajou qui abritait un équipement stéréo complet d'un côté, et un bar bien approvisionné de l'autre.

— Qu'est-ce qui vous plairait ? s'enquit-il en ouvrant l'une des portes, pour révéler des étagères garnies de bouteilles de marques prestigieuses. Un alcool ? Un verre de vin ? Ou alors la spécialité de la maison ?

— De quoi s'agit-il ?

— C'est une mixture que mon père a fait mettre en bouteille en Ecosse tout spécialement pour lui. Il l'avait nommée « la folie de Jake ».

— D'accord. Je veux bien goûter. Mais pourquoi « folie » ?

— Il n'a jamais voulu nous le dire. Ma mère non plus, mais elle refuse toujours d'en boire une seule goutte.

Lorsque Julie s'approcha afin de voir de plus près l'étiquette noire frappée d'un derrick doré d'où jaillissait le pétrole, il en profita pour respirer sa fragrance de savon et de shampooing à laquelle se mêlait le subtil parfum d'orange des crêpes Suzette. Se rendait-elle compte à quel point cette combinaison était affolante ? Se doutait-elle que les perles chatoyantes qui décoraient l'encolure de sa tunique mettaient merveilleusement en valeur la teinte si étrange de ses yeux ?

Ceux de Molly étaient gris-bleu, mais cela pourrait changer. D'après Delilah, les yeux des bébés n'acquéraient leur couleur définitive que vers l'âge de neuf ou dix mois. Ceux de Molly vireraient-ils au bleu cobalt comme les siens, ou tendraient-ils vers le vert comme ceux de Julie ?

Le temps d'un instant, il regretta sa promesse de ne pas recueillir un échantillon de son ADN sans sa permission. Un tel échantillon ne constituerait peut-être pas une preuve recevable devant un tribunal dans le cas d'une dispute sur les droits de garde de l'enfant, mais au moins il saurait.

Il refoula aussitôt cette idée. Il lui avait donné sa parole, et il tiendrait sa promesse. Mais il ne lui avait pas promis de renoncer totalement à essayer de découvrir la vérité.

— Vos cheveux sont plus longs que dans mes souvenirs de Nuevo Laredo, commenta-t-il.

— Je n'ai pas eu beaucoup de temps pour m'en occuper durant toute cette année, répondit-elle avec un haussement d'épaules. Je les laisse simplement pousser pour pouvoir les attacher plus facilement.

— J'adore vos cheveux, déclara-t-il en enroulant une mèche de cuivre autour de son doigt comme si c'était la chose la plus naturelle du monde. Et ce n'est pas la seule chose que j'aime chez vous, ajouta-t-il en se rapprochant encore. Je me souviens de quelques autres détails de cette fameuse nuit.

— Moi aussi, répliqua-t-elle, fronçant les sourcils. Suffisamment pour vous avertir tout de suite que nous ne répéterons pas l'expérience.

Toutefois, elle ne recula pas, n'essaya pas de lui faire lâcher ses cheveux. Il nota ces détails avec une profonde satisfaction.

— Hum ! fit-il d'un air pensif. Pas de seconde chance, alors ? Notez bien que je crois vous avoir dévoilé tous mes meilleurs arguments, cette nuit-là. Mais, avec un peu de temps devant moi et des encouragements adéquats, je devrais pouvoir inventer d'autres propositions originales.

Il avait prononcé ces mots d'un air solennel qui la fit sourire.

— Du point de vue de mon expérience personnelle, répliqua-t-elle, je peux confirmer que vos arguments étaient très convaincants. Et je soupçonne que vous n'auriez pas besoin de beaucoup d'encouragements pour en inventer de nouveaux.

— Vous avez tout à fait raison. En fait, ceci pourrait amplement me suffire.

Il exerça une légère traction sur ses cheveux pour la rapprocher de lui sans la brusquer.

Julie eut tout le temps de débattre avec sa conscience. Elle pouvait maintenir une façade d'indifférence devant Dalton, mais il lui était impossible de se mentir à elle-même. Ses motivations pour venir en ville étaient nombreuses et assez confuses. Il ne s'agissait pas seulement de la proposition d'affaires que cet homme lui avait faite. Ni de la promesse de Dusty de renoncer aux casinos si elle se pliait aux exigences scandaleuses de Dalton comme préalable à leur accord. Pas même de son sens inné de la justice, qui l'obligeait à reconnaître qu'il était légitime qu'un homme ait besoin de savoir qui était la maman de son enfant. La triste vérité, c'était que Dalton l'irritait et l'excitait à la fois.

En toute honnêteté, elle devait même avouer que, si elle additionnait les minutes qu'ils avaient passées ensemble, il l'excitait beaucoup plus souvent qu'il ne l'irritait. Mais cela n'excusait tout de même pas la bêtise qu'elle commit ensuite, en levant son visage vers lui pour recevoir son baiser.

Car c'était bien une bêtise. La vague inouïe de sensations qui déferla aussitôt sur elle en était la preuve éclatante. Et, lorsqu'il glissa son bras libre autour de sa taille, elle frissonna de la tête aux pieds.

— Vos cheveux sont plus longs, murmura-t-il en l'attirant à lui. Mais vos baisers ont toujours le même goût délicieux.

Ses lèvres vinrent de nouveau effleurer les siennes, lentement, délibérément, puis il ajouta d'une voix rauque :

— « Délicieux » est un mot trop faible. Votre bouche a un goût divin.

Il ponctua cette déclaration d'un nouveau baiser, la serrant plus fort contre lui, et elle eut l'impression que chaque point de contact entre leurs corps renaissait à la vie. Ses seins. Ses hanches. Son ventre.

C'était exactement comme la première fois, songea-t-elle, atterrée. A peine avaient-ils claqué derrière eux la porte de ce motel miteux qu'ils s'arrachaient déjà mutuellement leurs vêtements. Elle éprouvait le même besoin irrésistible de glisser les mains sous sa chemise, de sentir ses muscles durs.

Mais, dans le dernier carré de lucidité de son esprit, une voix lui criait de se rappeler ce que ce déchaînement de passion avait produit : deux êtres se débattant dans un labyrinthe d'incertitudes. Cette pensée eut l'effet d'une lance à incendie sur ses hormones en feu. Il était temps de mettre fin à cette mascarade, décida-t-elle, sortant de sa torpeur. Plus que temps. Même la vision idyllique d'un Lane 602 tout neuf ne pouvait la convaincre de continuer dans cette voie.

— Alex, écoutez-moi. Je n'étais pas enceinte lorsque je suis partie en Amérique du Sud. Je n'ai pas accouché dans un hôpital chilien, ni dans une clinique perchée dans les montagnes. Je ne suis pas la mère de votre enfant.

Elle s'écarta de lui pour se donner la place de respirer, leva une main pour enrouler quelques cheveux autour de son doigt et tira.

— Tenez, dit-elle d'une voix encore un peu essoufflée en les glissant autour du premier bouton de sa chemise. Voici quelques-uns de mes cheveux. Faites procéder à toutes les analyses qu'il vous plaira.

5

Cette brusque injonction déchira brutalement le brouillard parfumé, peuplé de sensations tactiles, dans lequel Alex flottait avec délices. Réprimant héroïquement sa frustration, il s'obligea à quitter l'univers des sens pour revenir à la raison.

Pourquoi diable avait-elle choisi ce moment précis pour lui offrir ces preuves ? Elle aurait pu attendre jusqu'à la fin de la semaine et s'assurer ainsi qu'il honorait l'accord qu'il avait conclu avec elle et avec ses associés. Elle aurait pu aussi continuer à nourrir ses doutes, le laisser se débattre avec la question de savoir pourquoi une femme énergique et volontaire comme elle, douée d'une éthique du travail intransigeante, abandonnerait un enfant. Au lieu de cela, elle avait mis toutes ses cartes sur la table. Ou, plus précisément, elle les avait enroulées autour du bouton de son col.

Progressivement, l'homme d'affaires à la logique de glace vint supplanter le mâle sensuel en lui. Il désirait cette femme au-delà de tous les mots, mais il avait besoin de comprendre ses motivations.

— D'accord, dit-il d'une voix douce.
— D'accord ? répéta-t-elle, levant des yeux ébahis vers lui. D'accord pour quoi ?
— D'accord, je ferai ce qui doit être fait.
— Je pensais que vous seriez fou de joie, observa-t-elle, visiblement surprise et déçue par la brièveté de sa réponse. N'est-ce

pas ce que vous désiriez ? La preuve irréfutable de l'identité de la mère de votre enfant ?

Oui, c'était bien ce qu'il désirait. Sans aucun doute. Son frère et lui vivaient dans l'incertitude depuis des semaines. Blake gérait la situation avec la prudente mesure qu'il adoptait face à tous les problèmes. Lui était plus impatient.

Cependant, loin de lui fournir une réponse définitive, Julie venait seulement de rouvrir le débat. Si elle n'était pas la mère de Molly, qui était donc cette mystérieuse femme ? Cette question sans réponse était presque aussi frustrante que le désir que Julie éveillait en lui. Il brûlait dans ses veines, plus intense que jamais, alors que lui s'efforçait désespérément de trouver une solution qui lui permettrait de garder Julie auprès de lui.

— J'enverrai l'échantillon au laboratoire dès demain. Mais il faudra attendre un peu pour avoir les résultats.

— Combien de temps ?

Il décida de ne pas évoquer les milliers d'analyses qui attendaient leur tour dans des laboratoires surchargés de travail à travers tout le pays. Ni la décision de justice que Blake avait mentionnée, qui annulait des résultats apparemment inattaquables du point de vue scientifique.

— Au moins aussi longtemps que vous aviez prévu de rester à Oklahoma City, se contenta-t-il de répondre.

Elle accepta la nouvelle avec un haussement d'épaules fataliste.

— Je suppose que ça n'a au fond aucune importance. A présent, vous connaissez toute la vérité. Vous pouvez lancer votre détective sur la piste d'une autre candidate.

— Il n'y a pas d'autres candidates.

— Ah, c'est vrai ! constata-t-elle, esquissant un sourire ironique. J'étais la dernière sur votre liste.

Mais, sans qu'il sache trop comment c'était arrivé, si elle était la dernière sur sa liste des mères possibles de Molly, elle venait de se placer tout en haut d'une autre liste. Et ce fut pour cette raison qu'il glissa les doigts dans la douceur de soie de ses longs cheveux.

— Voyons, où en étions-nous ? Ah oui, je me souviens.

Sur ces mots il inclina la tête pour s'emparer de nouveau de sa bouche, un assaut si soudain et si extraordinairement sensuel que Julie n'eut pas l'occasion de se défendre, même si elle en avait eu le désir. Ce qui n'était pas le cas. Lorsque les lèvres d'Alex vinrent se poser sur les siennes, elle résista trois ou quatre secondes au grand maximum.

Puis elle noua les bras autour de son cou, et Alex dut en déduire qu'il avait sa permission pour lui enlacer la taille et la serrer de nouveau contre lui, car l'une de ses mains demeura enfouie dans ses cheveux tandis que l'autre se glissait sous l'ourlet de sa tunique. Ses sens en folie enregistrèrent sa tiédeur, sa force, son lent cheminement jusqu'au creux de son dos, comme une douce torture.

Elle se sentait immensément soulagée d'avoir mis un point final à cette ridicule histoire d'ADN. A ce sentiment venaient se mêler les souvenirs de leur première rencontre érotique, mais ceux-ci pâlissaient rapidement par comparaison aux sensations qu'elle éprouvait à cet instant. Elle était dévorée d'un désir insensé. Elle voulait sentir sur chaque partie de son corps la chaleur de sa bouche et de ses mains. Un incendie hors de contrôle faisait rage en elle.

Un incendie presque hors de contrôle, en fait.

Dans un dernier éclair de lucidité, elle s'arracha au sortilège de ses lèvres.

— Heu... je crois que ce n'est pas une bonne idée, balbutia-t-elle d'une voix un peu haletante.

Les yeux bleus d'Alex vinrent se river aux siens, et le feu dévorant qui y brûlait à l'instant précédent s'éteignit progressivement, inexorablement. Elle ne savait pas trop si elle devait en être soulagée ou déçue.

— Vous avez peut-être raison, convint-il après un silence qui éprouva douloureusement ses nerfs.

Ignorant les protestations de son corps, elle s'écarta de nouveau.

— Je partirai demain, déclara-t-elle. Inutile de compliquer encore une situation déjà suffisamment embrouillée.

— Vous ne pouvez pas partir.

Elle fronça les sourcils.

— Et pourquoi pas ?

— Vous n'avez pas encore rencontré Molly. Ou ma mère.

— A quoi cela servirait-il ?

— Je vous rappelle que Delilah Dalton est encore l'un des principaux actionnaires de Dalton International, dont Agro-Air doit bientôt faire partie, dit Alex, s'efforçant de s'exprimer d'un ton calme malgré l'angoisse qui lui nouait les entrailles. Il est bon que vous sachiez à qui vous avez affaire.

Une lueur d'incrédulité brilla dans les extraordinaires yeux vairons fixés sur lui.

— Voulez-vous dire que vous avez toujours l'intention d'honorer notre accord ? Bien que je vous aie fourni la preuve que je ne suis pas la maman de Molly ?

— Pensez-vous que je ne le ferais pas ? répliqua-t-il d'un ton coupant.

— Je ne sais plus quoi penser, reconnut-elle. Vous... le bébé... toute cette situation me donne l'impression de voler au cœur d'un orage, sans avoir les instruments adéquats.

Cet aveu désamorça instantanément son irritation. Il ressentait une immense satisfaction à l'idée que cette collision inattendue entre leur passé et le présent l'avait déstabilisée autant que lui.

Décidant qu'il était plus prudent de regagner ses quartiers avant de céder à la tentation de la serrer de nouveau dans ses bras, il prit congé d'elle.

— Merci d'être venue à Oklahoma City, Julie. Et merci encore pour les cheveux que vous m'avez confiés, même si le fait que vous me les ayez remis volontairement laisse déjà présager que le résultat sera négatif.

Il vit que son merveilleux regard était encore voilé d'incertitude. Dans un élan irraisonné, il déposa un bref baiser sur ses lèvres.

— Je vous verrai demain. Mère nous attend à son brunch. A 10 heures précises. Nous devrons nous mettre en route vers 9 h 30.

Julie n'avait pas pour habitude de traîner au lit le matin, aussi se réveilla-t-elle à son heure habituelle, le lendemain, et elle s'occupa comme elle le put dans le somptueux appartement qu'on lui avait alloué, en préparant du café et en grignotant l'une des pâtisseries d'un panier déposé sur le comptoir de marbre de la cuisine.

Puis, comme il lui restait encore deux heures à tuer, elle enfila un débardeur et un short, et descendit marcher dans les rues encore désertes. La ville commençait à peine à s'animer lorsqu'elle prit l'ascenseur pour remonter à sa suite en terrasse. Une douche brûlante la débarrassa de sa transpiration. Un excellent shampooing à la mangue, gracieusement offert par Dalton International à ses hôtes de marque, laissa ses cheveux doux et brillants.

Enveloppée dans un drap de bain moelleux, elle alla ouvrir la porte coulissante du dressing et passa en revue sa maigre garde-robe. Au cours des années, il lui était déjà arrivé de se retrouver dans des situations terrifiantes. Elle avait traversé des orages aux commandes de son avion dans les Andes et, une fois, elle avait même survécu à une coulée de boue. Mais son imminente rencontre avec Delilah Dalton prenait désormais la première place dans son petit musée des horreurs. Qu'allait-elle bien pouvoir porter pour affronter la tigresse dans sa tanière ?

A vrai dire, ses choix étaient limités. Un jean, ou son fidèle pantalon noir. Elle opta pour le pantalon, accompagné cette fois-ci d'un chemisier sans manches rose fanée, et d'une ceinture noire à boucle d'argent martelé qu'elle avait rapportée du Pérou. En guise de touche finale, elle accrocha des pendants d'argent à ses oreilles, espérant qu'ils lui donneraient l'assurance nécessaire pour affronter la redoutable Delilah Dalton.

Lorsqu'elle vint répondre à son coup de sonnette, elle vit qu'Alex approuvait ses choix, mais elle ne put s'empêcher de remarquer que l'expression d'admiration dans ses yeux était moins vive que la veille, son sourire moins chaleureux.

— Bonjour.

— Bonjour, répondit-elle, faisant de son mieux pour dissimuler son amère déception.

D'accord, une nuit de réflexion l'avait convaincu de stopper net les débordements de la passion qui avaient failli leur faire perdre tout contrôle une seconde fois. D'accord, il regrettait déjà de lui avoir suggéré de rester en ville jusqu'à la fin de la semaine. Et alors ? L'un d'eux, au moins, devait faire preuve de bon sens. Mais son visiteur s'excusa :

— Alex sera là dans quelques minutes. Il a été retenu par un coup de fil de Madrid.

— Oh !

Elle venait de remarquer un peu tard que le menton de son interlocuteur ne portait aucune trace de cicatrice, et elle en éprouva un soulagement tout à fait ridicule.

— Aucun problème, assura-t-elle. Je ne suis pas pressée. Comment allez-vous, Blake ?

— Pour l'instant, tout va bien, répondit-il avec un sourire facétieux. Nous verrons si c'est toujours le cas après ce brunch avec la reine mère.

— Pourquoi vouloir me rendre encore plus nerveuse que je ne le suis déjà ?

— Alex vous a-t-il mise en garde, concernant Delilah ?

— Pas expressément, non. Mais l'un de mes associés la connaît, ou plutôt il l'a connue à l'époque où vos parents venaient de se lancer dans les affaires.

— D'après ce que maman nous a raconté, c'était une époque assez turbulente. Et naturellement, les versions qu'elle nous en a données étaient probablement très édulcorées.

Elle lui rendit son sourire, se prenant immédiatement d'affection pour lui. Un homme calme, pondéré, avec qui l'on se sentait à l'aise, avec qui il était facile de bavarder en dépit d'un physique à couper le souffle.

Tout le contraire de son frère, en fait. Sa gorge était encore serrée, lorsque la porte s'ouvrit à l'autre bout du couloir. La simple vue des yeux bleus électriques d'Alex Dalton et de son visage énergique suffisait à faire palpiter son cœur.

Elle réfléchit à sa réaction durant le court trajet en voiture, dans la lumière éclatante d'un matin d'Oklahoma City. Le fait que Blake, pourtant charmant et très séduisant, ne suscite en elle qu'un faible degré d'intérêt féminin était un mystère qu'elle ne parvenait pas à résoudre. Pourquoi son frère, au contraire, faisait-il ressortir ses instincts les plus débridés par sa simple présence ? Au point de lui avoir fait oublier, l'année précédente, les enseignements de toute une vie de bon sens et de prudence ? Elle avait même failli répéter la même erreur la veille. Et, pire encore, elle regrettait de ne l'avoir pas fait. Comment pouvait-on être aussi bête ?

Elle s'était endormie avec le goût des baisers d'Alex Dalton sur ses lèvres, et la certitude absolue que, si elle était venue à Oklahoma City, c'était uniquement pour lui et pas pour l'accord très lucratif qu'ils avaient conclu. Ni pour la promesse solennelle énoncée par Dusty de renoncer aux jeux de hasard. Le simple fait d'être assise dans la Jaguar aux sièges de cuir crème, tout près d'Alex, avec sa grande main hâlée posée sur le levier de vitesses à quelques centimètres de son genou, la plongeait dans un état proche de la transe.

Elle se trouvait encore dans cette torpeur lorsqu'ils tournèrent dans la longue allée courbe qui conduisait à un chef-d'œuvre inspiré de la Renaissance italienne.

Ouvrant de grands yeux, elle nota tour à tour la fontaine à trois niveaux, haute de six ou sept mètres, une profusion de colonnes en marbre et une façade décorée de corniches merveilleusement ouvragées.

Alex arrêta sa voiture au pied de l'escalier donnant accès aux portes monumentales de ce palais. Blake, qui avait voyagé avec eux sur le siège arrière de la voiture, avait déjà mis pied à terre et lui tendait la main pour l'aider à descendre avant même qu'elle ait eu le temps de déboucler sa ceinture. Les frères Dalton avaient aussi cela en commun : ils étaient tous deux des gentlemen.

— Bienvenue dans l'univers de Delilah.

— N'est-ce pas plutôt l'univers des Dalton ? s'étonna-t-elle en contemplant de nouveau la somptueuse façade.

— Nous avions déjà quitté le foyer familial, Alex et moi, lorsque notre mère s'est mis en tête de... d'adopter le mode de vie de la haute société.

— Dieu merci, marmonna Alex en composant le code de la porte sur un clavier discrètement dissimulé dans la pierre.

Ce code devait avoir déclenché un signal silencieux, car à peine avaient-ils fait deux pas dans le gigantesque hall d'entrée qu'un authentique majordome revêtu de l'uniforme qu'exigeait sa fonction, frac et gants blancs, se matérialisa devant eux. L'homme s'avança d'un air très digne et s'inclina respectueusement devant les frères Dalton.

— Ces messieurs sont très ponctuels. Madame sera ravie.

— Il serait extrêmement malséant de faire attendre Sa Majesté, répondit Alex d'un ton ironique. Louis, je vous présente Julie Bartlett. Julie, voici Louis, qui était le majordome du prince Albert de Monaco jusqu'à ce que ma mère le lui souffle, durant son dernier voyage en Europe.

Elle se sentait totalement hors de son milieu. Comment saluait-on un majordome ? Un simple hochement de tête ? Une poignée de main ? Elle décida de suivre l'exemple de Louis, qui lui sourit en déclarant :

— C'est un plaisir de faire votre connaissance, mademoiselle Bartlett.

— Merci. Pour moi aussi, c'est un plaisir.

— Madame se trouve dans le salon vert, les informa Louis. Elle attend ces messieurs, aussi je n'aurai pas besoin de lui annoncer...

— Je suis ici.

La voix se réverbéra sous les hauts plafonds du hall monumental. Elle émanait d'une femme grande et mince, qui ne laissait plus rien transparaître de ses racines populaires. Tout du moins, au premier regard. Julie ne vit tout d'abord que la coiffure spectaculaire, œuvre d'un grand coiffeur, et les cinq ou six carats de saphirs à ses oreilles. Mais, derrière la façade scintillante de Delilah Dalton, un œil attentif pouvait encore deviner la glaise dure de l'Oklahoma.

— Alors, c'est vous, la femme avec qui mon fils a eu des rapports à Nuevo Laredo, l'année dernière ? s'enquit la matriarche, se dispensant des mondanités.

Ne sachant pas trop quoi répondre à une telle question, Julie se contenta d'acquiescer en silence.

— Etes-vous la mère de Molly, mademoiselle Bartlett ?

Cette question brutale provoqua une réaction indignée chez ses deux fils.

— Maman, voyons !
— Delilah, arrête tout de suite !
— Ce n'est pas grave, répondit Julie d'une voix posée. Je comprends votre inquiétude, madame Dalton, mais j'ai déjà fourni à Alex la réponse à cette question.
— Et alors ? dit Delilah en se tournant vivement vers son fils.
— Julie déclare qu'elle n'est pas la maman de Molly, répondit-il.
— Et tu la crois ?
— Oui.

Visiblement peu satisfaite de cette réponse trop simple, Delilah poussa un soupir excédé, et Julie attendit qu'Alex dise à sa mère qu'elle lui avait remis un échantillon d'ADN pour prouver ses affirmations. Or, à sa grande surprise, il garda cette information pour lui. Au lieu de cela, il déclara tranquillement :

— Je suggère que tu rentres tes griffes, maman. Julie est notre invitée, ainsi que notre future associée en affaires. Et je crois me souvenir que tu nous as invités à un brunch.

Louis se retira discrètement pendant que Delilah et Alex se dévisageaient mutuellement comme des lutteurs prêts à en venir aux mains. Les saphirs des boucles d'oreilles de la mère capturèrent un rayon de soleil filtrant à travers l'œil-de-bœuf au-dessus de la porte. La couleur lumineuse des pierres précieuses était exactement la même que celle des yeux de ses fils.

A l'évidence les liens entre eux étaient plus compliqués que ce qu'elle pouvait en voir. Sans trop savoir comment, elle avait mis le pied dans une situation qui la dépassait, et elle n'aimait pas particulièrement cette sensation de servir de tampon entre deux fortes personnalités. Trois, en comptant Blake. Ce dernier paraissait, certes, plus réfléchi que son jumeau, mais Julie soupçonnait que les trois Dalton resserreraient immédiatement les rangs s'ils percevaient qu'un danger quelconque menaçait leur petit cercle.

Elle songeait sérieusement à quitter la scène et à les laisser régler seuls leurs problèmes lorsque Delilah les conduisit dans un salon décoré pour suggérer la douceur d'un petit jardin sortant de la brume. Selon toute évidence, il s'agissait du fameux salon vert. Un service à café en argent trônait sur un plateau au centre d'une table basse incrustée de marbre.

Visiblement soucieuse de faire preuve d'un minimum de courtoisie, Delilah désigna le plateau.

— Le brunch sera servi dans quelques instants. Puis-je vous servir une tasse de café en attendant, mademoiselle Bartlett ?

— Oui, je vous remercie. Noir, s'il vous plaît.

Au même instant, un bruit de pas résonna dans le hall. Une seconde plus tard, tous les regards se tournèrent vers une jeune femme qui venait d'apparaître sur le seuil, un bébé dans les bras.

— Ah ! s'exclama Delilah avec un sourire qui adoucit son visage anguleux. Voici Grace avec notre petit ange.

Grace était probablement la nounou. Ou la jeune fille au pair, comme on les appelait de nos jours. C'était une jeune femme d'environ vingt-cinq ans, aux cheveux d'un blond cendré, avec de grands yeux bruns liquides qui souriaient timidement en direction d'Alex et de Blake.

Julie nota ces détails rapidement avant d'abaisser le regard vers l'enfant qui gigotait avec énergie dans les bras de la nounou. Ayant été une enfant unique, elle n'avait ni nièce ni neveu avec qui comparer ce bébé. Elle n'avait pas non plus passé beaucoup de temps avec les enfants des autres. Et cependant, elle voyait clairement que cette petite fille allait briser bien des cœurs, un jour. Et ce sentiment se confirma lorsque Molly releva sa tête, couverte d'un duvet couleur pêche, pour offrir à l'assistance un sourire tout en gencives. Julie tomba instantanément sous son charme.

— N'est-elle pas magnifique ? demanda Delilah comme si elle la mettait au défi de prétendre le contraire.

Julie n'allait certes pas la contredire sur ce point. Aussi acquiesça-t-elle de bon cœur.

— Absolument magnifique.

La matriarche lui lança un regard scrutateur, mais, sans lui laisser le temps de décocher une nouvelle pique, ses deux fils s'approchèrent du bébé. Alex arriva le premier. Les mains qui avaient fait frissonner Julie de plaisir le soir précédent prirent le bébé des bras de Delilah avec des gestes d'une infinie délicatesse.

— Bonjour, petite Molly, murmura-t-il, effleurant la joue du bébé d'une caresse. Comment te sens-tu, mon cœur ?

Molly referma ses doigts minuscules autour du pouce d'Alex, et durant le plus bref des instants, Julie se prit à imaginer que cette enfant était la sienne et celle d'Alex.

Elle refoula précipitamment l'idée. A quoi bon rêver d'une famille inexistante, ou regretter de ne pas en avoir une qui l'attende à la maison ? Ses parents étaient décédés alors qu'elle était encore au lycée, mais elle était la seule à savoir que c'était pour cette raison qu'elle avait voyagé si souvent à l'étranger au cours de ces années, acceptant les jobs les plus minables. Il lui était encore trop douloureux de retourner dans la petite ville qui l'avait vue grandir. C'était aussi pour cette raison qu'elle avait accepté la suggestion de Dusty de s'associer avec lui et avec Chuck. Ils étaient ce qui se rapprochait le plus d'une famille pour elle.

Lorsqu'elle releva les yeux, elle s'aperçut que la mère d'Alex la fixait d'un regard d'aigle, jaugeant visiblement sa réaction face à l'enfant. Y cherchant un signe de l'angoisse ou de la culpabilité qu'aurait pu ressentir une mère face au bébé qu'elle aurait abandonné.

Delilah fronça les sourcils, et elle s'apprêtait à émettre un commentaire lorsque le bébé fit un gros rot. Celui-ci fut presque aussitôt suivi d'une régurgitation verdâtre, qui atterrit pour l'essentiel sur le plastron de la chemise d'Alex. L'estime de Julie pour la matriarche des Dalton monta d'un cran lorsque Delilah éclata de rire et se précipita avant la nounou.

— Laissez, je vais m'en charger moi-même. Et toi, Alex, tu ferais mieux d'aller te nettoyer.

Riant toujours, Delilah essuya le menton du bébé avec un coin de sa couverture.

— Big Jake — mon mari — aimait dire que les bébés n'étaient bons qu'à manger, à dormir et à émettre des substances dégoûtantes par tous les bouts.

L'admiration que Julie avait ressentie malgré elle pour cette mamie dévouée disparut au moment où Alex réapparut, une tache humide sur le plastron. Le majordome était sur ses talons.

— Madame est servie.
— Parfait.

La nounou se précipita, les bras tendus vers l'enfant déjà endormie.

— Donnez-la-moi, madame. Je vais la remonter dans sa chambre.

Delilah déposa un baiser sur le front du bébé avant de l'abandonner aux bras de la nounou, puis elle les conduisit jusqu'à une table élégamment dressée — nappe d'un blanc crémeux, fleurs fraîches et cristal de Baccarat. Sitôt qu'ils furent tous assis, elle reprit ses attaques impitoyables :

— Je crois comprendre que votre maman a été victime d'un cancer des ovaires, lui dit-elle, tout en tendant un plateau de petites quiches au fils assis à sa gauche.

Julie serra les poings sous la table. Alex fronça les sourcils.

— Laisse Julie tranquille, gronda-t-il.
— Je ne vois aucune raison de tourner autour du pot, répliqua Delilah. Julie affirme qu'elle n'est pas la maman de Molly, mais, jusqu'à ce que nous en ayons la preuve, je ne vois aucune raison de...
— Je t'ai dit de la laisser en paix !

Les saphirs jetèrent des éclairs de feu bleu tandis que Delilah affrontait son fils du regard. Ou, tout du moins, s'y efforçait-elle. L'air de la pièce sembla crépiter d'électricité dans ce combat entre deux volontés de fer.

— Vous devez nous excuser, intervint Blake d'une voix ferme et tranquille suggérant qu'il avait passé une grande partie de sa vie à désamorcer des situations comme celle-ci. L'arrivée soudaine de Molly nous a tous énormément perturbés.

Julie se contenta de hausser les épaules. Pourquoi Alex ne leur avait-il pas clairement expliqué qu'elle ne jouait aucun rôle dans leur drame familial ? Et pourquoi se taisait-elle de son côté ? Aux prises avec un malaise qui s'aggravait de minute en minute, elle avala distraitement une généreuse part de quiche au fromage de chèvre et aux champignons, de jeunes asperges accompagnées de sauce hollandaise et une solide portion de compote de pommes fraîches.

Par bonheur, Alex insista pour rentrer sitôt après le brunch. Sa mère protesta, mais il tint bon, car, disait-il, il avait promis à Julie de lui offrir un tour guidé des opérations de Dalton International. Delilah finit par capituler, mais le dernier regard qu'elle lui adressa disait clairement qu'elle n'en avait pas encore terminé avec lui — ni avec Julie.

Blake choisit de rester, afin de discuter avec leur mère d'un problème juridique. Avant de partir, Alex et Julie firent un rapide détour par la nurserie. Molly s'était endormie, couchée sur le ventre, son petit derrière dressé en l'air. Lorsque Alex caressa le dos du bébé, Julie éprouva de nouveau cette étrange sensation au creux de sa poitrine. Toutefois, une fois refermée la porte massive de la résidence, elle ne put réprimer un soupir de soulagement.

— Eh bien, voilà qui était intéressant, murmura-t-elle en s'installant sur le siège de la Jaguar.

Alex esquissa une grimace.

— C'est une façon de décrire ma mère.

— Et maintenant, Dalton, si vous m'expliquiez pourquoi vous n'avez pas informé madame votre mère de la preuve incontestable que je ne suis pas la maman de Molly ? Pourquoi laisser planer le doute ?

— Ce n'était pas mon intention au début, assura-t-il avec un sourire mélancolique. Puis il m'est venu à l'esprit qu'elle ne sortirait pas vraiment les griffes tant qu'elle pensera qu'il reste une chance, même infime, que vous soyez réellement la maman de

Molly. Et voyez-vous, mademoiselle Bartlett, cela nous laisse libres de suivre notre propre agenda durant le restant de la semaine.

Un agenda qui incluait une découverte de la corporation géante qui allait peut-être ajouter Agro-Air à ses multiples opérations. Elle tentait encore de se convaincre que c'était sa raison principale pour désirer rester jusqu'à la fin de la semaine lorsque Alex démarra en douceur.

6

L'énorme variété des opérations de Dalton International laissa Julie partagée entre excitation et inquiétude. La société était à tel point gigantesque, et tellement diversifiée, qu'elle ne put s'empêcher de se demander si Agro-Air ne s'égarerait pas dans ses méandres.

Elle fut cependant impressionnée par la connaissance détaillée qu'Alex avait de chaque facette des opérations, et par son style de management sur le terrain. Les directeurs de chacune des divisions avaient été réunis dans un centre opérationnel high-tech, et chacun d'eux lui fit une présentation de ses chiffres d'exploitation et de ses dernières initiatives. Elle nota avec intérêt qu'ils se tournaient constamment vers Alex pour qu'il confirme, valide ou encourage leurs propos.

Mais ce fut seulement lorsqu'il la conduisit à la gigantesque usine de Dalton International, à la sortie de la ville, qu'elle comprit combien il se sentait proche de la base opérationnelle de la société que ses parents avaient créée presque quarante ans plus tôt.

Le contremaître, un colosse mesurant bien deux mètres, vêtu d'un bleu de travail impeccable, vint les accueillir à l'entrée des ateliers.

— Je suis Hector Alvarez, mademoiselle Bartlett. Je me réjouis d'apprendre que vous êtes sur le point de rejoindre la grande famille de Dalton International.

— Je vous remercie. Et, je vous en prie, appelez-moi Julie.

— Je crois comprendre que vous venez d'être soumise à une

avalanche de marketing et de statistiques de ventes. A présent, si vous le voulez bien, je vais vous montrer comment l'on génère une bonne partie de ces chiffres.

Elle prit le casque jaune et les oreillettes antibruit qu'il lui tendait, et Alex fut équipé à l'identique. Puis ils entrèrent tous les trois dans ce qui était un bâtiment d'un bon kilomètre de long, et demeurèrent un instant sur la plate-forme qui dominait le vaste atelier de montage.

Le vacarme des machines-outils pilotées par ordinateur était assourdissant, malgré les équipements de sécurité, et semblait arriver de toutes les directions, ponctué par de grandes gerbes d'étincelles provenant de l'atelier de soudure.

Alvarez lui indiqua le balcon fermé surplombant l'atelier de montage et l'entraîna dans cette direction. A l'intérieur, le bruit de l'usine n'était plus qu'un murmure. Suivant l'exemple d'Alex et du contremaître, elle se débarrassa de ses oreillettes antibruit et jeta un regard curieux autour d'elle. Ici aussi, même si le jean prédominait parmi le personnel, les équipements étaient du dernier cri, des espaces de travail dévolus aux employés aux ordinateurs équipés des plus grands écrans plats du marché.

— Je vais d'abord vous montrer nos unités de design, de recherche et développement et de contrôle de qualité, déclara Alvarez. Ensuite, nous descendrons dans les ateliers et nous suivrons la fabrication d'un produit à travers toutes les étapes de la chaîne. D'accord ?

Elle acquiesça, et Alvarez se tourna vers Alex, attendant visiblement son feu vert. Sur son hochement de tête, ils commencèrent leur visite.

Lorsqu'ils quittèrent l'usine, trois heures plus tard, Julie débordait d'enthousiasme.

— C'était extraordinaire ! s'exclama-t-elle. Et vous disiez que celui-ci n'était que l'un de vos sites de production ?

— C'est le plus important, mais celui que nous avons créé au Mexique n'est pas loin de l'égaler.

Et cependant, il connaissait le nom, la situation de famille et la spécialité d'une bonne partie des employés de ce site. Elle était impressionnée. Très impressionnée même. Alex Dalton était aussi bon manager qu'il était séduisant. Une combinaison fatale, songea-t-elle en s'installant prudemment sur le cuir brûlant du siège de la Jaguar. Elle n'était probablement pas la première femme à avoir succombé à cette alliance d'un corps de rêve et d'un brillant cerveau. Les photos de lui en compagnie de jeunes femmes ravissantes qui le couvaient d'un regard d'adoration étaient là pour en témoigner.

Réprimant un soupir, elle abaissa le regard vers son fidèle pantalon noir et son chemisier désormais tout froissé. Elle n'était certes pas très élégante, mais au moins pouvait-elle compter sur l'attention sans partage d'Alex jusqu'à la fin de cette semaine. Ainsi que sur celle de Molly. Sans oublier sa mère.

L'idée lui fit froid dans le dos. Delilah avait insisté pour les inviter à dîner le lendemain soir. Un barbecue en famille tout simple, avait-elle promis. Aucune formalité. Julie était aussi impatiente d'assister à ce dîner que de se faire arracher une dent.

Cela dit, elle disposait de vingt-quatre heures pour se préparer mentalement à sa confrontation avec la redoutable Delilah Dalton. C'était toujours ça. Et elle avait aussi devant elle la soirée à venir, en tête à tête avec Alex. Le frisson d'excitation qui la parcourut tout entière aurait dû l'alerter. Elle choisit toutefois de l'ignorer. Et, plus tard, elle attribua la faute de ce qui s'était passé ensuite à la persistance de son enthousiasme après sa visite des usines de Dalton International, et à l'appel qu'Alex accepta alors qu'ils roulaient vers la ville.

Son téléphone portable sonna alors qu'ils étaient à mi-chemin sur l'autoroute. Il jeta un coup d'œil à l'écran et se tourna vers elle avec un sourire d'excuse.

— Désolé. Je suis obligé de répondre.

Elle avait supposé qu'il devait s'agir de l'un de ses managers l'informant d'une urgence quelconque, mais ce qu'elle entendit de la conversation lui suggéra qu'il était plutôt question d'un nouveau projet de construction.

— Non, nous tenons absolument à rester sur un seul niveau.

Il écouta un instant, fronçant les sourcils d'un air contrarié, puis il secoua la tête.

— Je suis désolé, Dave, mais j'ai un peu de mal à saisir ton idée. Attends une seconde, d'accord ?

Il se tourna vers Julie et lui décocha un autre de ses merveilleux sourires.

— Cela vous dérangerait-il beaucoup si nous faisions un léger détour ? Mon architecte est sur le chantier, et il voudrait me montrer une modification possible des plans.

— Pas de problème.

Il reprit le téléphone et promit d'être là-bas dans les vingt minutes qui suivraient. Lorsqu'il coupa la communication, elle ne put cacher sa curiosité.

— Que construisez-vous ?

— Une maison. Ou, je l'espère, mon futur foyer. Je n'ai pas envie d'élever Molly dans un gratte-ciel du centre-ville. Dans l'éventualité, bien sûr, qu'elle soit ma fille. Sinon, ce sera à Blake de prendre les choses en main.

Elle réprima un sursaut. Pourtant, ces projets d'avenir n'auraient pas dû la surprendre. C'était peut-être parce que de son côté elle était restée trop concentrée sur le présent immédiat et le mystère de la naissance de Molly. Elle avait vaguement supposé que Delilah continuerait à jouer son rôle actuel de tutrice et de parent de substitution de Molly. Le fait qu'Alex soit fermement décidé à assumer lui-même la responsabilité d'élever la petite fille venait de changer radicalement l'idée qu'elle se faisait de lui. Elle s'efforçait encore de s'adapter au nouvel homme qu'elle découvrait derrière le magnat des affaires lorsqu'ils arrivèrent devant un ensemble résidentiel clos, au nord de la ville. La plaque de cuivre près du portail d'entrée leur souhaitait la bienvenue à Cottonwood Creek.

Alex actionna sa télécommande pour ouvrir les grilles, et ils entrèrent dans un lotissement visiblement bien conçu. Les maisons étaient presque toutes bâties en pierre du pays ou en briques... et elles s'avéraient beaucoup moins imposantes que la demeure de Delilah à Nichols Hills. A l'évidence, on avait créé ici une enclave familiale, avec de larges trottoirs où les enfants pouvaient pratiquer le skate-board ou le vélo en toute sécurité. Cette première impression se confirma lorsqu'ils passèrent devant un club-house équipé de courts de tennis, d'un terrain de basket-ball réglementaire et d'une piscine étincelante où un groupe d'enfants jouait à s'éclabousser avec des rires joyeux.

Pour sa part, elle avait grandi dans une ferme, où elle avait été très heureuse. Ses parents travaillaient dur, et elle aussi, depuis qu'elle avait eu l'âge de les aider. Le fait d'être enfant unique ne l'avait jamais beaucoup gênée, parce qu'elle était toujours très occupée et qu'elle avait beaucoup d'amis à l'école. Mais, ce lieu...

Elle contempla les maisons des deux côtés de la large rue ombragée, songeant que ce serait effectivement l'endroit idéal pour élever des enfants. Protégé mais pas isolé. Près des écoles, des lieux de culte et des centres commerciaux. Peuplé par des familles et par un nombre croissant d'enfants.

Elle tourna son regard vers l'homme à son côté et constata qu'il venait encore de bouleverser le portrait qu'elle s'était fait de lui. Alex Dalton avait les moyens d'acquérir n'importe quelle résidence dans cette ville. A commencer par une propriété aussi somptueuse que celle de sa mère, bâtie sur un terrain de golf exclusivement réservé aux membres. Au lieu de quoi, il avait choisi de construire un foyer pour sa fille ici, où elle aurait une foule d'amis pour partager ses jeux. Si elle était sa fille. Or, à ce stade, cette hypothèse apparaissait de moins en moins plausible. Alex avait mentionné qu'elle était la dernière mère possible de sa liste. Blake et lui devaient bouillir d'incertitude.

Elle aussi pourrait facilement élever un enfant ici, songea-t-elle avec un petit pincement d'envie. Son horloge biologique n'avait pas encore commencé à l'inquiéter. Elle avait été trop occupée, trop impliquée dans son travail de pilote. Mais devant ce lieu, à la pensée qu'Alex allait vivre ici avec Molly...

— Voilà, nous y sommes.

Il arrêta la voiture dans une impasse desservant l'un des derniers lots encore disponibles dans l'ensemble résidentiel. Il y avait un pick-up garé le long du trottoir, et deux hommes étaient penchés au-dessus de plans étalés sur le capot du véhicule. Ils relevèrent la tête à leur arrivée et accueillirent Alex avec un soulagement visible.

— Merci de vous être dérangé.

— Pas de problème, répondit Alex. Julie, je vous présente Bob Dyer, mon conducteur de travaux, et Dave Hanscom, l'architecte qui s'efforce de concevoir et d'implanter une maison à un seul niveau sur un terrain en forte pente.

— C'est un bon résumé du problème, convint l'architecte avec un sourire mélancolique. Nous avions d'abord prévu de bâtir la maison sur des pilotis d'acier, côté pente. Mais j'ai songé qu'au lieu de cela nous pourrions utiliser cet espace pour y situer la pièce sécurisée au lieu de la construire au centre de la maison, comme dans les plans originaux.

Elle avait grandi en Oklahoma, en plein cœur du « Couloir des tornades », et elle savait que la pièce en question était un abri antitornades en béton armé. Elle-même n'aurait jamais songé à bâtir une maison dépourvue d'un tel abri ou d'une cave solide.

Pendant que les hommes discutaient, elle descendit jusqu'au ruisseau bordé d'arbres qui avait donné son nom à l'ensemble résidentiel. Les grands peupliers au feuillage argenté et aux troncs sombres pouvaient s'avérer envahissants lorsqu'ils libéraient leurs graines duveteuses et légères qui flottaient dans l'air comme des flocons de neige. Ces arbres aiment l'eau, ce qui explique pourquoi ils sont aussi nombreux sur les berges des rivières. C'est aussi pourquoi les pionniers traversant les grandes plaines, en route pour l'Oregon, scrutaient désespérément l'horizon pour les apercevoir, car ils savaient ainsi qu'ils approchaient d'un lieu où ils trouveraient de l'eau, du bois et de l'ombre fraîche. Ce ruisseau particulier n'était à présent qu'un filet d'eau, mais Alex devrait veiller à ce que Molly n'y tombe pas lorsqu'elle commencerait à faire ses premiers pas.

— J'avais pensé à cela, déclara-t-il lorsqu'elle lui fit part de ses réflexions. J'avais d'abord choisi un lot au sec, puis je me suis dit que, si Molly me ressemblait un tant soit peu, elle trouverait le moyen de faire des bêtises où que nous habitions.

— Etiez-vous un enfant turbulent ?

— Plus que vous ne pouvez l'imaginer.

— Blake aussi ?

— Lui, il était le gentil jumeau, répondit Alex en riant. Il l'est resté, d'ailleurs. Mais il arrive quelquefois que saint Blake surprenne tout le monde, moi y compris. La prochaine fois qu'il aura bu quelques verres et qu'il se sentira détendu, demandez-lui donc ce qu'il a fait à Singapour.

— Je ne manquerai pas de lui poser la question, promit-elle en riant à son tour, charmée par la lueur malicieuse qui brillait dans ses yeux.

Mais un peu plus tard, sur la route du retour, elle fut brutalement rattrapée par la réalité. Elle ne serait pas ici assez longtemps pour voir Blake se détendre. Elle ne connaîtrait jamais le fin mot de l'histoire de Singapour. Cette idée vint un peu gâcher la joie de ce qui aurait été sans cela un après-midi parfait.

Cette idée contribua aussi, comme elle devait le comprendre par la suite, à lui faire commettre l'énorme erreur qui suit.

Lorsque Alex lui demanda où elle aimerait aller pour dîner, elle sentit aussitôt qu'ils s'engageaient sur un terrain dangereux. Ses impressions sur cet homme s'étaient modifiées si souvent au cours des dernières heures qu'elle ne savait plus trop où elle en était. Ce qui était certain, c'était que le désir était toujours là, et qu'il croissait même de façon exponentielle avec chacun de ses sourires, avec chaque bref contact de sa main.

Jusque-là, elle le trouvait sexy.

Désormais, elle le désirait presque douloureusement.

— La journée a été longue, déclara-t-elle en choisissant la voie de la lâcheté. Tout ce que je désire, ce soir, c'est une longue douche rafraîchissante et l'occasion de relire mes notes.

— Vous n'avez rien mangé depuis le brunch, répliqua-t-il. N'avez-vous pas faim ?

— La kitchenette de ma suite est très bien approvisionnée, répondit-elle, refusant de tomber dans ce piège. J'ai même remarqué qu'il y avait du pop-corn pour le micro-ondes, ce qui constitue l'une de mes gourmandises préférées.

Alex n'insista pas. Ils bavardèrent amicalement sur la route du retour, comparant leurs goûts en matière de cuisine, de musique et de films, et ils sortirent bientôt de l'autoroute pour s'engager dans les rues de la ville.

Il l'accompagna jusqu'à la porte de sa suite et attendit qu'elle ait glissé sa carte magnétique dans la serrure.

— Vous êtes vraiment sûre que vous n'avez pas envie d'aller dîner quelque part ?
— Certaine.

Il scruta un instant son visage, et ce qu'il voyait dut le convaincre de renoncer. C'étaient probablement la poussière du chemin et ce duvet de graines de peuplier dont elle était sûrement couverte.

— J'ai une conférence téléphonique avec notre bureau de Prague et cela risque de m'occuper une grande partie de la matinée de demain. Voulez-vous que je demande à Blake de revoir avec vous les détails juridiques de la fusion de nos entreprises pendant ce temps-là ? Je vous retrouverai ensuite, et nous irons déjeuner.
— Ce sera parfait.
— Très bien, alors.

Il leva son visage vers le sien et posa sa bouche sur la sienne. Tout naturellement. Sans aucune pression, à part l'éruption volcanique qui se produisit au centre d'elle-même. Puis, à son immense déception, il la laissa seule comme elle le lui avait demandé.

— A plus tard, Bartlett.

Luttant contre sa frustration, elle se dirigea vers la salle de bains, semant tous ses vêtements en chemin. Une longue douche froide éteignit partiellement l'incendie que ce baiser désinvolte avait allumé. Puis elle noya le reste avec une bonne bière bien fraîche. Elle avait à peu près retrouvé toutes ses facultés lorsqu'on sonna à sa porte. Fronçant les sourcils, elle resserra la ceinture du somptueux peignoir que la société fournissait à ses hôtes et alla ouvrir.

Alex était planté sur le seuil dans une chemise blanche, propre, entièrement déboutonnée sur un jean porté bas. Ses cheveux d'or sombre étaient encore humides. Il portait une grande boîte à pizza en équilibre sur sa paume.

— Il est déjà plus tard, annonça-t-il. Et la livraison est gratuite.

Elle lutta avec sa conscience le temps qu'il fallut à Alex pour traverser la pièce et poser la pizza sur la table basse. Lorsqu'il se retourna et lui décocha l'un de ses sourires charmeurs, elle rendit les armes.

Elle claqua la porte, traversa la pièce à grands pas, saisit ses joues rasées de frais entre ses mains et, attirant son visage à elle, posa sa bouche sur la sienne.

7

La première pensée de Julie fut que sa bouche avait un goût aussi enivrant que la veille. La seconde que cet homme avait une attitude de mâle dominant qu'en d'autres circonstances elle aurait jugée intolérable. A peine avait-elle posé ses lèvres sur les siennes qu'il prit la direction des opérations.

Elle n'y voyait d'ailleurs aucune objection. Bien au contraire. La fulgurante étreinte de ses bras vigoureux la serrant fermement contre son torse fit naître en elle un frisson venu du fond des âges. Il était l'essence même de la masculinité. Fort, audacieux, impatient de se lancer dans la mêlée, plus que prêt à prendre tout ce qu'elle consentirait à lui offrir.

Le bras d'Alex se resserra autour de sa taille. De sa main libre, il ôta la serviette qu'elle s'était nouée autour de la tête et glissa les doigts dans la masse encore humide de sa chevelure. Elle n'était pas une faible femme et, farouchement indépendante par nature, elle ne se souvenait pas d'avoir jamais été dominée. Jamais, par qui que ce soit ! Et elle n'avait jamais non plus imaginé qu'elle éprouverait un jour du plaisir en découvrant cette sensation. Mais, tout au fond d'elle-même, dans un recoin primitif de sa conscience, elle se délectait de sentir ce déchaînement brûlant de passion masculine. En fait, elle avait instinctivement cherché un partenaire qui soit son égal dans tous les domaines essentiels.

Partenaire ? Faux. Ce terme ne convenait pas à leur relation. En tout cas, pas dans la définition qu'en donnaient les humains, car il supposait un engagement mutuel qui allait au-delà du simple désir sexuel. Et...

Et puis, à quoi bon ? Pourquoi se soucier de sémantique alors qu'Alex la dévorait de baisers, qu'elle sentait son corps dur contre le sien ? Emportée par le tourbillon de ses sens, elle noua les bras autour de son cou. A peine avait-elle cédé à cet élan qu'Alex la souleva dans les siens.

— J'avais l'intention d'attendre que nous ayons fait honneur à la pizza avant d'agir, avoua-t-il d'une voix rauque.

— Nous la garderons pour le dessert, promit-elle.

— Mais tout d'abord, annonça Alex en la déposant au pied du lit, nous allons déguster un somptueux banquet.

Sur ces mots, il dénoua la ceinture de son peignoir qui glissa de ses épaules. Dessous, elle était nue, et la fraîcheur de la climatisation aurait aussitôt fait durcir les pointes de ses seins si les caresses d'Alex ne s'en étaient déjà chargées.

— Et maintenant, à toi, murmura-t-elle.

Elle fit glisser sa chemise et la lança négligemment sur le sol, puis elle caressa son torse hâlé à la musculature parfaite. La douceur de sa peau combinée à la fermeté des muscles qu'elle sentait sous ses doigts déclencha une véritable révolution dans ses sens. Elle laissa glisser ses mains lentement, très lentement, trouva le premier bouton du jean, puis la fermeture à glissière. Et elle sentit alors la preuve incontestable de son désir contre sa paume.

Ce contact provoqua un bref éclair de lucidité. Elle se souvint de la dernière fois qu'elle avait accompli ce geste. Elle se souvint aussi des jours d'inquiétude qui avaient suivi, parce que ses règles étaient en retard.

Comme s'il avait lu dans ses pensées, Alex lui sourit et jeta sur la table de nuit une bonne demi-douzaine de préservatifs qu'il venait d'extraire de sa poche.

— Je t'avais bien dit que j'étais venu préparé. La pizza ne devait servir qu'à affaiblir ta résistance avant le vrai banquet.

— C'est bien ce que je vois. Et aussi que tu ne plaisantais pas quand tu parlais d'un banquet. Comptes-tu les utiliser tous ?

— Un homme ne peut qu'espérer.

Souriant toujours, il ôta ses chaussures et se débarrassa de son jean. Le caleçon suivit le même chemin une seconde plus tard, et elle ne disposa que d'un instant pour admirer la parfaite harmonie de sa peau hâlée et de sa musculature ferme, avant qu'il ne l'allonge sur le grand lit. Son désir flamba comme une flamme claire. Sa bouche et ses mains assoiffées de caresses s'abandonnèrent tout entières au festin qu'était Alex.

Ses sens en fête notèrent la subtile fragrance de citron vert et de cuir de l'after-shave qu'il avait utilisé après sa douche. Ses doigts dansèrent sur la musculature saillante du dos. Chaque caresse, chaque baiser augmentait son besoin d'aller plus loin. Et, à mesure que l'incendie gagnait en intensité, elle découvrait que la passion qu'il éveillait en elle à cet instant n'avait qu'un lointain rapport avec le désir incandescent qu'il avait allumé dans son corps lors de leur première rencontre. Ce jour-là, ils avaient à peine pris le temps d'échanger leurs prénoms. Elle s'était sentie instantanément attirée par ce corps de rêve, et son sourire avait achevé de la séduire. Elle ignorait absolument tout de l'homme qui se cachait derrière et n'avait pas songé à regarder au-delà de ses larges épaules et de son visage avenant.

Mais aujourd'hui...

Aujourd'hui, il lui avait laissé entrevoir une personnalité complexe et fascinante. Il était intelligent, plein d'humour, sûr de lui. Peut-être un peu trop autoritaire, comme lorsqu'il l'avait quasiment soumise à un chantage pour qu'elle accepte de passer cette semaine en ville. A cette seconde précise, bien sûr, il lui aurait été très difficile de protester de façon convaincante, car Alex lui mordillait le cou et se courbait déjà pour s'attaquer à ses seins dont il agaçait délicieusement les pointes durcies.

— Mon Dieu, comme tu es belle ! murmura-t-il tout contre sa peau. Douce et lisse comme la soie.

D'un coup de reins, elle renversa Alex sur le dos. Ce fut alors son tour d'agacer, de mordiller et d'embrasser, d'explorer de toutes les manières possibles son grand corps athlétique. Elle trouva ce qu'elle cherchait au bas de son ventre, juste au-dessus du pubis.

— Je me souvenais de ceci, murmura-t-elle en déposant un baiser sur la petite marque de naissance.

Une idée surgit dans son esprit, et elle releva les yeux vers Alex, qui l'observait par-dessous ses longs cils dorés.

— Par pure curiosité, Blake possède-t-il la même marque ?

— Je n'en sais fichtre rien, répondit-il tout en réprimant un sourire.

— Votre mère ne vous donnait-elle pas le bain dans la même baignoire, lorsque vous étiez enfants ? N'avez-vous jamais... heu... comparé vos attributs ?

— Bien sûr que si. C'est seulement que nos comparaisons n'étaient jamais aussi attentives, ni aussi personnelles. Et maintenant, si tu en as terminé avec tes observations...

L'instant suivant, elle était dans ses bras et ils roulaient sur le lit dans un corps à corps passionné. Elle l'accueillit avec délices lorsqu'il la pénétra, dans son corps comme dans son cœur.

Et ce fut sa dernière pensée cohérente alors que son pouls grimpait en flèche. Alex était en elle, et le va-et-vient de son corps les entraînait tous deux jusqu'au bord de l'éblouissement final, retardant pourtant le moment de son accomplissement. Elle noua les jambes autour de ses hanches et chevaucha avec lui sur la crête de vagues successives, la bouche et les mains aussi impatientes, aussi ardentes que les siennes.

Elle savait qu'elle était sur le point d'atteindre l'orgasme. Mais elle était loin de s'attendre à ce que celui-ci lui arrache un gémissement qui se mua en un râle apparemment interminable montant du fond de sa gorge. Elle flottait encore dans cet univers de délices lorsqu'il gémit contre ses lèvres et entra en elle une dernière fois.

La pizza était froide, le fromage figé lorsqu'ils quittèrent enfin le lit, plusieurs heures plus tard. A ce moment-là, Julie avait tellement faim qu'elle aurait dévoré sa part telle quelle. Mais Alex la convainquit de se lever et d'enfiler son peignoir. Dans cette tenue, elle attendit assise à la table de la cuisine pendant qu'il mettait les pizzas à chauffer dans le four et leur versait des bières fraîches.

— C'est bon, commenta-t-elle après avoir avalé une grande bouchée de pizza réchauffée. Très bon.

— Notre plus grand bonheur, madame, est de vous satisfaire, répliqua-t-il en s'attaquant à sa propre part.

— C'est bien ce que tu as fait, constata-t-elle, amusée. Et crois-moi, tu as réussi.

Il lui répondit par un sourire content de soi, et son cœur manqua un battement. Elle pourrait facilement tomber amoureuse de cet homme. C'était même un petit peu le cas. Et elle n'avait aucune idée de ce qu'il convenait de faire à ce sujet. Rien, pour l'instant, à part déguster sa pizza et sa bière, et ronronner de plaisir lorsqu'il délaissa sa part pour la reprendre dans ses bras.

Le restant de la nuit s'avéra aussi délicieux que le début.

Flottant sur un océan de satisfaction et totalement épuisée, Julie finit par s'endormir dans les bras d'Alex. Elle ouvrit à peine un œil lorsqu'il se glissa hors du lit aux premières lueurs de l'aube et se pencha pour lui déposer un baiser sur la nuque.

— Appelle Blake lorsque tu seras prête à revoir ces contrats avec lui. Je te laisse son numéro près du téléphone.

Comme elle ne répondait que par un grognement, il ajouta :

— Et n'oublie pas que nous dînons chez ma mère, ce soir.

Elle enfouit sa tête dans l'oreiller en gémissant. Un instant plus tard, elle entendit la porte se refermer derrière lui, et elle sombra de nouveau dans le sommeil.

Elle rencontra Blake à son bureau un peu après 9 heures. Par bonheur, il avait préparé du café, et il l'attendait avec une copie des contrats qui officialiseraient la fusion entre Agro-Air et Dalton International. Si son frère lui avait déjà raconté qu'ils avaient repris leur relation où ils l'avaient laissée un an plus tôt, Blake n'en laissa rien voir.

— Les termes sont à peu près ceux qu'Alex vous a exposés en présence de vos associés.

Il était assis près d'elle sur le sofa de cuir vert sombre dans un coin de son bureau, avec les contrats étalés devant eux sur une table basse de laiton et de verre, et un soupçon de son after-shave vint effleurer ses narines, un parfum plus léger que le cuir et le citron vert d'Alex. Le reste de sa personne était également plus conservateur : pantalon anthracite au pli impeccable, ceinture de cuir noir luisant, chemise au col boutonné et cravate italienne. Une présentation soignée qui allait de pair avec le diplôme d'avocat encadré sur le mur derrière sa table de travail.

— Nos sommes prêts à faire l'acquisition d'un Lane AT-602 de seconde main qui devrait vous permettre de doubler votre chiffre d'affaires actuel. Nous demanderons également à nos ingénieurs d'étudier votre système de pulvérisation afin d'améliorer ses performances.

— Alex l'a déjà fait. J'ai rencontré l'équipe hier, et je dois avouer que j'ai été très impressionnée par le travail que Lisa Wu et son collègue ont accompli en si peu de temps.

Les lèvres de Blake s'étirèrent en un sourire si semblable à celui de son frère qu'elle marqua un temps d'arrêt. Leurs personnalités étaient certes différentes mais, à moins de les avoir côte à côte devant soi, il était presque impossible de les distinguer l'un de l'autre.

— Lisa est une excellente recrue, convint-il. Nous l'avons soufflée à l'un de nos plus gros concurrents. Concernant nos contrats... il est noté ici que Dalton International percevra cinquante pour cent des bénéfices d'Agro-Air jusqu'à ce que nous ayons récupéré le coût du premier avion. Après cela, nous négocierons un accord de partage des bénéfices pour l'acquisition d'un nouvel appareil. Et, en ce qui concerne la conception et l'éventuelle manufacture d'un nouveau système de pulvérisation, les deux sociétés partageront les coûts de recherche et développement. Agro-Air fournira l'assistance technique et les essais en vol. Sont-ce là les termes qu'Alex et vous aviez évoqués ?

— A peu près, oui.

— Parfait. Je suggère que vous emportiez cette copie du contrat avec vous. Nous nous retrouverons pour la signature lorsque vos associés auront eu l'occasion de l'examiner et d'en approuver les clauses.

Sans esquisser le moindre geste en direction des documents, elle sirota une dernière gorgée de son café et reposa précautionneusement la tasse sur la soucoupe, avant d'aborder la question qui la tracassait depuis qu'elle avait enroulé ces quelques cheveux autour du bouton de la chemise d'Alex :

— Votre frère vous a-t-il informé que je lui avais volontairement remis un échantillon d'ADN le soir même de mon arrivée ici ?

— Oui, en effet.

— Et alors ?

— J'apprécie beaucoup votre franchise avec nous, Julie, répondit-il, réprimant visiblement un sourire. Mais j'avoue que je vais être très déçu de devoir vous barrer de notre liste. J'avais espéré que notre quête s'achèverait avec vous.

— Je sais. Vous êtes tous très anxieux de connaître l'ascendance de Molly.

— C'est vrai, mais vous m'avez mal compris. J'espérais vraiment que vous seriez la maman que nous cherchons.

— Moi ? Pourquoi moi ?

— Parce que vous êtes exactement la femme dont Alex a besoin. Une personne intelligente, indépendante et plus que capable de défendre ses droits face à n'importe qui.

— Je plaide coupable, répondit-elle, flattée par son évaluation.

Elle regrettait toutefois qu'il n'y ait pas ajouté quelques-uns des qualificatifs qu'elle aurait utilisés pour décrire les femmes qu'elle avait vues au bras d'Alex sur les photos des pages mondaines du journal. Elégante. Sensuelle. Sophistiquée.

Alex lui avait pourtant dit qu'elle était belle, hier soir. Bien sûr, il était en proie à un violent désir à ce moment-là. Mais, tout de même...

— Alex a indiqué que j'étais la dernière candidate sur sa liste. Et vous, Blake ? Avez-vous une idée de l'identité de cette mystérieuse maman ?

— Non.

Une ombre traversa son regard. Si fugace qu'elle faillit ne pas la remarquer.

— Vous soupçonnez quelqu'un ! s'exclama-t-elle. De qui s'agit-il ?

Il essuya ses paumes sur ses genoux. Lentement. Délibérément, si bien qu'elle crut nécessaire d'insister :

— Allons, Blake, qui est-ce ? Pourquoi ne l'avez-vous pas cherchée ?

— Elle est décédée, Julie. Elle est morte quelques mois avant la naissance de Molly.

— Oh ! je suis désolée.

— Oui. Moi aussi, répondit-il, se forçant visiblement à sourire, avant d'ajouter : Vous comprenez à présent pourquoi je ne tiens pas plus qu'Alex à voir notre mère affûter de nouveau ses griffes. Grâce à Molly, elle reste occupée.

— Il n'empêche que je me sens gênée de ne pas lui avouer que je ne suis plus en course pour le titre de maman.

— Dieu du ciel ! s'écria Blake. Si vous avez la moindre trace de miséricorde dans votre cœur, n'en faites rien ! Tant qu'elle vous prend pour une candidate possible, elle nous laisse tranquilles, Alex et moi.

— Oui, je vois. Entre-temps, elle me considère comme une traînée qui a couché avec votre frère en abandonnant ensuite les conséquences de son comportement léger.

Il eut le bon goût de paraître attristé par cette idée.

— Je n'ai jamais prétendu qu'Alex et moi étions blancs comme neige dans cette affaire. Mais, si vous saviez ce que Delilah nous a fait subir durant ces quelques dernières années, vous ne nous refuseriez pas cette petite parenthèse de paix relative.

— Il me semble pourtant que vous êtes des hommes adultes et majeurs depuis longtemps, tous les deux.

— Vous avez raison, convint-il en riant. J'ignore comment cela se passait dans votre famille, mais je peux vous dire ceci : Alex et moi avons appris très tôt qu'on ne peut tenir tête longtemps à un char d'assaut avant de se faire écraser.

Julie réfléchissait encore à cette dernière déclaration lorsqu'elle arriva à la résidence de Delilah, ce soir-là, en compagnie d'Alex. Le fidèle Louis vint leur ouvrir la porte, s'inclina et les informa que Madame les attendait sur la terrasse supérieure.

— La terrasse supérieure ? murmura Julie à l'oreille d'Alex. Je croyais que nous étions invités à un barbecue dans le jardin.

— Oui, c'est vrai, d'une certaine façon, répondit-il en l'entraînant dans un couloir jusqu'à deux grandes portes. Nous allons dîner dehors, et voici notre jardin.

Elle demeura un instant figée, contemplant avec stupéfaction la série de terrasses paysagées qui descendaient, telles des marches d'escalier, vers une somptueuse piscine entourée de statues de marbre.

— Je vois, dit-elle. Nous devrions tous avoir un jardin comme celui-ci.

Une pergola de fer forgé recouverte de chèvrefeuille procurait un abri contre le soleil de cette fin d'après-midi. Le doux parfum des fleurs flottait dans l'air rafraîchi à intervalles réguliers par des vaporisateurs d'eau invisibles.

Elle contemplait encore ce spectacle ahurissant lorsque leur hôtesse sortit de la maison. Elle dut admettre que, ce soir, Delilah paraissait presque humaine dans une ample blouse de coton et un jean délavé qui mettait en valeur sa silhouette mince. Elle avait attaché sa longue chevelure en une volumineuse tresse, qui se balançait sur sa nuque alors qu'elle traversait la terrasse pour venir à leur rencontre, lui donnant presque l'air d'une adolescente.

— Blake est dans la cuisine, en train d'assaisonner les steaks, annonça-t-elle. Alex, tu te chargeras des boissons. Je prendrai une de tes célèbres margaritas.

Puis elle posa un regard froid sur Julie avant d'ajouter :

— Vous devriez essayer, Alex les prépare très bien. Mais peut-être avez-vous déjà eu plus que votre compte de tequila, durant tous ces mois que vous avez passés au Mexique ?

Julie ignora sa question à peine voilée, qui était de savoir si elle avait consommé de l'alcool durant sa grossesse, et elle répondit d'un ton serein :

— En réalité, j'ai passé beaucoup plus de temps en Amérique du Sud qu'au Mexique. La tequila n'est pas une boisson très courante au Chili.

— Mais on y produit quelques vins remarquables, persista Delilah avec la ténacité d'un bouledogue.

— Oui, en effet.

— Molly est-elle réveillée, maman ? intervint Alex pour mettre un terme à cet interrogatoire déplaisant.

— Oui, je crois l'avoir entendue babiller, tout à l'heure.

— Pourquoi ne demanderais-tu pas à Grace de nous l'amener ici pendant que je prépare les margaritas ?

— Je vais aller la chercher.

Après le départ de Delilah, Alex s'affaira dans une cuisine d'été construite en pierre du pays et dotée d'équipements modernes. Un réfrigérateur lui fournissait la glace dont il avait besoin. De l'un des placards sous le plan de travail, il tira un mixeur. Le bar regorgeait de bouteilles.

— Préférerais-tu autre chose qu'une margarita ? s'enquit-il. Je suis aussi un champion du daiquiri à la banane.

— Je déteste les bananes. Leur seule odeur me rend malade. D'ailleurs, ma mère ne les supportait pas non plus.

Il se figea pour la dévisager, une bouteille à la main.

— Qu'y a-t-il ? s'étonna-t-elle.

— Nous commençons tout juste à découvrir les aliments pour bébé que Molly aime ou qu'elle n'aime pas, répondit-il d'une voix lente. Et il se trouve qu'elle recrache systématiquement tout ce qui peut contenir de la banane.

— Oh ! non ! Tu ne vas pas recommencer ! Beaucoup de gens détestent les bananes, leur consistance et leur odeur.

— Oui, je suppose que c'est vrai.

Mais le doute était encore inscrit sur son visage lorsqu'il se retourna vers le bar. Julie soupira, tournant son regard vers le jardin soigneusement entretenu, sur la terrasse juste en dessous d'eux. Des roses aux couleurs éclatantes, des haies de buis soigneusement taillées et un magnifique cadran solaire composé de multiples sphères de bronze et destiné tout autant à être admiré qu'à suivre la course du soleil. Delilah Dalton n'avait visiblement reculé devant aucune dépense pour que son jardin soit parfait.

Comme si le simple fait de penser à elle avait suffi à ce qu'elle se matérialise, la matriarche réapparut à la porte de la maison, portant sur sa hanche le bébé aux joues roses et aux yeux brillants. Molly reconnut tout de suite Alex, et, émettant une sorte de gargouillis, elle se tortilla avec tant d'énergie qu'elle faillit échapper aux bras de Delilah.

— Attention !

Julie se précipita, mais la matriarche avait déjà repris le contrôle de la situation. Le regard qu'elle décocha à Julie était porteur de deux messages distincts. Un : elle savait s'occuper d'un bébé. Et deux : une telle manifestation de sollicitude de la part d'une personne qui avait peut-être abandonné son enfant était au mieux suspecte.

Alex interposa ses larges épaules entre elles, mettant un terme à cette confrontation muette.

— Viens ici, mon cœur.

Alors qu'il installait le bébé dans le creux de son bras, la nounou apparut, un biberon à la main.

— Il est l'heure de son biberon, monsieur Dalton.

— Je vais le lui donner moi-même. A moins que...

Ses yeux rencontrèrent ceux de Julie. Dans leurs profondeurs d'azur, elle lisait une question. Elle y répondit en secouant presque imperceptiblement la tête. Elle aurait adoré tenir la petite Molly dans ses bras, mais elle ne voulait surtout pas confirmer les soupçons de Delilah. Et, surtout, il était inutile de créer des liens auxquels elle devrait renoncer dans moins d'une semaine.

— Ton verre est sur la table, maman.

La margarita glacée sembla adoucir l'humeur de Delilah, et elle l'avala avec un plaisir non dissimulé avant de se faire servir un second verre qu'elle dégusta plus lentement. La conversation aborda des sujets aussi divers que les impressions de Julie après sa récente visite à l'usine ou les escapades des jumeaux durant leur enfance. Toutefois, durant le dîner qui suivit, consistant en une salade de concombre glacée, de pommes de terre cuites sous la braise et de steaks grillés à la perfection, Julie demeura constamment en état d'alerte, s'attendant à de nouvelles attaques de la part de Delilah.

Grace s'était jointe à eux pour le dîner. La nounou restait attentive au bébé, mais elle n'avait pas grand-chose à faire à part déguster son repas, alors que Molly passait joyeusement des genoux d'Alex à ceux de Blake et à ceux de Delilah. Cette enfant avait peut-être perdu sa mère, mais elle ne manquerait certainement jamais d'amour.

Julie ressentit un familier pincement au cœur. Elle était encore au lycée lorsqu'elle avait perdu ses parents. Mais elle refusait de s'apitoyer sur son sort, ou de souhaiter, même un instant, faire partie de cette touchante scène familiale.

Elle n'allait pas non plus accorder une importance exagérée à ce qui s'était passé hier soir entre Alex et elle. Ils étaient tous deux des adultes dans la force de l'âge. Une combinaison d'opportunités avait fait resurgir le désir brûlant qui les avait jetés l'un vers l'autre lors de leur première rencontre, des mois auparavant. Dans quelques jours, chacun d'eux repartirait de nouveau de son côté. Aucun mal n'avait été fait. Aucune faute commise.

En tout cas, pas trop de mal. Les derniers rayons du soleil couchant illuminaient l'or sombre des cheveux d'Alex, et elle soupira. Elle était en train de tomber amoureuse de cet homme, elle le savait. L'unique question était de savoir jusqu'où elle était prête à se laisser aller, avant de...

— ... projets pour le week-end ?

La voix froide et précise de Delilah trancha net sa rêverie.

— Désolée, murmura Julie. Que disiez-vous ?

— Je vous demandais quels étaient vos projets pour le week-end.

Julie rencontra le regard d'Alex. La lueur qui brillait au fond de ses yeux était un message clair, mais elle doutait que sa mère apprécie d'entendre la vérité, à savoir qu'elle n'avait aucun projet, hormis celui de rester au lit avec son fils à faire l'amour avec lui. Jusqu'à épuisement.

Mieux valait parler de ce qui avait été son plan initial en acceptant ce séjour en ville.

— J'aimerais faire un peu de shopping. Et peut-être aller voir une comédie musicale au Civic Center. J'ai vu qu'on allait y jouer *Jersey Boys*.

— Parfait, intervint Alex. Mère organise un grand gala destiné à recueillir des dons pour son association caritative favorite juste avant la première, vendredi soir. Elle insistait beaucoup pour que Blake et moi nous lui servions d'escorte. Nous irons simplement tous les quatre.

Delilah était une personne qui se contrôlait beaucoup trop bien pour manifester ouvertement le déplaisir que lui causait cette suggestion. Mais il était clairement perceptible dans sa réponse :

— La tenue de soirée est requise au gala, Alex. Julie n'a peut-être pas envie de se mettre en frais de toilette.

Pas envie, ou pas les moyens ? Julie connaissait parfaitement la réponse à cette question. Elle avait pratiquement vidé son compte en banque pour acheter ses parts dans Agro-Air. A l'origine, son intention avait été de courir les soldes d'été pour y chercher de bonnes affaires. Mais l'idée de s'habiller en princesse et de côtoyer le cercle élégant des amis d'Alex lui paraissait tout à coup très séduisante.

— Je suis sûre que ce sera très amusant, répondit-elle, s'adressant à Delilah. Je vous accompagnerai avec plaisir.

8

Julie regretta cette réponse sitôt qu'elle eut franchi ses lèvres. Elle y avait été poussée par une sotte envie de river son clou à Delilah, mais elle n'avait au fond aucune intention de se pavaner dans la compagnie des élites. Son monde à elle était plus proche du cambouis de l'atelier. Elle attendit cependant jusqu'après le dessert pour reconnaître son erreur.

La matriarche des Dalton avait insisté pour donner personnellement le bain à Molly. Entre-temps, Alex s'était excusé pour répondre au téléphone et Blake avait disparu quelques instants à l'intérieur de la maison. Julie s'était ainsi retrouvée seule avec la nounou. Autour des deux femmes, l'air du soir frémissait de tous les bruits de l'été. Le chant des cigales dans les buissons, l'appel d'une tourterelle à son compagnon.

— Je me suis peut-être engagée un peu vite à assister à ce gala de charité, avoua-t-elle en s'adressant à Grace. Je n'ai rien à me mettre pour une soirée de cette sorte.

— C'est le grand malheur de toute femme depuis la nuit des temps, observa la jeune femme blonde avec un sourire de sympathie.

— Dans mon cas, c'est la stricte vérité. Avec ma profession, je n'ai pas beaucoup d'occasions de porter des robes de soirée.

— Mais n'aviez-vous pas l'intention de faire du shopping ?

— Je songeais plutôt à quelques petits hauts, des shorts et des chaussures de travail. Je ne saurais même pas où chercher une robe du soir ou des escarpins de grande marque.

— J'ai accompagné Delilah dans quelques boutiques de luxe, la semaine dernière, déclara Grace. Je pourrais vous noter leurs noms, si vous le désirez. Mais, je vous avertis, elles risquent de creuser un trou géant dans votre budget. Il y aurait bien une autre solution, ajouta-t-elle après une pause. Il y a quelques jours, j'ai aidé Delilah à rassembler des vêtements qu'elle comptait faire expédier à une boutique de vêtements de seconde main gérée par l'une des associations caritatives qu'elle soutient. D'après ce que j'ai cru comprendre, elle harcèle régulièrement ses amies et toutes ses connaissances pour que le stock de cette boutique soit toujours bien achalandé.

— Delilah, harceler les gens ? C'est vraiment surprenant.

— Je sais, dit Grace en riant. Je l'ai déjà vue à l'œuvre, mais je dois dire qu'avec moi elle a toujours été adorable. Et Molly est un trésor.

Julie ne trouvait rien à redire à la seconde partie de cette déclaration, mais la première la laissait dubitative, et Grace le remarqua.

— C'est vrai, insista-t-elle. Elle mord beaucoup moins fort qu'elle n'aboie. En tout cas, la plupart du temps.

— Si vous le dites…

— Revenons à ces articles que j'ai aidé à rassembler. Il y avait là des choses magnifiques, Julie ! Un ensemble Dior et un sac à main Viktor Russo, entre autres. Ce n'est peut-être pas votre style, mais je parie que vous trouverez quelque chose à votre goût dans cette boutique.

— Je ne suis pas sûre de vouloir apparaître à une soirée mondaine dans une robe dont l'une des amies de Delilah se serait débarrassée.

— Oui, vous avez peut-être raison, convint Grace.

Puis elle réfléchit un instant, avant de déclarer :

— Je suis assez bonne couturière. Si vous trouviez une robe qui vous convienne, nous pourrions la transformer au point que même son créateur ne la reconnaîtrait pas.

Cette offre généreuse alla droit au cœur de Julie. Au temps de son adolescence, elle avait eu un cercle d'amies très étendu, mais elle les avait perdues une à une après la mort de ses parents, lorsqu'il lui avait fallu accepter deux ou trois emplois simultanés, tout en poursuivant ses cours à l'université. Les quelques amies qui lui restaient encore à cette époque avaient disparu à leur tour durant les années qu'elle avait passées à piloter des avions de fret en Amérique latine. La sincérité évidente de la proposition de Grace lui fit par conséquent l'effet d'un baume bienfaisant.

— Merci, répondit-elle avec une gratitude sincère. J'apprécie beaucoup votre offre, mais vous n'auriez pas le temps d'effectuer les retouches.

— Je suis sûre que si, répondit la nounou avec un sourire qui fit apparaître une fossette sur sa joue droite. Comme vous l'avez peut-être remarqué, Delilah me décharge de la plupart de mes devoirs avec Molly. De plus, demain est mon jour de congé. J'aurai plaisir à courir les boutiques avec vous.

Alex réapparut au même instant, et elle ajouta :

— A moins, bien sûr, que vous n'ayez d'autres projets.

— A vrai dire, je l'ignore, répondit Julie en se tournant vers lui. Est-ce le cas ? Avons-nous d'autres projets ?

— Nous en avions, convint Alex en rempochant son téléphone avec une grimace. J'avais l'intention de t'emmener visiter le centre d'opérations aériennes de Dalton International, mais, à l'évidence, cela ne va pas être possible. L'un de nos plus gros clients a un problème, et je vais devoir me rendre à Tulsa pour le résoudre. Je suis désolé.

— Tu n'as pas besoin de t'excuser. Je ne m'attendais pas à ce que tu passes toutes tes journées avec moi.

Ou toutes tes nuits... Elle espéra secrètement que ce contretemps ne viendrait pas bouleverser l'agenda qu'elle avait imaginé pour leur soirée : se retrouver seule avec lui, lui arracher ses vêtements, et... le reste viendrait tout naturellement.

Mais une question restait néanmoins en suspens. Où tout cela les conduirait-il ? Car elle ne pouvait plus se bercer d'illusions. Au cours de ces quelques derniers jours, ce qu'elle ressentait pour Alex Dalton s'était transformé, même si elle n'arrivait pas à savoir quand exactement. Ils n'étaient plus dans le domaine de la simple attirance, du désir sexuel ordinaire. Elle survolait à présent des territoires plus dangereux, moins familiers, sans la moindre carte et sans instruments pour la guider. Elle se demandait où exactement ils allaient atterrir lorsque Blake ressortit de la maison.

— Je viens d'entendre maman dans le moniteur pour bébé, annonça-t-il. Elle expliquait à Molly que les petites filles bien élevées ne faisaient pas leurs besoins dans la baignoire.

— Oh! oh! s'exclama Grace en se levant. Je ferais mieux de monter. Alors, Julie, d'accord pour demain ?

— Oui, bien sûr.

— Parfait. Je passerai vous chercher à 10 heures. Nous pourrons déjeuner en ville. Bonsoir, tout le monde.

Blake suivit la nounou des yeux alors qu'elle s'éloignait en direction de la maison, avant de se retourner vers Julie.

— Vous avez des projets avec Grace pour demain ?

— Nous allons courir les magasins.

— Je m'en réjouis. Grace avait besoin de sortir et de se détendre un peu. Maman ne l'a pas lâchée d'une semelle depuis deux semaines. Et toi, Alex ? Qu'as-tu prévu ?

— Je dois me rendre à Tulsa.

Les deux frères échangèrent un regard un peu étrange. Puis Blake haussa les épaules.

— Pas de problème, assura-t-il. Je passerai la journée ici, avec Molly et maman.

— Grace m'avait dit que c'était son jour de congé, intervint Julie d'un ton embarrassé.

— C'est vrai. De toute façon, maman et moi sommes plus que compétents pour nous occuper de Molly. Sans compter que Louis et le reste du personnel seront aussi à proximité. Alex et moi, nous aimons seulement être présents... comment dirais-je ? En réserve.

— Ce que Blake voulait dire, déclara Alex alors qu'ils roulaient à travers la nuit étoilée, c'est que nous préférons que l'un de nous au moins soit là pour s'assurer que tout se passe bien. Et celle qu'il faut surveiller, ce n'est pas nécessairement Molly. Maman est capable de tout. Elle nous faisait ramper dans des tuyaux d'acier et jouer à la balançoire sur des derricks avant que nous n'ayons l'âge de marcher. Nous traîner avec elle dans les champs de pétrole, à l'époque, était une nécessité. Depuis, les temps ont bien changé, mais notre mère refuse de le croire.

Julie s'abstint de tout commentaire. Elle soupçonnait pourtant que celui des frères Dalton qui s'avérerait être le papa de Molly aurait fort à faire à surveiller simultanément une enfant en bas âge et une mère hyperactive. Elle plaignait d'avance la malheureuse qui s'aventurerait dans ce triangle en épousant l'un des Dalton. Elle devrait se battre bec et ongles pour ne pas être elle-même anéantie dans la mêlée.

Ce qui la ramenait à sa question initiale : où les mènerait cette... chose... qu'Alex et elle vivaient à l'heure actuelle ? En supposant, bien sûr, qu'elle les mène quelque part. Une nouvelle vague de doute déferla sur elle alors, lorsqu'elle composa le code de la porte de sa suite et qu'elle le vit qui restait planté sur le seuil.

— J'ai beaucoup pensé à nous, Julie.

Alors, il y avait donc un « nous » ? Ce pluriel la fit frissonner de plaisir, même si l'expression d'Alex était bien trop sérieuse pour sa tranquillité d'esprit. Surtout compte tenu de l'agenda qu'elle avait secrètement conçu pour le reste de leur soirée.

— Je n'ai cessé de te bousculer depuis l'instant où je suis arrivé sans prévenir dans le hangar d'Agro-Air, murmura-t-il.

— C'est vrai, convint-elle. Même si « bousculer » me paraît être un mot un peu faible pour décrire un odieux chantage et un plan machiavélique visant à retourner ma faiblesse pour la pizza contre moi.

— C'est pourquoi je vais te laisser tranquille, poursuivit-il. Si c'est ce que tu désires.

— Premièrement, répliqua-t-elle en croisant les bras d'un air déterminé, je n'étais pas obligée d'accepter l'offre que tu nous as faite, à mes associés et à moi. Deuxièmement, personne ne m'a forcée à accepter cette escapade en ville. Troisièmement, je n'étais certes pas obligée non plus de te traîner par les cheveux dans mon lit, hier soir.

— Ce n'est pas tout à fait le souvenir que j'en ai, observa-t-il en esquissant un sourire. Mais, je t'en prie, continue donc.

C'était le moment de faire preuve d'honnêteté. Ce n'était pas vraiment un problème, car la franchise faisait partie de sa nature. Mais elle hésitait à exprimer des émotions qu'elle ne comprenait pas encore entièrement elle-même. Elle ne lui livra donc qu'une version expurgée de la vérité :

— Quatrièmement, j'ai bien peur d'avoir lamentablement et totalement craqué pour toi, Alex Dalton. C'est pourquoi, tout bien réfléchi, je te réponds « non ». Je ne tiens pas à ce que tu me laisses tranquille, comme tu dis.

C'était exactement ce qu'Alex brûlait d'entendre. Toute la soirée, il avait été consumé d'un désir presque douloureux pour elle. Lorsqu'il l'écoutait livrer une joute verbale avec sa mère... lorsque les rayons de la lune dansaient sur le rouge sombre de sa chevelure... lorsqu'il se rappelait ses gémissements, son corps nu cambré sous lui...

A ce désir fou venait se mêler une pointe de mauvaise conscience. Ses concurrents lui avaient plus d'une fois reproché des tactiques dignes d'un rouleau compresseur. Et ils n'avaient pas entièrement tort. Lorsqu'il désirait quelque chose — ou, dans ce cas particulier, quelqu'un —, il y mettait toute son énergie. Sauf que le terme « désir » ne suffisait même pas à décrire ce qu'il ressentait pour Julie Bartlett. Sur le trajet du retour, il était parvenu à la conclusion que le mieux était de laisser les choses suivre leur cours naturel, de permettre à ce quelque chose qui semblait se tisser entre eux de croître à son propre rythme, naturellement. Dieu merci, elle avait vu clair dans son bref élan chevaleresque, et elle avait tout de suite compris qu'il n'en pensait pas un mot !

Sa conscience désormais apaisée, il s'empara avec détermination des lèvres qu'elle tendait vers lui. Un incendie ravageur se déclencha dans son corps, mais, cette fois-ci, il était décidé à faire preuve de lenteur. Il désirait explorer chaque centimètre de ce long corps souple qui s'offrait à lui, se délecter de la force de ces muscles aux formes fluides que Julie avait développés en pilotant de lourds avions-cargos.

C'était tout du moins ce qu'il avait prévu. Jusqu'à ce qu'ils entrent en titubant dans la suite, toujours étroitement enlacés, leurs bouches soudées l'une à l'autre. Les mains de Julie s'attaquèrent aux boutons de sa chemise, et il glissa la sienne sous l'ourlet de son chemisier. A l'instant où il sentit la douceur de cette peau féminine, ses derniers scrupules s'envolèrent. Oubliant toutes ses bonnes résolutions, il la fit reculer jusqu'au grand sofa de cuir sans cesser de l'embrasser.

Elle bascula sur les coussins, et il l'accompagna dans sa chute. Essoufflée, riant à gorge déployée, elle leva ses yeux envoûtants vers lui, et il songea qu'il pourrait se perdre dans ces yeux-là. En elle. Et que c'était peut-être déjà fait.

Ce fut sa dernière pensée cohérente. Une milliseconde plus tard, il cessa de réfléchir pour s'atteler à la tâche de déshabiller Julie et la couvrir de baisers.

Le lendemain matin, il se réveilla à 6 heures comme à son habitude. Julie était allongée près de lui, abandonnée, le drap froissé recouvrant partiellement son corps nu. Un sourire aux lèvres, il noua ses mains derrière la nuque, se délectant du charmant spectacle de ces courbes et de ces creux.

Il ne partirait pour Tulsa que vers 9 heures. Ce qui leur laissait tout le temps nécessaire pour la séance tout en douce lenteur qui avait été son plan initial, hier soir. Pourtant, malgré tout le désir que ces formes élancées et cette crinière auburn éveillaient en lui, il était heureux de rester simplement allongé près d'elle, à la regarder dormir.

C'était une première pour lui. Avec l'avocate qu'il fréquentait depuis près de six mois, il n'avait jamais ressenti ce besoin de simplement respirer le même air que sa partenaire. Barbara

Hale était une femme énergique et ambitieuse. Paresser au lit le week-end n'était pas du tout son genre. Pas de soirées devant la télévision pour elle. Il avait d'abord admiré son inépuisable énergie, et puis elle l'avait fatigué.

Ceci, en revanche, était très agréable. Il fit glisser ses doigts dans la douceur soyeuse de la chevelure auburn. Extrêmement agréable, même. Les renseignements qu'il avait rassemblés au sujet de Julie suggéraient qu'elle était aussi déterminée que Barbara, et aussi compétente dans sa profession. Et tout aussi obstinée. Mais elle n'avait pas sa dureté.

A vrai dire, il n'y avait rien de dur en elle. Esquissant un sourire, il lui enlaça la taille pour la serrer contre lui quelques minutes encore.

Alex fut confronté à la facette têtue de sa personnalité dès leur petit déjeuner, consistant en une tasse de café et des gaufres qu'elle dévora avec appétit mais qu'il toucha à peine. Elle était de nouveau sanglée dans son peignoir, les cheveux négligemment attachés au sommet de sa tête, perchée sur un tabouret de bar en face de lui. Secouant la tête d'un air incrédule, il l'observa tandis qu'elle piquait la dernière gaufre du bout de sa fourchette.

— Comment peux-tu dévorer ces morceaux de carton avec un tel plaisir ?

— J'ai connu pire.

Il avala sa dernière gorgée de café et consulta sa montre.

— Je dois partir. Grace passe te prendre à 10 heures, je me trompe ?

— Oui. Elle va m'aider à trouver une tenue pour le grand raout de ta mère, demain soir.

— A ce propos...

Il savait qu'il s'avançait sur un terrain miné. Aussi marqua-t-il une pause, avant de poursuivre d'un ton prudent :

— Je sais que tu n'avais pas prévu de faire une telle dépense. Je pourrais appeler les boutiques où ma mère fait ses achats, et...

— Non, coupa-t-elle. Plus un mot. N'y pense même pas.

— Sois raisonnable, Julie. Tu n'as pas besoin de te ruiner pour une robe que tu ne porteras qu'une fois.

— Qui te dit que je ne la porterai qu'une seule fois ? répliqua-t-elle d'un ton indigné. J'ai une vie, tu sais. Ou en tout cas j'en avais une avant Agro-Air.

— Si cela peut te rassurer, nous ajouterons cette dépense à ta note, suggéra-t-il, maudissant sa propre maladresse.

Cette approche ne fonctionna pas non plus. Au contraire, elle sembla jeter de l'huile sur le feu.

— Je suggère que tu arrêtes, Dalton, répliqua-t-elle, les yeux étincelants. Tout de suite, avant que je ne me mette vraiment en colère.

— Je m'efforçais seulement...

— Tu parlais comme un client satisfait qui insiste pour payer des services qu'on lui aurait rendus.

— Tu es injuste, protesta-t-il, surpris par tant de véhémence.

— Vraiment ? Dans ce cas, pourquoi tant insister sur les questions d'argent ? Mille dollars pour un cheveu ! Un séjour de grand luxe en ville, tous frais payés ! Et voilà qu'à présent le richissime M. Dalton entend parer luxueusement sa partenaire de lit pour une soirée de réjouissances chez ses petits camarades de l'élite mondaine ! Que suis-je censée en déduire ?

— Que le richissime M. Dalton est aux petits soins pour son associée, corrigea-t-il d'un ton froid. Que je ne veux pas qu'elle... Et puis, zut !

Désormais aussi irrité qu'elle, il fit rapidement le tour du comptoir et l'empoigna par le revers de son peignoir.

— Puisque c'est ainsi, fais comme il te plaira.

— C'était exactement mon intention, rétorqua-t-elle.

— Souviens-toi seulement de ceci en ponctionnant ton compte en banque. Je me fiche royalement des vêtements que tu portes. Ou que tu ne portes pas. Je suis tombé sous ton charme à la seconde où je t'ai vue, dans cette combinaison de mécanicien trois fois trop grande pour toi.

— Ha ! s'écria-t-elle. J'ai vu ton expression ce jour-là. Tu étais épouvanté à l'idée d'avoir pu t'intéresser à une femme aux ongles noirs de cambouis.

— J'en conviens, le côté cambouis m'avait un peu refroidi. Mais tu t'es plus que rattrapée le lendemain, en apparaissant dans ce jean coupé qui te moulait les hanches. J'ai failli en avaler ma langue.

— Hum, fit-elle, sentant refluer sa colère. Continue, Dalton. Tu viens de regagner un peu de terrain.

— Ce serait avec joie, mais je dois partir. Je te demande seulement de me croire, lorsque j'affirme que je t'accepterais de toutes les façons. En jean et chaussée de bottes. En robe de grand couturier. Ou nue. De préférence nue, d'ailleurs.

Sur ce, il déposa un baiser sur ses lèvres et se dirigea vers la porte. Lorsqu'elle se fut refermée derrière lui, Julie demeura un instant immobile, aux prises avec un tourbillon d'émotions contradictoires. Qu'avait-il voulu dire ? Etait-il vraiment tombé en admiration devant elle le premier jour ? Dans cette combinaison graisseuse ?

Et quelle place occupait-elle dans sa quête de la maman de Molly ? Que se passerait-il si cette femme se faisait enfin connaître ? Si elle était l'une de ses anciennes petites amies qui avait précédemment nié être la mère pour des raisons personnelles ?

Toutes ces questions commençaient à lui donner la migraine. Elle se laissa glisser en bas du tabouret et se dirigea vers la chambre. Elle avait besoin de courir quelques kilomètres pour remettre de l'ordre dans ses idées. Et, ensuite, elle prendrait une longue douche, très froide.

Lorsqu'elle monta à bord de la petite Honda de Grace, deux heures plus tard, Julie avait réglé quelques-unes des questions les plus pressantes. Et, en premier lieu, elle avait décidé de prendre Alex au mot.

Ainsi, il était prêt à l'accepter sous toutes ses facettes ? Parfait.

Alors, il fallait qu'il voie l'autre côté du tableau. Celui où elle n'était pas ruisselante de transpiration et couverte de cambouis.

— Changement de plan, annonça-t-elle en s'installant sur le siège. Oublions la boutique de seconde main. Emmenez-moi là où Delilah fait son shopping lorsqu'elle veut impressionner son monde.

— Vous plaisantez, n'est-ce pas ?

— Je n'ai jamais été aussi sérieuse.

— Nous parlons de grosses sommes, Julie, observa Grace. De très grosses sommes.

— Et alors ? Nous ne ferons qu'entrer et essayer quelques petites choses. Si le prix nous fait peur, nous ressortirons, voilà tout.

Elle marqua une pause, avant d'ajouter, alors que Grace démarrait :

— Et, qui sait ? Nous aurons peut-être la chance de tomber sur des soldes.

— C'est cela, marmonna Grace. Ou de croiser le Père Noël.

Dans la première boutique ultrachic qu'elles visitèrent sur Western Avenue, les étiquettes des prix sur les robes la laissèrent effarée. Et il s'agissait de promotions.

La seconde boutique était plus petite et plus intimiste, mais les prix y étaient tout aussi délirants. Caressant les riches étoffes avec regret, elle dut reconnaître qu'elle n'avait pas les moyens de ses ambitions.

— J'aurais adoré briller à la soirée de Delilah, mais ces robes sont vraiment trop chères pour moi, convint-elle en soupirant. Je crois que nous ferions mieux de...

— Excusez-moi ?

Elles se retournèrent ensemble pour se retrouver face à une petite femme brune d'une élégance exquise, qui les observait avec curiosité.

— Je n'ai pas pu m'empêcher d'entendre vos propos. Est-ce bien à Mme Delilah Dalton que vous faisiez allusion ?

— Oui, en effet.

— Puis-je vous demander si vous cherchez une tenue pour son gala de charité, demain soir ?

— La réponse est encore oui, mais j'ai bien peur de ne pas avoir les moyens de m'offrir ces belles choses.

La petite femme brune inclina la tête, et ses yeux noirs au regard vif la détaillèrent des pieds à la tête avec un regard professionnel.

— Les robes que vous avez examinées viennent toutes de grands couturiers très bien établis. J'ai d'autres petites choses dans le fond du magasin, des œuvres d'une jeune femme qui est passée chez nous, le mois dernier, pour déposer quelques-unes de ses créations, dans l'espoir que notre maison puisse l'aider à percer, en misant notamment sur les grandes fortunes du pétrole d'Oklahoma City. Puis-je vous les montrer ?

— Eh bien...

— Les prix sont beaucoup plus raisonnables que ceux des robes haute couture que vous examiniez. Et il y a justement une tenue qui conviendrait parfaitement à votre silhouette et à votre teint.

— Allez-y, l'encouragea Grace. Qu'avez-vous à perdre ?

Pas grand-chose, en effet. Seulement sa part des modestes bénéfices d'Agro-Air durant les six prochains mois. Mais, après tout, tant pis !

— Vous avez absolument raison, répondit-elle. Il faut donner leur chance aux jeunes créateurs.

— Parfait. Je suis Helen Jasper, la propriétaire de cette boutique.

— Je suis Julie Bartlett. Et voici Grace Templeton.

— Très heureuse de faire votre connaissance. Je vous en prie, prenez un siège. Je vais vous montrer ce que j'ai.

Ce qu'elle leur montra était un extraordinaire ensemble deux-pièces de soie dorée et scintillante. La jupe était droite et fendue sur la cuisse du côté gauche. Le corsage sans bretelles, renforcé et doté d'un décolleté plongeant, s'attachait sur le devant à l'aide de clips incrustés de cristal en forme de soleil, de la lune et des étoiles. Julie sut instantanément que cette robe était faite pour elle.

Lorsqu'elle ressortit de la cabine d'essayage, Grace se déclara du même avis.

— Elle est absolument parfaite, Julie ! Simple, élégante et audacieuse tout à la fois. A présent, il ne vous reste plus qu'à trouver de jolies sandales pour compléter le tableau.

— Celles-ci, par exemple, suggéra la propriétaire de la boutique en brandissant des mules dorées dotées de talons aiguilles de dix bons centimètres. Et voici pour vos cheveux.

Le peigne scintillant qu'elle venait de tirer d'une bourse de velours arborait les mêmes motifs que ceux du corsage et avait visiblement été conçu pour être porté avec l'ensemble.

— Je vous suggère d'attacher vos cheveux sur le côté, comme ceci.

Joignant le geste à la parole, Helen lui ramena les cheveux sur l'épaule gauche et accrocha prestement le peigne sur sa tempe.

— Voyez-vous comme cette coiffure met en valeur votre visage ? Vous n'auriez besoin ni de boucles d'oreilles ni de collier. Tout accessoire supplémentaire serait superflu.

C'était heureux, car Julie ne possédait aucun bijou qui puisse rivaliser avec l'éclat de ces étoiles.

— Alors ? s'enquit Helen avec un sourire satisfait. Qu'en pensez-vous ?

— Je crois que nous allons devoir négocier. Une partie de la somme maintenant, et le reste en plusieurs mensualités.

La propriétaire de la boutique secoua la tête en riant.

— Je vous cède cet ensemble pour cinq cents dollars et la promesse que vous citerez le nom de ma boutique au moins une douzaine de fois au cours de votre soirée.

Julie n'hésita pas. Avec un léger pincement de regret, elle dit « adieu » au reste de son compte à la banque.

— Affaire conclue.

9

Julie et Grace célébrèrent le succès de leur expédition par un déjeuner tardif dans le patio ombragé d'un restaurant mexicain. Avec le doux gargouillis de la fontaine en arrière-fond, Grace lui expliqua quelle carrière elle entendait embrasser.

— Je ne suis pas une nounou professionnelle, lui confia-t-elle d'un ton hésitant. J'enseignais les sciences sociales au collège, tout du moins jusqu'à ce que... mon père tombe malade. J'ai dû quitter mon poste pour m'occuper de lui.

— Va-t-il mieux, aujourd'hui ?
— Il est décédé.
— Je suis sincèrement désolée.
— Moi aussi, murmura Grace sans lever les yeux. Après cela, je me suis sentie désœuvrée durant quelque temps, et puis Delilah a entendu dire que j'envoyais des CV à des employeurs potentiels, et elle m'a offert ce job temporaire.

Très bien. Delilah Dalton n'était donc pas la méchante sorcière de l'Ouest. Elle ne lui avait jamais encore montré son bon côté, mais, apparemment, celui-ci existait.

Balayant les dernières miettes sur la table d'un geste absent, Grace abandonna un sujet qui lui était visiblement douloureux pour revenir à leur mission du jour :

— Je sais que vous n'avez pas besoin d'autres bijoux, remarqua-t-elle, mais il vous faut un sac. Voulez-vous que nous essayions de vous trouver la perle rare dans cette fameuse boutique de seconde main ?

Pourquoi pas, après tout ? Son compte en banque était déjà mortellement blessé. Autant mettre fin tout de suite à ses souffrances.

— Oui, répondit-elle. Bonne idée.

Après une autre expédition couronnée de succès, Grace gara sa voiture le long du trottoir devant le building de Dalton International juste après 16 heures.

— Delilah a insisté pour m'offrir une carte d'invitée permanente au spa du country club d'Oklahoma City, déclara-t-elle alors que Julie rassemblait ses achats. Je vais nager un peu, et ensuite j'irai au sauna. Etes-vous certaine de ne pas vouloir m'accompagner ?

— Merci, mais Alex m'a parlé d'un dîner, pour ce soir.

Lorsqu'elle releva les yeux, elle s'aperçut que Grace la dévisageait d'une façon un peu étrange.

— Qu'y a-t-il ?
— Rien.
— Qu'est-ce que c'est, Grace ?
— Cela ne me regarde pas.
— Qu'est-ce qui ne vous regarde pas ?
— Vous semblez vous être... heu... retrouvés avec Alex.
— Est-ce donc si évident ?
— Uniquement pour ceux qui ont vu son état de stress, durant ces quelques dernières semaines.

Parmi lesquels la nounou de son enfant, son frère... et sa mère. Julie frissonna à cette idée.

— Je comprends facilement qu'un homme soit stressé en découvrant après le fait qu'il est papa, dit-elle, une main sur la poignée de la portière. Mais je vous assure, Grace, que je ne suis pas la maman de Molly.

— Je le sais. Delilah m'a informée que c'était ce que vous aviez déclaré à Alex depuis le début. Mais elle n'est toujours pas entièrement convaincue.

— C'est son problème. Pas le mien.

Espérant de tout cœur que cette déclaration optimiste reflétait la réalité, Julie se dirigea vers l'ascenseur, chargée de ses paquets. La cabine l'emportait rapidement vers sa suite lorsque son téléphone sonna. Le nom affiché sur l'écran fit bondir son pouls.

— Bonjour, toi.
— Bonjour, toi-même. Où es-tu ?
— Toujours à Tulsa. Nous avons cerné le problème, mais pas la solution. J'ai l'impression que je vais être coincé ici le reste de la journée et une bonne partie de la soirée. J'ai appelé quelques-uns de mes collaborateurs en renfort, mais, si nous n'avons pas trouvé une solution dans les cinq prochaines heures, je vais devoir passer la nuit ici.
— J'espère que vous trouverez.
— Moi aussi, dit-il d'une voix rauque qui la fit frissonner. Comment s'est passée ta journée de shopping ?
— Très bien, répondit-elle en serrant sa nouvelle robe contre elle. Nous avons fait de magnifiques affaires, avec Grace.

Ce terme étant tout relatif, bien entendu. Elle se consola en songeant que sa robe était infiniment moins coûteuse que celles auxquelles Delilah et son cercle étaient habituées.

— Je parlais avec Blake, il y a un instant, reprit Alex. Il aimerait t'inviter à dîner, ce soir.
— Blake vient de passer la journée à s'occuper de Molly, rappela-t-elle. Il n'a pas besoin de sacrifier sa soirée pour faire de même avec moi.
— Il en a envie.
— C'est très gentil de sa part, mais rappelle-le, s'il te plaît. Et dis-lui que je lui fais grâce de cette corvée. Je vais être très occupée, ce soir.

Pour commencer, elle devait parler avec Dusty pour faire le point. Ensuite, elle allumerait son ordinateur pour jeter un coup d'œil à leur agenda de la semaine suivante. Elle devait également s'assurer qu'ils avaient suffisamment de réserves pour couvrir la facture des produits phytosanitaires que Dusty avait commandés sans l'en informer. Alex l'avait gardée à tel point occupée, ces quelques derniers jours, qu'elle avait relégué les affaires d'Agro-Air au dernier rang de ses préoccupations.

La première de ces tâches s'avéra la plus problématique. Dusty restait injoignable, tant au bureau que sur son portable, et elle sentit un nœud d'inquiétude se former au creux de son estomac. Chuck Whitestone ne s'encombrait pas d'un téléphone portable, et elle dut passer cinq appels pour le localiser enfin au Highway 21, un petit snack au bord de l'autoroute. Mais Chuck, non plus, ne lui fut pas d'un grand secours :

— Dusty m'a dit qu'il partait pour le week-end.
— Qu'il partait où ?
— Je ne le lui ai pas demandé.
— Il n'est pas retourné au casino, j'espère ?
— Je ne lui ai pas posé la question.
— S'il vous appelle, contactez-moi immédiatement, d'accord ?
— Comptez sur moi.

Elle raccrocha et demeura songeuse un instant. Plusieurs raisons pouvaient expliquer que Dusty ignore les appels sur son téléphone portable. La plus inquiétante serait qu'il n'entende pas la sonnerie dans le vacarme des machines à sous. Ou alors il avait vu son nom s'afficher sur l'écran et n'avait pas souhaité qu'elle devine le lieu où il se trouvait.

Heureusement, il avait réglé la facture des produits qu'il avait commandés. Le compte d'Agro-Air était désormais aussi dégarni que son compte personnel. Elle pouvait simplement espérer que Dusty n'était pas maintenant occupé à emprunter contre la promesse de futurs bénéfices découlant de leur fusion avec Dalton International. Aucun contrat n'avait encore été signé. Les Dalton pouvaient toujours faire marche arrière et annuler leur accord, si un huissier venait réclamer leur équipement pour non-paiement d'arriérés.

Cette possibilité très réelle vint quelque peu gâcher la joie de ses achats. Elle contempla le sac accroché à la poignée de la porte, se demandant comment elle avait pu être assez folle pour mettre cinq cents dollars sur une robe, des sandales et un joli peigne étoilé. Même les trente dollars qu'elle avait dépensés à la boutique de seconde main pour un réticule de soirée en strass pesaient sur sa conscience.

Elle fut douloureusement tentée de rapporter la robe à la boutique dès le lendemain, et de se décommander pour la soirée de gala. Et elle en serait peut-être arrivée là si Alex n'était pas venu sonner à la porte de sa suite dès l'aube, le lendemain matin, alors qu'elle venait juste de s'extraire de son lit.

Elle n'était pas encore tout à fait réveillée. Dieu merci, elle avait eu le temps de s'asperger le visage d'eau froide et s'était brossé les dents avant de préparer le café. Car elle portait encore le T-shirt marqué du logo de l'équipe de football de l'université d'Oklahoma, qui lui servait de chemise de nuit, et ses cheveux auraient pu servir de nid à des corbeaux.

Alex ne sembla cependant pas s'en offusquer. Ou alors il avait besoin de lunettes. Quoi qu'il en soit, il se pencha pour déposer un rapide baiser sur ses lèvres.

— Bonjour, ma belle.

Lorsqu'il se redressa, elle ne put s'empêcher de songer qu'il était l'exemple même de l'homme dont toutes les femmes rêvent secrètement, avec ces cheveux d'or sombre, ces larges épaules, et ces fines ridules plus pâles au coin de ses yeux. Des yeux bleus qui lui souriaient, et...

— Habille-toi. J'ai une surprise pour toi.

— Qu'est-ce que c'est ? s'enquit-elle d'un ton prudent.

— Si je te le disais, ce ne serait plus une surprise, répliqua-t-il en la prenant par les épaules pour lui faire prendre la direction de la chambre. Va t'habiller.

— D'accord, d'accord. J'y vais.

Elle obtempéra, un peu déçue néanmoins que sa surprise implique d'enfiler des vêtements au lieu de les ôter.

Elle ne put s'empêcher d'en faire la remarque en réapparaissant dans le salon, un instant plus tard, en jean et en débardeur. Il se contenta de rire.

— Plus tard, promit-il. Allons-y.

Ils descendirent au sous-sol pour récupérer la Jaguar et, deux minutes plus tard, ils roulaient dans les rues encore désertes de la ville.

Le trajet dura une quinzaine de minutes, puis Alex s'engagea sur la route conduisant à un petit aérodrome à l'ouest de la ville. Le logo de Dalton International fièrement apposé au portail d'entrée et le jet privé aux formes élancées qu'elle entrevoyait par la porte ouverte d'un hangar lui suggéraient qu'Alex avait décidé de tenir sa promesse de lui faire visiter le centre d'opérations aériennes de sa société. Puis elle aperçut un avion fraîchement lavé, garé sur le tarmac. Des gouttelettes d'eau brillaient encore sur son fuselage jaune canari souligné d'une bande bleu électrique.

— C'est le Lane 602 ! s'exclama-t-elle.

— Il est arrivé hier, l'informa-t-il. J'ai pensé que tu aimerais peut-être l'essayer en vol avant de finaliser la vente.

Elle était sortie de la Jaguar avant même que la voiture se soit totalement immobilisée, parcourant d'un regard avide chaque détail de l'appareil, de l'hélice unique au dispositif de dispersion de produits monté à l'arrière. Le propriétaire actuel était un pilote du Nebraska qui se présenta sous le nom de Jim O'Connor.

— Heureux de vous rencontrer, Dalton. Et vous aussi, mademoiselle Bartlett. Il paraît que vous êtes associée avec Dusty Jones ?

— Oui, confirma Julie. Depuis deux mois déjà.

— Ce vieux Dusty est l'un des meilleurs pilotes en exercice, dit-il en tapotant le fuselage de l'avion. Je l'ai vu faire les manœuvres les plus incroyables. Il paraît que vous avez envie d'essayer ce bébé ?

— J'aimerais d'abord jeter un coup d'œil aux spécifications techniques et au carnet d'entretien.

Réprimant à grand-peine son excitation, elle consulta les documents de l'avion. Ce robuste appareil doté d'un moteur à turbopropulseur et d'un réservoir de plus de huit cents litres était capable d'accomplir des missions aussi diverses que le transport de passagers, le largage de matériel dans la nuit antarctique par des températures de - 50°C, ou les interventions sur des incendies de forêt.

Elle constata également que le système de dispersion pouvait facilement être modifié pour se conformer aux spécifications que Lisa Wu avait suggérées. Julie essaya de se composer un masque serein. Inutile de montrer à O'Connor combien elle était impatiente de mettre la main sur les commandes de ce bijou tant que les négociations étaient encore en cours.

Alex fut très impressionné par la rapidité avec laquelle Julie avait compris les capacités du 602, après ce qui lui avait semblé être une très brève séance de familiarisation.

Il était habitué au Gulfstream, un appareil biréacteur infiniment plus sophistiqué. C'était ce qu'il tentait de se dire pour soigner son orgueil blessé, jusqu'à ce qu'elle fasse décoller le 602 et exécute quelques passes expérimentales.

Le premier looping qu'elle effectua lui fit monter le cœur jusque dans la gorge, et il ne recommença à respirer que lorsqu'elle redressa l'avion, trois mètres au-dessus des champs. Puis elle joua à saute-mouton avec un bouquet d'arbres et piqua tout droit vers le sol. Cette manœuvre verticale était l'une des premières enseignées dans les écoles de pilotage. C'était une chose d'effectuer un piqué dans un simulateur de vol, ou lorsqu'il était lui-même aux commandes. Mais voir Julie le faire quasiment à la vitesse de décrochage lui glaça le sang.

— Bonté divine! marmonna-t-il en s'extrayant du cockpit pour tituber jusqu'à la Jaguar et s'y appuyer, lorsqu'ils eurent enfin atterri. Tu pratiques des acrobaties de ce genre tous les jours ?

— A peu près, oui, convint-elle en souriant, visiblement très contente d'elle-même. Cela s'appelle piloter, Dalton.

Elle était très forte. Elle venait de lui démontrer à quel point elle l'était. Pourtant, alors qu'elle se lançait dans une nouvelle discussion technique avec O'Connor, il ne put s'empêcher de souhaiter qu'elle pilote d'énormes jets de passagers aux multiples systèmes de sécurité, plutôt que ce coucou, qui, à ses yeux, ressemblait à un gros vaporisateur à insecticide doté d'un moteur à turbopropulsion.

Il ressentait encore des fourmillements dans tous ses membres lorsqu'il guida Julie à travers les hangars de Dalton International et le centre d'opérations, puis en déjeunant avec elle dans son petit restaurant préféré, spécialisé dans le barbecue. Et il tremblait toujours quand il dut répondre à un appel urgent de Blake réclamant sa présence à une réunion avec leur directeur du marketing.

Il sortit de l'ascenseur au dixième étage et l'escorta jusqu'à la porte de sa suite, regrettant sincèrement ce changement de plan.

— Ce n'est que partie remise, promit-il.

— Je l'espère, répondit-elle avec un soupir théâtral. Ce sera difficile, mais je crois que je peux attendre encore un peu.

Il l'embrassa, et son baiser promettait qu'il mettrait un point d'honneur à rattraper tout ce temps perdu.

— Prête, pour ce soir ?

Julie réfléchit rapidement. Elle avait décidé de retourner ses achats et de se décommander pour la grande soirée mondaine de Delilah. Payer un tel prix pour une robe allait contre sa nature. De plus, son incapacité à joindre Dusty avait commencé à l'inquiéter.

D'un autre côté, le 602 l'avait impressionnée au-delà de toutes ses espérances. Avec cet avion supplémentaire et les améliorations apportées au dispositif de pulvérisation des produits par les ingénieurs de Dalton International, Agro-Air pourrait engranger de jolis profits, dès la saison prochaine.

Qu'est-ce qui lui prenait ? Pourquoi toutes ces hésitations au sujet d'une simple robe ? Que lui arrivait-il depuis quelque temps ?

Il lui suffit de plonger son regard dans les yeux bleus et souriants d'Alex pour connaître la réponse : il avait pris possession de son cœur, de son esprit et de son corps.

— Oui, répondit-elle, mettant un point final à son débat intérieur. Je suis fin prête.

— Très bien. La soirée débute à 18 heures, mais nous n'avons pas besoin d'y apparaître aussi tôt. De plus, elle a lieu à quelques pâtés de maisons d'ici. Veux-tu que je passe te chercher à 18 h 30 ?

— Cela me convient très bien.

Elle fit bon usage du temps qui lui restait.

Sa première priorité fut de contacter Dusty. Elle brûlait de lui raconter qu'elle avait essayé le 602 en vol, et que l'avion était merveilleusement manœuvrable. N'obtenant pas de réponse, elle rappela Chuck. Le mécanicien était toujours sans nouvelles de leur associé, mais ne semblait pas s'en inquiéter outre mesure.

— Dusty nous appellera bien tôt ou tard.

Elle espérait que ce serait le plus tôt possible. Elle n'avait certes pas besoin de ce stress supplémentaire.

Et sa nervosité augmentait avec chaque minute qui passait. Elle tua le temps en prenant un long bain mousseux parfumé à la mangue. Une généreuse application de démêlant rendit un semblant de discipline à ses cheveux ébouriffés par son vol acrobatique. Elle joua avec son peigne scintillant, essayant plusieurs coiffures et, au bout du compte, décida d'adopter le style que lui avait conseillé la propriétaire de la boutique.

Le problème de sa coiffure étant désormais réglé, elle se glissa dans l'étroit fourreau de la jupe. Même avec sa doublure, la soie dorée était si fine qu'elle remercia silencieusement le ciel d'avoir songé à ajouter à ses achats une culotte sans coutures. En revanche, elle pouvait se passer de soutien-gorge. Le corsage, en dépit de son décolleté en V assez audacieux, épousait parfaitement l'arrondi de sa poitrine, au demeurant modeste, et la mettait merveilleusement en valeur.

A en juger par sa réaction lorsqu'elle alla lui ouvrir la porte, quelque temps plus tard, Alex était du même avis.

— Fichtre !

Cette exclamation, étouffée mais pleine de ferveur, suffit à faire éclore dans son cœur un sourire de Cendrillon. Et le spectacle de son prince charmant aux cheveux d'or en tenue de soirée et nœud papillon noir provoqua en elle un émerveillement similaire.

— Tu n'es pas mal non plus, Dalton.

— Tourne-toi que je te voie mieux.

Avec ses talons aiguilles de dix centimètres, la pirouette qu'elle exécuta sur la moquette était une manœuvre risquée, mais elle s'en tira plutôt honorablement.

— La vue postérieure est fantastique, commenta Alex. Mais vue de face... Oh ! ma chérie !

Elle ne se souvenait pas de la dernière fois où elle avait rougi. Ni même si cela s'était jamais produit. Mais elle sentait distinctement ses joues devenir brûlantes.

Elle savait, bien sûr, que la chaleur qui se répandait lentement dans tout son corps était due, en partie, à la profonde satisfaction qu'elle éprouvait à l'idée qu'Alex la voie enfin vêtue autrement qu'en combinaison graisseuse, en jean ou dans son fidèle petit ensemble noir.

Mais elle devait admettre que la cause principale de son émoi était ce « ma chérie » qu'il avait murmuré. Ce terme affectueux n'avait pas nécessairement une signification particulière. Les hommes et les femmes l'employaient constamment, dans cette partie du pays. Mais elle ne put s'empêcher de frissonner de plaisir.

— Au cas où j'oublierais de te le dire plus tard, je suis très heureuse que nous passions cette soirée ensemble.

— Je ne te laisserai pas l'oublier, répondit-il, les yeux brillants de désir. J'ai des projets pour toi, cette nuit.

Elle aussi en avait, mais elle n'eut pas l'occasion de lui annoncer ; le regard d'Alex la parcourait de nouveau avec gourmandise, de la tête aux pieds.

— Es-tu certaine d'avoir envie de te frotter à des milliardaires et à des stars ?

— Es-tu sérieux ? Après tout le mal que je me suis donné pour... me pomponner ?

— Soit, mais lorsque toutes ces conversations mondaines te feront bâiller d'ennui, ne viens pas me dire que je ne t'avais pas prévenue.

Elle éclata de rire et glissa son bras sous le sien.

— Ne t'inquiète pas, je ne me plaindrai pas.

10

Compte tenu des sombres prédictions d'Alex, Julie ne s'attendait pas vraiment à s'amuser à la grande soirée de Delilah. Elle n'avait jamais appris l'art de la conversation mondaine. N'avait jamais su plaquer un sourire poli sur ses lèvres pour dissimuler son ennui. Et, à part Alex, Blake et leur mère, elle ne connaissait aucun des invités.

Mais la satisfaction qu'elle avait éprouvée devant la réaction d'Alex à son nouveau personnage de femme du monde, élégante et sophistiquée, était comme un petit nuage sur lequel elle flottait alors qu'elle montait dans la limousine qui les attendait le long du trottoir.

— Ne disais-tu pas que la soirée avait lieu à quelques pâtés de maisons d'ici ?

— C'est vrai, mais une princesse doit soigner ses apparitions. Et, d'ailleurs, je te vois mal déambuler dans les rues de la ville avec ces talons aiguilles.

— Ce n'est pas vraiment mon style habituel, reconnut-elle en allongeant une jambe pour admirer ses sandales aux talons effilés comme des poignards. Mais je pourrais m'en servir pour mettre en fuite des agresseurs éventuels.

Ils n'avaient pourtant fait aucune mauvaise rencontre lorsqu'ils descendirent de la limousine pour monter les marches du Musée d'art contemporain d'Oklahoma City.

Delilah avait réservé la terrasse du musée pour son grand gala de charité. La fête battait déjà son plein lorsque Julie et

Alex sortirent de l'ascenseur. Des femmes arborant des bijoux scintillants et des hommes en habits de soirée sirotaient du champagne tout en bavardant devant le panorama de la ville à leurs pieds, étincelante sous les rayons obliques du soleil couchant. Une forêt de ventilateurs et de brumisateurs contribuait heureusement à rendre la chaleur de juillet supportable. Une armée de serveurs circulait à travers la foule, portant des plateaux chargés de canapés de foie gras et de flûtes à champagne de cristal. Une table couverte d'une nappe de lin, située à une place stratégique près des ascenseurs, était réservée aux « donations » que Delilah avait extorquées à ses amis pour être vendues aux enchères silencieuses. Julie faillit s'étouffer en lisant les mises à prix de certains de ces articles. Quinze mille dollars pour un séjour de deux semaines dans une villa du sud de la France. Vingt mille pour un safari photo au Kenya sous la conduite d'un célèbre photographe animalier. Elle nota au passage que ni l'une ni l'autre de ces offres n'incluaient les billets d'avion. Mais, bien sûr, le P.-D.G, d'une grande compagnie aérienne internationale avait proposé aux enchères deux billets en première classe valables pour n'importe quelle destination dans le monde, pour la modique somme de dix-huit mille dollars. Cela dit, ce qui retint réellement son attention, ce fut le pendentif d'or niché sur un coussin de velours noir.

— Regarde ! s'exclama-t-elle. C'est Viracocha, le dieu soleil des Incas !

— Je vais devoir te croire sur parole, répliqua Alex en souriant.

— Selon la croyance inca, Viracocha serait sorti des eaux du lac Titicaca au temps des ténèbres pour créer le soleil, la lune et les étoiles.

Le pendentif, haut d'une dizaine de centimètres, semblait fait d'or massif. Minutieusement sculpté, il représentait le dieu couronné d'un soleil, brandissant des éclairs dans ses mains. Les larmes qu'on voyait couler sur ses joues symbolisaient la pluie qui donne la vie en arrosant les champs cultivés.

— J'ai vu une pièce exactement semblable au Chili ! s'exclama

Julie, fascinée par le magnifique bijou. C'est une très belle reproduction.

C'était tout du moins ce qu'elle croyait avant d'avoir lu le montant de la mise à prix.

— Mon Dieu ! A ce prix-là cette pièce ne peut pas être une reproduction. Comment ta mère s'est-elle débrouillée ? A-t-elle payé un cambrioleur pour la dérober au musée de Santiago ?

— J'ai été accusée de bien des choses dans ma vie, quelquefois à juste titre, dit une voix dépourvue d'humour juste derrière eux. Toutefois, je ne suis encore jamais allée jusqu'à dérober des objets d'art inestimables dans les musées.

Julie cessa de respirer. Et, lorsqu'elle se tourna vers Alex, l'appelant au secours du regard, le sourire amusé qu'elle vit sur ses lèvres ne lui procura aucun réconfort. Résignée à son sort, elle fit face à sa formidable adversaire.

Elle constata au premier coup d'œil que Delilah avait tout mis en œuvre pour briller, ce soir. Des cascades de diamants ruisselaient à ses oreilles, à son cou, à ses poignets, et scintillaient à au moins trois de ses doigts. Sa chevelure aile de corbeau était coiffée de façon à ajouter plusieurs centimètres à sa stature déjà imposante. Son corps toujours mince était enchâssé dans une robe longue sans bretelles qui coûtait probablement davantage que le pendentif d'or inca.

— Désolée, s'excusa Julie. Il n'était pas dans mes intentions de vous accuser de vol.

— Ah ? fit Delilah, haussant un sourcil aristocratique. C'est pourtant l'impression que j'ai eue.

Julie dévia cette pique comme elle put.

— Vous avez organisé une merveilleuse soirée, Delilah. Ce cadre est absolument magique.

Elle marqua une pause, avant d'ajouter avec une admiration sincère :

— Et vous êtes très en beauté.

Delilah s'avéra aussi sensible à la flatterie que n'importe quelle autre femme. Elle se rengorgea visiblement avant de lui retourner le compliment avec à peine une trace de réticence.

— Vous aussi. Où avez-vous trouvé cette robe ?

Encouragée par cette ouverture de bon augure, Julie se lança comme promis dans sa petite campagne de promotion :

— C'est une découverte que j'ai faite dans la boutique d'Helen Jasper. Elle a des choses merveilleuses chez elle. Vous devriez aller y jeter un coup d'œil.

— Je n'y manquerai pas, promit Delilah en glissant son bras sous le sien. Venez, je vais vous présenter à quelques-uns de nos invités.

A sa grande surprise, Julie trouva l'heure qui suivit extrêmement agréable. Elle avait imaginé qu'elle n'aurait qu'Alex et son frère avec qui converser, et elle n'était pas très sûre de savoir tenir sa place dans l'atmosphère raréfiée des multimillionnaires. Contrairement à ses attentes, elle se découvrit des intérêts communs avec toute une foule de personnes dont les racines étaient encore profondément ancrées dans la terre rouge de l'Oklahoma.

Il y avait peu de représentantes du sexe féminin parmi eux. La plupart des femmes qui lui furent présentées ne manifestaient aucun intérêt pour les rendements agricoles ou les fluctuations des marchés, même si Julie soupçonnait qu'elles leur devaient les rubis et les émeraudes qu'elles portaient. Leurs sujets de prédilection étaient plutôt les enfants, les écoles privées et leur engagement dans des causes caritatives. Et aussi la mode, ce qui lui fournit une excellente occasion de glisser quelques allusions à la boutique d'Helen Jasper dans la conversation.

Naturellement, l'arrivée d'un nouveau membre dans la famille Dalton était un sujet d'intérêt majeur. La plupart de leurs interlocutrices étaient trop polies pour lui poser des questions directes, et se contentaient de s'enquérir des progrès de Molly. Avait-elle commencé à ramper ? Une ou deux d'entre elles avaient fait des commentaires plus précis, cherchant visiblement à se renseigner au sujet de la mère du bébé.

Alex répondit aux questions anodines et éluda les autres avec une aisance magistrale. Mais Julie, de son côté, ne pouvait pas échapper aux regards interrogateurs de tous ces yeux soulignés de mascara rivés sur elle.

Une paire de ces yeux, d'un extraordinaire bleu turquoise la fixait d'un regard particulièrement pénétrant. Julie avait décidé qu'il devait s'agir de lentilles teintées lorsque leur propriétaire s'approcha d'elle d'un pas nonchalant.

— Bonsoir, Alex.

La voix était grave, capiteuse. Sa propriétaire semblait avoir été coulée dans une robe moulante bleu-vert aux épaules nues.

— Bonsoir, Barbara. As-tu déjà fait la connaissance de Julie Bartlett ?

— Non, je n'ai pas encore eu ce plaisir.

— Julie, je te présente Barbara Hale. Elle est associée au cabinet juridique Power, Davis et Cox.

La main que lui tendit l'avocate se terminait par de longs doigts aux ongles vernis de rouge sang, mais sa poigne était ferme et cordiale.

— Je crois comprendre que vous êtes pilote, mademoiselle Bartlett ? Ou puis-je vous appeler Julie ?

— Oui, bien entendu, répondit-elle, intriguée par la tension qu'elle devinait dans la voix de son interlocutrice. Et oui aussi, je suis effectivement pilote.

— Je suppose que c'est ainsi que vous avez dû faire connaissance, avec Alex. Il passe autant de temps dans les airs que derrière son bureau.

Son regard liquide se tourna vers lui, souriant, caressant.

— N'est-ce pas, mon chéri ?

— Pas tout à fait.

Les yeux-bleu vert de l'avocate revinrent se fixer sur Julie, qui n'avait pas besoin d'autres explications. Très bien. Alex et Barbara avaient eu une relation qui allait bien au-delà du simple cadre des affaires.

Une relation qui perdurait peut-être.

Cette pensée, sans qu'elle comprenne trop pourquoi, fit éclater sa bulle de bonheur. Alex n'avait pourtant jamais fait aucun mystère de ses nombreuses conquêtes. Il s'était montré très franc en l'informant qu'elle n'était que la dernière candidate sur sa liste des mamans possibles de Molly.

Elle ne pouvait s'empêcher de se demander quelle était la place qu'occupait Barbara Hale sur cette fameuse liste. Probablement tout en haut. L'avocate était intelligente, sophistiquée et, à l'évidence, elle fréquentait les mêmes cercles qu'Alex et sa famille. Elle n'avait sûrement jamais eu la moindre trace de cambouis sous ses griffes rouges.

Espérait-elle reprendre leur relation perturbée par l'arrivée de Molly dans la vie d'Alex ? Si c'était le cas, elle n'était sans doute pas emballée par l'apparition de Julie — ou sa réapparition — dans l'orbite de l'homme qu'elle convoitait.

L'avocate elle-même confirma cette hypothèse quelques heures plus tard.

Les enchères silencieuses terminées, Delilah annonça qu'ils avaient récolté près de cent mille dollars au bénéfice du centre de vacances pour enfants handicapés dont elle était l'un des principaux soutiens. Les invités avalèrent le reste de leur champagne et quittèrent la terrasse du musée pour se rendre au Civic Center, à moins d'un pâté de maisons de là. Durant son adolescence, Julie avait assisté à quelques représentations dans ce bâtiment à la façade de granit et de fer forgé, bâti dans les années 1930. Aujourd'hui, le complexe était une étape obligée des tournées nationales des grands succès de Broadway. Ce soir, on jouait la comédie musicale *Jersey Boys*.

Ils gagnèrent leurs places quelques minutes avant le lever du rideau. Les Dalton, bien entendu, disposaient d'une loge privée bénéficiant d'une vue parfaite de la scène et de la fosse d'orchestre. Pas de strapontins au fond de la salle pour eux. Ici, les fauteuils étaient larges et confortables. Delilah et Blake, qui bavardaient avec des amis dans la loge voisine, vinrent les rejoindre au moment où les lumières baissaient lentement dans la salle. Entre-temps, Alex avait débouché une bouteille de champagne, qui attendait à présent bien au frais dans son seau d'argent. Julie n'avait pas manqué de noter que ladite bouteille, un champagne millésimé d'une marque prestigieuse, coûtait dans les cinq cents dollars. L'idée qu'elle sirotait un champagne aussi cher que sa robe l'emplissait d'un sentiment indéfinissable.

Au début de la soirée, elle s'était sentie un peu comme Cendrillon, mais le spectacle de tout cet argent jeté par les fenêtres avait eu pour effet de lui rappeler à quel point ces gens-là vivaient dans un univers différent du sien. Tout du moins jusqu'à ce que les lumières s'éteignent et qu'Alex étende son bras sur le dossier de son fauteuil.

Le doux satin de sa manche pressait contre ses épaules nues, et elle s'adossa avec délices à sa chaleur, sentit ses muscles rouler sous le tissu et, enfin détendue, elle s'abandonna à la magie de la musique de Frankie Valli et des Four Seasons.

L'histoire de l'ascension de ces quatre personnages de la pauvreté des rues de Newark à la gloire et la fortune captiva l'audience. Les mains de Julie devinrent douloureuses à force d'applaudir. Lorsqu'elle lui en fit la remarque au moment de l'entracte, Alex les porta à ses lèvres et déposa un baiser au centre de chaque paume.

— Te sens-tu mieux, maintenant ?

— Beaucoup mieux, murmura-t-elle, consciente du regard désapprobateur que Delilah fixait sur elle.

Toutefois, lorsque Alex s'absenta un instant, ce ne fut pas sa mère qui s'approcha d'elle, mais Barbara Hale. L'avocate souriait, mais son sourire n'atteignait pas ses yeux.

— Je suis navrée que nous n'ayons pas eu l'occasion de bavarder plus longtemps durant la soirée, déclara-t-elle de sa voix capiteuse. Connaissez-vous Alex depuis longtemps ?

Deux choix s'offraient à Julie : se contenter d'une réponse vague ou dire la vérité. Elle opta pour la réponse qui produirait le plus d'effet.

— Nous nous sommes connus l'année dernière.

— Je vois.

Julie n'en doutait pas une seconde. Elle pouvait presque l'entendre compter silencieusement les mois.

— Alors, vous aussi, vous faites partie de la liste des mamans, observa l'avocate, qui avait visiblement décidé de ne plus prendre de gants. Vous avez peut-être même gagné le gros lot, si j'en juge par l'échange auquel je viens d'assister entre Alex et vous.

— Je ne pense vraiment pas que ce soit votre affaire.

— Je ne suis pas du même avis, voyez-vous ! Nous nous entendions très bien, Alex et moi, jusqu'à cette sordide histoire de Molly.

— Sordide histoire ?

— Bien sûr, n'est-ce pas votre avis ? Les seules démarches juridiques pour obtenir la garde de Molly pourraient prendre des mois, sinon des années, et les Dalton perdront un temps précieux devant les tribunaux. A moins...

Elle marqua une pause stratégique, avant de conclure :

— A moins qu'ils n'incitent la mère à renoncer à tous ses droits parentaux.

— Par « inciter », vous voulez sans doute dire soudoyer, acheter, ou carrément extorquer ? suggéra Julie.

Elle comprit trop tard qu'elle avait baissé sa garde. Hale ne perdit pas de temps pour lui décocher un trait venimeux :

— Nous savons toutes les deux qu'il existe un grand nombre d'incitations possibles. Des repas dans de bons restaurants, des nuits d'amour avec un homme qui le fait très bien, par exemple. Il serait extrêmement difficile de résister à une combinaison de ces deux éléments, n'est-ce pas ?

Julie en avait assez. Haussant les épaules, elle décida de lui rendre la monnaie de sa pièce :

— Pour vous, peut-être.

Hale accusa le coup, mais, avant qu'elle ait eu le temps de lui décocher une nouvelle remarque empoisonnée, les lumières baissèrent de nouveau dans la salle.

— L'entracte est terminé. A bientôt, maître.

Julie salua l'avocate d'un hochement de tête glacé avant de

s'éloigner. Mais son irritation devait être perceptible, car Alex lui lança un regard curieux lorsqu'elle vint s'accouder près de lui à la rampe de leur loge.

— Je t'ai vue parler avec Barbara.
— C'est elle qui parlait. Moi, j'ai surtout écouté.
— Hum ! fit-il en fronçant les sourcils. J'ai le sentiment qu'il y a un problème dans l'air.
— Si problème il y a, je suis parfaitement de taille à le résoudre.

Elle passa tout le second acte à essayer de se convaincre du bien-fondé de cette déclaration. Malheureusement, les vilaines insinuations de Hale contenaient plus d'une parcelle de vérité. Alex lui avait effectivement offert des incitations financières, sous la forme d'un contrat très lucratif. Il l'avait aussi emmenée dîner, et il lui avait magistralement fait l'amour, mais tout cela ne ferait pas la moindre différence dans un procès pour la garde d'un enfant, puisque Julie ne revendiquait aucun droit, parental ou autre, sur Molly.

A moins que...

Son cœur cessa de battre. Avait-elle pris le problème par le mauvais bout ? Les Dalton avaient-ils renoncé à retrouver la véritable mère de Molly et décidé de se contenter d'une maman de substitution ?

Cette folle pensée déclencha un tourbillon d'émotions contradictoires en elle, allant de la vertueuse indignation au déni catégorique. Et, parallèlement, une petite voix insidieuse dans son esprit lui chuchotait : « Quel mal y aurait-il à accepter le rôle de maman de substitution ? »

D'un seul coup de baguette magique, elle y gagnerait un mari et une fille. Ainsi qu'un beau-frère, ce qui était très bien. Et une belle-mère, ce qui l'était moins. Autrement dit une foule d'autres gens à couvrir d'affection, outre Dusty et Chuck, et qui, pour changer, veilleraient aussi sur elle. Le point délicat dans cette construction, c'était Alex. Pouvait-elle l'épouser dans le seul but d'acquérir une famille toute prête ?

L'absurdité de cette idée lui apparut presque aussitôt. Alex et elle n'en étaient même pas au stade de songer à une relation exclusive. Et encore moins permanente.

Mais... était-ce si sûr ?

Delilah semblait se poser la même question lorsqu'elle se retrouva seule avec Julie après la représentation. Elles étaient debout sur les marches du Civic Center, attendant le retour d'Alex et de Blake, qui s'étaient éloignés pour héler leurs limousines respectives. La nuit était tombée sur la ville, et la température était douce. Ignorant le spectacle des rues brillamment illuminées, Delilah se tourna vers Julie et lui décocha l'un de ces regards pénétrants dont elle avait le secret.

— Qu'avez-vous prévu pour demain matin ?
— Je n'ai pas encore fait de projets définitifs.
— Nous serons samedi. Le samedi, Alex et Blake font toujours une partie de golf au country club à 8 heures précises lorsqu'ils sont en ville.
— Alex n'a jamais mentionné ces parties de golf.

Ni, à ce stade, aucune autre des manières dont il passait ses loisirs.

— Jouez-vous au golf ? s'enquit Delilah.

Julie réprima un soupir. Cette femme croyait-elle vraiment qu'elle avait le temps de pousser une petite balle blanche dans des trous pendant des heures ? La plupart de ses week-ends, elle les passait à entretenir le Pawnee ou à mélanger des produits en prévision de leurs interventions de la semaine suivante.

— Non, répondit-elle. Jamais.
— Parfait. Dans ce cas, vous pourrez passer la matinée avec Molly et moi.
— Je... heu...
— Nous irons au zoo, décréta Delilah, balayant ses objections. Mais il nous faudra partir tôt, avant qu'il ne fasse trop chaud.
— Je vais en parler à Alex, et...
— C'est justement pour vous parler d'Alex que je souhaite

passer un moment en tête à tête avec vous, coupa Delilah. De lui et de Molly.

Charmant programme pour une matinée, songea Julie, soupirant intérieurement. *Un interrogatoire en règle aux mains de Delilah, avec les singes pour seuls témoins.*

— Nous passerons vous prendre à 8 h 30.

— Je vais te décommander, promit Alex lorsqu'elle lui eut raconté son entrevue avec sa mère.

Ils étaient confortablement installés dans la limousine qui roulait au pas dans l'intense circulation. Julie secoua la tête.

— Non, répondit-elle, se surprenant elle-même. Je dois le faire. Il est grand temps que quelqu'un dise clairement la vérité à ta mère.

— Je te souhaite bien de la chance, répliqua Alex en riant.

— Je suis sérieuse ! Nous ne pouvons pas la laisser continuer à croire que je pourrais être... que je suis...

Elle s'interrompit, jetant un coup d'œil en direction de leur chauffeur, avant de marmonner :

— Enfin, tu sais ce que je veux dire.

— Lorsque tu connaîtras Delilah un peu mieux, tu t'apercevras qu'elle pense toujours exactement ce qui lui plaît. Et c'est tout. Fin de l'histoire.

— Alex, voyons ! Tu es presque aussi méchant que ton frère lorsque tu évoques Delilah. Elle ne peut pas être un tel monstre d'intransigeance.

— Va à ton tête-à-tête avec la tigresse demain si cela te chante, murmura-t-il en s'emparant de sa main pour porter ses doigts à ses lèvres. Ce soir, j'ai d'autres plans pour toi.

Frissonnant de tout son corps, elle cessa instantanément de penser à la mère pour accorder toute son attention au fils.

11

L'orage qui avait grondé durant la nuit s'était éloigné, et à l'aube de ce samedi matin le ciel était dégagé et il faisait relativement frais. Très à l'aise dans son short kaki et son débardeur, les cheveux passés dans l'ouverture arrière de sa casquette de base-ball, Julie poussa la porte de verre du building de Dalton International au moment même où Delilah se garait le long du trottoir dans un rutilant 4x4 Cadillac rouge cerise.

Julie se glissa sur le siège du passager, tiquant un peu devant l'accoutrement de sa conductrice, qui portait un bermuda, une blouse de lin sans manches et des sandales — le tout dans un violent jaune citron agrémenté d'une profusion de marguerites. Même le sac à langer jaune vif, posé sur la console centrale du véhicule, arborait un champ de fleurs.

— Bonjour, balbutia Julie, à court de mots devant tant de splendeur vestimentaire.

Delilah répondit par un grognement inintelligible. Refusant de se laisser décourager par cette réponse moins qu'enthousiaste, Julie se retourna pour sourire au bébé attaché dans son siège à l'arrière. Molly était, elle aussi, entièrement couverte de marguerites, de son petit chapeau à ses sandales en tissu imprimé, notamment celle qu'elle avait ôtée pour jouer avec son pied.

— Bonjour, Molly.

L'enfant, très occupée à manipuler ses orteils, s'arrêta juste assez longtemps pour émettre un gargouillis. A moins que ce n'ait été un rot. Julie aurait été bien en peine de le préciser, mais le sourire édenté accompagnant ce borborygme lui alla droit au cœur.

— Grace ne nous accompagne-t-elle pas ?

Elle n'avait posé cette question que pour briser la glace entre elles. Hélas, Delilah choisit de s'en offusquer instantanément.

— Je suis parfaitement capable de m'occuper de ma petite-fille sans aide durant quelques heures.

Julie se rappela pourtant les précautions de conspirateurs d'Alex et de Blake pour ne pas laisser Molly seule avec leur mère durant le jour de congé de Grace, mais elle décida qu'il valait mieux faire preuve de discrétion. Elle ne put cependant entièrement dissimuler son agacement.

— Comme il vous plaira.

— Essayez-vous de faire la maligne avec moi, jeune fille ? répliqua Delilah en se tournant pour la dévisager.

— Loin de moi cette idée.

Cette réponse suscita ce qui ressemblait à un rire étouffé. Jetant un coup d'œil dans le rétroviseur, Delilah démarra pour se mêler au flot de la circulation.

— Je ne cherche pas à me quereller avec vous, dit-elle d'un ton radouci.

— Je m'en réjouis, répondit Julie alors que Delilah négociait un détour pour travaux marqué d'une double rangée de cônes orange. Que puis-je pour vous, alors ?

— Je vous l'ai dit hier soir. J'ai besoin de vous parler d'Alex. Mais attendons d'être arrivées au zoo, lorsque je n'aurai plus à gérer ce parcours d'obstacles.

Dès qu'elles furent sorties de la zone en cours de rénovation du centre-ville, il ne leur fallut qu'une quinzaine de minutes pour atteindre ce qui était la plus grande attraction touristique de la ville, un complexe de cinquante hectares comprenant un zoo et des jardins botaniques. Julie y était venue de nombreuses fois, avec ses parents, ou lors de sorties scolaires. Mais c'était la première fois qu'elle visitait le zoo en compagnie de l'une de ses plus généreuses donatrices.

Une plaque de bronze près de l'entrée attestait des contributions financières de Dalton International à cette institution. La chaleur de l'accueil que le personnel et les bénévoles réservèrent à Delilah suggérait que sa contribution n'était pas seulement financière, mais aussi personnelle — une impression qui se confirma lorsque Delilah dirigea la poussette de Molly vers le nouveau site réservé aux éléphants. Un endroit somptueux !

— Regardez ! s'exclama-t-elle avec enthousiasme. Cinq hectares de savanes, de jungles et de trous d'eau, et les meilleures installations du pays.

— Avez-vous contribué à bâtir tout ceci ? s'étonna Julie.

— Je fais partie du comité de collecte de fonds, répondit Delilah, visiblement très fière de son œuvre. Nous avons déjà recueilli treize millions de dollars, et ce n'est pas terminé.

Julie n'aimait peut-être pas beaucoup cette femme, mais elle ne pouvait qu'admirer son implication active dans la vie de la communauté. Et, alors que Delilah les guidait vers un banc à l'ombre d'un bouquet d'arbres, elle dut reconnaître un peu à contrecœur qu'en tant que mère elle avait incontestablement un droit de regard sur la vie de son fils.

Delilah déboucla la ceinture de la poussette et souleva Molly toute frétillante.

— Tenez-la un instant pendant que je trouve son biberon, voulez-vous ?

Le bébé tenait parfaitement au creux du bras de Julie. Ses yeux bleu pâle la fixèrent d'un air solennel par-dessous le bord de son petit chapeau fleuri de marguerites, puis Delilah sortit le biberon, et Molly se tortilla, agitant ses petits poings, réclamant une satisfaction immédiate.

Delilah tendit le biberon à Julie, et elle attendit que le bébé ait commencé à le téter goulûment avant de lancer son attaque :

— Etes-vous amants, avec Alex ?

— Oui, répondit Julie, détournant le regard de la bouche en bouton de rose du bébé pour rencontrer le regard de la tigresse.

— C'est bien ce que je pensais.

La grimace accompagnant ces mots suggérait qu'elle n'était pas particulièrement ravie de voir ses soupçons se confirmer.

— Il est fou de vous, vous savez, ajouta-t-elle.

— Non, je ne le savais pas, répondit Julie, un peu embarrassée. Nous... heu... nous n'avons jamais parlé de nos sentiments l'un pour l'autre.

— Vous devriez le faire. Alex est-il seulement une nouvelle aventure pour vous, ou est-ce plus sérieux ?

Julie ne pouvait pas prétendre qu'elle n'avait pas été prévenue. Elle était sur le point de conseiller à cette dame de se mêler de ses propres affaires lorsque Delilah reprit la parole :

— Vous n'avez pas à vous mettre en colère contre moi pour vous avoir posé cette question, Julie. J'aime mon fils. Je ne permettrai à personne de piétiner son cœur.

— Nous n'en sommes pas encore à ce stade, Delilah.

— En êtes-vous si certaine ? Je l'ai vu vous dévorer des yeux, au Civic Center. Il ne s'est jamais conduit ainsi en public, avec aucune des jeunes femmes que j'ai placées sur son chemin au cours de ces deux dernières années.

— Probablement parce qu'il savait que c'était vous qui les lui aviez envoyées.

— Oui, c'est possible, reconnut Delilah, visiblement à contrecœur. C'est seulement... Voyez-vous, je ne rajeunis pas, ajouta-t-elle après une pause. J'aimerais voir Alex fonder une famille. Et Blake aussi. Avec des épouses qui leur conviennent.

— Je ne suis pas certaine de comprendre ce que vous entendez par là, répliqua Julie, se hérissant de nouveau à cette dernière remarque. Mais sachez ceci. Ce qui se passe entre Alex et moi n'a aucun rapport avec vous. Ni avec Molly.

Elle baissa les yeux vers le bébé dans ses bras, et murmura, le cœur serré :

— Désolée, petite Molly. Je ne suis pas ta maman.

Lorsqu'elle releva la tête, elle répéta sa déclaration d'une voix ferme. Delilah balaya l'air d'un geste négligent, faisant tinter les bracelets de plastique jaune à son poignet.

— Oh ! je sais cela depuis longtemps ! J'ai envoyé à un laboratoire le verre dont vous vous étiez servie le premier matin, au brunch. J'ai même payé une grosse somme pour avoir les résultats de l'analyse ADN dès le lendemain.

Julie la dévisagea, bouche bée. Il lui fallut un moment pour retrouver sa voix.

— Vous auriez pu vous épargner cette dépense. J'ai remis une petite mèche de mes cheveux à Alex afin qu'il les fasse analyser dès le lendemain de mon arrivée. S'il a choisi de ne rien vous dire, ce n'est pas ma faute.

— Quelle importance ? répliqua Delilah, faisant de nouveau tinter ses bracelets. Une mère doit faire ce qu'elle considère nécessaire pour protéger ses enfants. Ce qui nous ramène à Alex et à vous.

— Delilah...

— Molly a besoin de faire son rot, remarqua l'intéressée, ignorant son début de protestation.

Elle fourragea dans le sac à langer et en sortit un bavoir qu'elle étala sur l'épaule de Julie avant de reprendre tranquillement le fil de son argumentation :

— Lorsque je vous disais que je souhaitais pour mes fils des épouses qui leur conviennent, mon intention n'était pas de vous dévaloriser. Je pensais uniquement au métier que vous faites.

Julie, qui tapotait le dos du bébé, se figea.

— Je ne comprends pas ce que mon métier a à voir dans tout cela ?

— Je suis née et j'ai grandi en Oklahoma, jeune fille. J'ai connu suffisamment de pilotes agricoles pour savoir que c'est une occupation dangereuse.

— Probablement aussi dangereuse que travailler sur des derricks avec deux petits garçons dans les bras, répliqua Julie.

Au même instant, Molly fit enfin le rot tant attendu, interrompant momentanément cette escarmouche. Les hostilités reprirent dès que le bébé fut de nouveau confortablement installé dans ses bras, tétant son biberon avec un bonheur visible.

— Big Jake et moi, nous avons fait ce qui était nécessaire pour pouvoir manger à notre faim, argua Delilah. Si vous épousez

Alex, vous n'aurez certainement jamais à vous demander d'où viendra votre prochain repas.

— Je ne me le demande pas aujourd'hui non plus.

— Ne montez pas sur vos grands chevaux. Je me contente de vous expliquer les choses telles qu'elles sont.

Julie secoua lentement la tête, partagée entre incrédulité et exaspération.

— Vous êtes unique, Delilah. Vraiment unique.

— Alex m'a raconté que vous aviez essayé le Lane 602, poursuivit Delilah, ignorant royalement sa remarque. D'après lui, vous volez comme si vous étiez née avec des ailes. Il m'a dit aussi qu'il avait failli mourir d'un arrêt cardiaque lorsque vous faisiez des loopings dans le ciel.

— Je suis une pilote expérimentée, rétorqua Julie.

— Je n'ai jamais dit le contraire. Mais nous savons bien, vous et moi, que le pilotage n'est pas le seul risque de votre métier. Il y a aussi l'exposition quasi quotidienne à des produits dangereux.

Julie refoula 1a repartie cinglante qui lui brûlait les lèvres. Elle aurait pu lui répliquer qu'elle prenait toutes les mesures de précaution nécessaires lorsqu'elle mélangeait les engrais et les pesticides. Elle portait des vêtements adéquats, des lunettes de sécurité et même un masque lorsqu'elle travaillait avec des liquides particulièrement toxiques. Mais, ne pouvant nier que le risque était toujours présent, elle se contenta de soutenir le regard de Delilah en silence. Cette dernière ne tarda pas à revenir à l'attaque :

— Avez-vous songé à l'effet que ces produits chimiques pourraient avoir sur votre bébé, si vous tombiez enceinte ?

— Naturellement, j'y ai pensé, reconnut Julie en fixant Molly. Mais je ne suis pas enceinte.

— Peut-être pas aujourd'hui. Mais vous désirez sûrement mettre au monde des enfants, un jour ?

— Oui, reconnut Julie avec sincérité.

— Les enfants d'Alex ?

— Bonté divine, Delilah ! Vous ne renoncez donc jamais ?

— Non. Désirez-vous, oui ou non, porter les enfants d'Alex ?

— Oui, d'accord, répondit Julie en soupirant. J'ai peut-être pensé que ce serait une bonne idée. Un jour.

La vérité, c'était qu'elle désirait Alex comme elle n'avait jamais désiré aucun homme, et qu'elle était prête à l'accepter avec ou sans enfants. Lorsqu'elle releva les yeux, elle vit que sa mère la fixait avec l'intensité d'un aigle guettant sa proie.

— Tout cela nous mène à une question toute simple, Julie. Etes-vous prête à renoncer à une carrière que vous adorez visiblement pour épouser mon fils ?

Un long silence s'étira entre elles, ponctué par les joyeux gargouillis de Molly et le cri plaintif d'un bébé éléphant appelant sa mère. Julie prit tout son temps, avant d'offrir à son interlocutrice une réponse aussi honnête que possible :

— Nous sommes encore loin de parler mariage, Alex et moi. Mais, si cela se produit un jour, je peux vous faire une promesse. Je réfléchirai très sérieusement à la conversation que nous venons d'avoir aujourd'hui.

— Personnellement, cela me suffit.

Au grand étonnement de Julie, Delilah posa alors une main sur la sienne.

— Et j'ajouterai ceci, jeune fille. Mon fils aurait beaucoup de chance de vous avoir pour épouse.

Plus tard, ce soir-là, alors que Julie était toujours sous le choc provoqué par cette déclaration, Alex lui en assena un second.

Ils étaient invités à dîner en compagnie de Blake et de Grace à la résidence de Delilah. A leur arrivée, Louis, toujours très stylé, les informa que Mlle Molly avait déjà pris son dîner et son bain et qu'elle était endormie. Il ajouta que Madame les attendait sur la terrasse.

Madame accueillit son fils aussi affectueusement qu'à son habitude, et Julie avec bien moins d'hostilité qu'auparavant. Alex et Blake notèrent ce changement d'atmosphère avec une surprise évidente. Grace se contenta de sourire et demanda à Julie comment s'était passée sa matinée au zoo.

— C'était... intéressant.

— Oui, je l'imagine facilement.

Delilah choisit d'ignorer cette remarque provocante et anima le repas, consistant en roulades de veau et pâtes fraîches aux œufs, avec une foule d'anecdotes mettant en scène les exploits de jeunesse de ses jumeaux. Ces histoires outrancières firent beaucoup rire les deux jeunes femmes, et provoquèrent des sourires embarrassés chez ses fils.

Alors que Julie prenait congé après une soirée beaucoup plus agréable qu'elle ne l'avait espéré, elle remarqua que Delilah glissait un objet dans la poche d'Alex. Cet objet, comme elle devait le découvrir un peu plus tard alors qu'il l'avait raccompagnée dans sa suite, était un petit écrin de forme carrée. Alex attendit qu'elle ait posé son sac sur la table basse avant de le ressortir de sa poche.

— Qu'est-ce que c'est ? s'enquit-elle prudemment.

— Ouvre-le. Tu verras bien.

Lorsqu'elle fit basculer le couvercle, elle cessa de respirer, et fixa un long moment son contenu d'un regard incrédule, incapable de détacher le regard du dieu inca du soleil.

— S'il te plaît, murmura-t-elle enfin, dis-moi que tu n'as pas acheté ceci pour moi !

— Eh bien...

— Alex !

L'esprit tourbillonnant, elle se souvint du prix auquel ce bijou avait été adjugé. Presque vingt-cinq mille dollars.

— Je ne peux pas l'accepter !

— Bien sûr que si.

— C'est une pièce archéologique ! Sa place est dans un musée.

— Dans ce cas, offre-la à un musée de ton choix.

Il souleva l'amulette d'or hors de son écrin, avant d'ajouter avec un sourire qui lui liquéfia les genoux :

— J'aime beaucoup la légende de ce... comment l'appelais-tu, déjà ?

— Viracocha, répondit-elle d'une voix faible.
— J'aime la légende de Viracocha.

Tout en prononçant ces mots, il l'obligea à se retourner et attacha le ruban de soie noire de l'amulette sur sa nuque.

— Ne disais-tu pas que, selon la croyance des Incas, Viracocha avait créé le soleil, la lune et les étoiles ?

Hypnotisée par le reflet que lui renvoyaient les immenses baies vitrées de la suite, elle ne put qu'acquiescer en silence.

— Au risque de te paraître complètement idiot, murmura-t-il en enfouissant son visage au creux de son cou, je crois que je commence à avoir une assez bonne idée de ce que Viracocha a dû ressentir en voyant les étoiles surgir des ténèbres.

Il la fit de nouveau pivoter pour la prendre dans ses bras. Le cœur de Julie battait si vite qu'elle parvenait à peine à respirer.

— Est-il trop tôt pour te dire que je t'aime ? murmura-t-il.

Sa gorge serrée l'empêcha tout d'abord d'articuler la moindre parole. Et, lorsqu'elle répondit, sa voix n'était qu'une sorte de croassement :

— Pas... à... mon avis.
— Parfait, murmura-t-il d'un ton suave. Alors à présent, examinons la question sous un autre angle.

Ils passèrent très rapidement de la position verticale à l'horizontale sans que ni l'un ni l'autre n'y trouve rien à redire. Elle lui rendit ses caresses, ses baisers avec une passion, une voracité égale à la sienne et, lorsqu'il lui écarta les jambes pour entrer en elle, elle l'accueillit avec délices.

Sa fragrance masculine ainsi que la sensation de son corps sur elle, en elle, étaient une combinaison si puissante qu'elle faillit atteindre l'orgasme au premier coup de reins d'Alex. Les dents serrées, elle lutta pour contrôler le tourbillon toujours plus rapide de sensations aussi longtemps qu'elle le put. Mais le furieux crescendo finit par avoir raison de sa résistance. Elle noua les jambes autour des hanches d'Alex et se cambra contre lui.

— Maintenant, Alex ! Oui, maintenant !

Il accéléra le rythme de ses coups de boutoir, et elle se laissa emporter par un torrent de sensations inouïes tandis qu'un long gémissement montait du fond de sa gorge. Ses ongles s'enfoncèrent dans son dos et, au moment de l'éblouissement, elle s'entendit crier son nom.

La réponse d'Alex lui parvint, sous forme d'un murmure inintelligible, et elle sentit tous ses muscles se tendre comme autant de cordes. L'instant suivant, son corps fut parcouru d'un long frisson, et il bascula avec elle dans un océan d'extase.

Suivit une longue et délicieuse descente. Dans un recoin de son esprit engourdi, elle nota le poids de son torse sur elle. Et le voile humide de transpiration entre eux. Et l'odeur combinée de leurs deux corps rassasiés d'amour.

Elle respira ce parfum à pleins poumons et se laissa flotter dans une agréable léthargie, jusqu'à ce qu'un mouvement du matelas et un soudain déficit de chaleur à son côté la ramènent à un état de semi-conscience. Elle ouvrit un œil et s'aperçut qu'Alex — si magnifiquement masculin avec ce corps sculptural luisant de transpiration — la contemplait en silence, appuyé sur un coude.

— As-tu idée à quel point tu es belle, vêtue de cette seule amulette d'or et de ton sourire ? s'enquit-il d'une voix rauque.

— Dis-le-moi.

— Une sauvage beauté païenne. Et très, très désirable.

Pour appuyer ses dires, il enfouit ses deux mains dans sa chevelure et l'attira à lui pour déposer un long baiser langoureux sur sa bouche consentante. Lorsqu'il releva la tête, le sourire avait disparu de ses yeux.

— Ce que je t'ai dit tout à l'heure, ma chérie, je le pensais sincèrement. Je t'aime.

Ces paroles produisirent sur elle une émotion qui approchait celle qu'elle avait ressentie en exécutant son premier looping aux commandes du 602, la veille. Mais en dix fois plus fort.

— Je t'aime aussi, balbutia-t-elle, le cœur battant la chamade. Mais...

Les doigts dans sa chevelure s'immobilisèrent.

— Mais quoi ?

— Nous avons eu une longue conversation ce matin, ta mère et moi.

Réprimant une grimace, Alex se laissa rouler sur le dos, l'entraînant avec lui.

— Je savais que ce réchauffement soudain de vos relations était trop beau pour être vrai.

Elle hésita un instant, sachant que les mots qu'elle s'apprêtait à prononcer décideraient de leur avenir.

— Elle m'a dit, poursuivit-elle enfin, que certaines des manœuvres que tu m'avais vue exécuter avec le nouvel avion hier matin t'avaient rendu nerveux.

— Nerveux ? répéta-t-il en riant. En réalité, j'ai failli mourir de peur.

— Piloter des avions est mon métier. C'est ma vie.

— Je le sais.

Elle saisit le visage d'Alex entre ses mains pour plonger le regard tout au fond du sien. La barbe de vingt-quatre heures sur ses joues lui chatouillait les paumes, et elle vit que son expression était tout aussi sérieuse que la sienne.

— Pourrais-tu vivre en sachant que je prendrai les commandes de mon avion chaque matin ?

— Je suppose qu'il faudra bien que je m'y habitue, répondit-il d'une voix lente. Jusqu'à ce que tu décides que tu as trouvé quelque chose de plus important dans ta vie.

— Comme m'installer dans le rôle de Mme Dalton, et représenter la société au conseil d'administration d'une demi-douzaine d'associations caritatives ?

— Comme prendre la tête des opérations aériennes de Dalton International, corrigea-t-il. Pour diriger notre future division d'aviation agricole.

« Diriger notre future division d'aviation agricole ! » Sans mettre les mains dans le cambouis. Dans le monde sophistiqué où évoluait Alex, les femmes ne maniaient pas d'outils, ne transpiraient pas au travail, n'avaient jamais de gras sous les ongles. La perspective de rester sur la touche durant le reste de son existence lui serra la gorge.

Alex vit distinctement ce basculement des émotions dans les yeux de Julie, et la distance qu'il sentait tout à coup entre eux lui fit l'effet d'un direct à la mâchoire. Il vacilla sous le coup, mais dans un recoin récalcitrant de son esprit il était très tenté de lui demander pourquoi l'avenir qu'il lui offrait n'était pas assez bien pour elle. Pourquoi il n'était pas assez bien pour elle ?

Et Molly ! Qu'allait-il advenir de Molly ? Au point où ils en étaient, il serait peut-être impossible d'identifier sa mère génétique. Mais il y avait de fortes chances pour que lui soit son père. Il était prêt, et même plus que prêt, à assumer ce rôle. Presque autant qu'il était prêt à donner son nom à cette femme qui levait des beaux yeux vibrants d'émotion vers lui. Dissimulant soigneusement sa féroce détermination derrière un sourire un peu penaud, il effleura tendrement ses boucles auburn rebelles.

— Nous ne sommes pas obligés de prendre une décision immédiate à ce sujet. Porte simplement Viracocha autour de ton cou durant quelques jours. Laisse briller sa lumière.

— Tu n'es pas très convaincant.

— C'est le mieux que je puisse faire avec toi nue dans mes bras, répliqua-t-il, sentant revenir son désir au galop.

Lorsqu'il se glissa hors du lit, le lendemain matin, Julie était étendue sur les draps froissés dans une position de paisible abandon, sa chevelure auburn étalée sur l'oreiller, la couverture entortillée autour de ses hanches. A en juger par sa respiration lente et régulière, elle allait dormir encore un bon moment.

Il griffonna quelques mots sur une feuille de papier, expliquant qu'il revenait tout de suite et qu'il apporterait le petit déjeuner. Il posa son message contre l'écrin du dieu inca et regagna sa propre suite pour prendre une douche et se raser. Puis il se rendit à pied au restaurant de Cécile, à quelques pâtés de maisons de là, et, tout en parcourant du regard le menu écrit à la craie sur un tableau noir, il glissa la main dans sa poche, à la recherche de son téléphone. Il allait appeler Julie pour lui demander si elle préférait la quiche ou les crêpes.

Mais il s'aperçut alors qu'il avait laissé l'appareil dans sa suite lorsqu'il avait pris sa douche. Jurant tout bas, il décida qu'il allait devoir choisir pour eux deux.

Il repartit chargé de deux quiches moelleuses et merveilleusement légères, et de deux grands gobelets de café. Le cœur battant d'impatience, il poussa la porte de Julie.

La suite était silencieuse et déserte. Le sac de Julie n'était plus sur la table basse du salon. Une tasse de café à moitié pleine refroidissait sur le bar de la kitchenette.

— Julie ?

Le même silence l'accompagna jusque dans la chambre. Les couvertures avaient été repoussées au pied du lit. Les portes ouvertes du dressing laissaient entrevoir un rang de cintres vides. Saisi d'une soudaine appréhension, il vit le mot qu'il lui avait laissé sur le bureau. Sous les quelques mots qu'il avait écrits, elle avait hâtivement griffonné trois lignes :

« Dusty a appelé, il a besoin de moi.
J'ai essayé de t'appeler. Impossible de te joindre.
Je reprendrai bientôt contact avec toi. »

Bientôt ? Il appréciait à sa juste valeur la fidélité de Julie envers son associé, et le ton de ce message suggérait qu'elle répondait à une urgence. Mais ce « bientôt » l'inquiétait. Cette promesse vague ressemblait un peu trop à une élégante façon de l'envoyer sur les roses.

Les mâchoires serrées, il fit basculer le couvercle de l'écrin. Viracocha reposait sur son lit de velours noir, les joues ruisselantes de larmes d'or.

12

Julie fonçait à toute allure sur l'autoroute, repassant dans son esprit la brève conversation presque inintelligible qu'elle avait eue avec Dusty au téléphone. Son associé se trouvait dans une petite ville au nord-ouest du Texas dont elle n'avait jamais entendu parler, à peine conscient à cause des drogues qu'on lui administrait.

Qui lui administrait quoi ?

Elle lui avait crié deux fois cette question, essayant de se faire entendre à travers la brume de son esprit et les parasites sur la ligne. Elle l'imaginait déjà aux mains de gangsters aux poings énormes envoyés pour collecter une dette de jeu lorsque Dusty marmonna qu'il avait tenté d'éviter un cerf sur la route, et qu'elle devait venir tout de suite pour le sortir de ce satané hôpital. Elle avait aussitôt repoussé ses couvertures et rassemblé ses vêtements.

Alors que son pick-up avalait les kilomètres, elle maudit une nouvelle fois l'entêtement de Chuck Whitestone, qui refusait obstinément d'accepter qu'Agro-Air lui fournisse un téléphone portable. Le mécanicien vivait beaucoup plus près de la frontière du Texas, et il aurait pu récupérer Dusty plus vite qu'elle.

Une main sur le volant, les yeux fixés sur l'interminable ruban de la route devant elle, elle sortit son téléphone portable pour appeler Alex. Un simple coup d'œil à l'écran lui apprit que dans ces grands espaces on ne pouvait pas compter sur un réseau.

Erreur ! S'il fallait en croire l'icône au coin de l'écran, son problème, c'était qu'elle n'avait plus de batterie. Et, naturellement, elle n'avait pas emporté son chargeur.

Soupirant de frustration, Julie jeta l'appareil sur la plage avant du pick-up et se concentra sur les presque deux cents cinquante kilomètres d'autoroute qui lui restaient à parcourir.

Il était 10 heures lorsqu'elle atteignit la frontière du Texas. Son seul GPS étant celui de son téléphone qui ne fonctionnait plus, elle n'eut d'autre choix que de s'arrêter à l'office du tourisme local pour se procurer une carte. Dépassant la longue file de vacanciers qui attendaient leur tour devant les guichets, elle ramassa une carte de l'État sur le coin du comptoir. Elle se rendit ensuite aux toilettes des dames, acheta un gobelet de café à un distributeur automatique et appela de nouveau Alex depuis un téléphone public.

Par bonheur, il répondit, cette fois-ci.

— Où es-tu ?

— Au Texas. Dusty est blessé. Un accident de voiture, je crois. Il ne s'exprimait pas très clairement.

— Pourquoi ne m'as-tu pas attendu ? J'aurais pu t'accompagner.

— J'ignorais quand tu reviendrais.

C'était une bien piètre excuse, et elle le comprit sitôt que les mots eurent franchi ses lèvres. La réalité, c'était qu'elle avait appris à s'occuper d'elle-même — et de ses affaires privées — sans attendre et sans compter sur quiconque. C'était exactement ce qu'elle avait fait en se précipitant au chevet de Dusty. Il ne lui était même pas venu à l'esprit de faire autre chose que d'informer Alex de la situation.

L'intéressé ne semblait pas apprécier outre mesure le côté unilatéral de ses actions. Elle devinait qu'il se sentait exclu, et que cela l'irritait.

— Je suis là si tu as besoin de moi, Julie. Toi ou Dusty.

— Je le sais, et je t'en remercie.

Après cet appel, elle ramassa son gobelet de café, remonta dans son pick-up et déplia la carte routière devant elle. Elle finit par trouver le point minuscule, appelé Rockslide, tout au bout d'une route secondaire qui serpentait entre canyons et plateaux désertiques, pratiquement à la frontière du Nouveau-Mexique. Que faisait Dusty dans ce trou perdu ?

Résignée à un long et pénible trajet sur une piste tortueuse, elle reprit l'autoroute jusqu'à Amarillo, tourna vers le nord en direction de Dalhart et, à la sortie de cette ville, s'engagea sur la fameuse route secondaire. Peu de temps après, elle était entourée par le désert.

Des mesas de roche rouge sculptées par des siècles d'érosion jaillissaient de la terre brûlée par le soleil. Des amas de branches sèches, poussés par le vent, traversaient la route à tout instant. Quelques troupeaux de bœufs Longhorn étaient attroupés autour de réservoirs d'eau métalliques alimentés par des éoliennes, et elle ne put s'empêcher de se demander de quoi ils se nourrissaient. Si elle n'avait pas été aussi inquiète au sujet de Dusty, elle serait probablement tombée en admiration devant la sauvage beauté de ce pays.

Au lieu de cela, elle n'était plus qu'une boule de nerfs lorsqu'elle arriva au regroupement d'une douzaine de bâtisses pompeusement nommé Rockslide, Texas. Elle arrêta son pick-up au milieu de l'unique rue de la ville, jetant un regard effaré autour d'elle. Un lieu pareil disposait-il vraiment d'un hôpital ?

La réponse était négative, apprit-elle un peu plus tard durant un bref arrêt à la superette locale. Apparemment, la seule personne à quatre-vingts kilomètres à la ronde à avoir étudié la médecine était une vétérinaire à la retraite, devenue éleveuse de bétail, que les gens du cru appelaient pour les urgences.

— J'ai encore le droit d'exercer, assura le Dr Hightower avec un haussement d'épaules nonchalant. C'est quelquefois bien utile.

Elle comprenait aisément pourquoi. Dans ces contrées reculées, la vétérinaire aux cheveux blancs pouvait faire la différence entre la vie et la mort pour les hommes autant que pour les bêtes.

Dusty en était un parfait exemple.

— Cet idiot est sorti de la route pour éviter un cerf, et il a fini contre le tronc d'un arbre, expliqua la vieille dame. Je l'ai stabilisé en attendant l'arrivée des urgentistes, qui l'ont soigné et qui voulaient l'emmener à l'hôpital de Dalhart. Mais notre blessé en a fait tout un scandale. Il répétait qu'il n'avait pas d'assurance médicale.

— Il en a une, corrigea Julie, la gorge serrée. Notre société propose une couverture médicale à tous ses employés. Mais bien sûr, il y a la franchise, qui n'est pas négligeable.

— Je suppose qu'il n'avait pas envie d'assumer cette dépense. Les urgentistes sont repartis en le laissant sous sédatif, et j'ai continué le même traitement. Durant les premiers jours qui ont suivi l'accident, il avait oublié jusqu'à son nom, et où il se trouvait.

— Va-t-il...

Julie s'interrompit. Une boule d'angoisse lui obstruait la gorge. Dusty était pour elle ce qui ressemblait le plus à une famille. Dusty et Chuck. Leur approche fantaisiste de la partie business de l'aéronautique la faisait quelquefois enrager, et l'addiction de Dusty pour le jeu lui causait un souci constant. Mais ce fut d'une voix tremblante qu'elle posa la question qui l'avait obsédée durant son long trajet depuis Oklahoma City :

— Va-t-il s'en tirer ?

— En principe, oui. Il est revenu à lui plusieurs fois depuis l'accident. En revanche, ne soyez pas étonnée s'il ne vous reconnaît pas.

Après ce terrible avertissement, Julie ne put dissimuler son soulagement lorsque le Dr Hightower poussa une porte marquée « privé » et qu'elle vit Dusty couvert de bandages, mais bien vivant.

— Vous en avez mis, du temps, grogna-t-il.

— Je... Je...

Et là, à son grand étonnement et à celui de son associé et de la vétérinaire, elle sentit sa gorge se serrer et elle éclata en bruyants sanglots.

— Ma petite Julie, je vais très bien, je vous assure ! protesta le blessé. J'ai à peine quelques côtes fêlées.

— Et une double fracture de l'ulna, rappela Hightower en désignant son bras droit plâtré.

— Pas de problème, assura Dusty, incapable de dissimuler

une grimace de douleur. Vous m'avez... retapé à neuf. Julie va me ramener à la maison et tout ira très bien.

La souffrance qu'elle lisait dans ses yeux suggérait tout le contraire. Emue de le voir dans un si triste état, Julie se tourna vers la vétérinaire.

— Est-il en état d'être transporté ?

— Dieu du ciel, oui ! Et le plus tôt sera le mieux, car il m'encombre. Je vais lui donner des comprimés pour la douleur. Ce sont ceux que j'emploie pour les chevaux, et un seul suffira à le mettre K.-O.

A demi rassurée par cette curieuse affirmation, Julie aida la vétérinaire à transférer son associé dans un fauteuil roulant.

Elle acheta un chargeur de téléphone sur la route du retour, et appela de nouveau Alex. Il s'enquit d'abord de l'état de Dusty. Puis il lui demanda ce que son associé faisait au Texas.

— Il a été contacté par un consortium de producteurs de soja qui souhaitaient un devis pour une intervention, expliqua-t-elle, tournant le regard vers son passager endormi. Il ne pouvait pas utiliser le Pawnee, alors il est parti dans son pick-up.

— Pourquoi ne pouvait-il pas utiliser le Pawnee ?

— Une nouvelle fuite d'huile dans le moteur.

— Et toi ? s'enquit-il après un instant de silence. J'espère que tu ne songes pas à le piloter ?

— Bien sûr que si. Dès que nous aurons résolu le problème, avec Chuck.

— Je vais vous envoyer notre chef mécanicien, dit-il d'un ton qui n'admettait aucune contestation. Il jettera un coup d'œil à ce moteur et décidera s'il a besoin d'être entièrement révisé.

— Pas question ! s'insurgea Julie. Le chef mécanicien d'Agro-Air et moi-même sommes parfaitement capables de décider si notre avion a besoin d'une révision.

Cette réponse cinglante provoqua un long silence à l'autre bout de la ligne. Lorsque Alex reprit la parole, son ton s'était fait prudent :

— Tu devrais peut-être relire plus attentivement ces contrats, Julie. Lors de la fusion d'Agro-Air avec Dalton International, c'est à moi qu'il incombera de prendre les décisions finales dans des domaines jugés cruciaux pour l'entreprise. Et les problèmes de sécurité sont tout en haut de ma liste.

L'incroyable arrogance de l'homme lui coupa le souffle. Elle s'obligea à compter mentalement jusqu'à dix, et encore dix, mais, lorsqu'elle répondit, sa voix vibrait toujours de colère :

— La sécurité est aussi notre première priorité chez Agro-Air, gronda-t-elle. Et tu peux parier ta dernière chemise que je vais réexaminer ces contrats à la loupe. Ils ne sont pas encore signés, Dalton.

Alex coupa la communication, furieux contre lui-même. Comment avait-il pu se montrer aussi maladroit ? Il n'avait pas su mener cette conversation. Sa seule excuse était qu'il n'était pas habitué à voir ses décisions contestées. Et surtout pas par la femme qu'il désirait désormais avoir à ses côtés, et qui comptait infiniment plus pour lui qu'une associée en affaires.

Il s'efforça d'ignorer sa dernière menace. Il était douteux qu'elle parvienne à convaincre ses associés de revenir sur une fusion qui ferait d'Agro-Air une entreprise rentable pour la première fois depuis des lustres. Mais elle était suffisamment obstinée, suffisamment indépendante, pour se rebeller contre toutes les tentatives de contrôle de sa petite entreprise par Dalton International.

Eh bien, tant pis pour elle ! Contrats signés ou pas, il n'était pas question qu'elle revienne sur leur accord.

Alex fixa le téléphone d'un regard furibond. Dans les tribunaux de l'Oklahoma, une poignée de main valait une signature. Dalton International avait déjà investi bon nombre d'heures de travail de ses ingénieurs au profit d'Agro-Air, et avait dépensé une somme considérable pour acquérir le 602 et le faire livrer à Oklahoma City. Tout cela avec l'accord implicite de Julie.

Et puis, il y avait l'autre contrat, tacite et sans aucune signature, qui les liait sur le plan personnel. Il n'était pas question qu'elle revienne là-dessus non plus. Cette femme lui était devenue indispensable. Il n'allait pas se contenter d'attendre qu'elle veuille bien se manifester de nouveau.

Mlle Bartlett l'ignorait encore, mais elle venait de se heurter à une volonté encore plus intraitable que la sienne. Elle était à lui. Et, si le désir primitif de possession qu'il éprouvait pour elle le surprenait, il n'en avait pas honte. A présent, il ne lui restait plus qu'à la convaincre.

Il allait lui accorder un peu de temps pour discuter de la situation avec Dusty. La laisser se calmer un peu. Ensuite, il utiliserait tous les moyens à sa disposition pour la ramener dans ses bras, de gré ou de force.

Pour qui se prenait-il ?

Julie ne décoléra pas durant tout le trajet du retour. Si Alex Dalton s'imaginait qu'il pouvait l'obliger à renoncer à son besoin de suivre son instinct dans l'exercice de son métier — ou dans sa vie privée —, il allait au-devant d'une grosse déception.

Si elle avait été la seule à décider de la fusion d'Agro-Air avec Dalton International, elle aurait dit à Alex d'aller se rhabiller. Mais elle n'était pas seule. Dusty et Chuck n'avaient jamais eu autant besoin d'elle. Que cela lui plaise ou non, elle allait devoir mettre ses objections en veilleuse. Mais seulement dans le cadre professionnel.

Sur le plan personnel...

Là aussi, il était urgent de prendre du recul. Alex Dalton avait hérité du caractère autoritaire et dominateur de sa mère à un point dont il n'était pas conscient. Il avait fallu qu'elle prenne de la distance pour se rendre compte combien elle avait été près de se laisser dominer par cette personnalité charismatique. Dominée, elle ? La même femme qui avait tant de fois prouvé qu'elle était de taille à se défendre, dans les airs et sur la terre ferme, dans tous les pays et dans les deux hémisphères ?

L'idée de s'éloigner d'Alex lui déchirait le cœur, mais elle devait regarder la réalité en face. L'amour ne suffisait peut-être pas. Ni l'un ni l'autre ne pouvaient sans doute changer les traits profonds de leurs caractères, qui faisaient d'eux les personnes qu'ils étaient.

Cette pensée déchirante ne la quitta pas durant les jours qui suivirent, qu'elle passa en grande partie à gaver Dusty de comprimés pour cheval accompagnés des tacos à la sauce piquante que son chat obèse et lui affectionnaient.

Entre-temps, Chuck et elle avaient remis le Pawnee en état de prendre l'air — ce dont elle informa Alex au moyen d'un bref e-mail. Et cette révision tombait à point nommé, car, depuis que la rumeur s'était répandue, selon laquelle Dalton International s'apprêtait à accueillir Agro-Air au sein de ses opérations, des clients qui hésitaient jusqu'à présent à confier leurs récoltes à un petit opérateur comme eux, possédant un unique avion, affluaient désormais en masse. Ils recevaient une avalanche de propositions de travail.

Comme Dusty était dans l'incapacité de piloter, elle mettait les bouchées doubles. Elle volait de l'aube jusqu'au crépuscule d'été. A la fin de chaque épuisante journée de seize heures, elle s'extirpait du cockpit du Pawnee et se traînait jusqu'à son appartement, où elle allait directement s'écrouler sur le lit, son visage dans l'oreiller.

Et même alors, elle ne parvenait pas à s'endormir. Dès qu'elle fermait les yeux, elle revoyait Alex, croyait sentir son souffle se mêler au sien dans l'obscurité silencieuse. Mille fois, elle s'était efforcée de réconcilier les différences qui les séparaient et le fait irréfutable qu'il lui manquait affreusement. Mais la question demeurait entière. Pouvait-elle changer la femme qu'elle était pour devenir l'épouse qu'il désirait ?

Et, pour ne rien arranger, ils s'étaient manqués plusieurs fois au téléphone. Elle réussit enfin à le joindre le jeudi matin. Elle venait de rentrer, totalement épuisée, d'une mission commencée à l'aube. Vautré sur sa chaise longue, son chat sur les genoux, Dusty pestait contre son invalidité pendant que Chuck faisait le plein des réservoirs du Pawnee. Une cannette de boisson énergisante dans une main, elle composa le numéro privé d'Alex de l'autre.

— M. Dalton est anxieux de vous parler, déclara son assistante. A cet instant, il est en conférence privée avec maître Hale, mais il a beaucoup insisté pour que je lui passe la communication si vous appeliez.

— Maître Hale ? répéta Julie, effleurée d'un soupçon.

— Oui, Barbara Hale. Elle est avocate ici, à Oklahoma City. Je vais vous passer...

— Attendez !

L'image qui venait de surgir dans son esprit décupla les soupçons persistants qu'elle entretenait déjà. Elle imaginait Barbara, élégante et sophistiquée, sa tête brune penchée vers celle d'Alex, toute proche, et croyait encore entendre ses allusions à peine voilées à leur ancienne relation intime.

Si Molly n'était pas tout à coup apparue dans sa vie...

Si Julie ne s'était pas retrouvée en tête de sa liste des mères possibles...

La vague douleur qu'elle portait en elle depuis quelques jours devint une souffrance vive et lancinante. Molly. Si douce et si pétillante de vie...

Elle se sentait vraiment trop fatiguée à cet instant précis pour faire face à la situation.

— Ne le dérangez surtout pas, dit-elle d'un ton bref.

— Mais...

— Je m'apprête à redécoller dans une minute. Dites-lui que je le rappellerai plus tard.

— Mais...

Julie coupa la communication, et fit de son mieux pour se convaincre qu'elle avait bien agi. Dusty et Agro-Air avaient besoin d'elle. Que la fusion avec Dalton International soit conclue ou non, qu'Alex et elle surmontent ou non les obstacles qui les séparaient, elle n'avait pas le droit d'abandonner ses deux associés dans ces moments difficiles. Il s'écoulerait des semaines, peut-être des mois, avant que Dusty ne soit en état de piloter. Entre-temps...

Le téléphone qu'elle serrait encore dans sa main se mit à émettre une sonnerie insistante. Serrant les dents, elle le laissa sonner jusqu'au déclenchement du répondeur. Lorsqu'elle releva les yeux, elle s'aperçut que Dusty et Belinda l'examinaient du même regard fixe et inexpressif.

— S'est-il passé quelque chose entre Dalton et vous dont vous aimeriez me parler, ma petite Julie ?
— Non.

Cette réponse abrupte lui fit hausser les sourcils.

— En tout cas, quelque chose vous a mise dans tous vos états. Si ce n'est pas Dalton, qu'est-ce que c'est ?

Elle écrasa la cannette vide dans son poing serré, et elle la projeta d'un geste coléreux dans le vieux fût métallique qu'ils utilisaient pour le recyclage. Belinda cracha, et Dusty la dévisagea d'un air perplexe.

— Ecoutez, dit-il, fronçant ses sourcils broussailleux. Si ce sont ces quelques factures en souffrance qui vous inquiètent, tout va bientôt s'arranger. Dès que nous aurons officialisé la fusion avec Dalton International, nous aurons des contrats à ne plus quoi savoir en faire.

Elle soupira. Ils allaient devoir reparler de ces contrats plus tard. Lorsqu'elle ne serait plus couverte de cambouis et ruisselante de transpiration. Lorsqu'elle se serait débarrassée de l'image obsédante d'Alex en conférence privée avec Barbara, la vamp croqueuse d'hommes. Mâchoires serrées, elle ramassa sa chemise de travail sur le dossier d'une chaise.

— Je ferais mieux d'aller aider Chuck à mélanger les produits.

Dusty la suivit d'un regard pensif, chatouillant le gros ventre de Belinda d'un geste machinal tandis qu'elle grimpait dans le cockpit du Pawnee et roulait vers la piste d'herbe sèche pour son troisième décollage de la matinée. Puis il se servit de son bras valide pour s'extraire de sa chaise longue.

Julie avait trop d'expérience, en tant que pilote, pour risquer sa vie et son avion en continuant à voler dans un tel état de fatigue.

Et, alors qu'elle faisait un passage au-dessus d'un champ tout juste ensemencé, dispersant un nuage de fertilisant dans son sillage, elle se sentait bel et bien au bord de l'épuisement. Même si le soleil était encore haut dans le ciel, elle ne redécollerait plus aujourd'hui.

Elle vérifia sa jauge et nota qu'il lui restait tout juste assez de carburant pour rentrer à la base. L'aiguille indiquait zéro lorsqu'elle se posa sur la piste. Elle roulait vers le hangar lorsque sa radio se mit à grésiller, et elle entendit une voix masculine brouillée par les parasites :

— Agro-Air, ici Delta Indigo 669. J'ai votre piste en visuel.

Delta Indigo ?

DI, bien sûr ! Dalton International !

Julie comprit le sens de cette communication alors que Dusty y répondait d'une voix traînante :

— Bien reçu, 669. Autorisation d'atterrir accordée.

Faisant accomplir un demi-tour complet à la queue de son avion, elle coupa son moteur et scruta l'horizon. Le souffle coupé, elle vit le Lane 602 se poser en douceur sur la piste. Elle avait déjà sauté à bas du cockpit du Pawnee lorsque l'autre appareil roula vers elle. Encore sous le coup de la surprise, elle vit Alex couper le moteur, soulever la verrière et sauter lestement sur le sol.

Sa première pensée fut qu'il avait l'air aussi élégant qu'elle avait l'air souillon. Pas la moindre tache d'huile sur son jean. Aucune marque de transpiration aux aisselles de sa chemise. Mais, l'instant suivant, tout ce qu'elle vit, ce fut la tranquille détermination dans ses yeux lorsqu'ils rencontrèrent les siens.

— Que fais-tu ici ? s'enquit-elle d'un ton froid.

— Dusty m'a appelé pour me sommer de venir sans délai. Il semble penser que nous avons quelques problèmes personnels à régler ensemble.

Elle fusilla son associé du regard. Les yeux de Dusty étaient aussi innocents que ceux d'un bébé.

— Il a raison, reconnut-elle à contrecœur. Depuis que je suis rentrée d'Oklahoma City, j'ai eu le temps de réfléchir, Alex.

Suffisamment pour comprendre que je n'ai pas ma place dans ton monde.

— Et à quel monde fais-tu allusion ?

— Allons, Dalton ! Ne rends pas les choses encore plus difficiles qu'elles ne le sont déjà. Tu as une multinationale à gérer et une enfant à élever. Quant à moi, j'ai deux associés et une petite entreprise qui vont requérir toute mon attention dans un avenir proche.

— Faux.

— Pardon ? fit-elle, fronçant les sourcils.

— Tu as trois associés. Ou, plutôt, tu en as cinq en comptant Blake et Delilah. D'après les clauses de notre contrat, ils...

— Agro-Air n'a pas encore signé ce contrat !

— Mais si ! Tes deux associés nous ont faxé leur accord ce matin même. Tu as la majorité contre toi, Julie.

— Quoi ?

Elle se planta devant lui, ses yeux lançant des éclairs, mais le commentaire suivant d'Alex désamorça sa colère :

— Ils ont aussi envoyé un second fax, pour m'enjoindre d'ouvrir enfin les yeux sur ce que je ressentais pour toi, et pour me rappeler que Dalton International avait une chance énorme en recrutant une pilote de grande classe comme toi.

— Oui, je suis une bonne pilote, marmonna-t-elle. Et je...

— C'est pourquoi nous avons ajouté une clause au contrat, ajouta-t-il.

Julie le dévisagea, les sourcils froncés, mais il poursuivit tranquillement, ses yeux plongés dans les siens :

— Agro-Air a besoin d'un nouveau pilote pendant que Dusty termine sa convalescence. Moi, j'ai besoin de mieux comprendre vos opérations. D'apprendre toutes les ficelles du métier, d'évaluer ses risques. Alors, durant ces quelques prochaines semaines, je serai ton copilote. J'apprendrai à ton contact. Je ferai confiance à ton instinct. Et toi, j'espère que tu apprendras à faire confiance au mien.

Il lui tendit sa main, paume vers le ciel.

— Alors ? Marché conclu ?

Il lui offrait un compromis. Un compromis très avantageux pour elle. Mais pourrait-il vraiment garder sous contrôle sa personnalité dominatrice ? Ecouter et apprendre sans chercher la confrontation ?

Et elle, le pourrait-elle ?

Peut-être pas totalement. Mais, à cet instant, il n'y avait plus aucun doute dans son esprit. Elle serait bien sotte de ne pas tenter l'impossible. Une proposition comme celle-ci ainsi qu'un homme comme celui-ci ne se présentaient pas deux fois dans la vie d'une femme.

Esquissant un sourire tremblant, elle posa sa paume sur la sienne.

— Marché conclu.

— Hourra ! cria la voix éraillée de Dusty. A quand le mariage ?

— Vous vouliez sans doute dire « la fusion » ?

— Pas du tout, répliqua son associé. Je ne suis pas aveugle, ma petite Julie. Quand vous mariez-vous ?

— Je... heu... nous...

Elle lança un regard affolé en direction d'Alex. Un sourire diabolique aux lèvres, il la prit dans ses bras.

— Aussi vite que possible, répondit-il à sa place.

Sur ces mots, il inclina la tête pour l'embrasser. Lorsqu'il se redressa, elle était à bout de souffle.

— A présent que nous avons réglé ce détail, dit-il, souriant toujours, veux-tu jeter un coup d'œil aux modifications que nous avons apportées au système de dispersion du 602 ?

Son cœur battait très fort, et elle ne put que hocher la tête en silence. Mais elle ne parvint cependant pas à s'enthousiasmer pour les buses de pulvérisation high-tech comme elle l'avait fait une semaine plus tôt. La mise en garde de Delilah revenait dans son esprit de façon obsédante.

Si elle épousait Alex — ou plutôt lorsqu'elle l'aurait épousé —, il lui faudrait limiter sérieusement son exposition aux fongicides et aux pesticides. En premier lieu, elle ne pouvait pas risquer de rapporter sur ses vêtements des substances chimiques qui risqueraient d'irriter la peau délicate de Molly. Et de plus, s'ils décidaient d'avoir un enfant, elle devrait se garder de respirer même de faibles doses de produits toxiques. Et elle prendrait probablement cette décision un jour. Dans un an, par exemple. Lorsque Dusty serait de retour dans le cockpit et qu'Agro-Air ferait de confortables profits.

Elle n'avait pas compté sur la farouche détermination de Delilah à voir ses fils solidement établis. Vingt minutes à peine après avoir été informée des projets d'union industrielle et matrimoniale, la matriarche avait pris le commandement des opérations. Elle balaya l'idée de longues fiançailles d'un revers de main négligent. Molly, déclara-t-elle d'un ton péremptoire, avait besoin d'un papa, certes, mais aussi d'une maman.

A peine trois semaines plus tard, elle organisa ce que tous les journaux de l'Etat devaient plus tard appeler « un mariage royal à la mode d'Oklahoma ».

13

Le mariage de Julie Marie Bartlett et d'Alexander Dalton fit les gros titres des journaux télévisés sur toutes les chaînes locales. Delilah Dalton, affirmait le présentateur de *Channel 9 News*, couronnait ses nombreux triomphes mondains et philanthropiques avec une fête grandiose à laquelle assistaient cinq cents de ses amis et relations d'affaires, et tous les collaborateurs de Dalton International désireux d'offrir leurs vœux de bonheur aux jeunes époux.

De nombreuses caméras enregistraient la scène sur le parvis de St. Stephen, montrant une file de limousines alignées sur tout un pâté de maisons, zoomant sur les époux qui sortaient de l'église. La robe de la mariée, poursuivait le présentateur, était l'œuvre d'une jeune créatrice de mode qui connaissait un succès fulgurant et dont les modèles n'étaient en vente que dans la boutique d'Helen Jasper, à Oklahoma City. Selon la rumeur, l'encolure carrée de la robe aurait été conçue tout spécialement pour mettre en valeur le cadeau fort original offert à la mariée à l'occasion des fiançailles — un médaillon d'or massif d'une facture exquise et représentant un dieu inca. La mariée, qui portait un bouquet de gardénias blancs rehaussé de dentelle d'or, avait été conduite à l'autel par son vieil ami et associé en affaires, « Dusty » Jones. Mlle Grace Templeton était sa demoiselle d'honneur. Blake Dalton faisait fonction de garçon d'honneur auprès de son frère.

L'image suivante montrait la façade de la somptueuse résidence des Dalton à Nichols Hills, où, selon la rumeur, la réception battait son plein dans les grandes pièces du rez-de-chaussée et débordait dans les jardins en terrasse.

Ce n'était pas une rumeur, Blake était là pour en témoigner. Plus de quatre heures après la cérémonie, plusieurs centaines d'invités se pressaient encore dans la maison et les jardins. Les douzaines de fontaines de champagne que Delilah avait fait installer les avaient probablement incités à s'attarder un peu, tout comme le flot constant des serveurs qui émergeaient de la cuisine, offrant aux invités les mets les plus exquis sur des plateaux d'argent.

Blake s'adossa à une colonne pour faire une pause bien méritée, tandis que l'infatigable générale circulait parmi ses troupes. Delilah avait tenu Molly dans ses bras durant toute la cérémonie, et elle n'était remontée coucher le bébé pour sa sieste que quelques minutes avant l'arrivée des premiers invités. Et, à présent, le bébé était de nouveau bien calé sur sa hanche, dans une petite robe rehaussée d'une dentelle de l'exacte même teinte melon que celle de sa grand-mère.

Devant cette scène, Blake sentit son cœur se serrer. Il savait que sa mère allait probablement vivre des jours difficiles lorsque Alex et Julie, de retour de leur lune de miel, commenceraient à s'établir dans leur propre foyer. Et lui aussi allait devoir apprendre à s'adapter. Même si, à l'heure actuelle, tout semblait indiquer qu'Alex était le père de Molly, un doute tenace persistait dans son esprit. Il restait une petite chance que...

— En voilà un de casé, plaisanta son frère en arrivant derrière lui. Maintenant, il ne reste plus que toi.

Refoulant la douloureuse idée qu'il allait bientôt se trouver relégué au rôle d'oncle, Blake se retourna vers son frère jumeau.

— Elle va pouvoir s'occuper doublement de ton cas, conclut Alex comme si cette idée l'amusait.

— Je le crains, oui. Es-tu certain de ne pas avoir épousé Julie dans le seul but qu'elle te laisse tranquille ?

Le regard de son frère se tourna vers sa femme, Grace, Delilah et Molly, qui formaient un charmant tableau familial au milieu d'un groupe, une terrasse plus bas.

— Oui, répondit-il en souriant. J'en suis tout à fait certain.

Blake ressentit un nouveau pincement au cœur. Et ce qu'il ressentait cette fois-ci ressemblait un peu trop à de l'envie.

— Julie est la meilleure chose qui te soit jamais arrivée, déclara-t-il, honteux de lui-même.

— Oui, convint Alex d'une voix douce. J'en suis parfaitement conscient.

— Dans ce cas, qu'est-ce que tu attends pour... ?

Blake s'interrompit pour fixer un personnage qui venait d'apparaître à la porte du patio.

— Est-ce toi qui as invité Jamison ?

— Notre détective privé ? s'étonna Alex. Non, bien sûr que non. Crois-tu que Delilah l'ait invité elle-même ?

— Cela ne me surprendrait pas du tout.

Cependant...

Le complet brun tout froissé du détective et son hésitation visible à se mêler à la foule des invités suggéraient plutôt qu'il n'était pas venu pour s'amuser, et cette impression se confirma lorsqu'il aperçut Alex et Blake.

Il leur fit un signe discret et se retira comme une ombre à l'intérieur de la maison. Les deux frères demeurèrent un instant figés, en proie à une soudaine inquiétude, avant de prendre à leur tour le chemin de la maison. Mais la voix impérieuse de leur mère les obligea à s'arrêter net :

— Alex ! Julie et toi, vous n'avez plus qu'une heure avant le départ de votre avion. Tu ferais mieux de te débarrasser de ce déguisement de pingouin et de te mettre en route pour l'aéroport.

Les deux frères échangèrent un regard et, comme cela avait toujours été le cas depuis leur plus tendre enfance, chacun sut ce que l'autre pensait.

— Je vais aller lui parler, dit Blake d'un ton serein.

Alex avait une totale confiance en son jumeau. Il savait que Blake lui transmettrait immédiatement toutes les informations capitales que le détective pourrait lui communiquer.

Apparemment, il n'y en avait aucune. Lorsqu'ils redescendirent, avec Julie, ils furent accueillis par un concert de hourras et de vœux de bonheur. Pendant que Julie lançait son bouquet, Alex chercha son frère des yeux. Blake croisa enfin son regard par-dessus les têtes de la foule et lui adressa un bref hochement de tête.

Alex répondit de la même manière, puis il se tourna vers la femme qui avait mis son univers sens dessus dessous. Saisissant délicatement sa jeune épouse par le coude, il l'escorta jusqu'à la limousine et entreprit aussitôt d'oublier son frère, sa mère et sa fille.

A cet instant, Julie à la chevelure auburn et aux yeux vairons rieurs remplissait à elle seule jusqu'au dernier recoin de son cœur.

MERLINE LOVELACE

Le défi de Blake

LE BÉBÉ D'UN MILLIARDAIRE

Traduction française de
EDOUARD DIAZ

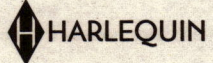

Titre original :
THE PATERNITY PROMISE

Ce roman a déjà été publié en 2021.

© 2012, Merline Lovelace.
© 2021, 2025, HarperCollins France pour la traduction française.

1

Les poings serrés dans les poches de son habit de soirée, un sourire un peu forcé aux lèvres, Blake parcourut du regard la foule des invités qui se pressaient dans le grand salon de la somptueuse résidence de sa mère, à Oklahoma City. Par bonheur, l'élégante réception touchait à sa fin. La mariée venait de lancer son bouquet depuis l'escalier de marbre à double révolution, et le jeune couple s'apprêtait à partir pour sa lune de miel en Toscane.

Blake n'avait certes pas l'intention de les empêcher de s'échapper. Son frère jumeau avait livré une rude bataille pour convaincre Julie, une jeune pilote entêtée et farouchement indépendante, de se laisser conduire à l'autel. Alex avait bien gagné ces deux semaines en Toscane avec sa nouvelle épouse, loin de ses écrasantes responsabilités de P.-D.G. de Dalton International.

Blake n'éprouvait pas d'appréhension particulière à l'idée d'assumer ces fonctions durant son absence. Avec son mastère en gestion, son diplôme d'avocat et ses dix années d'expérience en tant que directeur des opérations financières de Dalton International, il y était bien préparé. Sans compter qu'Alex et lui avaient l'habitude de se remplacer mutuellement durant leurs fréquents voyages d'affaires.

Non, son problème n'avait rien à voir avec le travail.

Et ce n'était pas non plus leur mère, qui harcelait sans pitié ses deux fils depuis plus d'un an pour les persuader de se marier et de fonder un foyer.

Il tourna le regard vers la matriarche du clan Dalton. Sa

chevelure avait gardé sa couleur d'origine, avec à peine quelques fils d'argent sur les tempes. Elle portait une robe de dentelle Dior, couleur melon, et à son expression de béate satisfaction on devinait facilement ce qu'elle pensait. Un fils de casé. Plus qu'un, et sa réussite serait totale.

Mais c'était le bébé qui le fixait par-dessus l'épaule maternelle qui le préoccupait et lui serrait douloureusement le cœur. Au cours des quelques semaines qui s'étaient écoulées depuis qu'un ou des inconnus avaient déposé la petite fille devant la porte de sa mère, Molly était devenue pour Blake aussi importante que l'air qu'il respirait.

Les analyses ADN avaient prouvé avec une certitude proche de cent pour cent que la fillette aux yeux brillants était une Dalton. Malheureusement, elles n'avaient pas pu déterminer avec la même certitude lequel des frères Dalton était son père. Même des jumeaux identiques comme eux possédaient un ADN distinct, mais il existait suffisamment de similitudes pour brouiller la question de la paternité du bébé. Le rapport avait déterminé avec une certitude de soixante-dix-sept pour cent qu'Alex était le père, mais la question ne serait définitivement réglée que lorsque le laboratoire aurait comparé l'ADN du père avec celui de la mère.

Le résultat, c'était que les frères Dalton avaient passé plusieurs semaines éprouvantes à essayer de retrouver la trace des femmes avec qui ils avaient eu des relations au début de l'année précédente. La liste d'Alex était plus longue que celle de Blake, mais aucune des candidates potentielles — y compris la femme qui venait de devenir Mme Alex Dalton — ne s'était avérée être la mère du bébé. En tout cas, c'était la conclusion à laquelle ils avaient abouti.

De bruyants adieux firent sortir Blake de sa rêverie. Détournant le regard du bébé, il leva les yeux et aperçut son frère qui scrutait la foule. C'était comme s'il voyait son propre reflet dans un miroir. Alex et lui étaient bâtis exactement comme Big Jake, leur père : un mètre quatre-vingt-cinq de muscles. De lui, ils avaient également hérité des yeux d'un bleu électrique et des cheveux fauves où le soleil brûlant de l'Oklahoma dessinait des mèches d'or sombre.

Blake croisa le regard d'Alex, et il secoua la tête d'un geste presque imperceptible, contrôlant soigneusement son expression afin de ne lui offrir qu'un masque neutre. Comme souvent avec les jumeaux, chacun avait le don de deviner instantanément les pensées de l'autre. Alex et Julie apprendraient la nouvelle à leur retour de Toscane, et ce serait bien assez tôt. A ce stade, Blake aurait réglé le problème. Ainsi que le choc et la furie qu'il avait entraînés.

Il refoula soigneusement toute trace de ces deux émotions jusqu'à ce que les jeunes mariés soient en route pour l'aéroport. Et même alors, il fit son devoir, circulant de groupe en groupe jusqu'à ce que les derniers invités soient enfin partis. Sa formation d'avocat s'avéra précieuse, car personne, pas même sa mère, ne soupçonna un seul instant qu'il bouillonnait intérieurement de rage.

— Ouf! fit Delilah en se débarrassant de ses escarpins à talons hauts. Ce mariage était très amusant, mais je suis heureuse que tout soit terminé. C'était une réussite, n'est-ce pas ton avis ?

— Oui, tout à fait, convint-il d'un ton neutre.

— Je monte voir Molly, déclara sa mère en se dirigeant vers le monumental escalier de marbre, ses escarpins à la main. Ensuite je vais barboter dans ma baignoire durant une heure. Comptes-tu dormir ici, ce soir ?

— Non, je vais rentrer chez moi. Veux-tu demander à Grace de descendre un instant ? J'aimerais lui parler.

Il avait fait un valeureux effort pour garder un ton serein, mais sa mère haussa un sourcil, visiblement étonnée qu'il ait besoin de s'entretenir avec la jeune femme qu'elle avait engagée comme nounou temporaire de Molly.

Durant les semaines qui s'étaient écoulées depuis que le bébé avait fait irruption dans la vie des Dalton, Grace Templeton avait su se rendre indispensable. Et elle était devenue pour ainsi dire un membre de la famille. A tel point même qu'elle avait été la demoiselle d'honneur de Julie, tandis que Blake tenait le rôle du garçon d'honneur auprès d'Alex.

Elle avait également mis en marche les rouages de l'imagination fertile de Delilah. Depuis quelques jours, sa mère lâchait des allusions pas très subtiles à son sujet, lui faisant remarquer combien Grace était douce et s'extasiant des liens merveilleux qu'elle avait tissés avec Molly. Ce soir même, elle avait déclaré que la jeune femme et lui formaient un très beau couple, lorsqu'ils se tenaient debout près de l'autel. Malgré lui, il avait commencé à caresser secrètement les mêmes idées, et cela ne faisait que renforcer la fureur qui bouillonnait en lui.

— Dis à Grace que je l'attends dans la bibliothèque.

Pour une fois, Delilah se sentait visiblement trop fatiguée pour devenir inquisitrice, et elle continua à monter les marches.

— D'accord, lança-t-elle par-dessus son épaule. Mais ne la garde pas trop longtemps. Elle est sûrement aussi épuisée que moi.

Elle n'allait pas tarder à avoir d'autres motifs de fatigue ! Rajustant son nœud papillon, il se dirigea d'un pas décidé vers la bibliothèque. La pièce aux lambris de chêne baignait dans la lumière douce d'un éclairage indirect, et il tira de sa poche le rapport qu'il avait reçu une heure plus tôt. L'information qu'il contenait n'était pas moins choquante qu'alors. Il s'efforçait encore d'en assimiler toutes les conséquences lorsque Grace Templeton apparut sur le seuil.

— Bonsoir, Blake, dit-elle en souriant. Delilah m'a dit que vous désiriez me parler.

Il se tourna vers la jeune femme blonde et mince comme s'il la voyait pour la toute première fois. Elle avait défait son élégant chignon, et ses cheveux dont la couleur rappelait les blés de l'été tombaient en cascades sur ses épaules. Au lieu de la robe lilas aux épaules nues qu'elle avait revêtue pour le mariage, elle portait à présent une blouse blanche sans manches au plastron maculé de plusieurs larges taches humides.

— Désolée pour les taches, s'excusa-t-elle. Molly s'est un peu énervée durant son bain. Qu'aviez-vous à me dire ?

Il ne répondit pas. Les épaules rigides sous son habit de soirée, il se contenta de rester planté face à elle à la dévisager. Grace dut sentir qu'il était irrité, car son sourire mourut sur ses lèvres.

— Un problème ? s'enquit-elle d'un ton hésitant.

— Avez-vous remarqué l'homme qui s'est présenté à la réception juste avant le départ d'Alex et Julie ?

— Le type en costume brun ? Oui, bien sûr. Je n'ai pas pu m'empêcher de me demander qui il était. Il détonnait visiblement parmi les invités.

— Son nom est Del Jamison.

Elle fronça les sourcils. Blake devina qu'elle s'efforçait de replacer ce nom parmi tous les gens qu'elle avait croisés ici dans ses fonctions de nounou temporaire de Molly. Visiblement sans succès.

— Jamison est un détective privé, précisa-t-il enfin. Nous l'avons engagé, Alex et moi, pour qu'il nous aide à retrouver la mère de Molly.

Elle était forte. Très forte. Son regard de cannelle avait à peine vacillé. Mais elle n'avait pu empêcher la couleur de se retirer de son visage. Devant cette soudaine pâleur, il ressentit une sauvage satisfaction.

— Oui, je me souviens, maintenant, dit-elle avec un haussement d'épaules faussement nonchalant. Il s'était rendu en Amérique du Sud pour enquêter sur les lieux où Julie avait travaillé, je me trompe ?

— Non, c'est exact. Mais, lorsque Julie a continué à clamer haut et fort qu'elle n'était pas la maman de Molly, il a décidé de suivre une autre piste, en Californie.

Cette fois-ci, elle ne put totalement dissimuler sa peur. On la sentait dans l'accélération soudaine de sa respiration, dans son attitude figée.

— En... Californie ?

— Je vais vous résumer son rapport, dit-il du ton froidement détaché qu'il employait au prétoire. Jamison a découvert que la jeune femme que je croyais décédée, l'une des nombreuses victimes d'un grave accident de car sur l'autoroute, n'était en fait jamais montée à bord du car en question. En réalité, elle n'est décédée que près d'un an plus tard.

C'était une femme avec qui il avait vécu une brève relation et qui avait disparu de sa vie sans lui dire adieu ni le moindre mot d'explication. Avec la complicité, il le savait aujourd'hui, de cette intrigante aux yeux de miel et à la voix musicale qui s'était subrepticement immiscée dans la maison de sa mère.

Et, de la même manière, il devait le reconnaître à contrecœur, elle s'était glissée dans ses pensées. Dégoûté par tant de duplicité presque autant que par le désir qu'elle avait commencé à éveiller en lui, il fit deux pas dans sa direction. En le voyant approcher, Grace sursauta, mais elle essaya de s'en tirer au culot :

— Je ne vois pas en quoi cela me concerne.

Il réussit à conserver son sang-froid, mais au prix d'un gigantesque effort de volonté.

— D'après Jamison, cette femme a donné le jour à une petite fille quelques semaines à peine avant son décès.

Son bébé ! Sa Molly !

— Elle avait aussi une amie qui lui a rendu visite à l'hôpital juste avant sa mort, poursuivit-il, les dents serrées. Une amie aux cheveux blonds très clairs.

— Blake ! Ecoutez-moi !

Les yeux bruns pailletés d'or, qu'il avait imaginés il n'y avait pas si longtemps devenant liquides de désir pour lui, étaient à présent agrandis par la panique. Mais il ne se laissa pas attendrir.

— Non, Grace, coupa-t-il, en approchant le visage tout près du sien. A supposer que ce soit vraiment votre nom. C'est vous qui allez m'écouter très attentivement. J'ignore quelle somme vous comptiez extorquer à ma famille, mais votre petit jeu est terminé.

— Il ne s'agit pas d'un jeu, protesta-t-elle d'une voix étranglée.

— Vraiment ?

— Non ! Je ne veux pas de votre argent !

— Dans ce cas, que voulez-vous ?

— Seulement... seulement...

Elle s'interrompit puis, posant les deux mains sur le plastron de sa chemise, elle tenta de le repousser d'un geste irrité.

— Et puis non ! Avez-vous besoin de vous tenir aussi près pour me parler ?

— Que voulez-vous, au juste ? répéta-t-il sans bouger d'un pouce.

Cette fois-ci, elle se mit vraiment en colère. Sa peur avait disparu, et elle était furieuse.

— Cela suffit ! gronda-t-elle en lui martelant la poitrine de ses poings. Tout ce que je désire, tout ce qui m'intéresse, c'est que Molly grandisse dans un bon foyer !

Blake recula lentement et, croisant les bras, il la dévisagea un instant d'un regard scrutateur.

— D'accord, dit-il enfin. Commençons par le commencement. Qui diable êtes-vous ?

Perchée en équilibre précaire sur l'extrême bord du bras du sofa, Grace luttait contre un tourbillon de pensées chaotiques. Après toutes les épreuves qu'elle avait traversées ! Tant de peur ! Tant d'angoisse ! Et maintenant, cela ? Juste au moment où elle recommençait à respirer librement pour la première fois depuis des mois, alors qu'elle s'était laissée aller à croire que, peut-être, cet homme et elle pourraient...

— Qui êtes-vous ?

Il avait répété sa question du ton froid et coupant qu'elle avait appris à reconnaître comme étant sa voix d'avocat. Cela faisait maintenant presque deux mois qu'elle avait fait la connaissance de Blake Dalton, et elle avait eu le temps d'apprendre à apprécier son caractère posé. Elle admirait encore davantage cette capacité qui était la sienne à arbitrer calmement, raisonnablement, les conflits entre son bouillonnant frère jumeau et leur mère au caractère tout aussi ombrageux.

Delilah ! A l'idée d'avoir à dévoiler ne serait-ce qu'une partie de la sordide vérité à la femme qui était devenue pour elle davantage une amie qu'une patronne, elle sentit une main de glace lui serrer le cœur. Mais elle releva bravement les yeux et rencontra le regard glacé de Blake rivé sur elle.

— Je m'appelle vraiment Grace Templeton, déclara-t-elle, la gorge serrée. J'enseigne... j'enseignais les sciences sociales dans un collège de San Antonio, au Texas, il y a encore quelques mois.

Elle marqua une pause, s'efforçant de ne pas penser à la vie à laquelle elle avait renoncé bien malgré elle, et s'obligeant aussi à refouler l'image de ses chers élèves.

— Et, il y a quelques mois, vous avez sollicité un congé sans solde, soi-disant pour pouvoir vous occuper d'une parente malade. C'est l'histoire que vous nous avez racontée, n'est-ce pas ? A nous et à la principale de votre collège ?

Elle savait déjà qu'ils avaient vérifié toutes ses références. Ni Delilah ni ses fils n'auraient jamais laissé une inconnue s'approcher du bébé sans cette précaution élémentaire. Mais, avec les années, Grace était devenue une experte dans l'art de glisser juste assez de vérité dans les mensonges qu'elle tissait autour d'elle, et elle avait passé le test.

— Ce n'était pas seulement une histoire, assura-t-elle.

Dalton poussa un soupir excédé. Ces yeux bleus tellement sexy, ces yeux qui, ces derniers temps, lui souriaient d'une façon où elle croyait lire davantage que de la sympathie, étaient à cet instant braqués sur elle comme des armes mortelles.

— Anne Jordan était-elle votre parente ?

Anne Jordan. Emma Lang. Janet Blair... Une interminable liste de noms d'emprunt. Des appels téléphoniques paniqués au milieu de la nuit. Des fuites éperdues. Si nombreuses que Grace en avait oublié le détail.

— Anne était ma cousine.

Ce terme banal ne commençait même pas à décrire la relation entre Grace et la petite fille qui avait grandi à un pâté de maisons de chez elle. Elles avaient été beaucoup plus que des cousines. Elles avaient été la meilleure amie l'une de l'autre. Elles avaient joué ensemble à la poupée, s'étaient chuchoté des secrets à l'oreille, avaient partagé tous les événements, grands et petits, de leurs jeunes vies.

— Etiez-vous près d'elle lorsqu'elle est décédée ? s'enquit-il d'un ton qui lui fit l'effet d'un coup de poignard en plein cœur.

— Oui, murmura-t-elle. Je me trouvais à son chevet.
— Et le bébé ? Molly ?
— Elle est votre fille. La vôtre et... celle d'Anne.

Blake lui tourna le dos, et elle ne put que fixer ses larges épaules en silence. Elle brûlait de lui dire qu'elle regrettait tous ses mensonges et la dissimulation à laquelle elle avait participé. Sauf que les mensonges avaient été nécessaires et qu'il ne lui appartenait pas de dévoiler les secrets qu'elle détenait.

— Anne m'a appelée, se contenta-t-elle de déclarer. Elle m'a appris qu'elle avait contracté une grave infection et m'a suppliée de venir. J'ai sauté dans le premier avion, mais, quand je suis arrivée, elle sombrait déjà dans le coma. Elle est morte le soir même.

Blake se planta devant elle. Une question silencieuse brûlait au fond de ses yeux, et elle y répondit aussi honnêtement que possible :

— Anne ne vous a pas désigné nommément comme le papa de Molly. Elle était presque inconsciente sous l'effet des drogues qu'on lui administrait. Elle n'était plus très cohérente. J'ai seulement entendu le nom « Dalton ». Je savais qu'elle avait travaillé ici, alors... alors...

Elle s'interrompit, assaillie par les souvenirs, la gorge douloureusement serrée.

— Alors, vous avez ramené Molly à Oklahoma City, termina Blake à sa place, appuyant sur chaque mot avec une précision terrifiante. Et vous l'avez abandonnée devant la porte de ma mère. Cela fait, vous avez appelé Delilah en prétendant que vous aviez appris par hasard qu'elle avait besoin d'une nounou temporaire.

— Elle en avait vraiment besoin !

Cette réponse pitoyable fut reçue avec le mépris qu'elle méritait.

— Vous avez dû énormément vous amuser en nous observant, mon frère et moi, devenir fous à essayer de déterminer lequel de nous était le père de Molly.

— Je vous l'ai déjà dit ! J'ignorais lequel d'entre vous l'était. Je ne l'ai su qu'après avoir passé un peu de temps ici.

Et même alors, elle n'en avait pas été sûre. Les similarités entre les jumeaux Dalton ne s'arrêtaient pas à leur intelligence brillante et à leur physique à couper le souffle. Elle imaginait facilement que sa cousine ait pu succomber au charisme d'Alex et à son inébranlable assurance. C'était même lui qu'elle avait tout d'abord cru être le père de Molly. Puis, les jours passant, elle avait commencé à apprécier la force tranquille de Blake, sa sereine compétence. Malheureusement l'indépendance de caractère dont il faisait preuve ne lui facilitait pas la tâche. Même s'il se montrait toujours amical et facile à vivre, il ne se livrait pas facilement, et il gardait pour lui-même les détails de sa vie privée. S'il avait vécu une brève aventure avec l'une de ses collaboratrices, lui seul le savait. Et peut-être aussi son jumeau.

Grace avait espéré que les analyses ADN régleraient la question de la paternité de Molly. L'ambiguïté des résultats l'avait laissée aussi frustrée que les Dalton.

Puis ces derniers s'étaient lancés dans une vigoureuse recherche de la mère de Molly, et Grace avait commencé à paniquer. Ayant juré de préserver le secret de sa cousine, elle n'avait d'autre choix que de respecter son serment. L'avenir de Molly en dépendait. Mais maintenant, Blake avait deviné au moins une partie de ce secret. Elle n'avait pas le droit de lui révéler le reste, mais elle pouvait au moins lui proposer une solution provisoire.

— Si je comprends bien, l'ascendance de Molly ne peut être formellement établie qu'en comparant l'ADN du père et celui de la mère. Or Anne... a été incinérée. Je n'ai aucun objet lui ayant appartenu et sur lequel vous pourriez retrouver des traces de son ADN.

Pas de brosse à cheveux, de bâton de rouge à lèvres, ou même une simple carte postale avec un timbre que sa fille aurait pu conserver en souvenir d'elle. La maman du bébé avait vécu dans la peur une grande partie de sa vie. Elle était morte de la même manière, rassemblant ses dernières forces pour lui arracher la promesse de toujours veiller sur Molly.

— Vous pourriez faire analyser le mien, suggéra Grace, déterminée à respecter son engagement. J'ai lu que l'ADN mitochondrial était transmis exclusivement par les femmes.

Elle avait fait plus que lire. Lorsqu'elle ne s'occupait pas de Molly, elle avait passé des heures assise devant son ordinateur à déchiffrer des articles scientifiques bourrés de termes abscons. Elle avait transpiré sang et eau, mais elle en était ressortie avec l'assurance que les quatre cent quarante-quatre paires de bases de l'ADN mitochondrial pouvaient permettre de retracer l'ascendance d'une personne jusqu'aux origines de l'humanité. Les Dalton n'avaient pas besoin de remonter aussi loin pour confirmer l'héritage de Molly. Il leur suffirait de sauter une branche dans son arbre généalogique.

A l'évidence, Blake avait eu la même idée. Ses yeux bleus et froids comme des glaciers vinrent se fixer sur elle.

— Cet échantillon d'ADN, déclara-t-il, vous allez me le fournir, n'en doutez pas une seconde. Et, en attendant les résultats, vous ne vous approcherez plus de Molly.

— Quoi ?

— Vous m'avez très bien entendu. Je veux que vous quittiez cette maison. Immédiatement.

— Vous plaisantez, j'espère ?

Elle découvrit dès l'instant suivant que ce n'était pas le cas. Il fit deux pas vers elle, et sa main vigoureuse se referma autour de son bras, puis il l'entraîna sans ménagement vers la porte.

— Blake, vous êtes fou ! protesta-t-elle, surprise et indignée, en tentant de se dégager de son étreinte. Je m'occupe de Molly depuis des semaines. Vous ne pouvez pas penser sérieusement que je lui ferais du mal !

— Ce que je pense, répliqua-t-il d'une voix aussi glacée que son regard, c'est que votre histoire comporte pas mal de zones d'ombre. Jusqu'à ce que toute la lumière soit faite, je tiens à vous garder quelque part où je pourrai vous avoir à l'œil, jour et nuit.

2

— Montez.

Blake lui ouvrit la portière de son cabriolet Mercedes décapotable. La chaleur humide de cette soirée de juillet se referma autour d'eux, presque aussi étouffante que l'angoisse qui lui serrait la gorge.

— Où allons-nous ?
— Dans le centre.
— J'ai besoin de prévenir Delilah de mon départ, protesta-t-elle. Et aussi de récupérer quelques affaires.
— J'informerai ma mère de la situation. Pour le moment, tout ce que vous avez besoin de faire, c'est de monter dans cette voiture.

Si elle n'avait pas été si bouleversée par toutes ces péripéties inattendues, cet ordre délivré d'un ton rude l'aurait peut-être étonnée. L'homme qui lui parlait sur ce ton était Blake. Des jumeaux Dalton, il était celui qui se montrait toujours aimable, toujours poli et plein de sollicitude. Depuis qu'elle vivait dans la maison de Delilah, elle l'avait vu manifester une patience à toute épreuve face aux caprices de sa mère. Il était prévenant avec le personnel de maison, et incroyablement doux avec Molly.

— Montez.

Elle obtempéra. Même à cette heure tardive, le cuir gris perle du siège était chaud et collant dans la canicule de juillet. Alors que la voiture roulait sur la longue allée courbe, elle s'efforça de retrouver son calme. Depuis le temps, elle devrait pourtant être habituée à ce que sa vie soit mise sens dessus dessous sans le moindre préavis. C'était ce qui s'était souvent produit, au cours de ces dernières années. En général, tout commençait par une sonnerie de téléphone : un autre appel au secours de Hope.

Non, pas de Hope. D'Anne. Même si sa cousine n'était plus de ce monde, Grace devait se rappeler de ne jamais citer ce nom. Pour le monde entier, elle était Anne, point final.

Elle se répétait encore cette injonction comme un mantra lorsque Blake tourna dans le parking souterrain du building abritant le siège social de Dalton International, au centre d'Oklahoma City. La carte magnétique attachée au pare-soleil de la voiture avait ouvert automatiquement la barrière de l'entrée, mais Blake s'arrêta devant la guérite du gardien, qui se pencha à la portière pour le saluer.

— Bonsoir, monsieur Dalton.

— Bonsoir, Roy.

— Je suppose que votre frère et son épouse sont déjà en route pour leur lune de miel ?

— Oui, ils sont partis.

— Je leur souhaite beaucoup de bonheur.

Roy se pencha un peu plus pour la saluer, portant deux doigts à la visière de sa casquette.

— Bonsoir, mademoiselle Templeton. Comment allez-vous, ce soir ?

— Très bien, merci, répondit-elle en s'efforçant de sourire.

Elle n'était pas surprise par cet accueil chaleureux. Elle avait fait de fréquentes visites au siège de Dalton International avec Molly et sa grand-mère. Delilah avait certes confié à ses fils les commandes de l'empire industriel que son mari Big Jake et elle avaient bâti à partir de rien, mais cela ne signifiait nullement qu'elle ait renoncé à intervenir à son gré dans les affaires de la société, ou dans la vie privée de ses fils. Ainsi Delilah s'invitait-elle régulièrement dans les conseils d'administration et autres conférences, avec Molly et sa nounou dans son sillage. Et, tout aussi souvent, elle poussait ses investigations jusqu'au dernier étage du building, où ses deux fils célibataires avaient chacun une suite.

L'étage comportait également une troisième suite de grand luxe destinée aux hôtes de marque de Dalton International. Apparemment, c'était là que Blake avait décidé de l'isoler. Ce soupçon se confirma lorsqu'il s'arrêta au poste de sécurité dans le grand hall d'entrée pour se faire remettre une carte magnétique. Un instant plus tard, l'ascenseur de verre les emportait vers les étages supérieurs.

Dès qu'ils eurent dépassé le niveau de la rue, ils furent entourés de toutes parts par une vue à couper le souffle sur Oklahoma City. Lors de ses précédentes visites, elle avait été éblouie par le spectacle des lumières de la ville et le foisonnement des gratte-ciel. Ce soir, elle les remarquait à peine, obnubilée par la proximité de l'homme qui la tenait acculée contre la paroi de verre de l'ascenseur.

Elle avait d'abord été incapable de distinguer les jumeaux Dalton l'un de l'autre. Avec leurs cheveux d'or sombre, leurs mentons volontaires et leurs larges épaules, chacun d'eux était un régal pour les yeux. Lorsqu'ils se tenaient côte à côte, c'était un spectacle auquel aucune femme au monde ne pouvait rester insensible.

Toutefois, il ne lui avait pas fallu longtemps pour noter leurs différences. Alex était plus extraverti, avec un sourire diabolique qui déclenchait des tempêtes dans les hormones féminines même lorsque ce n'était pas le but de leur propriétaire. Blake était plus tranquille. Plus discret. Et son sourire avait d'autant plus de charme qu'il était lent, chaleureux et...

Le tintement de l'ascenseur s'arrêtant à leur étage la ramena brutalement à l'inconfortable présent. Lorsque les portes s'ouvrirent, Blake l'agrippa de nouveau par le bras et l'entraîna dans un couloir tapissé d'une luxueuse moquette, jusqu'à une double porte de chêne poli.

Elle commençait à en avoir assez. Elle ne se mettait pas souvent en colère, mais elle arrivait désormais au bout de sa patience. Le feu brûlant qui rugissait à présent dans ses veines balaya le sentiment d'angoisse qui lui serrait la gorge.

— Cela suffit ! dit-elle en libérant brusquement son bras.

Vous m'avez traînée hors de la maison de votre mère comme une domestique surprise à voler l'argenterie. Vous m'avez ordonné de monter dans votre rutilante décapotable. Vous m'avez traînée ici au milieu de la nuit. Je ne ferai pas un pas de plus avant que vous ne cessiez de vous comporter comme un agent de la Gestapo.

Pour toute réaction, Blake haussa un sourcil puis, sans hâte aucune, il releva tranquillement la manchette de la chemise blanche de son habit de soirée pour consulter sa Rolex en or.

— Il est 21 h 22. On peut difficilement appeler cela le milieu de la nuit.

Elle avait envie de le frapper. D'effacer cette expression impassible de son trop séduisant visage. Elle aurait peut-être cédé à cette envie si elle n'avait pas craint de se briser les phalanges sur sa mâchoire de marbre dur.

Sans compter qu'il avait effectivement droit à quelques réponses. Le rapport de son détective lui avait visiblement porté un coup sérieux. Il avait aimé sa cousine, un jour.

Le feu de la colère s'éteignit dans le cœur de Grace. Il n'y subsistait plus que de la tristesse, à laquelle se mêlait à présent une lassitude infinie.

— D'accord, capitula-t-elle. Je vais vous dire tout ce que je pourrai.

Il hocha sèchement la tête et ouvrit la porte de la suite avec sa carte magnétique. Elle y était entrée une fois ou deux par le passé, et elle s'était pâmée d'admiration devant la beauté du panorama que l'on découvrait à travers les immenses baies vitrées. Si la vue était spectaculaire de jour, la nuit elle coupait le souffle. Les gratte-ciel brillaient comme de grands phares au-dessus d'un océan de lumières scintillantes.

Grace et Hope... Non ! Grace et Anne. Durant leur avant-dernière année au lycée, elles étaient venues en excursion à Oklahoma City, avec les élèves de leur classe pour visiter le National Memorial et le musée de la ville. Un an plus tard, sa cousine rencontrait Jack Petrie.

Une main de glace lui serra le cœur. Réprimant un frisson, elle se détourna du Guardian, le magnifique monument commémorant la grande ruée de 1889 vers les terres de l'Ouest pour faire face à Blake Dalton.

— Je ne peux rien vous dire du passé d'Anne, dit-elle d'un air sombre. J'ai juré de l'enterrer avec elle. Ce que je peux vous dire, c'est que vous êtes le seul homme qu'elle ait vraiment aimé.

— Croyez-vous vraiment que je vais me satisfaire d'une telle réponse ?

— Vous n'avez pas le choix.

— Faux.

Il défit son nœud papillon d'un geste brusque et se débarrassa de la veste de son habit de soirée. Une large ceinture de soie noire enserrait une taille mince. Sa chemise blanche à jabot était toujours impeccable, ce qui était bien normal étant donné qu'elle avait été coupée sur mesure par un tailleur servant uniquement les milliardaires et les stars.

Et pourtant, derrière l'exquise élégance de sa tenue, il y avait une puissance et une dureté évidentes. Delilah tirait une immense fierté de la variété des sports que pratiquaient Blake et son jumeau, et auxquels ils avaient excellé à l'université. L'un et l'autre étaient bâtis comme des athlètes — des hanches étroites, un torse solide et de larges et musculeuses épaules de champions de lutte.

A cet instant précis pourtant, ce torse athlétique était un peu trop près d'elle. Il envahissait son espace, accaparait ses pensées et la rendait nerveuse.

— Combien de cousines avez-vous ? s'enquit-il d'une voix douce mais chargée de menaces. Et combien de temps pensez-vous qu'il faudra à Jamison pour vérifier le passé de chacune d'elles ?

— Pas très longtemps, répliqua-t-elle. Mais il ne trouvera rien, à part le certificat de naissance d'Anne, son permis de conduire et quelques photos de classe. Nous y avons veillé, elle et moi.

— On ne peut pas effacer toute trace de sa vie après le lycée.

— Si, c'est tout à fait possible.

Elle alla jusqu'au sofa de daim et s'affala sur les coussins. Blake s'installa en face d'elle sur un second sofa identique, de l'autre côté d'une grande table basse de verre.

— Ce n'est pas très facile, et il faut y mettre les moyens. Mais on peut le faire, notamment avec l'aide de l'ami d'un ami qui se trouve être un génie de l'informatique.

Il avait fallu tout le talent de hacker de l'ami en question pour pénétrer dans le système informatique du Bureau des statistiques de l'Etat du Texas, mais ils avaient réussi à effacer des dossiers toute trace du mariage de Hope Patricia Templeton et de Jack David Petrie, ainsi que la preuve de la dernière fois où elle avait utilisé son nom de jeune fille et son numéro de sécurité sociale.

Un sentiment de tristesse familier l'envahit à ce souvenir. Sa cousine, trop naïve et trop crédule, avait cru à la promesse de Petrie de l'aimer et de la protéger. Dans l'esprit de ce scélérat, sa femme n'avait pas besoin d'avoir accès à leur compte bancaire ou de posséder une carte de crédit. Et elle n'avait pas non plus besoin de travailler. Et, lorsqu'elle s'était enfin rendu compte qu'il avait fait d'elle une prisonnière, il avait décidé qu'elle n'avait pas besoin non plus d'un conseiller conjugal.

Financièrement dépendante, émotionnellement anéantie, elle avait vécu de longues années dans un isolement total, à l'ombre de cet homme cruel. Jack la ressortait lorsqu'il désirait parader avec sa jolie femme à son bras, puis il la ramenait aussitôt là où était sa vraie place, c'est-à-dire dans son lit. Il ne lui avait pas fallu très longtemps non plus pour couper les liens entre Hope, ses amis et sa famille. Avec tous, sauf Grace. Car elle avait refusé de renoncer à sa relation avec sa cousine, même lorsque Petrie l'avait accusée de se mêler de sa vie privée et s'était montré menaçant. Un soir, sur l'autoroute, sa pédale d'accélérateur était restée coincée, et elle avait failli avoir un grave accident. Elle se demandait encore si cet incident avait été le fruit du hasard ou d'un sabotage.

Après cela, Grace et Hope étaient devenues plus prudentes. Plus de visites. Plus de lettres ou d'e-mails qui pouvaient être interceptés. Plus d'appels à la maison. Uniquement à partir d'un téléphone public dans le magasin où Jack permettait à sa femme de faire des courses. Et même alors, Grace avait dû la supplier durant une année entière avant que Hope ne trouve le courage de s'enfuir.

Grace ne voulait pas se souvenir des années de désespoir qui avaient suivi. La constante angoisse. Les innombrables déménagements. Les fausses identités successives, les faux numéros de sécurité sociale, chacun plus ruineux à se procurer que le précédent. Puis, un jour — enfin ! —, une femme du nom d'Anne Jordan avait trouvé une fragile sécurité en se faisant embaucher au sein de Dalton International, dont elle était devenue l'un des milliers d'employés du groupe mondial. Son poste était celui de simple assistante, ce qui ne la destinait certainement pas à rencontrer personnellement le directeur des opérations financières de la multinationale géante.

Et c'était pourtant ce qui s'était produit.

— Blake, je vous en prie, croyez-moi lorsque je vous dis qu'Anne souhaitait que son passé soit enterré avec elle. Le seul désir qu'elle a exprimé sur son lit de mort, c'était que Molly connaisse au moins son père, puisqu'elle grandirait privée de sa maman.

Et, plus précisément, que son bébé bénéficie du nom et de la protection d'un homme totalement inconnu de Jack Petrie.

Grace priait de toutes ses forces d'avoir convaincu Blake. Mais c'était un espoir vain, bien sûr. L'avocat en lui ne serait pas satisfait avant d'avoir mis au jour tous les tenants et les aboutissants de cette histoire. Cela dit, elle parviendrait peut-être à éluder son inquisition quelque temps.

— Puis-je vous poser une question ?

— Donnant-donnant, répliqua-t-il. Vous ne m'avez pas appris grand-chose, pour l'instant.

— Je vous en prie ! Je... je n'ai pas eu souvent l'occasion de parler à Anne ou de lui rendre visite durant la dernière année de sa vie.

Elle n'avait pas osé. Jack était un policier de l'Etat du Texas, bénéficiant d'une foule de contacts un peu partout. Il l'avait fait surveiller en de nombreuses occasions, elle le savait, et probablement branché son téléphone sur écoute et posé un émetteur sur sa voiture dans l'espoir qu'elle le conduirait jusqu'à sa femme. Elle avait dû faire appel à la générosité de tous ses amis, empruntant leurs voitures, utilisant leurs téléphones pour maintenir un contact minimum avec sa cousine.

Jack n'avait jamais soupçonné que Grace s'était rendue en Californie, au chevet de sa cousine mourante. Elle avait tout fait pour s'en assurer. Elle avait vidé son compte épargne, s'était fait conduire à l'aéroport par une amie et avait réglé en liquide un billet d'avion pour Las Vegas. Là-bas, elle avait loué une voiture et entrepris une fiévreuse traversée du désert jusqu'à l'hôpital de San Diego où Hope avait été admise.

Cinq douloureux jours plus tard, elle avait suivi la même route en sens inverse en compagnie de Molly. Mais, au lieu de retourner en avion à San Antonio avec le bébé, elle avait payé en liquide un billet de bus pour Oklahoma City.

Durant les semaines qui s'étaient écoulées depuis qu'elle avait décroché cet emploi de nounou temporaire de Molly, elle n'avait jamais utilisé son téléphone portable ou ses cartes de crédit. Elle n'avait pas non plus encaissé les chèques avec lesquels Delilah lui versait son salaire. Son intention était de reprendre son travail de professeur dès que Molly serait en sécurité avec son père. Ce qu'elle n'avait pas prévu, c'était qu'avec chaque jour qui passait l'idée de se séparer de la petite fille deviendrait plus douloureuse.

L'idée de ne plus revoir Blake Dalton était presque aussi insupportable. Ces temps derniers, elle s'était surprise à penser à lui plus souvent qu'il n'était convenable. Et c'était tout spécialement vrai la nuit, après qu'elle avait mis le bébé au lit. Pour couronner le tout, ces pensées prenaient un tour de plus en plus érotique, ce qui déclenchait chez elle de fréquents accès de culpabilité.

— Racontez-moi comment vous avez lié connaissance avec Anne, plaida-t-elle, se rappelant une nouvelle fois que Blake était l'homme que sa cousine aimait, qu'elle avait laissé entrer dans sa vie malgré ce qu'elle avait vécu. Comment... enfin, vous me comprenez.

— Comment Molly a-t-elle été conçue ? suggéra-t-il.

— Oui. Anne était très timide avec les hommes.

Ce n'était pas de la simple timidité en fait, mais un immense manque de confiance en elle-même et une terreur sans nom. Grace n'arrivait pas à imaginer comment Blake avait pu réussir à vaincre ces formidables barrières.

— S'il vous plaît, insista-t-elle d'une voix douce. Racontez-moi. J'aimerais savoir qu'elle a goûté un peu de bonheur à la fin de sa vie.

Il la dévisagea durant un long moment, puis il soupira.

— Je crois qu'elle a été heureuse durant les quelques semaines que nous avons passées ensemble. Mais je n'en ai jamais eu la certitude. Anne parlait très peu, même après que nous avons commencé à sortir ensemble. Elle tenait beaucoup à ce que personne au bureau ne soit au courant de notre relation. Selon elle, les gens auraient trouvé inconvenant que le grand patron fréquente une modeste assistante du service des archives.

Il abaissa le regard vers ses chaussures noires et luisantes, avant d'ajouter, avec une note de tristesse dans sa voix grave :

— Elle ne voulait pas me permettre de l'emmener au restaurant, au théâtre ou dans tout autre lieu où on aurait pu nous voir ensemble. Nos rendez-vous se déroulaient toujours chez elle. Ou à l'hôtel.

C'était une nécessité, Grace le savait. Sa cousine ne pouvait pas prendre le risque qu'un journaliste mondain commence à répandre des rumeurs au sujet de la dernière conquête du très riche et très séduisant Blake Dalton. Ou, pire, que les paparazzi les photographient ensemble et postent le cliché sur internet.

Et pourtant, elle avait pris le risque de l'accompagner dans un hôtel. Elle avait baissé suffisamment sa garde pour en arriver là. Et, en comprenant qu'elle attendait un enfant de lui, elle n'avait eu d'autre choix que de s'enfuir. Elle désirait désespérément ce bébé, mais elle ne pouvait avouer à Blake qu'elle était enceinte. Il aurait insisté pour donner son nom à cet enfant, ou tout du moins revendiquer ses droits de père. Les faux papiers de Hope n'auraient pas fait longtemps illusion devant les autorités. Son véritable nom aurait été révélé, et Petrie l'aurait retrouvée. Alors, elle avait fui une nouvelle fois.

— L'aimiez-vous ?

Elle regretta cette question sitôt qu'elle eut franchi ses lèvres.

Comment pouvait-elle se sentir jalouse de la relation de sa cousine avec cet homme ?

Pourtant, elle savait qu'il avait dû se montrer très tendre avec elle, merveilleusement sensible à ses besoins. Ses lèvres avaient dû faire chanter sa peau. Ses mains, ses mains fortes et hâlées, avaient dû la caresser, à la fois apaisantes et excitantes...

— Je ne sais pas.

Se sentant rougir, elle releva brusquement les yeux vers lui.

— Elle m'était chère, expliqua-t-il d'une voix douce, autant pour lui-même que pour elle. Suffisamment pour que j'aie eu envie de partager mon lit avec elle. Mais, lorsqu'elle est partie sans un mot, je me suis senti à la fois blessé et en colère.

Il marqua une pause, les regrets et les remords défilant comme des ombres sur son visage. Puis il ajouta d'un ton accusateur :

— Ensuite, j'ai été informé de cet accident de bus.

— Je n'étais pas avec elle lorsque cela s'est produit, se défendit-elle. Elle était seule dans sa voiture. Le bus a dérapé devant elle, et il a heurté la pile d'un pont. Elle était terrifiée, mais elle s'est arrêtée pour proposer son aide.

— Et elle a laissé son sac à main sur la scène ?

— Oui.

— De façon délibérée.

— Oui.

— Pourquoi ?

— Je ne peux pas vous le dire. Je ne peux pas vous en dire davantage. J'ai promis à Anne que son passé disparaîtrait avec elle.

— Mais ce n'est pas le cas, répliqua-t-il. Molly en est la preuve vivante.

— Elle est votre fille, Blake ! s'écria-t-elle d'un ton désespéré. Je vous en supplie, acceptez-la, et aimez-la comme un cadeau du ciel.

Il demeura silencieux si longtemps qu'elle n'espérait plus entendre quoi que ce soit de sa bouche. Lorsqu'il le fit pourtant, sa voix s'était faite de nouveau dure et froide comme la glace :

— Tout ce que j'ai, pour l'instant, c'est votre parole qu'Anne et moi nous avons conçu une enfant ensemble. Je vais envoyer au laboratoire l'échantillon ADN que vous avez proposé de me fournir. Nous poursuivrons cette conversation lorsqu'on m'aura communiqué les résultats.

— Pour l'instant, ma place est chez votre mère. Ce mariage l'a laissée épuisée. Elle me disait ce soir qu'elle n'avait jamais à tel point senti le poids de ses soixante-deux ans. Elle n'est pas en état de s'occuper seule de Molly pendant plusieurs jours.

— Je l'aiderai moi-même et, lorsque je devrai m'absenter, je laisserai quelqu'un à ma place. Entre-temps, vous allez rester bien tranquillement ici.

Il se leva et alla jusqu'au bar intégré dans l'un des murs. Le temps d'un instant, Grace crut qu'il avait l'intention de boire un verre avec elle pour effacer la souffrance et l'amertume de l'heure qui venait de s'écouler. Mais il ne prit qu'un seul gobelet de cristal sur l'étagère. Puis il revint vers elle et le lui tendit d'un air sévère.

— Crachez.

3

Les notes musicales du carillon de l'entrée traversèrent la brume comateuse dans laquelle flottait l'esprit de Grace. Lorsque le martèlement d'un poing sur la porte remplaça les mélodieux accords, elle se redressa sur un coude et jeta un coup d'œil au réveil sur la table de chevet près de son lit.

Elle constata avec stupéfaction qu'il était 7 h 20. Elle ne s'était pas réveillée pour le premier biberon de Molly !

Elle avait repoussé les couvertures, et était déjà à moitié hors du lit lorsque la réalité la rattrapa enfin. Un : elle ne se trouvait pas dans sa chambre à la résidence de Delilah. Deux : elle n'était vêtue que de la culotte de dentelle lavande qu'elle avait portée avec sa robe de demoiselle d'honneur. Et trois, enfin : elle n'était plus la nounou temporaire de Molly.

Les douloureux événements de la soirée précédente lui revinrent d'un seul coup alors qu'un poing martelait de nouveau la porte. Elle sauta à bas du lit, ramassa son pantalon kaki, à présent tout froissé, ainsi que sa blouse blanche et les enfila à la hâte tout en se ruant vers la porte. Elle avait une assez bonne idée de l'identité de l'auteur de ces coups de poing impatients. Elle venait de passer un mois entier dans la compagnie de la mère de Blake Dalton, laquelle était une personne volontiers autoritaire et parfois irascible, mais toujours une mère aimante.

Elle s'attendait donc à voir la matriarche aux cheveux d'ébène à sa porte. Ce qui la stupéfia, ce fut de voir aussi Molly confortablement installée dans un porte-bébé décoré de girafes que Delilah portait en bandoulière sur sa poitrine.

— Delilah, commença-t-elle, submergée par une vague d'amour et de culpabilité. Je...

— Ah, non, pas d'explications ! Du café ! J'ai désespérément besoin d'une tasse de café.

Grace referma la porte et suivit Delilah dans le salon, regrettant de ne pas avoir pris quelques secondes pour se recoiffer et se laver le visage à l'eau froide avant cette confrontation. Elle avait très mal dormi, cette nuit, et, lorsqu'elle avait enfin sombré dans le sommeil, elle avait rêvé d'Anne. Et de Blake. Elle avait rêvé que la colère de ce dernier contre elle se transformait tout à coup en brûlante passion, et elle s'était réveillée en sursaut, le souffle court, dévorée de désir.

Les lambeaux de ce désir absurde flottaient encore dans son esprit comme une brume brûlante alors que Delilah se débarrassait du sac à langer sur le sofa et extrayait Molly du porte-bébé.

Grace ne put s'empêcher de remarquer que ce jour-là sa patronne avait adopté avec enthousiasme le thème de la jungle. Le sac à langer arborait des rayures de zèbre. Des singes souriants se balançaient à des lianes sur la robe de coton du bébé. Delilah elle-même portait un collant léopard et un ample T-shirt noir décoré d'un message fluorescent invitant le public à visiter le zoo d'Oklahoma City pour y admirer le nouvel habitat des gorilles — une réalisation dont elle était largement à l'origine, vu qu'elle avait charmé, cajolé et bousculé tous ses amis pour financer le projet.

— Ne restez pas plantée là, grogna-t-elle, s'adressant à Grace. Sortez plutôt la couverture du sac à langer.

La couverture exhibait elle aussi les couleurs éclatantes de la jungle. Grace l'étala sur le sol à une distance prudente de la table basse de verre. Molly apprenait à ramper sur les genoux et les mains, à relever sa tête pour observer le monde avec de grands yeux inquisiteurs.

Delilah déposa le bébé au centre de la couverture, puis elle pointa un doigt impérieux sur Grace.

— Vous, asseyez-vous. Parlez, je vous écoute.
— N'aimeriez-vous pas prendre une tasse de café, d'abord ?
— Au diable le café. Parlez-moi.

Grace exhala un soupir de lassitude. A l'évidence, Delilah n'avait pas l'intention de lui faciliter le travail.

— J'ignore ce que Blake vous a déjà dit, commença-t-elle.

Elle marqua une pause, attendant une réponse qui ne vint pas, puis elle poursuivit :

— Pour résumer la situation, la maman de Molly était ma cousine. Lorsqu'elle travaillait chez Dalton International, elle a eu une brève aventure avec l'un de vos fils. Elle est décédée avant d'avoir pu me dire lequel. Je vous ai donc amené Molly et je me suis débrouillée pour me faire engager comme nounou en attendant qu'Alex et Blake aient résolu la question de sa paternité.

Le regard que Delilah riva sur elle aurait pu rayer l'acier.

— Si cette cousine à vous était enceinte de l'un de mes fils, pourquoi n'a-t-elle pas eu la décence de l'informer qu'il allait être papa ?

Grace se figea. Protéger Hope — Anne ! — était devenu aussi naturel pour elle que respirer. Personne ne pouvait imaginer ce que sa cousine avait enduré. Et Grace ne permettrait à personne, pas même à la formidable Delilah Dalton, de la dévaloriser.

— J'ai déjà dit à Blake, et je vous le répète à vous, qu'elle avait une très bonne raison d'avoir agi comme elle l'a fait. Mais elle souhaitait que cette raison soit enterrée avec elle. Ce qu'elle ne voulait à aucun prix, c'était que sa fille grandisse sans connaître ni l'un ni l'autre de ses parents.

— Ne prenez pas vos grands airs avec moi, jeune fille ! gronda Delilah.

Elle avait élevé la voix, faisant sursauter Molly qui bascula sur le côté. Les deux femmes se précipitèrent instinctivement pour la relever, mais la fillette s'était déjà remise à ramper avec énergie.

— C'est moi qui ai avalé cette histoire de professeur sans emploi que vous m'avez débitée, poursuivit Delilah à voix plus basse. Je vous ai admise chez moi. Je vous ai fait confiance !

Grace ni vit pas l'utilité de lui faire remarquer qu'elle n'avait pas menti en lui déclarant qu'elle était professeur de collège et au chômage. Sa remarque concernant la confiance l'avait brûlée au fer rouge.

— Je suis désolée de n'avoir pu vous avouer mes liens avec Molly.
— Ha !
— J'ai promis à ma cousine de veiller à ce que son enfant reçoive l'amour et les soins dont elle avait besoin.

Son regard alla se poser de nouveau sur le bébé qui rampait joyeusement sur les mains et les genoux en bavant, puis elle releva lentement les yeux vers Delilah, avant d'ajouter d'une voix douce :

— Et c'est bien le cas. Molly est très bien soignée et entourée d'amour.

Delilah émit une sorte de grognement, puis elle demeura silencieuse un long moment.

— Je me vante d'être une assez bonne juge des caractères, déclara-t-elle finalement. Même ce vieux bouc que j'ai épousé s'est montré fidèle jusqu'au bout à l'image que je me faisais de lui. Ce que vous venez de me raconter, est-ce la vérité ?
— Oui, madame.
— La maman de Molly était vraiment votre cousine ?
— Oui.
— Je suppose que nous en aurons bientôt la preuve. Ce satané laboratoire est en train de gagner une fortune avec toutes les analyses ADN en urgence que nous leur avons commandées, ces temps derniers.

Elle fronça les sourcils un instant, puis elle parut arriver brusquement à une décision.

— Je vous ai observée avec Molly. Je ne crois pas que vous soyez une espèce d'intrigante complotant dans le but de nous extorquer des millions. Il vous reste encore à convaincre Blake, et cela ne sera pas aussi facile.
— Je ne peux pas lui en dire davantage que ce que je lui ai déjà dit.
— Vous ne le connaissez pas aussi bien que moi. Il a des méthodes bien à lui pour obtenir ce qu'il désire.

Delilah se leva, rajustant le porte-bébé sur son épaule, avant d'ajouter :

— Et moi aussi, croyez-moi. Allons, viens, ma petite Molly. Allons voir ton papa.

Sans réfléchir, Grace se précipita pour l'aider. Elle souleva le bébé et posa deux gros baisers sur ses joues avant de glisser les petits pieds dans les ouvertures du porte-bébé. Pendant que Delilah resserrait les sangles, elle replia la couverture et la rangea dans le sac à langer qu'elle tendit à la matriarche.

— Je suis navrée que Blake m'interdise de vous aider avec Molly.

— Nous nous en tirerons, en attendant que cette triste histoire soit réglée.

A supposer qu'elle soit réglée un jour. A mesure que les jours passaient, Grace se sentait de plus en plus nerveuse. Blake avait fait emballer ses affaires et les avait fait livrer à la suite, en même temps que son sac à main. Elle fit de son mieux pour se convaincre que c'était un bon signe. Apparemment, il ne craignait pas qu'elle disparaisse sans prévenir, à l'instar de sa cousine.

Il continuait cependant d'éviter tout contact personnel avec elle, et Grace commençait à s'en inquiéter. Une douleur diffuse et vague ne la quittait plus. C'était seulement maintenant qu'elle avait été bannie de leurs vies qu'elle comprenait à quel point elle s'était attachée aux Dalton, mère et fils. Et à Molly ! Elle aurait tout donné pour revenir au temps où elle roucoulait des mots doux au bébé tout en lui donnant son bain.

Elle avait toujours su qu'un jour viendrait où elle devrait sortir de la vie de Molly. Plus longtemps elle restait, et plus elle augmentait le risque que Jack Petrie découvre qu'elle se trouvait à Oklahoma City et se demande ce qu'elle y faisait. Blake condescendit enfin à l'appeler un peu après 18 heures.

— J'ai besoin de vous parler, déclara-t-il abruptement.

— Très bien.

— Je suis en bas, l'informa-t-il. Je serai chez vous dans quelques minutes.

Au moins, elle était un peu mieux préparée pour ce face-à-face qu'elle ne l'avait été la première fois. Ses cheveux étaient coiffés en un chignon bien net, et elle avait pris le temps, un peu plus tôt, de passer une touche de brillant sur ses lèvres. Elle fut un instant tentée de se changer, mais décida d'utiliser le temps qui lui restait pour respirer bien à fond et se calmer.

Ses exercices respiratoires n'eurent pas beaucoup d'effet. Le Blake Dalton qui apparut devant elle lorsqu'elle ouvrit la porte n'était pas celui qu'elle connaissait. Chez sa mère, elle l'avait toujours vu en complet ou en chemise parfaitement repassée et avec un pantalon au pli impeccable. Et, bien sûr, dans cet habit de soirée qu'il portait au mariage. La maison Armani paierait une fortune pour des modèles dotés d'un physique comme celui des jumeaux Dalton.

Le Blake qu'elle voyait devant elle était considérablement moins raffiné. Il portait, très bas sur les hanches, un jean blanchi par les lavages, et un T-shirt noir qui lui moulait amoureusement les épaules. Son menton et ses joues étaient couverts d'une barbe naissante de la même couleur d'ambre que ses cheveux, lui donnant l'air fort et dangereux. Mais l'expression de ses yeux bleus lumineux n'était pas aussi froide que lors de leur dernière rencontre. Elle en éprouva un immense soulagement.

— Le laboratoire vient de nous envoyer son rapport.

Sans un mot, elle se dirigea avec lui vers le salon. Des écrans actionnés par des systèmes automatiques étaient descendus sur l'immense surface vitrée de la façade, la protégeant des derniers rayons du soleil couchant. Sans le vaste panorama autour d'elle, la pièce paraissait plus petite. Plus intime.

Trop intime même. Elle se trouva face à face avec Blake, planté à quelques centimètres d'elle seulement.

— N'allez-vous pas me demander ce qu'ils ont trouvé ?

— C'est inutile, répondit-elle avec un haussement d'épaules qu'elle voulait nonchalant. A moins qu'ils n'aient mélangé leurs échantillons, le rapport confirmera que Molly et moi avons le même arbre généalogique.

— Ils n'ont pas mélangé leurs échantillons.

— Très bien, répondit-elle en croisant les bras. Et alors ?

Cette réaction sembla le surprendre, et il la dévisagea, mais elle soutint bravement son regard.

— Vous attendiez-vous à ce que je me jette dans vos bras, éperdue de reconnaissance, parce que vous acceptez enfin de reconnaître la vérité ?

Il y avait encore de la surprise dans son regard, mais, en descendant jusqu'à sa bouche, il se modifia imperceptiblement, devint plus sombre, plus intense. Comme si l'idée que Grace se jette dans ses bras n'était pas une surprise, mais une éventualité qu'il convenait d'analyser et d'évaluer objectivement.

A présent que cette idée flottait dans l'air, elle ne la trouvait pas tellement choquante, elle non plus. Tout le contraire, même. A vrai dire, chaque seconde qui passait augmentait son désir de la transformer en réalité. Il lui suffirait de s'avancer d'un pas, de glisser les mains sur ses épaules et de se laisser aller contre cette force qui rayonnait de lui.

Comme sa cousine l'avait fait.

Un sursaut de culpabilité la fit reculer d'un pas. Il avait été l'amant de Hope, le père de son bébé. Pour lui, Grace était au mieux un problème qu'il se trouvait obligé de résoudre.

— Maintenant, vous savez, déclara-t-elle, dissimulant ses véritables sentiments derrière une façade neutre. Vous êtes le père de Molly. Et moi, je suis convaincue que vous serez un bon papa pour elle. A présent, il est temps pour moi de rassembler mes affaires et de retourner à San Antonio. Je passerai lui dire au revoir avant de partir.

— Et c'est tout ? dit-il en fronçant les sourcils d'un air sombre. Vous allez tout simplement disparaître de sa vie ?

— Je la verrai lorsque ce sera possible.

Lorsqu'elle serait certaine que Jack Petrie n'avait pas eu vent de son séjour à Oklahoma City.

— Nous avons encore des détails juridiques à régler, protesta Blake. J'ai besoin de l'acte de naissance de Molly. De l'acte de décès de sa mère.

L'un et l'autre étaient établis sous la fausse identité et le faux numéro de sécurité sociale que sa cousine avait utilisés en Californie. Grace pouvait seulement espérer qu'ils suffiraient pour les besoins de Blake. Ce devrait être le cas. Avec ses relations dans le monde juridique et le poids politique de sa famille en Oklahoma, il devrait être en mesure de faire passer n'importe quel document devant les tribunaux.

— Je vous en enverrai des copies, promit-elle.

— Oui, je vois. J'espère que vous savez que, quels qu'aient été les ennuis d'Anne, j'aurais tout fait pour l'aider, ajouta-t-il après une pause.

— Oui, reconnut-elle d'une voix douce. Je le sais.

— Anne n'a jamais pu me faire totalement confiance, continua-t-il en lui lançant un regard scrutateur. Mais vous, Grace, vous le pouvez.

C'était ce qu'elle désirait. Elle le désirait même plus que tout au monde.

— Oui, répondit-elle, la gorge serrée. Je suis persuadée que vous chérirez Molly.

Le moment des adieux avait été aussi douloureux avec le bébé qu'avec Blake. Molly s'était mise à babiller joyeusement en reconnaissant sa nounou, et elle lui avait tendu ses petits bras dodus pour qu'elle la serre contre elle.

Grace s'interdit de pleurer jusqu'à ce que sa voiture de location ait traversé le pont sur la Red River et soit entrée au Texas. Elle avait la gorge serrée, et ses yeux ruisselaient tellement de larmes qu'elle dut faire une halte à l'office du tourisme pour se laver le visage à l'eau froide. Six heures plus tard, elle arrivait dans les faubourgs de San Antonio, l'âme en deuil, dévastée par la perte du lien précieux avec Molly et par la disparition de la femme qui avait été à la fois sa cousine et sa meilleure amie depuis leur plus tendre enfance.

Il faisait très chaud dans son minuscule appartement, situé dans l'un des plus anciens quartiers de la ville, et l'air sentait le renfermé lorsqu'elle entra. Elle resta plantée un instant dans l'entrée, parcourant du regard le salon qu'elle avait peint elle-même dans de doux tons de terre cuite, et la cuisine de la taille d'un placard. Elle adorait son petit deux pièces, mais il aurait pu tenir tout entier dans le vestibule de la somptueuse résidence de Delilah Dalton.

Dès qu'elle eut défait ses bagages et branché son ordinateur, elle imprima les copies des actes qu'elle avait promis d'envoyer à Blake, puis passa en revue les centaines d'e-mails qui s'étaient accumulés en son absence. Elle devait recoller les morceaux de ce qui était sa vie.

Les deux semaines suivantes lui semblèrent interminables. Les cours ne reprenaient qu'à la fin du mois. Malheureusement, le congé sabbatique qu'elle avait sollicité avait obligé le principal à réorganiser ses professeurs pour le semestre d'automne. Le mieux qu'elle pouvait espérer était un poste de remplaçante, tout du moins jusqu'à Noël.

Désœuvrée jusqu'à la rentrée des classes, elle devait aussi surveiller ses dépenses, car son compte en banque fondait comme neige au soleil. Et, pire encore, Molly lui manquait au-delà de tout ce qu'elle aurait cru possible. Le bébé s'était taillé une place durable dans son cœur.

Quelquefois, il lui arrivait de devoir reconnaître que le papa de Molly lui manquait presque autant que le bébé. Comme tous ceux qui évoluaient dans l'orbite des Dalton, elle avait été impressionnée par la personnalité énergique de Delilah, éblouie par le sourire diabolique d'Alex et son charme conquérant. Mais, à présent qu'elle avait pris ses distances avec eux, elle comprenait que Blake était le mortier qui assurait le lien dans cette famille. Toujours présent quand sa mère avait besoin de lui pour imaginer un montage financier destiné à une autre de ses nouvelles œuvres caritatives. Tenant les rênes de la multinationale lorsque Alex était en voyage d'affaires à l'autre bout du monde. Sa haute silhouette assise en face d'elle à la table de sa mère lui manquait. Son rire grave et doux, lorsque Molly gazouillait dans ses bras, lui manquait aussi.

Sa seule satisfaction, durant ces journées interminables de la fin de l'été, c'était que Jack Petrie ne s'était pas manifesté. Elle recommença alors à respirer plus librement, persuadée qu'elle avait réussi à couvrir ses traces. Cette fausse impression de sécurité prit fin lors d'une journée pluvieuse, lorsqu'elle alla ouvrir pour répondre à un coup de sonnette.

A travers le judas, elle reconnut au premier coup d'œil l'homme planté devant sa porte. Après le premier choc de stupéfaction, la peur lui serra le cœur comme une main de glace. Elle ôta le verrou d'une main tremblante et ouvrit brusquement la porte en grand.

— Blake !

Il eut un mouvement de recul, visiblement étonné par cet accueil. Elle remarqua à peine le pantalon noir au pli impeccable, la chemise blanche aux manches retroussées et au col ouvert, ses cheveux que la pluie avait transformés en fils d'or sombre.

— Molly... Molly va bien ?
— Non.

Une douzaine de scénarios catastrophe défilèrent dans son esprit, et elle se figea.

— Que s'est-il passé ?
— Vous lui manquez.
— Comment ? balbutia-t-elle en le dévisageant d'un air hébété.
— Vous lui manquez, répéta-t-il avec un soupir. Elle ne tient pas en place depuis que vous êtes partie. Mère pense qu'elle fait ses premières dents.

Les scènes de désastre s'effacèrent. Molly n'avait pas été blessée. Elle n'avait pas été kidnappée. Une immense vague de soulagement déferla sur elle, et elle dut s'adosser au montant de la porte, car ses jambes ne la portaient plus.

— Est-ce pour cela que vous êtes venu jusqu'à San Antonio ? Pour m'annoncer que Molly fait ses premières dents ?
— Cela, et aussi le fait qu'elle a articulé son premier mot.

Et Grace avait manqué ces deux événements ! Cette idée lui fit l'effet d'un coup de poing en plein cœur.

— Puis-je entrer ? s'enquit Blake, parcourant du regard son confortable petit salon.

— Heu... oui, bien sûr.

Elle le précéda dans la pièce, consciente tout à coup de ses pieds nus, de son T-shirt découpé juste au-dessus de la taille, de son vieux jean transformé en short si court qu'il devait frôler l'indécence.

C'était une tenue confortable lorsqu'elle était seule chez elle, mais elle n'aurait jamais osé la porter lorsqu'elle travaillait pour Delilah — ou devant son fils. Elle surprit le regard de Blake qui remontait sans se presser sur ses jambes. Totalement déconcertée par la soudaine chaleur que cet examen attentif avait générée en elle, elle fit un effort pour se reprendre.

— Et quel a été le premier mot de Molly ? s'enquit-elle.

— Grace, répondit-il. Ou, plutôt, « Gace ».

— Vraiment ?

— Elle l'a même répété à plusieurs reprises.

Il attendit quelques secondes, mais elle était trop émue pour formuler une réponse cohérente.

— Nous avons besoin de vous, Grace.

— Et... qui est ce « nous » ? s'enquit-elle d'une voix faible.

— Nous tous. Mère, Julie et Alex. Et moi.

— Sont-ils déjà rentrés de lune de miel ?

— Ils sont arrivés hier soir.

— Et vous... souhaitez que je revienne pour reprendre mon poste de nounou auprès de Molly ?

— Non. Je veux que vous deveniez mon épouse.

193

4

Blake comprenait facilement la stupéfaction de Grace. Lui-même s'était répété durant tout le vol jusqu'à San Antonio qu'il était fou de proposer le mariage à une femme qui ne lui faisait pas suffisamment confiance pour être totalement sincère avec lui.

Et ce qui était plus fou encore, c'était qu'elle lui manque à ce point. Elle s'était introduite par la ruse dans la maison de sa mère et dans le cœur de Molly. Elle lui avait menti — à lui et à tous les autres —, du moins par omission. Pourtant, chaque heure de cette absence avait creusé un peu plus le vide qu'elle avait laissé derrière elle.

L'arrivée inattendue de Molly avait déjà mis sa vie tranquille et bien réglée sens dessus dessous. Cette jeune femme blonde aux yeux de biche avait fini de la désorganiser. Ce fut donc avec une joie sauvage qu'il vit ses propres sentiments chaotiques se refléter exactement dans son expression.

— Vous êtes fou ! Je ne peux pas vous épouser !
— Et pourquoi pas ?
— Parce que... parce que...

Elle s'étranglait d'émotion, et il espéra qu'elle allait enfin rendre les armes, se confier à lui, lui avouer toute la vérité. Mais elle n'en fit rien, et il s'efforça de ravaler sa déception.

— Nous devrions peut-être nous asseoir et discuter de tout cela, suggéra-t-il, dissimulant ses sentiments derrière un masque serein.

— Discuter ? répéta-t-elle, prise d'un fou rire hystérique.

C'est ma première proposition de mariage, et il veut que nous en discutions ? Bien entendu, maître, prenez un siège.

Il s'assit sur un sofa recouvert d'un plaid qui s'harmonisait merveilleusement avec les murs ocre et les gravures encadrées représentant des antiquités romaines. Alors qu'elle se laissait tomber dans le fauteuil en face de lui, il remarqua distinctement que la stupéfaction de Grace se muait en colère. Il lut les premiers signes de l'orage à venir dans ses yeux. Puis elle redressa les épaules sous son T-shirt ultracourt. Il avait toutes les peines du monde à ne pas fixer l'étendue de peau crémeuse sous l'ourlet du vêtement. Et ces jambes ! Bonté divine !

Il devait garder à l'esprit le motif de sa visite. Il devait approcher ce challenge de la même façon que n'importe quel autre. Avec sérénité et logique.

— J'ai eu le temps de réfléchir depuis votre départ, Grace. Vous vous occupez merveilleusement bien de Molly. Et c'est si vrai qu'elle et ma mère ont eu bien du mal à s'adapter à votre absence.

C'était aussi son cas à lui, en fait. Il lui avait été impossible de chasser cette femme de son esprit. Elle lui avait menti et avait refusé avec entêtement de lui accorder sa confiance. Et, néanmoins, il s'était surpris à lui trouver des excuses pour ces mensonges, et il était toujours plus déterminé à la convaincre de s'ouvrir à lui.

— Vous êtes également la plus proche parente de Molly du côté maternel, poursuivit-il.

En tout cas, jusqu'à preuve du contraire. Il avait la ferme intention de poursuivre ses investigations, de faire tout ce qui était en son pouvoir pour parvenir à la vérité.

— C'est un fait, convint-elle, visiblement à contrecœur. Les parents d'Anne sont décédés, et elle était leur seule enfant.

Il attendit, espérant qu'elle lui confierait d'autres détails de la vie de sa cousine. Il s'apercevait, à son grand chagrin, qu'il se souvenait à peine du visage d'Anne. Ils n'étaient restés ensemble que très peu de temps — en supposant que quelques rencontres furtives loin de leur lieu de travail puissent s'appeler « être ensemble ».

Les mâchoires serrées, il s'efforça d'évoquer son image. Elle était de cinq ou six centimètres plus petite que Grace, de cela il était sûr. Et ses yeux bruns étaient plus sombres que la douce teinte caramel des yeux de sa cousine. A part cela, elle n'était qu'un souvenir lointain, bien pâle par comparaison avec la jeune femme vibrante qu'il avait face à lui.

Déchiré entre culpabilité et regret, il entreprit d'exposer son argument suivant :

— Je sais que vous traversez quelques difficultés financières, à l'heure actuelle.

Elle se redressa brusquement sur son fauteuil pour le fusiller du regard.

— Comment le savez-vous ? Avez-vous demandé à Jamison d'enquêter sur mes finances ?

— En effet, répondit-il tranquillement. Et je devine que vous avez consacré toutes vos ressources à aider Anne et Molly, si bien que j'ai une dette envers vous, Grace.

— Suffisante pour m'épouser ? rétorqua-t-elle.

— Ce facteur fait partie de l'équation.

Il marqua une pause, conscient qu'il s'aventurait en terrain dangereux, avant de poursuivre :

— Il y a d'autres éléments à prendre en compte, bien sûr. Quelque chose ou quelqu'un a effrayé Anne au point de la pousser dans la clandestinité. Vous devez être aussi effrayée qu'elle, sinon vous ne seriez pas allée jusqu'à de telles extrémités pour la protéger.

Il venait de toucher un point sensible. Il le devina à sa façon soudaine d'éviter son regard, et il s'en voulut de ne pas avoir été là pour la défendre contre ce mystérieux danger. Et avec ce regret naquit une féroce détermination. Celle de la protéger dans l'avenir. Résistant à une furieuse envie de la forcer à lui révéler toute la vérité, il lui offrit non seulement son nom, mais les considérables ressources qu'il avait à sa disposition.

— Je prendrai soin de vous, promit-il, plongeant son regard tout au fond du sien. De vous et de Molly.

Elle était tentée de capituler. Il le lisait dans ses yeux. Il se félicita, enivré par sa victoire, par la satisfaction d'avoir gagné sa confiance et le besoin presque primitif de protéger la compagne qu'il s'était choisie.

Cette sauvage exultation fut pourtant de courte durée. Elle s'évapora lorsqu'il la vit secouer la tête.

— J'apprécie votre offre, Blake. Je l'apprécie infiniment, croyez-moi, mais je peux me débrouiller toute seule.

Jusqu'à cet instant précis, il ne s'était pas rendu compte à quel point il était déterminé à lui passer la bague au doigt. Son expression se durcit, et il décida de sortir son joker.

— Il reste un dernier détail à considérer, déclara-t-il. A ce stade, vous ne pouvez pas — ou ne désirez pas — faire valoir vos liens de parenté avec Molly. Ce détail pourrait affecter votre droit d'accès à l'enfant dans l'avenir.

Grace se figea.

— Que voulez-vous dire ? Comptez-vous m'interdire de voir Molly si je refuse de vous épouser ?

— En ce qui me concerne, non. Je vous rappelle simplement que vous n'avez légalement aucun droit, la concernant. Mère ne rajeunit pas. Et, si quelque chose nous arrivait, à Alex et à moi...

Il était un juriste trop habile pour se perdre dans les détails. Il se contenta de hausser les épaules et la laissa réfléchir toute seule à la situation.

Ce qu'elle fit Grace, et son indignation ne connut plus de bornes. Il l'avait piégée dans l'imbroglio de ses mensonges et demi-vérités. Si elle désirait revoir Molly — et ô combien elle le désirait ! —, elle devrait se plier aux règles du jeu.

Mais, un mariage ? Pouvait-elle lier son avenir à celui de Blake au nom de l'intérêt du bébé ?

— Et que faites-vous de l'amour, Blake ? Et du sexe ? De toutes les autres choses qui font un mariage ? N'avez-vous pas envie de tout cela ?

Il se leva d'un geste fluide. Elle se leva précipitamment à son tour.

— Et vous ? s'enquit-il.

— Bien sûr que j'en ai envie !

Pour la première fois, elle vit briller une étincelle d'humour dans son regard.

— Dans ce cas, je ne vois pas où est le problème. Le sexe entre nous est facilement envisageable. Quant à l'amour, il nous suffira d'y travailler.

Avec cette formidable présence si près d'elle, il lui était impossible de penser de façon cohérente. Son sang battait à ses oreilles et elle avait toutes les peines du monde à respirer. Peut-être fut-ce ce manque d'oxygène qui lui fit accepter sa stupéfiante proposition.

— Très bien, monsieur Dalton. Vous avez exposé très clairement vos arguments. Je désire faire partie de la vie de Molly. Je vous épouserai donc.

Elle s'attendait à ce que cette réponse provoque une réaction positive. Au moins un hochement de tête. N'était-ce pas ce qu'il souhaitait entendre ? N'était-ce pas dans ce but qu'il était venu jusqu'ici ? Pourquoi alors fronçait-il les sourcils ? Pourquoi la dévisageait-il comme s'il regrettait déjà sa proposition ?

Après tout, c'était son problème. Ils étaient allés trop loin pour reculer maintenant. Mais il lui restait un dernier défi à relever.

— J'y mettrai toutefois une condition, ajouta-t-elle.

— Laquelle ?

— Ce sera un mariage dans la plus grande discrétion. Aucune annonce officielle. Pas de grande cérémonie. Pas de réception somptueuse, pas de photos étalées dans la rubrique mondaine.

Elle se mit à déambuler dans la pièce, réfléchissant à toute allure. Elle avait couvert ses traces à Oklahoma City, elle en était sûre. Néanmoins, il était plus prudent de rester aussi près que possible de la vérité.

— Si quelqu'un vous pose la question, nous avons fait connaissance il y a plusieurs mois de cela. Nous sommes tombés amoureux, mais nous avions besoin de temps pour en être sûrs. Nous avons décidé que le moment était venu de nous engager lorsque vous m'avez rendu visite ce week-end. Nous avons trouvé un juge de paix et nous avons sauté le pas. Fin de l'histoire.

Elle se retourna face à lui, poings sur les hanches, attendant sa réponse. Or celle-ci fut longue à venir. Extrêmement longue.

— Alors ? insista-t-elle, refusant de se laisser déstabiliser par son silence. Affaire conclue, oui ou non ?

Il lui tendit sa main pour sceller leur accord, et elle comprit tout à coup ce à quoi ils s'engageaient. Si l'horrible expérience de sa cousine n'avait pas déjà dissipé toutes ses illusions de jeune fille au sujet de l'amour, cet arrangement froidement négocié l'aurait certainement fait.

Sauf que Blake ne prit pas la main qu'elle lui tendait. A sa grande surprise, il lui enlaça la taille et l'attira tout contre lui.

— Si nous devons poser devant les caméras comme des amoureux, nous devrions peut-être nous entraîner un peu.

— Non ! Pas de caméras, l'avez-vous oublié ? Pas de...

Elle n'eut pas le loisir de terminer sa phrase, car la bouche de Blake vint se poser sur la sienne, et ce baiser fut plus intense que la situation ne l'exigeait. Il était également tout ce qu'elle avait imaginé qu'il serait ! Son sang pétillait dans ses veines, et elle se laissa aller au plaisir infini de sentir son grand corps serré tout contre le sien. Elle oublia le temps.

Puis la réalité reprit ses droits. C'était le prix qu'elle payait pour tous les secrets qu'elle refusait encore de lui révéler. Un avant-goût de l'amour physique qu'il lui offrait avec tant de générosité. Elle se hérissa, bien décidée à se libérer de son étreinte, mais il prit les devants.

Il laissa retomber son bras et recula d'un pas.

La dureté de granit avait disparu de son visage, mais elle n'était pas certaine d'aimer davantage l'expression de dégoût de soi qui avait pris sa place.

— Je suis désolé.

— Vous devriez l'être, rétorqua-t-elle. M'attaquer physiquement ne faisait pas partie de notre accord.

— Vous avez raison. Je n'aurais pas dû faire cela.

Elle ne pouvait qu'être d'accord avec lui sur ce point. Mais, pour une raison qui lui échappait, ces excuses l'irritèrent davantage que son baiser.

— Allons-nous devoir négocier une nouvelle clause à notre contrat ? lui fit-elle remarquer d'un ton acide. Par exemple que les contacts physiques entre nous doivent faire l'objet d'un commun accord ?

— Clause acceptée, répondit-il en rougissant visiblement. A supposer, bien sûr, que vous approuviez toujours le reste du contrat.

— Et vous ?

— Je l'approuve.

— Dans ce cas, moi aussi.

— Parfait.

Il la détailla une nouvelle fois de la tête aux pieds, s'attardant sur ses jambes.

— Vous feriez peut-être mieux de vous changer.

— Pardon ?

— C'est vous qui avez écrit le scénario : je suis venu ici parce que vous me manquez, nous avons décidé que le moment était venu, nous avons trouvé un juge de paix et nous avons sauté le pas. Fin de l'histoire.

Elle tourna son regard incrédule vers la fenêtre. La pluie ruisselait toujours sur les vitres. Le tonnerre grondait dans le lointain.

— Vous désirez vous marier aujourd'hui ?

— Pourquoi pas ?

Une bonne centaine de raisons lui venaient immédiatement à l'esprit. L'une d'elles, et pas la moindre, était qu'elle ne s'était pas encore tout à fait remise de ce baiser.

— Et que faites-vous des tests sanguins ? protesta-t-elle. Ou de la période d'attente obligatoire de soixante-douze heures ?

— Le Texas n'exige pas de tests sanguins. J'ai vérifié.

Elle n'en doutait pas une seconde.

— Et l'on peut être dispensé de ces soixante-douze heures d'attente, si l'on connaît les gens qu'il faut, poursuivit-il.

Ce qui était bien entendu son cas. Elle aurait dû deviner qu'il avait prévu et prévenu tous les obstacles possibles avec son attention habituelle au détail.

— Nous obtiendrons notre licence de mariage au tribunal

du comté de Bexar. Le juge est un vieux copain de mon père. Je l'appellerai pour lui demander s'il est disponible pour célébrer la cérémonie.

Il sortit son téléphone portable de sa poche, avant d'ajouter :

— Prenez toutes les affaires dont vous aurez besoin pour retourner à Oklahoma City. Nous contacterons une société de déménagement pour emporter le reste.

La vitesse à laquelle il mettait son plan à exécution et sa préparation méticuleuse lui coupèrent le souffle.

— Etiez-vous donc à ce point sûr de moi ? observa-t-elle, totalement déstabilisée.

Blake, qui consultait le répertoire de son téléphone, releva les yeux un instant.

— J'étais sûr que vous aimiez Molly.

Ils se mirent en route vers le palais de justice du comté un peu moins de trois heures plus tard. Blake conduisait la luxueuse Lincoln que sa très efficace équipe avait louée pour lui. Les yeux fixés sur la vitre ruisselante de pluie, Grace luttait contre un sentiment d'irréalité qui s'aggravait de minute en minute.

Comme toutes les petites filles, elle avait passé, avec sa cousine, des heures et des heures, drapée dans une nappe de dentelle blanche, à jouer à la mariée. Lorsqu'elles dormaient l'une chez l'autre, elles avaient partagé des fous rires en imaginant toutes les variations possibles du jour de leur mariage, de l'église parfumée par des montagnes de fleurs et des bougies aux senteurs délicates, avec une mariée rayonnante, vêtue de blanc, à des versions plus modestes, plus intimes. Dans ces cas-là, il n'y avait plus qu'elle, sa cousine en demoiselle d'honneur, un séduisant marié et le pasteur, sous la coupole d'un belvédère de jardin. A l'occasion elle avait même joué avec l'idée d'un sosie d'Elvis l'accompagnant jusqu'à l'autel, dans l'une de ces petites chapelles de Las Vegas. Cette version express manquait cependant de romantisme, et elle n'avait jamais eu ses faveurs.

La réalité de ce qu'ils étaient en train de faire l'assaillit avec force alors qu'ils traversaient la place balayée par la pluie pour entrer dans le palais de justice du comté de Bexar. Le bâtiment était classé monument historique national. Malheureusement, sous les nuages noirs qui encombraient le ciel et sous la pluie battante, ses tourelles de grès avaient pris la couleur des murs d'une prison. Le vieil édifice paraissait grisâtre et vaguement menaçant.

Ils gravirent ensemble les marches de granit. Sur la fenêtre de verre dépoli du bureau du greffier, un écriteau invitait le public à entrer sans frapper, mais l'employé renfrogné derrière son comptoir ne manifesta pas beaucoup d'intérêt quand ils lui firent leur demande. Il bâilla à s'en décrocher la mâchoire pendant que les futurs mariés remplissaient leur formulaire. Cinq minutes et trente-cinq dollars plus tard, ils entraient dans le cabinet du juge Victor Honeywell. L'assistante du juge, elle, parut plus sensible à la portée de leur démarche.

La dame souriante se leva et fit rapidement le tour de sa table de travail pour venir leur serrer la main.

— Je ne me souviens plus de la dernière fois où nous avons eu le plaisir de célébrer un mariage coup de cœur. De nos jours, les jeunes mariées semblent avoir besoin de toute une année rien que pour choisir leur robe.

Tout le contraire de Grace, qui avait troqué son short contre une robe de plage de cotonnade blanche achetée en soldes quelques semaines plus tôt.

Blake, lui, était venu préparé pour n'importe quelle éventualité, y compris un mariage. Pendant qu'elle faisait ses bagages, il était allé récupérer une housse contenant un complet dans le coffre de la Lincoln. Ses larges épaules étaient à présent moulées dans un somptueux complet sombre de laine peignée, agrémenté d'une cravate de soie italienne qui avait dû coûter davantage que ce que Grace gagnait en une semaine. Le regard de l'assistante du juge s'attarda un moment sur ces larges épaules et sur la luxueuse cravate avant de se tourner enfin vers la future épouse.

— Ceci vient d'arriver pour vous.

Elle disparut derrière un comptoir et se redressa presque

aussitôt, tenant une cascade de roses blanches enveloppée de Cellophane.

— Oh ! merci ! balbutia Grace, la gorge serrée par l'émotion.

— De rien, répondit la matrone, souriant toujours. Et ceci est pour vous, monsieur.

Elle épingla une rose blanche au revers de la veste de Blake, et son sourire s'élargit.

— Voilà. A présent, je vais vous emmener voir le juge Honeywell.

Elle les introduisit dans le cabinet du magistrat, tout en lambris de chêne et en draperies damassées. Le drapeau des Etats-Unis et celui de l'Etat du Texas flanquaient une immense table de travail. Une paire de gigantesques cornes de bœuf Longhorn texan occupait plus de deux mètres sur le mur devant lequel se tenait le juge.

— Voici Mlle Templeton et M. Dalton, monsieur Honeywell.

L'homme assis sur ce qui ressemblait à un trône de cuir se leva d'un bond pour faire le tour de sa table de travail. Sa robe noire voletait derrière lui, révélant une paire de bottes de cow-boy richement ouvragées. Il mesurait près d'un mètre quatre-vingt-dix et arborait une grande moustache qui le faisait ressembler aux hors-la-loi d'autrefois.

— Ah ça, par exemple ! s'exclama-t-il d'une voix tonnante. Alors, c'est vous, le garçon de Big Jake Dalton ?

— L'un des deux, convint Blake en souriant.

— Vous a-t-il raconté comment nous avions mis tout un saloon sens dessus dessous, lui et moi, du côté de Nogales ?

— Non. Il aura oublié de le mentionner.

— Tant mieux. Certaines histoires gagnent à être oubliées.

Honeywell tourna son regard un peu myope vers Grace avant d'ajouter :

— Je vous mettrais bien en garde contre l'idée d'épouser l'un des fils de Big Jake, mais il faut avouer que leur maman est la plus jolie femme du pays. Et, puisque nous parlons de Delilah, compte-t-elle venir assister à la cérémonie ?

— Non, malheureusement, mais mon frère sera là.

C'était la première fois que Grace entendait mentionner

ce détail. Elle se tourna vers Blake d'un air surpris, alors qu'il poursuivait :

— Alex sera ici d'une minute à l'autre. Il s'apprêtait à atterrir lorsque nous avons quitté l'appartement. D'ailleurs...

Il tendit l'oreille, et l'imitant elle perçut un bruit de pas dans le couloir dallé. Un instant plus tard, l'assistante du juge réapparut dans le bureau, suivie d'un autre couple. L'homme de haute taille, aux cheveux fauves, ressemblait trait pour trait à Blake. A la vue de la femme aux cheveux de cuivre qui l'accompagnait, Grace ne put retenir une exclamation de joie.

— Julie !

Elle se précipitait déjà vers la femme qui était devenue une véritable amie pour elle durant son séjour à Oklahoma City, lorsqu'un pincement de culpabilité l'obligea à s'arrêter net.

Elle n'avait pas menti à Julie ou aux Dalton, mais elle ne leur avait pas non plus dit toute la vérité. Alex et sa nouvelle épouse devaient être au courant de ses dissimulations, désormais, et ils étaient probablement en colère contre elle.

Mais ce qu'elle lisait dans les yeux vairons de son amie, ce n'était pas de la colère, plutôt du regret et de l'exaspération.

— Grace ! s'exclama Julie, contournant Blake pour la serrer très fort dans ses bras. Petite idiote ! Tu n'avais pas à traverser ces épreuves toute seule. Tu aurais pu tout me raconter. J'aurais gardé ton secret !

— Ce secret n'était pas le mien, répondit Grace en réprimant un sanglot. Je n'avais pas le droit de le partager.

Lorsqu'elle tourna son regard vers le frère de Blake, elle constata que celui-ci en revanche n'était pas disposé à lui pardonner aussi facilement que son épouse. Elle ne pouvait pas lui en vouloir, bien sûr. Elle l'avait observé en compagnie de Molly, au cours de ces derniers mois, et elle savait qu'il aimait le bébé autant que Blake. La brutale transition de papa probable à simple tonton avait dû représenter un choc pour lui. Et elle n'avait à lui offrir que ses plus plates excuses.

— Je suis vraiment désolée, Alex. J'ignorais lequel de vous deux était le papa de Molly. Lorsque j'ai été certaine que c'était Blake, Julie et vous étiez déjà... euh... concentrés sur un autre problème.

— C'est une façon de décrire l'enfer que cette femme m'a fait vivre, répondit-il en se détendant visiblement.

Il demeura silencieux un instant, scrutant son visage, et Grace se prépara au pire. Mais, dans les paroles qu'il prononça ensuite, il n'y avait plus aucune trace d'animosité :

— Tout le monde vous dira — moi y compris — que, de nous deux, Blake est le plus gentil. Mais, lorsqu'il prend une décision, il peut se montrer aussi impitoyable que moi, et aussi entêté que notre mère. Blake nous a convaincus que ce mariage est ce qu'il désire. Etes-vous certaine que c'est ce que vous désirez, vous aussi ?

Les doigts de Grace se crispèrent sur les tiges des roses. Leur senteur de velours blanc l'enveloppa alors qu'elle se tournait vers son futur mari. Blake semblait détendu et parfaitement à l'aise, mais ses yeux bleus étaient rivés sur les siens.

— Oui, répondit-elle, après la plus brève des hésitations. J'en suis certaine.

Etait-ce de la satisfaction qu'elle venait de lire sur son visage ? Du soulagement, ou un bref accès de panique ? Elle s'efforçait encore de répondre à ces questions lorsque le juge reprit la parole :

— Très bien, jeunes gens. Approchez-vous un peu afin que nous puissions unir ces tourtereaux.

Blake lui tendit la main. Elle posa alors sa paume sur la sienne, espérant qu'il ne sentait pas les battements précipités de son cœur, puis ils firent face au juge, et elle se rappela que, si elle faisait ceci, c'était uniquement pour Molly.

Enfin, presque uniquement.

5

Ce qu'elle vivait n'était pas un rêve, mais la réalité. Grace était tentée de se pincer pour se prouver qu'elle était bien réveillée tandis que Blake glissait l'anneau incrusté de diamants à son annulaire. Dans un état de semi-stupeur, elle entendit le juge prononcer les paroles qu'elle devait répéter :

— Avec cet anneau... je te prends pour époux.

Les diamants scintillèrent sous les lustres, comme des étincelles multicolores dansant dans la lumière. Grace n'avait pas la moindre idée de leur poids en carats. Quatre ? Cinq ? Et elle n'avait même pas les moyens de lui offrir en retour ne serait-ce qu'un simple anneau.

— Par les pouvoirs qui me sont conférés par l'Etat du Texas, conclut le juge Honeywell, je vous déclare maintenant unis par les liens du mariage.

Il attendit une seconde, avant d'ajouter :

— Allez-y, Dalton. Vous pouvez embrasser votre épouse.

Pour la seconde fois de l'après-midi, Blake lui enlaça la taille. Elle sentit son pouls s'accélérer et un frisson lui parcourut le dos. Appréhension ? Anticipation ?

Elle avait répondu à cette question avant même qu'il ne se penche vers elle. Tout son corps tremblait d'anticipation. D'autant que cette fois-ci il se montra merveilleusement doux. Trop doux ! Elle brûlait de se laisser aller contre lui, mais l'accord qu'ils avaient conclu la fit se raidir. Leur mariage était avant tout un contrat d'affaires, un partenariat légal dont Molly était le centre. Grace accepterait peut-être un jour l'offre de relations sexuelles que Blake lui avait faite avec tant de décontraction, mais elle ferait bien de contrôler soigneusement les élans de son cœur.

Cette décision fermement ancrée dans son esprit, elle accepta les félicitations du juge Honeywell, une nouvelle féroce étreinte de Julie et le baiser sur la joue de son nouveau beau-frère. Blake plongea alors la main dans la poche de sa veste et en sortit une enveloppe.

— Mère désirait assister à la cérémonie, mais Molly fait ses premières dents, et elle était de trop mauvaise humeur pour voyager. Alors, elle a envoyé ceci.

Grace prit l'enveloppe d'une main qui tremblait un peu. A l'intérieur, elle découvrit une feuille de luxueux papier monogrammé aux initiales de Delilah. Avant de la déplier, elle se tourna vers Blake d'un air interrogateur auquel il répondit par un haussement d'épaules presque imperceptible, indiquant qu'il était aussi surpris qu'elle. Dominant sa nervosité, elle entreprit alors de lire les quelques lignes tracées d'une écriture nerveuse et presque indéchiffrable :

« Je ne prétendrai pas que la façon dont vous avez décidé de faire les choses me ravit. Nous en reparlerons à votre retour de France. Le jet privé de Dalton International *vous emmènera à Marseille. Contactez Mme Leblanc à votre arrivée. Blake a son numéro. Julie, Alex et moi, nous nous occuperons de Molly. »*

Durant un bref instant vibrant de tension, Grace crut que Delilah l'expédiait à l'étranger pour avoir Blake tout à elle et le ramener à la raison, mais le sens des dernières lignes s'imposa bientôt dans son esprit. Julie, Alex et Delilah allaient s'occuper de Molly. Elle partait en lune de miel vers la France, en compagnie de son mari.

Sans un mot, elle tendit la lettre à Blake, qui la parcourut rapidement avant de relever les yeux vers son frère jumeau.

— Etais-tu au courant de tout cela ?
— Je me suis douté que quelque chose se préparait lorsque

mère m'a demandé de convoyer le Gulfstream jusqu'à San Antonio. Où s'apprête-t-elle à vous envoyer ?

— Dans le midi de la France.

— N'espère aucune sympathie de ma part, mon vieux, observa Alex avec un sourire moqueur. Grâce à elle, Julie et moi, nous avons passé notre nuit de noces en route vers la Toscane. Heureusement que nous sommes tous deux des pilotes expérimentés et que nous savons surmonter le décalage horaire.

Il fit un clin d'œil à son épouse, avant de se retourner vers Grace.

— J'espère que vous possédez un passeport ?

— Oui, mais...

Mais quoi ? Elle avait décidé en un instant de chambouler sa vie en acceptant d'épouser Blake. Pourquoi ne pas couronner ce mariage fictif avec une fausse lune de miel ?

— Mais Blake n'a probablement pas emporté le sien, termina-t-elle d'un ton piteux.

— C'est vrai, intervint Julie en farfouillant dans son sac. Mais moi, j'y ai pensé.

Blake se saisit du passeport qu'elle lui tendait. Il effleura les lettres dorées de la couverture un instant, puis il haussa les épaules.

— Grace a déjà fait ses bagages. Quant à moi, je me procurerai tout ce dont j'aurai besoin lorsque nous serons en France.

Ils se firent leurs adieux à l'aéroport puis, tandis qu'Alex et Julie montaient à bord du petit avion que Blake avait piloté pour venir à San Antonio, Blake et Grace traversèrent le tarmac en direction du gros biréacteur Gulfstream.

Le commandant qui les accueillit au pied de la passerelle tint à offrir personnellement ses vœux à la mariée.

— Euh... merci, répondit-elle, visiblement surprise de s'entendre appeler par son nouveau nom.

— Je crois comprendre, Joe, que vous venez à peine de rentrer de Toscane, intervint Blake. Je suis désolé que vous soyez obligé d'enchaîner sur un autre vol.

— Pas de problème. Alex et Julie ont pris les commandes

durant presque tout le vol du retour, donc l'équipage est en pleine forme. Nous sommes parés pour le décollage. Nous ferons escale à New York pour le plein de kérosène et, à peine sept heures plus tard, vous vous dorerez sous le soleil de la Méditerranée.

Blake effectua un rapide calcul mental. Trois heures jusqu'à New York. Sept heures pour traverser l'Atlantique. Une autre heure pour contacter Mme Leblanc et rejoindre la villa que Dalton International possédait en Provence. Huit heures de décalage horaire.

Il était un habitué des vols transatlantiques, mais il soupçonnait que Grace serait épuisée lorsqu'ils arriveraient à leur destination. Tant mieux. Elle pourrait mettre à profit ces quelques prochains jours pour s'habituer à l'idée du mariage.

Et lui aussi, d'ailleurs. Il avait longuement pesé le pour et le contre avant de se mettre aux commandes de l'avion qui l'emmènerait à San Antonio. Puis Grace lui avait ouvert la porte dans ce jean coupé ultra court, et il avait failli tout oublier. Il comprenait seulement maintenant que le désir qu'elle faisait flamber en lui le torturait presque autant que son refus de se confier totalement à lui. Réprimant un soupir, il posa la main au creux de son dos pour la guider vers la passerelle.

C'était une bien curieuse fondation sur laquelle construire un mariage.

Un steward philippin dans une impeccable veste blanche les accueillit à la porte de la cabine en souriant.

— Bienvenue à bord, monsieur Blake. Je n'aurais jamais cru que votre frère et vous partiriez en lune de miel pratiquement le même mois.

— J'en suis aussi étonné que vous, Eualdo. Voici mon épouse, Grace.

— Je suis honoré de faire votre connaissance, madame, dit le steward en s'inclinant respectueusement.

— Merci.

— Si vous voulez bien me suivre, je vais vous montrer vos places.

Blake avait passé de si nombreuses heures à bord du Gulfstream qu'il le considérait depuis longtemps comme une nécessité plutôt que comme un luxe. L'expression de Grace en découvrant l'intérieur de la cabine vint lui rappeler que tout le monde ne voyait pas les choses de la même façon.

L'avion était doté d'un équipement standard pour ce type d'appareil : sièges confortables à haut dossier, espaces de travail généreux, cuisine de bord et espace de repos. Lors des voyages personnels ou, comme aujourd'hui, pour un voyage d'agrément, les espaces de travail étaient rassemblés afin de former une élégante petite salle à manger. Les sièges repositionnés construisaient un salon confortable.

— Bonté divine ! murmura-t-elle en parcourant les surfaces de teck luisant et de cuir gris tourterelle. J'espère que Dalton International ne paie pas la facture de tout cela.

— Tu es mariée à son directeur financier, répliqua-t-il d'un ton uni. Tu peux compter sur moi pour séparer soigneusement nos dépenses personnelles des comptes de la société.

Il la vit rougir, sans trop savoir si c'était à cause de l'allusion à leur récente union ou à son reproche à peine voilé de manquer de confiance en lui.

Elle rougit davantage encore en passant devant la porte ouverte de l'espace de repos. Un simple coup d'œil à l'intérieur permettait de constater que les lits jumeaux avaient été repositionnés pour former un lit deux places. Rien n'y manquait pour le confort d'un couple : oreillers moelleux, draps de satin et couette de duvet brodée en fil d'or au logo de Dalton International. Elle ne doutait pas un instant qu'Alex et Julie avaient fait bon usage de ces draps lorsqu'ils n'étaient pas dans le cockpit.

Couple différent, circonstances complètement différentes. Blake et son épouse ne partageraient pas ce grand lit. La réalité de cette situation ne lui interdisait cependant pas de rêver. L'image de Grace allongée sur les draps de satin, ses bras languissamment levés au-dessus de sa tête, les pointes de ses seins nus durcies par ses baisers, surgit soudain dans son esprit, et il réprima un juron.

— J'ai une bouteille de champagne sur la glace, monsieur Blake.

Refoulant précipitamment sa vision érotique, il se concentra sur le visage ridé d'Eualdo.

— Aimeriez-vous que je vous verse deux coupes, ou préférez-vous attendre jusqu'après le décollage ?

Un simple coup d'œil en direction de son épouse suffit à lui fournir quelle réponse donner à cette question. Grace avait l'air paniqué d'une personne en train de se demander dans quel guêpier elle était allée se fourrer. Elle avait clairement besoin de boire un verre ou deux pour se détendre. Et lui aussi, d'ailleurs. Ce vol allait lui sembler très long.

De fait, il s'avéra encore plus long qu'il ne l'avait anticipé. Ils venaient de se poser sur un aérodrome privé près de New York pour refaire le plein de carburant lorsqu'une brume épaisse venue de l'Atlantique réduisit la visibilité presque à zéro, retardant leur départ de plus de deux heures.

Lorsqu'ils atteignirent enfin leur altitude de croisière et qu'Eualdo put servir le dîner, Grace tombait de fatigue. Le pigeonneau rôti au miel sur lit de riz sauvage, accompagné d'une bouteille de riesling frappé, lui rendit suffisamment d'énergie pour tenir jusqu'au dessert. Mais, lorsque la nuit tomba d'un seul coup à l'extérieur des hublots, elle cessa définitivement de lutter.

— Je suis désolée, s'excusa-t-elle en portant une main à son front d'un geste las. Je n'aurais pas dû boire ce riesling après le champagne. Mes yeux se ferment malgré moi.

— La journée a été longue. Pourquoi ne vas-tu pas t'allonger ?

Elle jeta un rapide coup d'œil en direction de l'arrière de la cabine, puis revint vers son visage.

— Et toi ? Tu n'es pas fatigué ?

— Un peu, reconnut-il, rassemblant toutes ses réserves de volonté pour lui offrir un nouveau sourire. Mais Eualdo a l'habitude de me voir travailler durant mes traversées de l'Atlantique.

— Même durant ton voyage de noces ?

— Eualdo travaille pour Dalton International depuis plus

de dix ans, répondit-il d'un ton serein. Tu n'as pas à t'inquiéter de ce qu'il en pensera.

Elle baissa les yeux, effleurant l'anneau à son doigt d'un geste absent, et il insista d'une voix douce :

— Va dormir, Grace.

Elle acquiesça et déboucla la ceinture de son siège. Blake la suivit d'un regard pensif tandis qu'elle gagnait l'arrière de la cabine. Lorsqu'elle eut disparu à l'intérieur de l'espace de repos, il avala le fond de son verre de riesling et inclina son siège en arrière.

En se glissant entre les draps de satin, une quinzaine de minutes plus tard, Grace devait convenir qu'en matière de nuit de noces elle aurait pu connaître pire. Le professeur de sciences sociales qu'elle était avait lu suffisamment d'ouvrages d'histoire pour frissonner à la description des rites barbares pratiqués autrefois de par le monde.

En contraste, cette nuit représentait le sommet du confort et du luxe. Elle traversait l'océan à bord d'un jet privé, allongée entre des draps d'une douceur merveilleuse, tandis que des millions d'étoiles scintillaient derrière les hublots. Un seul élément manquait pour que cette scène soit parfaite : un mari.

Elle se revit en train de jouer à la mariée avec sa cousine lorsqu'elles étaient petites filles. Le mariage de Hope ne lui avait apporté que terreur et souffrance. Quant au sien…

Irritée par cet accès d'apitoiement sur elle-même, elle se retourna dans le lit pour marteler l'oreiller du poing. Elle s'était placée elle-même dans cette situation. Elle en assumerait toutes les conséquences.

Tout serait plus facile si elle n'était pas si douloureusement tentée de retourner en cabine et de rouvrir les négociations avec Blake. Comme il l'avait suggéré sans détours, une relation physique entre eux était envisageable. Plus qu'envisageable, même. La seule pensée de son corps dur d'athlète allongé à ses côtés, de ses mains sur ses seins, de sa bouche brûlante sur la sienne allumait un incendie au plus profond d'elle-même, accélérant sa respiration.

C'était stupide ! Blake était là, assis à seulement quelques mètres d'elle. Il suffirait de lui faire un signe, et il viendrait la rejoindre.

Une relation sexuelle pourrait leur suffire pour le moment. Ils pourraient se passer des rires partagés, des sourires intimes, des petites plaisanteries qu'échangeaient les jeunes mariés et qu'ils ajoutaient à leur réserve de souvenirs.

Alors, pourquoi ne pas se glisser hors de ce lit et accomplir les deux petits pas jusqu'à la porte ? Pourquoi ne pas lui donner le signal ? Après tout, ils étaient mariés, non ?

Elle repoussa le drap, commença à se lever et se figea. Le problème, c'était qu'elle désirait ces sourires partagés et ces plaisanteries intimes. Elle avait besoin de davantage qu'une simple relation physique.

Découragée, elle se laissa retomber sur l'oreiller, qu'elle martela de nouveau de ses poings. Elle était une sorte de personnage du passé. Un anachronisme. Et elle se sentait totalement frustrée.

Elle ne se souvenait pas de s'être assoupie, mais le vin et le champagne avaient probablement fini par avoir raison de sa résistance. Quelques coups frappés à sa porte la tirèrent d'un profond sommeil. Clignant des yeux dans le brillant soleil qui pénétrait à flots par les hublots, elle consulta sa montre, et constata qu'il était à peine minuit passé au Texas. Etouffant un gémissement, elle s'apprêtait à se rendormir lorsqu'on frappa de nouveau.

— C'est Eualdo, madame Dalton. M. Dalton m'envoie vous avertir que nous allons atterrir dans un peu plus d'une heure.

— D'accord. Merci.

— Lorsque vous serez prête, je servirai le petit déjeuner dans la cabine principale.

Elle émergea de ses quartiers quelques instants plus tard, douchée et vêtue d'un pantalon blanc accompagné d'un petit haut de coton vaporeux, imprimé de fleurs aux couleurs éclatantes et qui découvrait largement l'une de ses épaules. Un volumineux bracelet ivoire ajoutait une touche de panache à sa tenue. Elle devinait qu'elle allait avoir besoin de tous ses moyens pour affronter son nouveau mari après cette étrange nuit de noces.

Blake déboucla sa ceinture et se leva en la voyant approcher. A part sa cravate, qui avait disparu, et son col de chemise déboutonné, il n'avait pas du tout l'air d'un homme qui n'a pas fermé l'œil de la nuit. Ce fut seulement en s'approchant qu'elle remarqua l'ombre de barbe dorée sur ses joues et son menton.

— Bonjour.
— Bonjour, répondit-il en souriant. Tu as bien dormi ?
— Oui, je te remercie. N'est-ce pas étrange ? Et toi ?
— J'ai seulement besoin de prendre une douche et de me raser, et je serai comme neuf. Eualdo vient de préparer du café. Je te rejoindrai pour le petit déjeuner sitôt sorti de ma douche.

Il hésita une seconde, une lueur mélancolique au fond de son regard, puis lui effleura la joue d'une caresse.

— Nous trouverons une solution, Grace. Nous avons seulement besoin d'un peu de temps.

Un peu de temps... Le Gulfstream effectuait un long virage au-dessus de la mer turquoise, se préparant à atterrir sur l'aéroport de Marseille. Malgré son état d'agitation, le magnifique paysage méditerranéen la charma.

Grace avait lu quelques récits de voyages en Provence, vu quelques documentaires sur la région, mais rien de tout cela ne l'avait préparée à ce ciel d'un bleu infini, à l'éclat brillant du soleil, à la douceur embaumée de l'air. Sa main en visière au-dessus des yeux, elle s'arrêta un instant au sommet de la passerelle pour emplir ses poumons de l'air salé de la Méditerranée.

Un chauffeur les attendait à la sortie du petit terminal des vols privés, près d'une décapotable de sport rouge vif. L'homme rangea leurs bagages dans le coffre avant d'adresser une question en français à Blake, qui sourit et lui répondit dans la même langue :

— *Oui.*
— *Très bien, alors. Bon voyage, monsieur.*

Elle le considéra d'un air surpris alors qu'il se glissait derrière le volant.

— Tu parles français ?
— Cécile prétend que je le massacre.

Elle commençait à comprendre. Cécile était la propriétaire du restaurant où Julie et Alex avaient organisé la répétition de leur dîner de mariage, autrement dit la ravissante chef aux longues jambes qui avait embrassé Blake avec tant d'exubérance. A ce moment-là, cette manifestation toute latine d'amitié ne l'avait pas gênée. Enfin, pas trop. Mais c'était bien le cas aujourd'hui. Elle fit un effort pour refouler ce souvenir et s'installa sur le siège passager de la décapotable.

Blake fit rugir le moteur. Alors qu'il se protégeait les yeux derrière des lunettes d'aviateur, elle se tourna vers lui.

— Par simple curiosité, où allons-nous ?
— Saint-Rémy-de Provence. C'est une petite ville à une heure de route au nord d'ici.

L'ombre d'un sourire étira ses lèvres, et il ajouta :

— Mère, qui s'y était rendue pour acheter des antiquités, s'est retrouvée bloquée là-bas par une grève des transports. Elle a profité de ce temps mort pour acheter une villa en ruine, la faire entièrement restaurer et la transformer en lieu de vacances pour les employés les plus méritants de Dalton International et leurs familles.

Elle ne put s'empêcher de sourire à son tour. Voilà qui ressemblait bien à sa patronne. Enfin, à sa belle-mère. Une énergie et une détermination sans bornes.

— Mais, ajouta Blake, Mme Leblanc m'assure que nous aurons la maison pour nous tout seuls durant les deux semaines à venir.

Le cœur de Grace s'était mis à battre la chamade. Elle avait passé toute la nuit précédente à lutter contre un mélange explosif de désir et de besoin. Comment survivrait-elle à deux semaines entières, seule avec Blake, sous le soleil brûlant de la Provence, deux semaines de nuits avec les millions d'étoiles pour seuls témoins ?

Tout à coup, elle se sentait faible.

6

Une heure plus tard, Blake quittait l'autoroute pour s'engager sur une petite route sinueuse à l'ombre de grands platanes dont les frondaisons se rejoignaient pour former un tunnel de verdure sur des kilomètres. Les crêtes rocheuses des Alpilles jaillissaient dans le ciel bleu sur la gauche de la route, tandis que, sur la droite, des vignes inondées de soleil et des oliveraies défilaient entre les troncs pâles des platanes.

Si la campagne précédant Saint-Rémy l'avait éblouie, la ville elle-même acheva de la charmer. De somptueux hôtels particuliers du XVIIIe siècle étaient alignés le long de l'artère principale qui faisait le tour de la petite ville. Des fontaines ornées de dauphins ou de déesses porteuses d'eau apportaient une touche de fraîcheur à l'ombre des grands arbres. Dans les étroites ruelles du centre réservé aux piétons, elle entrevit de nombreuses boutiques et des restaurants aux terrasses accueillantes, où les passants pouvaient s'attarder pour boire un café.

— Nous déjeunerons en ville, promit Blake, en remarquant la direction de son regard.

— Ce serait merveilleux.

Elle observa son nouveau mari qui conduisait la voiture avec aisance malgré le flot de la circulation, et décida qu'il s'harmonisait parfaitement avec le cadre d'élégante sophistication qui les entourait. Le col ouvert de sa chemise sur mesure découvrait la colonne hâlée de son cou vigoureux, la coûteuse montre à son poignet étincelait dans un rayon de soleil qui transformait la légère toison recouvrant son avant-bras en fils d'or.

— Mme Leblanc doit nous retrouver à la villa, connue officiellement sous le nom d'« Hôtel des Ormes », mais autrefois baptisée « Hôtel St-Jacques ». On raconte que son premier propriétaire aurait inventé, ou tout du moins amélioré, la recette des fameuses coquilles du même nom. Tu constateras toi-même que le chef actuel suit la tradition de son prédécesseur. Les coquilles Saint-Jacques au gratin d'Auguste te donneront l'impression d'entendre des chœurs célestes.

Ils arrivaient devant de hautes grilles en fer forgé qui avaient été ouvertes en prévision de leur arrivée. A l'intérieur, Grace comprit instantanément l'origine du nouveau nom de l'hôtel particulier en voyant les ormes majestueux, plus que séculaires, qui formaient une arche élégante au-dessus d'une route pavée serpentant à travers de magnifiques jardins. Au centre trônait une fontaine monumentale surmontée de chevaux de bronze.

Et, dominant de sa noble façade la fontaine ruisselante de gouttelettes argentées, l'hôtel particulier de pierres grises patinées par le temps était une pure merveille architecturale. Sa partie centrale comportait deux étages et était flanquée de deux ailes un peu plus basses. Des glycines couvraient partiellement la pierre, adoucissant la sévérité de l'ensemble. Grace respira avec délices la senteur vanillée des grappes de fleurs mauves alors que Blake arrêtait la voiture.

La porte principale s'ouvrit avant qu'il ait eu le temps de couper le moteur. La femme qui apparut sur le seuil répondait parfaitement à l'idée que Grace se faisait d'une femme française d'âge mûr — mince, charmante, incroyablement chic dans un pantalon noir et soyeux et une légère blouse en lin.

— *Bienvenue à Saint-Rémy, monsieur Dalton.*
— Je suis content d'être de retour, répondit Blake en anglais.

Après les embrassades de rigueur dans ce pays, il procéda aux présentations. Grace commençait probablement à s'habituer à ce qu'il la présente comme son épouse, car elle n'éprouva qu'un léger embarras lorsque Mme Leblanc lui saisit les mains d'un geste chaleureux pour lui souhaiter la bienvenue.

— Je suis ravie de faire enfin votre connaissance, déclara-t-elle avec un sourire de connivence. Delilah désespérait depuis longtemps de voir ses très séduisants fils convenablement mariés. Elle doit être aux anges en constatant que c'est chose faite à moins d'un mois d'intervalle. *Quelle extraordinaire aventure romantique !*

— Eh bien...

Blake vint à sa rescousse, lui enlaçant la taille.

— *Très romantique*, répondit-il à sa place.

Cette réponse vague était ce qu'on pouvait attendre d'un jeune couple en lune de miel. Mme Leblanc poussa un soupir d'approbation attendrie et lui tendit un trousseau de clés.

— Selon vos instructions, le personnel de service ne reprendra ses fonctions que demain, mais Auguste vous a préparé quelques plats que vous pourrez faire réchauffer au besoin. La femme de chambre vous a préparé la suite verte, au premier étage, et elle est rentrée chez elle. Vous ne serez pas dérangés.

— *Merci.*

Si les jardins de la villa et son exquise façade classique évoquaient des visions d'aristocrates en bas de soie et en perruques poudrées, l'intérieur avait visiblement été remodelé pour des visiteurs du XXIe siècle. L'ascenseur de verre et de cuivre discrètement niché derrière des palmiers en pot faisait partie de ces adaptations à la modernité.

Pendant que Grace promenait un regard curieux autour d'elle, Blake alla chercher leurs bagages et les déposa sur le sol dallé de marbre du vestibule.

— Veux-tu que je te fasse faire le tour du propriétaire tout de suite, ou préfères-tu te reposer d'abord un peu ?

— La visite d'abord, s'il te plaît ! A moins... Je suis désolée, ajouta-t-elle après une courte pause. J'ai un peu dormi dans l'avion, mais toi, tu n'as pas fermé l'œil. Tu dois être épuisé.

Elle surprit un changement dans son expression, si subtil et si bref qu'elle n'eut pas le temps de l'interpréter avant qu'il disparaisse.

— Je suis votre dévoué serviteur, madame, déclara-t-il en désignant cérémonieusement le couloir. Par ici, s'il vous plaît. Je vais vous faire visiter les lieux.

Grace perdit bientôt le compte des pièces du rez-de-chaussée. Il y avait le petit salon, le grand salon, le salon de musique, le salon de jeux, la bibliothèque et une exquise salle de bal toute scintillante de glaces. Outre cela, les pièces du rez-de-chaussée incluaient quelques salles à manger, allant de l'intime à la salle de banquets, sans oublier les cuisines et une pièce de toilette pour les dames. Chaque pièce mariait meubles anciens et équipements ultramodernes, habilement intégrés en un ensemble élégant et accueillant tout à la fois. Même les lavabos de porcelaine peinte de la salle de bains évoquaient le style classique du XVIIIe siècle. La cuisine, avec ses casseroles de cuivre et son odeur d'épices, aurait fait les délices d'un chef de n'importe quelle époque.

Le poolhouse, avec ses colonnes de marbre blanc et sa pergola entourée de bougainvillées, était un rêve de Grèce antique devenu réalité. L'eau turquoise toute scintillante lui donna envie de se débarrasser immédiatement de ses vêtements pour y faire un plongeon, mais elle résista bravement. Toutefois, lorsqu'ils retournèrent à l'intérieur et montèrent l'escalier conduisant au premier étage, ce fut un tableau accroché au fond d'une alcôve éclairée et représentant des iris d'un violet intense qui la fit stopper net.

Elle n'était pas une experte en peinture, mais savait tout de même reconnaître un Van Gogh lorsqu'elle avait le nez dessus.

— J'ai un poster de ce tableau accroché dans ma chambre.

— C'est aussi l'une des œuvres préférées de ma mère, dit Blake en venant s'arrêter derrière elle. Elle a fait don de l'original au Smithsonian Museum, mais elle en a fait exécuter une copie pour la villa.

Il se tenait quelques centimètres à peine derrière son épaule. Si près qu'elle sentait son souffle tiède lui caresser doucement l'oreille. L'effet en fut si dévastateur qu'elle faillit ne pas entendre sa remarque suivante :

— Cette toile est l'une des quelque cinquante œuvres que Van Gogh a peintes durant son séjour d'une année à Saint-Rémy. On peut faire à pied le tour des lieux qu'il a peints. Nous pourrions faire la promenade ensemble, si cela te tente.

— Oh ! oui ! J'aimerais beaucoup cela !

La perspective de voir des champs de tournesols et des oliveraies à travers les yeux de l'un des plus grands artistes de tous les temps était excitante, mais ce qui l'était davantage encore, c'était de goûter ce plaisir en compagnie de Blake.

L'instant suivant, elle se rendit compte qu'elle ignorait totalement si Blake appréciait ce genre de peinture. D'ailleurs, elle ignorait tout de la façon dont il occupait son temps libre. Elle le connaissait depuis trop peu de temps et, durant les quelques semaines passées près de lui, Blake, son jumeau et leur indomptable mère étaient restés concentrés sur Molly et sur leur recherche de sa maman.

Cette lune de miel forcée avait peut-être ses bons côtés, après tout. Dans toute entreprise commune, fût-ce un mariage de raison, il était bon que les partenaires se connaissent au moins assez bien pour pouvoir travailler ensemble. En organisant cette escapade, Delilah avait peut-être songé à leur intérêt à tous les deux.

Peut-être. Il n'était pas très facile de deviner les motivations de cet esprit machiavélique. Décidant de remettre son jugement à plus tard, elle visita le premier étage et Blake lui montra plusieurs suites indépendantes, deux salons supplémentaires, une salle de lecture et même une salle de jeux vidéo destinée aux enfants des employés qui séjournaient à la villa. Au bout du couloir, il ouvrit une double porte dotée de ferrures en plaqué or.

— Voici la suite principale, expliqua-t-il, esquissant un sourire mélancolique. Aussi nommée la suite verte.

La justification de ce nom lui apparut au premier regard, et elle se figea, frappée d'admiration. La tapisserie des murs, l'élégant couvre-lit du somptueux lit à baldaquin, les douzaines de coussins qui le recouvraient étaient tous fait d'un brocart de soie chatoyant qui prenait des reflets allant du vert de mousse au jade le plus sombre suivant l'angle sous lequel la lumière le caressait. Le lit lui-même était en acajou massif incrusté d'or. Enormément d'or. Le reste de l'ameublement, les coffres anciens et les tables aux plateaux de marbre disposés çà et là dans la pièce étaient tous d'un style identique.

— C'est magnifique ! s'exclama-t-elle, éblouie par toute cette opulence. On pourrait facilement imaginer qu'un roi de France a passé la nuit ici.

— On chuchote en effet que Louis XV y aurait dormi avec sa maîtresse, confirma-t-il en souriant. Mais, bien sûr, nous n'en avons aucune preuve.

Etait-ce ce sourire qui venait de déclencher une tempête dans son sang ? Etait-ce l'image érotique que son commentaire avait fait surgir dans son esprit ? Grace ne parvenait pas à trancher. Mais elle imaginait facilement une dame en bas de soie blancs et jarretières à rubans, langoureusement adossée à cette montagne de coussins, son corset délacé. Un gentilhomme torse nu, aux cheveux d'or sombre comme ceux de Blake Dalton, était penché sur elle. Et une promesse brillait au fond de ses yeux d'azur tandis qu'il faisait glisser très lentement l'une des jarretières le long de sa jambe, avant de...

— ... la suite attenante.

Un peu désorientée, elle sortit brusquement de sa rêverie galante.

— Je suis désolée. Je pensais... heu... à des perruques poudrées et des habits de soie. Que disais-tu ?

— Je vous informais que j'occuperai la suite voisine de la tienne.

Les derniers lambeaux de cette image exquise se dissipèrent alors que son nouveau mari ouvrait la porte communicante entre leurs deux suites. La sienne n'était pas aussi grande ni aussi délicieusement décadente que la suite verte, mais elle possédait aussi un lit à baldaquin et une cheminée assez vaste pour y faire rôtir un bœuf entier.

— Il est presque midi, à l'heure locale, remarqua Blake en consultant sa montre. Si tu ne souffres pas trop du décalage horaire, nous pourrions nous retrouver dans une demi-heure et descendre à pied au village pour déjeuner.

— Cela me convient très bien.

Elle fixa la porte en se traitant toujours d'idiote longtemps après qu'elle se fut refermée derrière lui. Puis elle sortit son nécessaire de toilette et l'emporta dans sa salle de bains digne d'une reine. Ou, tout du moins, de la maîtresse d'un roi.

C'était peut-être le soleil radieux qui lui fit enfin oublier son sentiment de gêne. Ou peut-être le long déjeuner qu'ils partagèrent assis à une table minuscule, bercés par le doux gargouillis d'une fontaine voisine. Ou les deux verres de vin rosé merveilleusement frais qu'elle avait bus dans une propriété viticole, juste à la sortie de Saint-Rémy.

Mais bien sûr, il fallait plutôt chercher la vraie raison dans les efforts évidents que Blake déployait afin que leur conversation reste cantonnée à des sujets légers et évite toute controverse. Il n'avait fait aucune allusion aux circonstances de leur mariage, ni au refus catégorique de Grace de trahir le secret de sa cousine. Et elle avait commencé à se détendre pour la première fois depuis une éternité.

Le chagrin encore vif de la mort de sa cousine avait été relégué dans un recoin secret de son cœur. Jack Petrie, Oklahoma City, et même Molly, étaient passés au second plan de ses préoccupations. Pas totalement, et certainement pas pour longtemps. Néanmoins, ces quelques heures sous le soleil de Provence lui avaient apporté un répit, l'avaient soulagée du fardeau qu'elle portait avec elle depuis si longtemps.

C'était sa seule excuse pour expliquer l'énorme erreur qu'elle commit ensuite.

La chose se produisit alors qu'ils retournaient à pied vers la villa. A sa demande, Blake l'avait emmenée faire une promenade dans les rues piétonnières du centre de la ville, s'arrêtant obligeamment lorsqu'elle s'extasiait devant les boutiques de spécialités provençales. Une vitrine exposait des paniers multicolores remplis d'herbes et d'épices de toutes les espèces imaginables. Une autre se spécialisait dans les savons et les huiles essentielles, des centaines de savons et d'huiles. Totalement charmée, Grace poussa la porte et huma les essences de pomme, de poire, de citron, de pivoine, de vanille, de miel, d'amande, et, bien entendu, de lavande. Sur les rayonnages était exposée une variété extraordinaire de flacons de verre contenant des huiles de bain et des lotions de toutes les couleurs de l'arc-en-ciel.

La vendeuse connaissait visiblement son affaire. Un seul coup d'œil à l'anneau de diamants au doigt de Grace lui suffit pour jauger sa cliente. Esquissant un sourire entendu, elle plongea la main sous le comptoir et en tira un flacon de cristal taillé.

— Madame doit absolument essayer ceci, déclara-t-elle. C'est une fragrance qui a été créée tout spécialement pour notre boutique.

Lorsqu'elle ôta le bouchon, Grace fut enveloppée par une senteur exquise et délicate, un mélange de lavande et d'un autre composant qu'elle ne parvenait pas à identifier.

— Les huiles essentielles sont extraites des fleurs avant qu'elles n'éclosent. La fragrance est légère, n'est-ce pas ? Et, comment dirais-je ? Tellement sensuelle !

Elle agita le bouchon afin qu'il exhale mieux son parfum, et Grace le respira avec délices. Quelle que soit la suite de ce mariage, elle savait déjà que dans son esprit le parfum de la lavande resterait toujours associé à ce ciel bleu, à ce brillant soleil et au sourire qui plissait le coin des yeux de Blake tandis qu'il l'observait en train de humer l'air.

Il ne se contenta pas très longtemps de rester simple spectateur. Anticipant déjà une vente, la femme replongea le bouchon de cristal dans le flacon et le lui tendit.

— Tenez, monsieur, vous devriez en appliquer un peu sur le poignet de votre épouse. L'huile essentielle acquiert des tons plus riches au contact de la peau.

Blake acquiesça avec un sourire indulgent. Il prit le bouchon dans une main et de l'autre il saisit le poignet de Grace. C'était une étreinte légère et amicale, mais elle suffit toutefois à déclencher une onde de plaisir dans tout son corps. Qui devint un tsunami lorsqu'il leva son poignet jusqu'à quelques centimètres de son visage et qu'elle sentit son souffle effleurer sa peau.

— La dame a raison, murmura-t-il, ses yeux bleus rivés aux siens. La chaleur de ta peau rend le parfum plus intense, plus subtil.

En fait de chaleur, ce regard intense fixé sur elle l'avait amenée au bord de la combustion spontanée. Par bonheur, la vendeuse réclama l'attention de Blake au même instant.

— Passez-en un peu derrière l'oreille de madame, monsieur. La plus charmante de toutes les parties du corps.

Elle aurait dû être instantanément sur ses gardes. Sa raison lui conseillait de décliner cette seconde offre. Le soleil, le vin et le contact de cet homme étaient en train de l'entraîner dangereusement près de son point de rupture. Mais, sans trop comprendre pourquoi, elle laissa docilement Blake écarter sa chevelure d'un geste doux.

Le bouchon de cristal était frais et humide, juste sous le lobe de son oreille. L'instant suivant, le souffle de son mari incendia la même zone de sa peau. Seule la main qui maintenait ses cheveux était en contact avec elle, mais elle se sentit aussi excitée que s'ils avaient été soudés dans un brûlant corps-à-corps. Le souffle coupé, elle recula d'un pas.

Blake se figea en sentant ce brusque sursaut. Il n'avait pas besoin de voir la confusion dans les yeux de son épouse pour comprendre qu'il venait de franchir la ligne interdite.

La ligne qu'il avait été assez bête pour tracer lui-même ! C'était lui qui avait assuré que tout s'arrangerait entre eux pourvu qu'ils soient patients. Au diable la patience ! Il brûlait d'entraîner Grace hors de cette boutique, de la ramener au pas de course à l'Hôtel des Ormes pour la déshabiller, jusqu'à ce qu'elle ne porte plus que ce parfum qui enivrait ses sens.

— Monsieur ? dit la voix aimable de la vendeuse, le ramenant brutalement à la réalité. Désirez-vous acheter un flacon de ce parfum pour votre adorable épouse ?

Oui ! Mille fois oui !

Dissimulant ses sentiments derrière son masque d'avocat, il acquiesça, et la vendeuse enregistra aussitôt la vente.

— Etes-vous en vacances ici, à Saint-Rémy ?
— Nous sommes descendus à l'Hôtel des Ormes.
— Ah, je vous reconnais, à présent ! s'exclama-t-elle en le considérant attentivement. Vous êtes venus à Saint-Rémy l'année dernière avec votre... charmante maman, n'est-ce pas ?

Il ne manqua pas de noter la légère hésitation dans sa voix. A l'évidence, Alex et sa mère étaient bien connus en ville. Il ne se donna pas la peine de la détromper et de lui expliquer qu'elle l'avait confondu avec son jumeau.

Très satisfaite, la vendeuse lui annonça le prix du flacon. Il sortait déjà son portefeuille lorsque Grace s'exclama :

— Avez-vous dit : « Deux cents euros » ?
— Oui, madame.
— Mon Dieu ! Presque trois cents dollars ?

Le regard de la vendeuse se voila de tristesse.

— Vous ne trouverez pas un parfum plus délicat ou plus exclusif dans toute la Provence. Et...

Elle tourna le regard vers lui. Lorsqu'elle fit de nouveau face à Grace, un sourire de conspiratrice étirait ses lèvres.

— Si je puis me permettre, madame, votre mari n'achète pas ce parfum seulement pour vous. C'est lui qui le respirera sur votre peau. Alors, si c'est son plaisir...

Elle haussa les épaules d'un geste fataliste, et Grace ne put que l'observer, impuissante, poser plusieurs billets sur le comptoir de la boutique.

7

Même si la merveilleuse fragrance de Grace le faisait défaillir chaque fois qu'il tournait la tête ou se penchait vers elle, Blake n'avait pas prévu ce qui se passa lorsqu'ils furent de retour à la villa. Il aurait pu le jurer. Lorsqu'il lui avait proposé un bain dans la piscine, son unique intention était d'entretenir la camaraderie détendue qui s'était établie entre eux durant leur déjeuner.

Ce qu'il n'avait pas anticipé, c'était le choc qu'il ressentit lorsqu'elle vint le rejoindre au bord de l'eau et qu'elle ôta son peignoir de tissu-éponge. Il avait déjà effectué une demi-douzaine de longueurs, mais il respirait tout à fait normalement jusqu'à ce que le spectacle de ses ravissantes courbes lui coupe totalement le souffle.

— Comment est l'eau ?
— Un peu fraîche au début, parvint-il à articuler. Mais on s'y habitue vite. Viens.

Il était fasciné par son maillot une-pièce rouge coquelicot, qui couvrait pourtant davantage qu'il ne révélait. Et, malgré des efforts méritoires, il ne put s'empêcher de dévorer du regard le doux renflement de ses seins tandis qu'elle étalait sa serviette sur l'une des chaises longues. Cette première secousse fut suivie d'une seconde, plus forte, lorsqu'elle se retourna pour tâter l'eau du bout d'un orteil, lui offrant une vue parfaite sur son derrière ferme et rond.

— Oh ! s'écria-t-elle en reculant précipitamment. C'est ce que tu appelles de l'eau « un peu fraîche » ? Quelle serait ta définition de « froide », alors ? Moins quarante ?

Il nagea vers elle, et un sourire s'épanouit sur ses lèvres lorsqu'il la vit tremper de nouveau le bout de son orteil dans l'eau de la piscine. Elle grimaça, mais descendit la première marche et fit prudemment un autre pas. L'eau vint caresser ses mollets, puis ses cuisses.

— Peureuse ! la taquina-t-il.

Elle s'avança encore, et l'eau clapota jusqu'aux limites de son maillot. Le tissu rouge vif mouillé lui offrit une suggestion inoubliable de ce qu'il était censé dissimuler. Le souffle coupé, il remarqua à peine qu'elle osait enfin se plonger tout entière dans l'eau. Elle remonta presque aussitôt à la surface, sa chevelure tombant en une cascade d'or liquide. Des gouttes d'eau scintillaient à ses cils, et ses yeux riaient.

Quelque chose bascula en lui. Il ne voyait pas devant lui la femme qui lui avait menti par omission, à lui et à sa famille, ou la conspiratrice qui lui avait dissimulé des informations cruciales concernant son enfant. Dans les yeux de cette naïade prise de fou rire, il ne subsistait plus aucune ombre. Pour le moment, en tout cas, le poids de ses souvenirs ne l'empêchait plus de goûter ce simple plaisir. C'était une révélation de la femme que Grace avait dû être avant de se charger du fardeau des secrets de sa cousine. Et un merveilleux aperçu de la femme qui pourrait renaître lorsqu'elle se serait libérée de ce poids.

Sans qu'il en soit vraiment conscient, il commençait à réaligner ses priorités. Son premier but était encore de convaincre Grace de lui faire confiance. Son second, juste derrière, de l'amener dans son lit. Mais le désir de conserver ce rire insouciant dans ses yeux grimpait rapidement vers le haut de sa liste.

— Très bien, dit-elle d'une voix entrecoupée de frissons. Je suis dans l'eau. Quand vais-je m'habituer à sa « fraîcheur », comme tu dis ?

— Nage quelques longueurs. Tu auras vite assez chaud.

Elle grimaça, mais suivit sa suggestion, et Blake exécuta quelques brasses paresseuses pour rester à son niveau. Elle nageait un crawl sobre et précis, éclaboussant à peine autour d'elle. Ils nagèrent deux longueurs, puis quatre. Et ce qui devait arriver arriva.

Elle venait d'exécuter un demi-tour impeccable et repartait comme une torpille sous l'eau, lorsqu'ils entrèrent en collision. Membres entremêlés, ils remontèrent à la surface, et il eut le plaisir de sentir le corps de son épouse plaqué tout contre le sien.

— Désolée ! s'excusa-t-elle en s'accrochant à lui.

Ce contact fit de nouveau flamber son désir. Elle dut s'en apercevoir, car elle leva un regard interrogateur vers lui.

— Selon les termes de notre contrat, murmura-t-il d'une voix un peu rauque, tout contact physique entre nous doit être précédé d'un consentement mutuel. Si tu ne désires pas que cette situation aille plus loin, tu ferais mieux de le dire tout de suite.

Le silence qui suivit lui sembla durer une éternité. Mais, loin de protester, elle soutint son regard sans ciller. Etouffant un gémissement, il posa sa bouche sur la sienne.

Ce fut un baiser brûlant et passionné. S'il s'était trompé sur le sens de son silence, si elle l'avait repoussé, il l'aurait immédiatement relâchée. Enfin, il en était presque sûr. Mais, par bonheur, elle ne le repoussa pas. Remerciant le ciel, il cessa de lutter contre son désir.

Ils coulèrent une nouvelle fois, soudés l'un à l'autre, et, lorsqu'ils remontèrent à la surface, Blake repoussa son épouse jusqu'au mur carrelé du bassin et fit glisser l'une des bretelles de son maillot. Son épaule était douce, fraîche et glissante. Le soupçon de lavande qui adhérait encore à sa peau aiguillonna son désir, et le feu qui brûlait dans son sang devint un incendie rugissant.

Il abaissa la seconde bretelle d'un geste décidé. A présent, elle était aussi impatiente que lui d'éliminer les dernières barrières entre eux, et elle se débarrassa de son maillot d'un coup de pied. Blake fit subir le même sort au sien, une fraction de seconde plus tard. Il recueillit un sein doux et ferme dans sa paume, émerveillé de constater qu'il s'y adaptait parfaitement. L'eau fraîche en avait fait durcir la pointe rose. Il la pinça délicatement entre le pouce et l'index, et Grace se cambra contre lui, s'offrant à ses caresses.

Il la souleva légèrement pour que sa bouche vienne remplacer sa main, mordillant, agaçant sa chair frissonnante.

Grace renversa la tête en arrière alors que la main de Blake glissait jusqu'à son ventre, et un gémissement monta du fond de sa gorge. Elle avait attendu ce moment, l'avait désiré. Elle avait estimé raisonnable une relation sexuelle entre époux consentants, mais ceci n'avait rien de raisonnable. La bouche de Blake brûlait sa poitrine, son épaule, sa gorge comme un fer rouge. Et son cœur faillit bondir hors de sa poitrine lorsqu'il referma sa main sur son mont de Vénus et qu'il glissa délicatement ses doigts en elle. Elle s'entendit gémir de nouveau, et, à son grand embarras, une immense vague de plaisir déferla sur elle.

Un orgasme cataclysmique la secoua tout entière. Elle voguait sur la crête d'une déferlante qui l'emportait vers l'infini, aveugle et incapable de toute pensée cohérente. Puis les spasmes s'espacèrent, et elle s'affala contre Blake comme une poupée de chiffon.

Le tonnerre grondait encore dans ses oreilles. Il semblait même s'intensifier. Puis elle comprit que ce qu'elle entendait était le cœur de Blake qui battait contre sa joue. Retrouvant peu à peu ses esprits, elle releva son regard vers lui et lui sourit.

Les coins de ses yeux bleus se plissèrent alors qu'il commençait à lui rendre son sourire. Au même instant, elle noua les jambes autour de ses hanches étroites, et son sourire se figea sur ses lèvres. Avec une lenteur sensuelle, elle souleva les hanches pour se positionner contre lui.

— Attends ! protesta-t-il d'une voix étranglée. Nous devrions retourner à l'intérieur de la maison.
— Pourquoi donc ?
— Chercher des préservatifs. Tu as besoin de pro...
Le reste de sa phrase mourut dans un gémissement.
— Grace...
— Chut ! coupa-t-elle dans un souffle. Je suis protégée.
Cette information le fit réagir instantanément. Posant son pied contre le carrelage de faïence, il exerça une poussée vigoureuse

qui les ramena vers une partie moins profonde du bassin. Il planta fermement ses pieds sur le fond et, alors que des gouttelettes scintillantes glissaient sur ses épaules, il se saisit de ses hanches pour la soulever contre lui.

Elle sentit une nouvelle vague de désir inouï monter de nouveau en elle. Impatiente de lui rendre au mieux le plaisir incandescent qu'il venait de lui offrir, elle noua fiévreusement les jambes autour de ses hanches. Elle n'avait pas envie de lenteur. L'heure n'était pas aux étreintes langoureuses. Lorsqu'il pénétra en elle, elle plaqua ses hanches contre les siennes et banda tous les muscles de son corps.

Il résista plus longtemps qu'elle. Beaucoup plus longtemps. Elle était de nouveau sur le point de perdre tout contrôle lorsque les mains de Blake se crispèrent sur l'arrondi de ses hanches. Tout son corps devint rigide, et il entra plus profondément en elle, selon un angle qui eut pour merveilleux effet d'augmenter la pression exactement là où elle en avait le plus besoin. Le gémissement dans sa gorge devint un râle, et elle creusa les reins pour aller à sa rencontre, dans l'éblouissement d'un nouvel orgasme monumental. Et, cette fois-ci, elle emmena Blake avec elle.

Le décalage horaire, le manque de sommeil et un corps à corps sexuel le plus intense de toute sa vie avaient fini par avoir raison de Blake. Il se souvenait d'avoir aidé Grace à sortir de l'eau, et de s'être délecté du spectacle de sa nudité tandis qu'elle se drapait de l'une des grandes serviettes de bain à rayures bleues et blanches de la villa. Et même, plus vaguement, d'avoir plongé de nouveau pour récupérer leurs maillots au fond de l'eau. A partir de là, tout devenait flou. Il avait oublié si l'idée de s'allonger sur des chaises longues à l'ombre de la pergola venait de lui ou d'elle. Mais, lorsqu'il rouvrit les yeux, le soleil avait disparu, et les centaines de minuscules lumignons qui éclairaient les abords de la piscine créaient un décor de conte de fées.

Il s'assit, clignant des yeux, et ce mouvement attira l'attention de la femme installée sur la chaise longue voisine de la sienne.

— Quelle heure est-il ? demanda-t-il d'une voix encore rauque de sommeil.

— Je n'en suis pas très sûre, reconnut-elle, levant les yeux vers la voûte étoilée. Mon horloge intérieure est encore réglée sur l'heure du Texas. Je crois qu'il doit être plus ou moins 21 heures.

Blake tressaillit. Cinq heures pour recharger ses batteries après l'amour ! Une belle démonstration de puissance virile.

— Je suis désolé de m'être endormi comme un malotru.

— Pas de problème, le rassura-t-elle, amusée par son évident embarras. Moi aussi, j'ai un peu dormi.

A l'évidence, pas très longtemps. Pendant qu'il était dans les bras de Morphée, elle était allée se changer. Elle portait à présent un short kaki et un T-shirt largement échancré sur la poitrine. Elle s'était visiblement lavé les cheveux, qui luisaient doucement, attachés avec un joli clip de plastique rouge.

— As-tu dîné ?

— Je t'attendais.

Il portait toujours le short de bain qu'il avait repêché au fond de la piscine, à présent sec et très bas sur ses hanches alors qu'il se redressait pour l'aider à se lever.

— Viens. Allons piller la cuisine.

Il crut la sentir hésiter avant d'accepter la main qu'il lui tendait, mais ce fut si bref qu'il aurait pu l'avoir imaginé. En revanche, son silence embarrassé, lorsqu'elle prit place près de lui sur l'un des tabourets face au gigantesque plan de travail central de la cuisine, ne pouvait pas lui échapper. Comme Mme Leblanc l'avait indiqué, le chef leur avait laissé un assortiment de mets délicats dans le réfrigérateur et sur les comptoirs. Grace opta pour un bol de gazpacho frais et épicé et un morceau de baguette croustillante. Il leur versa deux verres d'un chardonnay léger et fruité avant de se servir une portion généreuse de salade niçoise et une énorme part de quiche aux asperges et au fromage de chèvre qu'il avait pris soin de réchauffer.

Il s'attaqua avec appétit à sa salade pendant qu'elle jouait distraitement avec son pain, et il attendit qu'elle rompe elle-même le silence. Il avait une assez bonne idée de la cause de cette gêne soudaine. Et il ne se trompait pas.

Il la vit bientôt prendre une profonde inspiration, comme si elle venait de décider d'aborder ce sujet épineux de front.

— A propos de ce qui s'est passé dans la piscine...

Il devinait ce qui allait suivre, et il n'avait aucune intention de lui faciliter la tâche.

— Oui ? l'encouragea-t-il d'un ton aimable. Qu'y a-t-il ?

— Je sais que nous avions abordé le sujet du sexe lorsque nous avons négocié ce... heu... partenariat.

— Mais ?

Elle baissa les yeux, émietta encore son pain, rencontra de nouveau son regard.

— Mais la situation nous a échappé. Je sais que je suis autant à blâmer que toi, mais j'ai eu le temps d'y réfléchir. Tout a été trop vite, Blake. Nous nous sommes précipités.

— Nous prendrons tout notre temps la prochaine fois.

Cette promesse solennelle faillit la faire sourire.

— Je suis sérieuse, Blake. C'était trop tôt. J'essaie encore de m'habituer à l'idée de ce mariage.

— Je sais, convint-il en reprenant son sérieux. Mais j'aimerais qu'une chose soit claire entre nous. Personne n'a perdu le contrôle. Je te désirais à en mourir, Grace.

— Je ne te contredirai pas là-dessus. Moi aussi, je te désirais.

— Je comprends néanmoins que tu aies besoin d'une période d'adaptation. C'est aussi mon cas, d'ailleurs. Nous avons encore beaucoup à apprendre l'un sur l'autre.

Son allusion à peine voilée à ses nombreux secrets la fit aussitôt réagir.

— Exactement, déclara-t-elle. C'est pourquoi nous devrions éviter de reproduire le même scénario, jusqu'à ce que tu te sentes à l'aise avec la personne que je suis, et vice versa.

— Alors, que suggères-tu ? répliqua-t-il, un peu irrité par son manque de confiance en lui. Que nous redevenions des étrangers distants et polis ?

— Non, ce n'est pas vraiment ce que je souhaite, reconnut-elle.

Mais ce sera peut-être nécessaire pour que notre arrangement fonctionne.

— D'accord, répondit-il, ravalant sa frustration. Nous renoncerons au sexe torride. Pour le moment.

Sa deuxième nuit de lune de miel ressembla beaucoup à la première : une nuit d'anxiété, de conflit intérieur... et de solitude.

Les yeux grands ouverts dans la chambre inondée par les rayons argentés de la lune, Grace repassa dans sa tête la scène qui s'était déroulée dans la cuisine. Elle avait eu raison de mettre un frein à la situation. Jamais, de toute sa vie, elle ne s'était enflammée ainsi dans les bras d'un homme, au point de perdre totalement la raison. Jamais elle n'avait brûlé d'un tel désir, jamais eu à ce point envie de sentir ses caresses, le poids de son corps sur le sien.

Elle avait eu tout le temps de réfléchir pendant que Blake dormait, cet après-midi-là. Et la façon dont elle s'était abandonnée dans ses bras l'avait épouvantée. Elle avait été le témoin horrifié des souffrances que sa cousine avait endurées. Elle avait aidé Anne à s'enfuir, à se cacher, à lutter de toutes ses forces pour vaincre sa peur et retrouver sa confiance en elle-même. Grace ne pouvait pas simplement oublier le brutal fardeau de ces années-là. Mais elle ne pouvait pas non plus s'en délester sur les larges et vigoureuses épaules de Blake, même si l'idée était tentante.

Non, décidément, elle avait eu raison de prendre du recul. De revenir à des rapports distants et polis, selon l'expression qu'il avait utilisée lui-même. Ils avaient tous deux besoin de temps pour s'adapter à cet étrange mariage avant de passer à l'étape suivante. Quelle qu'elle puisse être.

Ce ne fut pas chose facile, mais elle parvint néanmoins à refouler l'image du corps de Blake emprisonnant le sien contre les carreaux de faïence fraîche de la piscine, et elle sombra dans le sommeil.

Lorsqu'elle descendit de sa chambre à l'heure du petit déjeuner, le lendemain matin, elle était toujours aussi déterminée à revenir à leur ancien statu quo. A l'évidence, le personnel de la villa avait repris son travail, car une divine odeur de pain chaud lui parvenait de la cuisine, et une femme de chambre en uniforme bleu pâle agitait énergiquement un plumeau au pied de l'escalier. En apercevant Grace, ses yeux s'allumèrent de curiosité, et elle lui offrit un sourire cordial.

— *Bonjour, madame Dalton.*

— *Bonjour.*

C'était à peu près le seul mot que Grace connaissait en français, et elle s'empressa de le préciser.

— Oh! pardon! répondit la jeune femme en anglais. Je m'appelle Marie. Je suis la femme de chambre du rez-de-chaussée. Très heureuse de faire votre connaissance.

— Merci, Marie. Moi de même.

Grace hésita, pas exactement embarrassée, mais pas non plus très emballée par l'idée d'avoir à avouer qu'elle ignorait totalement où pouvait se trouver l'homme qu'elle avait épousé deux jours plus tôt. Par bonheur, Blake avait visiblement déjà communiqué toutes les instructions nécessaires au personnel.

— M. Dalton m'a chargée de vous informer qu'il prend le café sur la terrasse est, déclara Marie d'un ton réjoui. Il vous attend pour faire servir le petit déjeuner.

— Et… où se trouve la terrasse est ?

— Juste là, madame, répondit Marie en pointant son plumeau. De l'autre côté du petit salon.

— Je vous remercie.

Grace traversa le salon. Le bruit de ses pas était amorti par le somptueux tapis, et elle parvint à de grandes portes-fenêtres ouvertes sur une terrasse au sol dallé de pierre, entourée de murs tapissés de vigne vierge. Assis à une table de fer forgé devant un service à café d'argent et un panier de brioches, Blake portait à ses lèvres une tasse de délicate porcelaine filigranée d'or tout en consultant l'écran de son smartphone.

Elle s'immobilisa sur le seuil et prit une profonde inspiration. Elle en avait besoin. Le spectacle de son mari dans la lumière claire et chatoyante de cette matinée provençale était inoubliable. Le rayon de soleil qui parvenait à s'immiscer à travers les frondaisons des grands ormes accrochait des reflets d'or dans ses cheveux. Le col de sa chemise bleue parfaitement repassée était déboutonné, et ses manches retroussées jusqu'aux coudes. Il paraissait serein, détendu... et sexy au-delà de tous les mots.

Elle s'emplit une nouvelle fois les poumons d'oxygène, puis elle sortit sur la terrasse.

— Bonjour.

Il posa sa tasse et son téléphone sur la table, et se leva.

— Bonjour, répondit-il d'un ton aussi courtois et impersonnel que son sourire. As-tu bien dormi ?

Elle réprima un soupir. D'accord, c'était elle qui avait souhaité le retour à ce genre de rapports et qui avait insisté. Elle devait en assumer les conséquences.

— Merveilleusement bien, mentit-elle. Et toi ?

— Aussi bien que je pouvais l'espérer après un après-midi comme celui d'hier. Souviens-toi que j'avais dormi durant des heures sur cette chaise longue. Alors, naturellement, je n'avais plus besoin de sommeil.

A sa façon de détourner le regard, il comprit qu'elle n'avait pas cru à cette fable un seul instant. Elle devait deviner qu'il n'avait pas fermé l'œil de la nuit parce qu'il pensait à elle. A son absurde insistance qu'ils ignorent l'incendie ravageur qu'ils avaient déclenché la veille. Comme si c'était possible. Ce souvenir brûlait encore dans son esprit et dans son corps.

Au cœur de la nuit, il s'était traité de tous les noms d'oiseaux pour avoir accepté de se prêter à cette farce. Et, dans la claire lumière du matin, leur arrangement lui paraissait encore plus dément. Il était impossible d'ignorer ce qui s'était passé la veille et de prétendre qu'il ne s'était rien passé. Et cependant, c'était ce qu'il avait promis. Et il ne pouvait plus revenir en arrière.

Son humeur s'assombrit encore en découvrant qu'elle portait le parfum qu'il lui avait offert la veille. L'enivrante fragrance déclencha une petite tempête dans ses sens lorsqu'il tira l'une des chaises de fer forgé laquées de blanc pour l'inviter à s'asseoir.

— Sers-toi une tasse de café, suggéra-t-il aimablement. Auguste va bientôt servir le... Ah, justement, le voilà !

Au premier regard, peu de gens auraient reconnu dans l'individu qui venait d'apparaître sur le seuil de la terrasse l'un des plus grands chefs de la région, deux fois vainqueur de la Coupe du monde de pâtisserie. Auguste était un homme voûté, aux cheveux gris et rares, au visage de bouledogue triste. Blake ne se souvenait pas de l'avoir vu sourire une seule fois au cours des deux dernières années.

D'après Delilah, le célèbre chef était à la retraite depuis une dizaine d'années, et il s'ennuyait à mourir lorsqu'elle l'avait découvert. Le pauvre homme n'était pas de taille à résister à la personnalité flamboyante de sa mère, et elle l'avait convaincu de reprendre du service comme chef à l'Hôtel des Ormes. Blake fit les présentations, et le chef s'inclina respectueusement devant Grace.

— Bienvenue à Saint-Rémy, madame, la salua-t-il d'un ton infiniment triste.

Grace tourna un regard affolé vers lui, qui intervint d'un ton détendu :

— Je vantais justement vos coquilles Saint-Jacques au gratin, Auguste, et Grace est très impatiente de les savourer. Pourriez-vous nous en préparer, un soir ?

— J'en serais très heureux, répondit le chef avec un soupir à fendre l'âme. Ce soir même, si madame le désire.

— Oui, ce serait merveilleux. Merci beaucoup.

— Aimeriez-vous que je vous prépare des œufs Bénédicte pour le petit déjeuner ?

— Euh... oui. S'il vous plaît. Ce serait parfait.

Il s'inclina de nouveau et se retira, le dos toujours voûté. Grace le suivit du regard jusqu'à ce qu'il ait disparu.

— Vient-il de perdre un proche ? chuchota-t-elle.

Cette question eut pour effet de briser la glace entre eux. Blake retourna s'asseoir en riant de bon cœur.

— Pas que je sache, répondit-il. En réalité, il était plutôt de bonne humeur, aujourd'hui.

— Ah, je vois, murmura-t-elle, visiblement perplexe.

Il attendit qu'elle se soit servi une tasse de café avant de lui tendre le panier de brioches tout juste sorties du four.

— Voilà la question du dîner réglée, observa-t-il. Qu'aimerais-tu faire entre-temps ?

Elle le dévisagea attentivement, et fut apparemment satisfaite de ce que sa question ne dissimule aucun sous-entendu. Elle se détendit et, pour la première fois de la matinée, elle esquissa un sourire sincère.

— Tu avais mentionné une promenade sur les traces de Van Gogh. Cela me plairait beaucoup, si tu en as toujours envie.

Il refoula bravement le souvenir de sa mère les traînant de force, Alex et lui, sur tous les chemins qu'avait parcourus avant eux l'artiste le plus célèbre de Saint-Rémy.

— Pas de problème.

8

Grace n'aurait pu souhaiter de plus belle journée pour partir explorer la région. Pendant qu'ils traversaient l'Atlantique, août avait laissé place à septembre et, d'après Blake, c'était le moment idéal pour profiter de la douce brise et du brillant soleil de la Provence. Alors que la décapotable rouge s'élançait vers les grilles de la villa, elle se réjouit d'avoir opté pour un léger pantalon de lin et un T-shirt noir rehaussé de perles de strass. Elle avait rassemblé sa chevelure sous une casquette de base-ball assortie au T-shirt, pour les protéger du vent de la vitesse.

Blake, lui, était parti tête nue, mais ses yeux étaient protégés de l'éclat du soleil par des lunettes d'aviateur. Avec sa chemise bleue au col déboutonné et aux manches retroussées, il avait l'air parfaitement à l'aise. Et beaucoup trop sexy pour sa tranquillité d'esprit à elle.

— Connais-tu bien Van Gogh et son œuvre ? s'enquit-il alors qu'ils roulaient dans des rues ombragées vers la sortie de la ville.

— J'ai lu qu'il était un homme tourmenté, qu'il n'a vendu qu'une seule toile dans sa vie et qu'il est mort en pensant qu'il était un peintre raté. Quelle tristesse, n'est-ce pas ?

— Oui, c'est bien triste, surtout si l'on considère que ses tableaux ont atteint des prix records par la suite. Son autoportrait est l'un des tableaux les plus chers de tous les temps. Il s'est vendu en 1998 pour soixante et onze millions de dollars.

Elle lui lança un regard stupéfait, puis se souvint du tableau des iris, à la villa, qui n'était qu'une copie parce que sa mère avait fait don de l'original à un musée. Elle savait déjà que les Dalton étaient immensément riches. Elle avait vécu dans la résidence de Delilah à Oklahoma City durant plusieurs mois, et sa récente traversée de l'Atlantique à bord de leur jet privé lui avait donné un aperçu suffisant du luxe dans lequel ils vivaient. Mais l'idée de payer une telle somme pour un tableau lui semblait irréelle.

Elle abaissa son regard vers l'anneau d'or serti de diamants qu'elle portait à son doigt, bien réel, lui. Bien plus que l'union qu'il était censé symboliser. Encore que ce qui s'était passé la veille, dans la piscine...

Non ! Elle ne devait pas s'aventurer sur ce terrain-là. Cela ne ferait qu'aggraver la confusion dans son esprit. Mieux valait se contenter de profiter du soleil et de la compagnie de l'homme fascinant qu'elle avait épousé.

Une arche massive flanquée d'une haute tour de marbre blanc apparut devant eux, attirant son attention.

— Qu'est-ce que c'est ?

— On appelle ce site « les Antiques », expliqua-t-il. Ce sont les vestiges les plus visibles de la ville romaine de Glanum. Nous les explorerons un autre jour.

Il dépassa les ruines sans ralentir et s'engagea sur une petite route ombragée, bordée d'un côté par un grand champ de lavande, et d'un autre par de grands cyprès et par les troncs noueux d'une oliveraie. Au loin, les crêtes rocheuses des Alpilles barraient l'horizon.

— Voilà. Nous sommes arrivés.

Comme Grace devait le découvrir, ils se trouvaient devant l'asile de Saint-Paul-de-Mausole, où Van Gogh s'était volontairement fait interner en 1889. Au-delà des murs de pierre couverts de lierre, elle aperçut le clocher d'une église et un grand bâtiment rectangulaire.

— A l'origine, Saint-Paul était un monastère des Augustins, expliqua Blake en manœuvrant la voiture dans une place de parking entre deux cars de tourisme. Au XIXe siècle, le bâtiment est devenu un asile d'aliénés, et il fonctionne encore en tant qu'hôpital psychiatrique. La partie hôpital ne se visite pas, bien sûr, mais la chapelle, le cloître et les pièces où Van Gogh a vécu et peint sont ouverts au public.

Et le public accourait nombreux. Les deux cars venaient à l'évidence de débarquer leurs passagers, et les guides rassemblaient la foule des touristes près des tourniquets à l'entrée du site. Blake la prit par le coude et attendit qu'ils aient tous défilé à l'intérieur avant de s'avancer jusqu'au guichet pour prendre deux billets.

— Laissons ces bruyants visiteurs prendre un peu d'avance, suggéra-t-il. Tu comprendras mieux la sérénité que Van Gogh devait ressentir lorsqu'on lui permettait de sortir des murs de l'asile pour peindre.

Elle n'était pas pressée. Cette flânerie sur le long sentier ombragé, bordé de rhododendrons et d'autres fleurs aux couleurs éclatantes, n'était pas faite pour lui déplaire. Afin d'augmenter encore son bonheur, des panneaux d'information étaient disposés çà et là le long du sentier, attirant l'attention sur un angle de vue particulier et le mettant en contraste avec l'interprétation qu'en avait faite l'artiste.

Une de ses célèbres représentations de tournesols était exposée au-dessus d'un rang de fleurs d'un jaune brillant presque identiques, qui se balançaient dans la brise. Une brèche dans le mur s'ouvrait sur un vaste panorama d'oliviers au feuillage argenté avec, en arrière-fond, les crêtes bleues des Alpilles. Van Gogh en présentait une vision audacieuse aux couleurs vibrantes, tout en coups de brosse nerveux. Fascinée, elle s'arrêta pour étudier tour à tour les troncs torturés des oliviers et l'interprétation de l'artiste.

— C'est fascinant ! murmura-t-elle. Comme si on entrait dans un tableau et que, tout à coup, on voyait ce qui l'a inspiré d'un regard différent.

Elle demeura plantée devant le paysage et le tableau encore un instant, avant de se remettre en marche vers le suivant. Blake lui emboîta le pas, plus intéressé par sa réaction aux œuvres que par les œuvres elles-mêmes.

Grace était comme un tableau de Van Gogh. Elle était entrée dans sa vie presque en même temps que Molly, mais il avait été à tel point absorbé par le bébé qu'il lui avait fallu des semaines pour voir en elle davantage qu'une nounou efficace et discrète. Dès lors, son attirance pour elle n'avait cessé de grandir, lentement mais sûrement, même si la révélation de ses mensonges avait considérablement compliqué le tableau. Tout comme sa découverte, lorsqu'elle avait quitté Oklahoma City, qu'elle lui manquait autant qu'à Molly.

Et cependant, chaque fois qu'il avait cru percer le mystère de cette femme, elle ajoutait une nouvelle touche inattendue au tableau. Sa fidélité inconditionnelle à sa cousine, son refus de trahir les secrets qu'elle lui avait confiés l'irritaient au plus haut point, mais lui inspiraient aussi le respect.

Et que dire de l'explosion de désir incandescent de la veille ? Un nouveau coup de pinceau sur la toile. Un nouveau mystère.

Et maintenant, il y avait une nouvelle scène à ajouter au tableau — une femme découvrant avec délectation des images familières vues dans une perspective totalement différente. Comme lui la découvrait. Combien de variations de cette femme lui restait-il à découvrir ?

Cette question l'intriguait et l'inquiétait tout à la fois, alors qu'ils entraient dans la chapelle qui faisait autrefois partie du monastère. En accord avec la règle de pauvreté des Augustins, la chapelle était de taille modeste, le décor tout simple. Le cloître fermé qui la jouxtait était un carré d'une trentaine de mètres de côté entouré d'une galerie couverte. Le cloître avait des murs extérieurs de pierre grise. Le jardin, délimité par une colonnade, était un havre de paix frais et ombragé. Les rayons du soleil matinal caressaient les vieilles pierres, illuminant le cadran solaire entouré d'une profusion d'herbes médicinales et de plantes aromatiques.

— Je crois presque voir les moines se promener deux par deux sous ces arcades en méditant, murmura-t-elle, fascinée. Et Van Gogh tentant désespérément de capturer cette juxtaposition d'ombre et de lumière.

A cet instant précis, il souffrait autant que le peintre. Cette même combinaison d'ombre et de lumière dansait sur le visage expressif de Grace. Le sourire amical qu'elle lui adressa ne lui procura aucun réconfort.

— Je sais que tu as dû visiter ce lieu à de nombreuses reprises, lors de tes séjours à Saint-Rémy. Merci de me l'avoir fait découvrir. Je commence vraiment à apprécier un génie dont je ne savais pas grand-chose auparavant.

— Tout le plaisir est pour moi, répondit-il en dissimulant ses pensées derrière son habituelle façade de sérénité. Mais nous ne sommes qu'au début de ce parcours sur les traces de Van Gogh. Tu en découvriras bien davantage à mesure que nous avancerons.

— Montrez-moi le chemin, maître Dalton, dit-elle en désignant la sortie du cloître d'un large geste de la main. Je vous suis.

Leur visite à Saint-Paul se poursuivit encore durant une demi-heure. Les petites fenêtres des deux pièces austères où Van Gogh avait vécu et peint durant une année offraient une vue étroite sur les jardins à l'arrière de l'asile et les champs de blé ondulant dans le vent, deux sujets traités dans de nombreux tableaux. La lavande du jardin avait perdu ses fleurs, mais elle embaumait encore.

A la sortie, elle s'attarda à l'endroit même où l'artiste avait peint *La Nuit étoilée*, probablement l'une de ses œuvres les plus célèbres. Les sphères d'or incandescent dans un ciel de cobalt la fascinèrent à tel point qu'il décida, malgré ses protestations, de lui en offrir une gravure encadrée, à la boutique de souvenirs.

Leur excursion se prolongea encore deux heures, pour se terminer au centre de la ville, dans le musée dédié à la vie et à l'œuvre de l'artiste. Puis Blake suggéra de déjeuner sur la terrasse d'un restaurant très prisé des habitants de Saint-Rémy. Le menton dans les mains, Grace observa les passants tandis qu'il étudiait la carte des vins.

Ils savourèrent un repas de fruits de mer, arrosé d'un vin blanc léger, en prenant tout leur temps. Lorsqu'ils en repartirent, Grace se sentait totalement rassasiée et elle avait sommeil. Tant et si bien qu'elle s'assoupit sur son siège durant le trajet du retour. Ce fut le bruit des pneus de la décapotable sur le gravier de l'allée de l'Hôtel des Ormes qui la réveilla en sursaut.

— Je suis désolée, dit-elle avec un rire embarrassé. Je n'avais pas l'intention de m'endormir ainsi.

— Pas de problème, répondit-il en arrêtant la voiture près de la fontaine aux chevaux de bronze. Tu t'es seulement assoupie un instant, alors que moi, hier, j'ai carrément sombré dans l'inconscience.

Il vit le sang affluer à ses joues, et il espéra de toutes ses forces qu'elle se remémorerait ce qui avait précédé son endormissement. Lui, en tout cas, ne pouvait s'empêcher de s'en souvenir. Ses joues prirent une délicieuse couleur pivoine lorsqu'il lui demanda avec une nonchalance totalement feinte s'il lui plairait d'aller nager un peu dans la piscine.

— Je crois que je vais aller faire un brin de toilette et explorer la bibliothèque. Mais toi, ne te gêne surtout pas si tu en as envie.

— Peut-être une autre fois. J'ai quelques e-mails à envoyer.

— Très bien, alors... je te verrai plus tard. Merci de m'avoir fait découvrir Van Gogh. J'ai pris beaucoup de plaisir à cette excursion.

— Moi aussi.

C'était ce qu'elle avait souhaité. Exigé, même. Cette idée revenait en boucle dans son esprit tandis qu'elle montait l'escalier conduisant aux suites du premier étage. Mais elle ne pouvait nier davantage une réalité qui devenait plus évidente à chaque instant. Blake Dalton avait toutes les qualités dont elle avait rêvé pour un futur mari. Intelligent, prévenant, plein d'humour et beau comme un dieu. Et très, très expert de ses mains et de ses lèvres, avec son corps sculptural.

Il ne lui serait pas très difficile de tomber amoureuse de lui. C'était même déjà fait, un peu... Mais elle ne se laisserait pas aller.

L'ombre de sa cousine planait entre eux, comme un rideau de deuil. Un rideau mince et fragile, mais qui les séparait telle une barrière infranchissable. Elle ne pouvait pas lui avouer la vérité, et il ne pouvait pas lui faire confiance jusqu'à ce qu'elle l'ait fait.

Exhalant un profond soupir, elle ôta sa casquette, laissant ses cheveux blonds tomber librement sur ses épaules, et se dirigea vers la salle de bains de sa suite pour prendre une longue douche.

Le rideau noir lui semblait déjà moins infranchissable lorsqu'elle rejoignit Blake pour le dîner, ce soir-là. Comme promis, Auguste leur avait préparé sa spécialité de coquilles Saint-Jacques au gratin, et leur repas serait servi dans la petite salle à manger, « petite » étant ici un terme tout relatif. En effet, si la grande salle à manger formelle pouvait accueillir confortablement une quarantaine de convives, celle-ci convenait aux repas de dix ou douze intimes. Un chandelier d'argent trônait à chaque extrémité de la longue table de chêne. Le centre en était décoré d'un magnifique arrangement de lys blancs et de roses.

Blake s'était habillé pour l'occasion. Elle ressentit un curieux pincement au cœur en reconnaissant le complet qu'il avait porté à leur mariage. Il avait toutefois renoncé à la cravate, et le col de sa chemise blanche était déboutonné. Ce détail la rassura, et elle se laissa aller à admirer son élégance détendue.

De son côté, il paraissait approuver la robe de jersey bleu saphir qui était miraculeusement ressortie de sa valise sans s'être froissée. Sa jupe légèrement plissée prolongeait un corsage élastique sans bretelles. Des boucles d'oreilles d'améthyste et un collier de grosses perles vertes complétaient l'ensemble.

— Très jolie robe, commenta-t-il. Tu es très belle dans cette nuance de bleu.

En vérité, elle était magnifique dans n'importe quelle robe, quelle qu'en soit la couleur. Et plus belle encore lorsqu'elle n'en portait aucune. Il s'obligea bravement à détourner les yeux de ce corsage élastique et à refouler l'idée qu'il lui suffirait de tirer un peu pour qu'il glisse jusqu'à sa taille fine.

— Que dirais-tu d'une coupe de champagne avant le dîner ? proposa-t-il, désignant la bouteille dans son seau d'argent.

— Qui pourrait refuser une coupe de champagne ?

Le vin pétillant était mis en bouteilles exclusivement pour l'Hôtel des Ormes par un petit producteur d'Epernay que Delilah avait déniché quelques années plus tôt. Sa mère prenait un tel plaisir à distribuer les bouteilles de sa propre marque que ses fils avaient renoncé à essayer de la convaincre que leur champagne extra-brut n'était pas du goût de tous. Souriant à ce souvenir, il remplit deux coupes et tendit la première à Grace.

— A quoi allons-nous trinquer ?

— A Van Gogh, et à sa *Nuit étoilée*, qui est à présent exposée dans ma chambre. Merci.

— Tout le plaisir a été pour moi, assura-t-il, faisant tinter les bords de leurs coupes. Je bois à toutes les nuits étoilées de l'avenir.

Il savoura le bouquet vif et pur, mais ne fut pas très surpris en voyant Grace plisser le nez et contempler son verre avec suspicion.

— Comment le trouves-tu ?

— Euh… un peu… astringent.

— Il est produit sans aucune adjonction de sucre, expliqua-t-il en souriant. C'est la dernière tendance, dans le champagne.

— Si tu le dis…

— Goûte une seconde gorgée. Ce champagne est le secret des Françaises pour rester minces.

— Alors, dans ce cas, bien sûr…

Elle porta sa coupe à ses lèvres, sirota quelques gouttes et réprima une nouvelle grimace.

— Je suppose qu'on s'y habitue, avec le temps.

— Comme à notre mariage, déclara-t-il en souriant. Nous apprenons les vertus de la flexibilité, n'est-ce pas ? C'est pourquoi j'ai fait mettre une seconde bouteille dans la glace, par mesure de précaution.

Il fit plus qu'honneur à l'extra-brut durant le dîner. Grace se contenta d'une seule coupe, mais elle accepta une seconde assiette des fabuleuses coquilles Saint-Jacques d'Auguste, que le chef servit personnellement à leur table. Blake tira presque autant de satisfaction du spectacle de sa gourmandise que du succulent contenu de son assiette.

Un silence embarrassé s'établit après le dessert et le café. Blake connaissait mille façons de terminer agréablement une soirée, mais, hélas, il avait promis d'effacer les étreintes torrides de leur agenda. Il n'avait rien promis concernant des caresses douces et langoureuses, bien entendu, mais il gardait cette dernière carte comme un joker dans sa manche.

— Je crois qu'il y a un jeu de cartes dans la bibliothèque, déclara-t-il. Que dirais-tu d'une petite partie de rami ?

— Oui, bien sûr. Ou alors... J'ai remarqué une console de jeux, dans la salle vidéo au premier étage, ajouta-t-elle avec un sourire de défi. Connais-tu l'*Ubongo* ?

— Non, convint-il, un peu étonné. De quoi s'agit-il ?

— Ah ! s'exclama-t-elle d'un air ravi. Tu ne sais pas ? Suivez-moi, *monsieur*. Je vais vous donner une leçon.

Un mois, une semaine plus tôt, Blake n'aurait jamais imaginé qu'il passerait la deuxième nuit de sa lune de miel à presser fiévreusement des boutons, tandis que des créatures de la jungle bondissaient sur le grand écran plat de la télévision, le tout au grand amusement de son épouse, qui riait aux éclats de ses échecs répétés. Jamais surtout il n'aurait cru que ce rire ne ferait qu'augmenter son désir d'elle.

Il s'endormit longtemps après minuit, cherchant encore à savoir si le simple fait d'avoir été battu à plate couture à ce jeu idiot justifiait la sensation d'oppression qui lui serrait la poitrine. Mais ce ne fut que le lendemain qu'il mesura la réelle gravité de son problème.

9

Lorsque Grace redescendit au rez-de-chaussée, Blake faisait les cent pas dans le salon du petit déjeuner inondé de soleil, son smartphone collé à l'oreille. Il jeta un coup d'œil à sa jupe paysanne vaporeuse et à son caraco de dentelle, et il lui sourit d'un air approbateur.

Elle virevolta devant lui et lui rendit son compliment. Ce matin, il avait adopté une tenue vestimentaire détendue, un polo noir à manches courtes qui moulait amoureusement les muscles noueux de ses épaules et de son torse, ainsi qu'un pantalon fauve. Elle se délectait du spectacle lorsqu'il dut prendre une nouvelle communication.

— Désolé, dit-il. Nous venons d'être avisés de l'éventualité d'une grève nationale qui risque de perturber nos livraisons de matériel vers la France. J'ai le directeur de l'usine en ligne.

— Continue, je t'en prie.

Cette discussion en entraîna une troisième, qui s'acheva en conférence téléphonique avec Alex et le vice-président de la branche production de Dalton International. On était en pleine nuit aux Etats-Unis, mais, à l'évidence, les deux hommes travaillaient avec acharnement à résoudre le problème. Elle entendit quelques bribes de leur conversation tout en dévorant l'un des fabuleux petits déjeuners d'Auguste.

Blake s'excusa de nouveau en rempochant son smartphone.

— On dirait que je vais devoir renoncer à m'éloigner de la

villa, ce matin, jusqu'à ce que nous ayons mis au point un plan de secours pour ces livraisons. Alex te demande de l'excuser d'avoir ainsi fait irruption dans ta lune de miel.

« Ta lune de miel. » Avec une pointe d'amertume, elle constata que pour Blake ce n'était apparemment pas la sienne.

— Pas de problème, assura-t-elle pourtant. J'avais justement envie de faire un peu de shopping en ville, ce matin.

Lorsqu'elle quitta les Ormes, une heure plus tard, elle vit d'innombrables véhicules garés dans tous les espaces disponibles, de part et d'autre de la route ombragée desservant le centre-ville. Aussitôt, elle devina qu'un événement spécial se préparait. La floraison de parasols rouge vif et de stands couverts de toile qui avait envahi toute la ville ne fit que confirmer cette intuition première.

Elle découvrit avec ravissement qu'on était jour de marché à Saint-Rémy. C'était une profusion de marchandises de toutes sortes, allant des antiquités aux légumes frais, des guirlandes de saucisses aux grandes roues de fromage. Bon nombre des stands proposaient des produits aux couleurs de rêve de la Provence — les jaunes pâles, les roses tendres et les tons de lavande des savons, les ocres et les ors des poteries et des étoffes.

Elle déambula parmi la foule dans les rues et les étroites venelles, respirant ces parfums enivrants, acceptant avec plaisir les produits que les marchands lui proposaient de goûter. Elle acheta des savons parfumés pour toutes ses amies de San Antonio, et une robe d'été cousue main ainsi qu'un petit chapeau décoré de tournesols d'un jaune éclatant pour Molly. En guise d'offrande de paix pour Delilah, elle choisit un petit camée ancien de facture exquise.

Elle avait remercié le marchand et se détournait déjà pour reprendre sa promenade lorsqu'une petite vitrine attira son attention. Elle contenait ce qui semblait être un assortiment d'objets anciens destinés aux hommes : de magnifiques boucles de souliers d'argent, des épingles à cravate ornées de perles, un monocle cerclé d'or et doté d'un ruban noir.

Et une bague.

Comparée aux autres magnifiques objets de la vitrine, la bague semblait relativement ordinaire. La seule particularité du large anneau d'or tout simple était la fleur de lys d'onyx incrustée en son centre. Tout du moins avait-elle supposé que les pierres noires scintillantes étaient des éclats d'onyx. Elle comprit toutefois son erreur un instant plus tard, lorsque le marchand la retira de la vitrine.

— Madame a un œil de connaisseur, lui fit-il remarquer. C'est une pièce très ancienne et très rare. Elle date du XVIIe siècle, et les pierres sont des saphirs noirs.

— J'ignorais qu'il existait des saphirs noirs.

— Oh ! mais si ! s'exclama le marchand. Levez la bague dans la lumière, je vous en prie. Vous constaterez la finesse de la taille.

Elle fit ce que l'homme lui conseillait. Les subtilités du travail de taille lui échappaient, mais les pierres lui renvoyaient un feu sombre qui lui coupa littéralement le souffle. Sentant qu'il était sur le point de conclure une vente, le marchand exerça une discrète poussée supplémentaire en lui racontant une partie de l'histoire de la bague :

— La rumeur raconte que ce bijou appartenait autrefois aux comtes de Provence. Le dernier descendant de la famille a été guillotiné durant la Révolution et son château pillé par les émeutiers, ce qui explique que nous n'ayons aucun document pouvant certifier son origine.

Elle n'en avait pas besoin. Elle était ressortie du cabinet du juge Honeywell avec un anneau d'or à son doigt. Celui de Blake ne portait toujours aucun signe de son nouvel état d'homme marié. Elle n'avait besoin d'aucun certificat d'origine pour corriger cette situation. Ces étincelles de feu noir lui paraissaient suffisamment authentiques.

— Combien ?

Le marchand cita un chiffre qui la fit sursauter, mais elle ne tarda pas à comprendre que ce n'était qu'une base de négociations. Elle fit une contre-proposition. Le marchand secoua tristement la tête et cita un nouveau prix. Grace soupira et replaça la bague dans la vitrine. Il l'en ressortit alors aussitôt.

— Mais regardez mieux ces pierres, madame. Ce travail !

Grace convertit mentalement le prix en dollars, et tenta de se remémorer ce qui restait sur son compte à la banque. Elle pouvait couvrir la somme. Tout juste. Redressant bravement les épaules, elle se jeta à l'eau :

— Acceptez-vous la carte Visa ?

La petite bourse de velours contenant la bague reposait dans son sac à main lorsqu'elle reprit le chemin de la villa. Une employée de la préfecture était venue apporter des documents à Blake, et celui-ci l'avait invitée à déjeuner avec eux. La femme était d'une compagnie fort agréable, et elle se déclara ravie en apprenant que Blake comptait faire visiter les ruines romaines à son épouse. Le plan de secours concernant les livraisons d'équipements était à présent au point, mais Blake s'assura que la batterie de son smartphone était bien chargée avant de quitter les Ormes avec elle.

Les monuments qu'elle avait entrevus la veille, à travers les arbres, étaient plus impressionnants encore vus de près. Blake gara la décapotable sur un parking de terre au milieu de nombreux autres véhicules et ce qui s'avéra être des cars scolaires. Elle ne put s'empêcher de sourire en voyant des adolescents exubérants défiler hors des cars en se bousculant.

— J'ai participé à quelques voyages scolaires comme celui-ci avec mes élèves, déclara-t-elle. Je me demande quelle part ils retiennent de ce qu'ils voient en de telles occasions.

— Probablement pas grand-chose, répondit Blake, haussant les épaules. Tout du moins dans le cas des garçons. Je me souviens que mon frère et moi, nous nous intéressions davantage aux filles en jean moulant qu'aux vieilles ruines.

De fait, même si elle ne portait pas de jean, certains des adolescents — et même leurs professeurs — se permirent quelques regards admiratifs dans sa direction alors qu'avec Blake ils suivaient la foule des visiteurs sur le sentier qui conduisait aux Antiques.

Les deux monuments dressaient leur blancheur éclatante dans le soleil de l'après-midi. Blake avait oublié quelle victoire l'arc de triomphe massif était censé commémorer, mais il savait que la tour de marbre parfaitement préservée qui le jouxtait avait servi de mausolée à une puissante famille romaine. Par bonheur, une plaque informative près de chaque monument expliquait son histoire en plusieurs langues. Comme elle l'avait fait la veille sur le parcours Van Gogh, elle les lut attentivement jusqu'à la dernière ligne.

— Savais-tu, remarqua-t-elle, levant les yeux vers le bas-relief décorant le dessous de la grande arche, que ces fleurs et ces feuilles de vigne représentent la fertilité de ce que l'on appelait à l'époque « la province romaine » ? Car c'est cela, l'origine du nom Provence.

Deux des adolescents du groupe crurent à l'évidence qu'elle s'adressait à eux. Le premier ôta son baladeur de son oreille. Le second, qui portait ce qui paraissait être un carnet de croquis sous le bras, s'adressa poliment à elle :

— *Pardon, madame ?*

— Le nom « Provence » vient du latin, répéta-t-elle.

— *Ah, oui.*

Blake ne manqua pas de remarquer les regards d'appréciation instinctive de ces jeunes mâles, et il dissimula son sourire. A l'évidence, les adolescents aimaient ce qu'ils voyaient, et il ne pouvait pas les en blâmer. Le vent avait décoiffé ses cheveux en une crinière d'or pâle, et sa peau, généreusement exposée par son caraco de dentelle blanche, avait acquis une teinte de miel sous le soleil du Midi.

— Etes-vous américaine ? s'enquit l'autre adolescent, très fier de son anglais maladroit.

— Oui, répondit-elle. Du Texas.

— *Ah, oui ! Les cow-boys !*

— Et vous ? demanda Grace. D'où venez-vous ?

— De Lyon, madame, répondit le plus jeune. Nous étudions les Romains. Ils ont laissé beaucoup de vestiges chez nous aussi, ainsi que dans tout le midi de la France. Avez-vous visité les Arènes d'Arles et le pont du Gard ?

— Pas encore.

— Mais vous devez absolument les voir ! s'exclama le plus âgé des deux en ouvrant son carnet de croquis. Tenez, voici le pont du Gard !

Grace parut impressionnée, et Blake le fut aussi. Il avait visité le célèbre aqueduc en de nombreuses occasions, et les croquis de l'adolescent rendaient d'une façon saisissante l'incroyable prouesse technique de l'ouvrage et la vertigineuse beauté de ses trois niveaux d'arches.

A cet instant, l'un des professeurs s'approcha, intrigué par leur conciliabule. Lorsqu'il apprit que Grace était professeur, il se joignit à ses élèves pour lui décrire les sites archéologiques qu'elle devait absolument visiter pendant son séjour dans le midi de la France.

Une centaine de mètres plus loin, ils arrivèrent devant l'entrée de la ville antique de Glanum. L'accès à une partie du site était interdit au public, car des fouilles étaient encore en cours le long de la large rue principale. Mais il restait encore beaucoup à explorer. Les collégiens s'attroupèrent devant les grands fours qui servaient à chauffer l'eau des thermes, grimpèrent sur les dalles inégales d'un temple hellène et suivirent le sentier étroit et escarpé serpentant dans le ravin au bout de la ville, jusqu'à la source qui avait motivé la création d'un village gaulois sur ce site, des siècles avant l'arrivée des Romains.

Grace descendit prudemment les marches de marbre brisées jusqu'au bord du bassin alimenté par la source sacrée, et elle impressionna beaucoup ses jeunes admirateurs en déchiffrant l'inscription latine sur une stèle dédiant cette fontaine à Valetudo, la déesse romaine de la santé. Le plaisir qu'ils éprouvaient en sa compagnie fit également une grosse impression sur Blake.

Il devinait d'avance quelle sorte de rêves les jeunes garçons feraient ce soir. Il faisait les mêmes à leur âge. Et, fixant son épouse du regard, il dut reconnaître que c'était toujours le cas aujourd'hui.

Leur visite terminée, Grace fit ses adieux aux adolescents et à leur professeur, et ils échangèrent leurs adresses e-mail.

— Tu as été formidable, remarqua Blake alors qu'ils retournaient vers leur voiture.

— Merci. J'adore parler avec les adolescents. La plupart ont l'esprit merveilleusement vif, même si leurs sautes d'humeur et leurs hormones en folie sont quelquefois un peu pénibles.

Leurs pas soulevaient la poussière du sentier. Une voiture passa sur la route qui conduisait vers un village perché sur les hauteurs des Alpilles. L'air embaumait de tous les parfums de l'été. Il prit sa main dans la sienne.

Il la vit baisser le regard vers leurs doigts entremêlés, mais elle ne fit aucun effort pour se libérer, et ils marchèrent main dans la main jusqu'à la décapotable. Il s'apprêtait à ouvrir la portière du passager pour l'aider à monter, lorsqu'elle l'en empêcha en y appuyant sa hanche.

— Je t'ai acheté un petit cadeau ce matin, lorsque j'étais en ville, dit-elle en tirant une petite bourse de velours de son sac. Ce n'est pas grand-chose, mais j'ai songé à toi, à notre séjour en France, et... j'ai eu envie de te l'offrir.

Il dénoua le cordon, et un lourd anneau d'or roula dans sa paume. La fleur de lys incrustée en son centre brilla de tous les feux de l'arc-en-ciel.

— Le marchand affirme qu'elle est très ancienne et qu'elle a appartenu autrefois aux comtes de Provence.

Elle leva ses yeux vers les siens avant d'ajouter d'un air timide :

— Elle te plaît ?

— Elle est magnifique. Merci.

La reconnaissance sincère qu'elle lisait dans ses yeux lui fit visiblement oublier toute sa timidité, puisqu'elle lui sourit et conclut :

— Tout le plaisir a été pour moi.

Ayant mené une petite enquête sur sa situation financière, il savait qu'elle avait dû assécher son compte en banque pour lui faire ce cadeau, mais il était trop fin stratège pour l'interroger à ce sujet. Au lieu de cela, il marqua son approbation en levant l'anneau vers la lumière.

— La taille des pierres est absolument exquise.

— C'est ce que m'a assuré le marchand.

— Il disait vrai. Il est rare de trouver des saphirs comportant autant de facettes.

— Comment as-tu deviné qu'il s'agissait de saphirs ?

— Ma mère me confie les expertises destinées aux assurances et les certificats d'authenticité de tous ses bijoux. Elle a plus de pierres rares dans sa collection que la plupart des musées.

— Je n'en doute pas une seconde.

Il s'apprêtait à passer l'anneau à son doigt lorsqu'elle l'arrêta :

— Attends. Je vais le faire moi-même.

Elle glissa lentement la bague à son annulaire. Le cœur de Blake se mit à battre follement dans sa poitrine lorsqu'elle déclara d'une voix douce :

— Avec cet anneau, je te prends pour époux.

Sur ces mots, qui s'achevèrent dans un chuchotement, elle referma sa main sur la sienne. Il demeura silencieux. Sa gorge serrée l'empêchait d'articuler la moindre parole.

— Je me souviens de chaque seconde dans le cabinet du juge Honeywell, avoua-t-elle avec un rire un peu nerveux. J'entends encore chacune de ses paroles, je peux repasser toute la scène dans mon esprit. Et pourtant...

Elle promena son regard sur le parking poussiéreux avant de tourner de nouveau les yeux vers lui.

— Pourtant, c'est la première fois que j'ai conscience que ce que nous vivons est la réalité.

— Notre mariage est réel. Plus réel même que je ne l'imaginais dans le cabinet du juge Honeywell.

Il serra très fort sa main dans la sienne.

— Si tu le veux bien, je vais te ramener à la maison et te prouver à quel point ce mariage est devenu réel pour moi.

Blake ne doutait pas un seul instant de la réalité de ce qu'ils vivaient. Il effectua le court trajet de retour vers la villa, voguant sur la crête d'une vague d'adrénaline et de désir si intense que ses poings se crispaient sur le volant.

Ses incertitudes ne le rattrapèrent qu'au moment où il gravissait à la suite de Grace l'escalier conduisant au frais sanctuaire de la suite verte. Lorsqu'elle se retourna face à lui, il s'attendait presque à ce qu'elle ait changé d'avis, qu'elle insiste pour qu'ils reviennent à leurs anciens rapports distants et polis.

Jamais auparavant il n'avait désiré une femme comme il la désirait. Jamais aimé une femme comme il aimait son adorable épouse à cet instant. Cette découverte le bouleversa presque autant que le désir incandescent qui brûlait en lui. Mais il pouvait freiner son désir si nécessaire. Il lui faudrait pour cela déployer un effort presque surhumain, mais il était assez fort pour résister. Si seulement elle...

— Referme la porte.

Il lui fallut une seconde ou deux pour assimiler cet ordre prononcé d'une voix douce. Deux de plus pour tirer le verrou ancien. Lorsqu'il se retourna vers Grace, elle défaisait le premier bouton de son caraco.

— Attends, murmura-t-il d'une voix rauque. Je rêve de t'ôter ce caraco depuis que tu es descendue de ta chambre, ce matin.

Il s'obligea à défaire les boutons lentement. Il tenait à profiter du dévoilement progressif des courbes de ses seins, centimètre par centimètre. Mais, lorsqu'il écarta le tissu de coton, révélant le soutien-gorge à balconnets qu'elle portait dessous, ce plaisir se transforma en quelque chose qui ressemblait à de la souffrance.

Il était nerveux et excité comme un adolescent. Grace semblait la plus sereine. Elle ne manifesta aucune trace de gêne ou de timidité lorsque son caraco glissa sur ses bras pour atterrir sur le tapis.

Elle défit elle-même l'agrafe de son soutien-gorge dans un geste éminemment féminin et incroyablement érotique. Il brûlait de sentir son corps lisse et ferme contre le sien. Mais, lorsqu'il commença à déboutonner sa chemise, ce fut elle qui arrêta sa main.

— Maintenant, c'est mon tour.

Tout comme lui, elle prit son temps. Elle glissa les mains sous l'ourlet de sa chemise, les fit glisser sur son ventre en remontant lentement, et il se pencha pour l'aider à faire passer le vêtement par-dessus sa tête. Puis ses doigts redescendirent, traçant un chemin de feu sur sa peau. Un sourire dansait dans ses yeux lorsque ses doigts rencontrèrent la boucle de sa ceinture.

— Je rêve de faire cela depuis que je suis descendue de ma chambre, ce matin.

— Très bien, ça suffit donc d'attendre !

Et sur ces mots, il la souleva dans ses bras et l'emporta sans plus tarder en direction du lit.

10

L'épisode de la piscine avait déchaîné son côté animal. Cette fois-ci, Blake était bien décidé à le tenir solidement en laisse. Chacun de ses mouvements était lent et délibéré alors qu'il repoussait le couvre-lit de brocart pour allonger Grace sur les draps de doux satin. Il prit tout son temps pour lui ôter le reste de ses vêtements, puis, de la même façon, il se débarrassa des siens. Les parties de son corps normalement couvertes par le maillot étaient plus pâles et offertes à son exploration gourmande.

— Dommage que Van Gogh ne soit pas ici pour te peindre, murmura-t-il en caressant ses monts et ses vallées. Tu lui aurais inspiré des œuvres encore plus géniales.

— J'en doute beaucoup.

— En tout cas, tu m'inspires, moi. Par exemple, ici...

Il effleura ses lèvres d'un baiser, avant d'ajouter :

— Et là.

Ses lèvres suivirent le contour de sa joue, se posèrent sur ses paupières avec une douceur infinie.

— Et aussi, là.

Il recueillit un sein dans sa paume, puis il se pencha pour l'agacer avec sa bouche, jusqu'à ce que la pointe rose devienne dure et saillante. Ensuite, il accorda une attention égale à l'autre sein, et il eut soudain une assez bonne idée du tourment que l'artiste avait dû ressentir durant la création de ses chefs-d'œuvre, car il l'éprouvait dans sa propre chair en explorant le corps de son épouse.

Grace ne demeurait pas passive pour autant. Ses mains lui pétrissaient les épaules, glissaient sur les muscles de son dos, exploraient le contour de ses hanches.

Ces caresses allumèrent un brasier en lui, mais il s'interdit d'accélérer le rythme. Il effleura son ventre plat, descendit lentement jusqu'à la toison dorée de son mont de Vénus, et il la sentit tressaillir à ce contact. Il glissa lentement un doigt, puis deux, dans son sexe humide et brûlant, appliqua une douce pression du pouce sur le bouton de rose.

A présent, la respiration de Grace était rapide et hachée, tout comme la sienne. Lorsqu'elle se redressa pour l'obliger à s'allonger sur le dos, son cœur faillit bondir hors de sa poitrine.

Appuyée sur un coude, elle se lança alors dans sa propre exploration. Aussi lente, aussi complète que la sienne. Elle déposa une pluie de baisers sur son menton et sur sa gorge, lui mordilla l'épaule, tandis que ses doigts descendaient langoureusement sur son torse, suivant la légère toison qui descendait en se rétrécissant jusqu'à son pubis.

— Si nous devons parler de chefs-d'œuvre, en voici un magnifique, murmura-t-elle en serrant son sexe érigé dans sa main, un sourire malicieux aux lèvres.

Elle entreprit de le caresser, d'abord délicatement, puis augmenta la pression au fur et à mesure. Cette douce friction déclencha une tempête dans ses sens, mais il se savait assez fort pour poursuivre leur exploration mutuelle encore un petit moment. Cette certitude vola pourtant en éclats lorsqu'elle se pencha pour le prendre dans sa bouche.

Il ne respirait plus. Toute la partie inférieure de son corps était en feu. Il réussit à tenir encore quelques instants, mais il savait qu'il arrivait aux extrêmes limites de ses capacités de self-control.

— Grace...

Ce gémissement la fit réagir, et elle releva la tête. Ses lèvres étaient humides et brillantes, ses yeux voilés de désir. Il s'apprêtait à inverser leurs positions respectives lorsqu'elle le devança, le chevauchant hardiment avant de le guider en elle, réprimant un cri lorsqu'il la pénétra. Elle inclina le buste, posant les mains à plat sur son torse. Son visage rayonnait d'un brasier intérieur. Sa longue chevelure en désordre le dissimulait partiellement comme un rideau d'or. Il n'avait jamais rien vu d'aussi beau de toute sa vie.

— Oublions Van Gogh, dit-il d'une voix rauque. Même lui ne saurait te faire justice.

Sur ces mots, il glissa les doigts dans sa chevelure dorée et, l'attirant à lui, il l'embrassa en y mettant toute son âme.

Grace se réveilla en sursaut. Elle sentait une surface râpeuse comme du papier de verre frotter contre sa tempe. Le menton de Blake hérissé de barbe... Elle décida de l'ignorer et de se rendormir, et elle blottit son visage dans le creux de son cou.

— Grace ?
— Hum !
— Es-tu réveillée ?
— Heu... non.
— Non ?

Il changea de position, et son menton râpeux l'effleura de nouveau. Elle releva la tête, clignant des yeux dans la pénombre de la chambre.

— Quelle heure est-il ? s'enquit-elle d'une voix enrouée.
— Près de 6 heures, je crois.
— Quoi ?

Elle laissa retomber sa tête sur son large torse et essaya de se rendormir, mais ce n'était pas chose facile avec ce rire grave qui résonnait juste sous son oreille.

— Je suppose que tu n'es pas une personne du matin.
— Pas de 6 heures du matin, en tout cas, marmonna-t-elle.
— J'en prends note pour m'en souvenir à l'avenir.

Il fallut un moment à son cerveau embrumé pour assimiler cette réponse. Elle se releva alors sur un coude, écartant ses cheveux de son visage. Elle n'était pas assez bien réveillée pour aborder de face le sujet de leur avenir. Ou peut-être pas assez courageuse. Elle choisit d'esquiver.

— Et toi ? répliqua-t-elle. Es-tu une personne du matin ?

— J'en ai bien peur, oui, répondit-il avec un sourire d'excuse. Je suis réveillé depuis près d'une heure.

Et, bien entendu, il était aussi sexy qu'à son habitude dans la lumière bleutée de l'aube. Ses yeux avaient un regard vif, et un sourire paresseux étirait ses lèvres. Allongé nu face à elle sur les draps froissés, il était l'image même de la tentation. Il sentait même bon. Un doux soupçon de musc et de masculinité.

Elle s'aperçut soudain qu'elle fixait le petit tourbillon pileux autour de son nombril et, lorsqu'elle releva précipitamment les yeux, elle constata que le sourire de Blake avait changé de nature. Moins paresseux. Plus sérieux.

— J'ai eu tout le temps de réfléchir en attendant ton retour dans le monde des vivants.

Elle devina, à son expression, quelle direction avaient dû prendre ces cogitations, mais elle lui posa tout de même la question :

— Et... à quoi réfléchissais-tu ?

— A nous.

Elle cessa de respirer. Désirait-il revoir les termes de leur accord ? Renégocier leur contrat ? Après la nuit dernière, elle était certainement prête à écouter de nouvelles propositions. Au prix d'un effort gigantesque, elle réussit à maîtriser le tremblement de sa voix :

— Et quelles sont vos conclusions, maître Dalton ?

— Je désire de tout cœur que notre mariage fonctionne. Qu'il devienne une réalité.

Il repoussa très lentement une mèche de cheveux derrière son oreille, et elle retint sa respiration.

— Je veux passer le reste de ma vie avec toi, Grace. Avec toi, avec Molly et avec les autres enfants que nous aurons ensemble.

Pourquoi fallait-il qu'ils aient cette conversation à ce moment précis, alors qu'elle ne s'était pas brossé les dents et que son visage était tout fripé de sommeil ? Elle ne pouvait même pas se blottir dans ses bras pour lui prouver qu'elle désirait exactement les mêmes choses que lui.

— Attends une minute.

Il la considéra d'un air surpris. Puis il la vit repousser le drap et fronça les sourcils.

— Je reviens tout de suite.

Elle courut s'enfermer dans la salle de bains sans lui laisser le temps de dire un mot. Lorsqu'elle en ressortit, moins de trois minutes plus tard, Blake était adossé à la tête du lit de soie capitonnée. Il avait encore cette expression perplexe sur le visage, mais le fait qu'elle soit toujours nue sembla le rassurer. Autant que la joie sincère qu'il devait lire sur son visage lorsqu'elle remonta sur le lit et vint s'agenouiller face à lui.

— Très bien, dit-elle. Maintenant, je peux te répondre comme il se doit. Répète-moi ce que tu m'as dit tout à l'heure. Mot pour mot.

Il la dévisagea une seconde, puis il répéta docilement :

— Je veux passer le reste de ma vie avec toi.

— Avec moi, et avec qui ? l'encouragea-t-elle.

— Avec toi, avec Molly et avec les autres enfants que nous aurons ensemble.

Soudain, elle se sentait si heureuse qu'elle avait envie de rire et de pleurer tout à la fois. Mais elle voulut être sûre.

— Et peux-tu vivre avec le fait que je ne veuille pas... que je ne puisse pas te révéler les secrets d'Anne ?

— Cela ne me plaît pas, reconnut-il avec sincérité. Mais je suis prêt à l'accepter.

— Dans ce cas, je dis « oui » à tout, déclara-t-elle. Molly, d'autres bébés, tout ce qu'il te plaira.

— Ouf ! s'exclama-t-il, retrouvant instantanément son sourire. Je commençais à sérieusement m'inquiéter.

— A l'avenir, murmura-t-elle en prenant son visage énergique entre ses mains, je te suggère d'attendre que je me sois brossé les dents pour me faire une déclaration pareille.

— J'en prends bonne note, assura-t-il.

Elle se délectait du contact des joues râpeuses sous ses doigts, émerveillée par la perspective de la vie qui s'ouvrait devant elle, de tous ces mois, toutes ces années à partager avec cet homme brillant, séduisant, unique. Le cœur plein d'espoir, elle se pencha vers lui et l'embrassa pour sceller leur nouveau contrat.

Grace trouvait incroyable qu'après les chaotiques débuts de leur mariage sa lune de miel ait tourné au conte de fées dont rêvent toutes les femmes.

Des négociations de dernière minute avaient évité la grève des transports qui menaçait le bon déroulement des opérations de Dalton International en France. Débarrassé de ses soucis professionnels, son mari pouvait enfin lui accorder toute son attention. Comme elle l'avait déjà découvert, il se levait aux aurores et manifestait une énergie débordante dès le réveil. Elle n'était pas vraiment paresseuse, mais préférait se réveiller dans la lumière du jour plutôt que dans la pénombre grise de l'aube. Le compromis qu'ils trouvèrent consistait à faire l'amour tard dans la nuit, toutes les nuits, et à répéter l'expérience le matin dès qu'elle était totalement réveillée. Les après-midi et les soirées restaient ouverts aux négociations.

Ils employaient aussi de longues heures à découvrir la personne qu'ils avaient épousée. Grace savait déjà que Blake aimait la lecture, mais jusqu'alors elle ne l'avait vu lire que les journaux financiers. Durant un après-midi de pluie, événement fort rare sous les cieux de la Provence, ils explorèrent la bibliothèque et passèrent de merveilleuses heures ensemble à lire l'ouvrage que chacun avait choisi pour l'autre. Elle lui fit découvrir *Jane Eyre*, son roman préféré, et de son côté elle dévora une étude sur les présidents américains, qu'il avait choisie pour elle.

Hors cet après-midi pluvieux, ils passèrent la plupart de leurs journées au bord de la piscine, à se promener en ville ou à explorer la Provence en voiture. Les ruines romaines de Glanum avaient éveillé son intérêt pour les autres sites antiques de la région. Les Arènes d'Arles, le Théâtre antique d'Orange ne la déçurent pas. Mais le moment culminant de ce voyage dans le passé fut sans nul doute le chef-d'œuvre de pique-nique gastronomique qu'Auguste avait préparé pour leur excursion au pont du Gard, un chapon farci aux truffes accompagné d'une julienne de carottes aux petits oignons qu'ils dégustèrent en grand style sur la plage de galets, au pied des arches monumentales de l'antique aqueduc.

Ils traversèrent plusieurs siècles en visitant le Palais des papes à Avignon, une forteresse dressée sur un escarpement rocheux dominant le Rhône, témoin du conflit entre le roi Philippe IV de France et les institutions papales de l'époque.

Tout naturellement, la visite de Châteauneuf-du-Pape, un autre palais bâti par des papes français amoureux de la vigne, constitua leur étape suivante. Ils visitèrent les caves et goûtèrent les vins rouges puissants issus des cépages prestigieux de la région.

Chaque jour apportait une nouvelle expérience. Et, avec chaque jour qui passait, elle tombait plus profondément amoureuse de son mari. Leurs nuits ne faisaient qu'amplifier l'intensité de ses sentiments. La romantique qu'elle était aurait voulu que ce moment où elle avait Blake tout à elle se prolonge indéfiniment. Hélas, elle ne pouvait s'empêcher de se poser des questions. Où habiteraient-ils ? Comment Delilah réagirait-elle à cette nouvelle relation entre son fils et elle ?

Un beau matin ensoleillé, alors qu'ils roulaient vers l'Isle-sur-la-Sorgue, une petite ville située à une trentaine de kilomètres, où se tenait un grand marché en plein air, les deux parties de sa personnalité entrèrent en conflit direct. Le marché de l'Isle-sur-la-Sorgue était beaucoup plus important que celui de Saint-Rémy, et les touristes y étaient nombreux. Mais l'atmosphère exubérante, le charme de la jolie petite ville traversée par la Sorgue firent de leur promenade entre les étals aux couleurs vives un moment de pur plaisir.

En guise de petit déjeuner tardif, ils s'arrêtèrent pour déguster un cappuccino et des fraises recouvertes de crème fouettée. Ils goûtèrent ensuite d'innombrables variétés de fromages, de charcuteries et de pâtisseries artisanales. Tant et si bien que, lorsque Blake proposa de déjeuner dans l'un des petits bistrots alignés de part et d'autre de la rue principale, elle ne pouvait plus avaler une seule bouchée.

— Merci, mais je suis rassasiée. J'aurais seulement besoin de quelque chose de frais.

Blake indiqua les bancs publics à l'ombre des saules sur les berges de la rivière, à quelques mètres d'eux.

— Va m'attendre là-bas et ne bouge pas. Tout à l'heure, en

passant, j'ai remarqué l'étal d'un glacier qui m'avait l'air tout à fait intéressant. As-tu un parfum de glace préféré ?

— J'aime tout, sauf le kiwi. Je n'ai jamais pu supporter ces petites choses couvertes de poils.

— Pas de kiwi pour toi, commenta-t-il en souriant. Un autre détail à noter sur notre liste pour l'avenir.

Cette liste s'allongeait chaque jour. Le sourire aux lèvres, elle alla s'asseoir sur l'herbe, ses jambes étendues devant elle, et en profita pour observer les autres flâneurs éparpillés le long des berges. Des familles entières étaient installées au bord de l'eau, et les jeunes générations jouaient sous l'œil vigilant des adultes. Un peu plus loin, un jeune couple était allongé dans l'herbe et, visiblement oublieux du monde qui les entourait, ils s'embrassaient avec une passion juvénile, qui leur valut les regards désapprobateurs de deux religieuses qui passaient par là. Quelques mètres plus loin, une jeune maman donnait le sein à son bébé, sereine comme une madone dans un tableau de grand maître, accomplissant cet acte naturel sans se soucier des passants. Les hommes détournaient précipitamment les yeux. Certaines femmes esquissaient un sourire comme si elles se souvenaient de leurs propres expériences. Une ou deux d'entre elles leur lancèrent un regard d'envie.

Cette scène fit resurgir en elle un torrent d'émotions qu'elle croyait avoir oubliées depuis longtemps. Durant le mariage chaotique d'Anne, elle avait prié pour que sa cousine ne tombe pas enceinte, car la naissance d'un enfant l'aurait liée plus solidement encore à Jack Petrie. Et qu'avait fait Anne après s'être échappée de l'enfer de ce mariage ? Elle était tombée follement amoureuse d'un richissime avocat, était tombée enceinte et, folle de panique, s'était enfuie une nouvelle fois. Seulement, cette fois-ci, elle n'avait pas fui assez loin pour échapper à sa terreur. Anne avait atterri dans un hôpital de San Diego, et son bébé dans les bras de Grace.

Grace avait fait de son mieux pour éviter que Molly ne devienne trop précieuse à son cœur. Mais c'était un combat perdu d'avance. Dès l'instant où elle avait tenu la fille d'Anne dans ses bras, elle avait élaboré un plan B. Elle cacherait d'abord l'enfant à ses amis, et leur annoncerait à mots couverts qu'elle était enceinte. Sitôt qu'elle serait sûre que la nouvelle de cette soi-disant grossesse était parvenue aux oreilles du sadique Jack Petrie, elle solliciterait un congé sabbatique, et elle irait s'installer dans une ville où personne ne la connaissait afin de mettre en scène une fausse grossesse. Ensuite, elle élèverait Molly comme si la fillette était sa propre enfant.

Au lieu de cela, sa cousine l'avait suppliée sur son lit de mort de remettre l'enfant à son père. Grace avait respecté ses dernières volontés sans aucun enthousiasme. Elle comprenait le raisonnement d'Anne, acceptait le fait que la place de cette enfant était auprès de son papa. Et les semaines passées chez les Dalton dans le rôle de nounou temporaire de Molly n'avaient fait que confirmer le bien-fondé de cette décision. Mais, à ce stade, le lien entre Molly et elle était devenu une chaîne autour de son cœur que rien ne saurait briser. Elle avait redouté de toute son âme le moment où elle devrait couper ce lien, quitter cette enfant et la famille Dalton, aussi dynamique que charismatique. A présent, cette chaîne allait demeurer intacte.

Elle replia ses jambes pour poser son menton sur les genoux. Le plan de secours qu'elle avait élaboré était toujours d'actualité. Elle ne pouvait pas courir le risque que le mari sadique d'Anne découvre que Grace avait épousé un homme qui se trouvait être le papa d'un bébé. Petrie ne manquerait pas de se renseigner au sujet de Blake. Il découvrirait facilement qu'il n'était pas veuf, et il se demanderait par quel miracle il avait tout à coup hérité d'un bébé juste au moment où Grace était entrée dans sa vie.

Elle contacterait certaines de ses amies à San Antonio, décidat-elle avec une sombre détermination. Elle laisserait entendre qu'elle avait rencontré quelqu'un l'année précédente, et qu'elle avait passé le semestre de printemps et toutes ses vacances d'été à gérer les résultats inattendus de cette brève rencontre. Puis Blake Dalton était apparu dans sa vie comme un chevalier blanc et l'avait convaincue de l'épouser.

Ces quelques informations délibérément vagues qu'elle

sèmerait ainsi seraient comme des graines qui germeraient, puis se disperseraient parmi ses autres collègues. Avec le temps, une version modifiée de l'histoire parviendrait probablement aux oreilles de Jack Petrie. Et il ne soupçonnerait jamais l'existence de Molly. Il fallait que cela fonctionne !

Absorbée dans les détails de son plan, elle ne se rendit compte que Blake était de retour que lorsqu'il vint se planter devant elle.

— Une combinaison fraise, pêche et mangue pour toi. Une myrtille et banane pour moi.

Elle déplaça son sac pour lui faire de la place sur l'herbe, et il s'assit près d'elle avec la grâce naturelle d'un athlète. Ils dégustèrent leurs glaces dans un silence confortable en contemplant le paysage tranquille de la rivière.

La Sorgue coulait, verte et paisible, à seulement quelques mètres d'eux. Les jeunes amoureux étaient encore allongés, visage contre visage. Deux petites filles jouaient au bord de l'eau sous l'œil attentif de leur papa. Leur maman avait terminé d'allaiter le bébé dans ses bras et lui faisait faire son rot.

Elle eut soudain la gorge serrée. Ce bébé ne ressemblait pas du tout à Molly. Elle n'avait pas des yeux aussi bleus, et ses rares cheveux noués avec un ruban rose ne pouvaient se comparer aux boucles d'or de Molly.

Mais, lorsqu'elle agita ses petits poings potelés dans sa direction et lui offrit un sourire tout en gencives, elle ne put s'empêcher de rire, puis de lui sourire en retour.

Blake suivit la direction de son regard et observa un instant la scène d'un air pensif. Il entendit Grace soupirer et tourna les yeux pour contempler son profil. Il ne fut pas surpris par l'expression de son visage, ni par la supplique qu'il lisait dans son regard lorsqu'elle lui fit face.

— J'ai vécu des moments inoubliables en Provence, murmura-t-elle d'une voix lente. Chaque jour, chaque nuit passés auprès de toi ont été un conte de fées devenu réalité.

Elle lança un nouveau regard dans la direction du bébé, et il lut dans ses pensées.

— Oui, je sais, dit-il avec un sourire mélancolique. Molly me manque, à moi aussi. Et si nous rentrions à la maison ?

11

Sa décision prise, Blake agit avec la célérité et l'efficacité qui le caractérisaient. Tandis que Grace et lui se frayaient un chemin dans la foule du marché pour regagner leur voiture, il utilisa son smartphone pour vérifier les plans de vol des appareils de la flotte de Dalton International. Le jet privé de la société se trouvant de l'autre côté de l'Atlantique, il réserva deux places en première classe sur un vol commercial à destination de Dallas qui décollait en fin d'après-midi. Avec la différence de fuseaux horaires, ils arriveraient à Oklahoma City presque à l'heure où ils avaient quitté la France.

Grace ne disposait donc que d'une heure pour boucler ses valises et pour faire ses adieux à Auguste et au reste du personnel. Les adieux de Blake incluaient de leur côté des pourboires exorbitants pour chacun des membres de l'équipe et la promesse de ramener madame aux Ormes très bientôt pour un séjour plus prolongé.

Portée par l'excitation du départ et par sa hâte de revoir Molly, elle ne vit pas passer le temps durant une bonne moitié de leur traversée de l'Atlantique. La présence de Blake à son côté dans la luxueuse cabine de première classe lui fit oublier la fatigue durant le reste du voyage. Ce fut seulement à l'aéroport de Dallas, au moment de prendre leur vol de correspondance pour Oklahoma City, qu'elle se sentit au bord de l'épuisement. Et aussi terriblement nerveuse à l'idée de se retrouver face à la mère de Blake. Delilah n'avait pas mâché ses mots, lors de leur dernière rencontre. Le message qu'Alex leur avait apporté à San Antonio était écrit sur le même ton. Delilah n'était pas du tout satisfaite de ce mariage à la sauvette, et elle les avertissait qu'elle aurait deux mots à dire aux jeunes mariés, dès leur retour de lune de miel.

Elle ne parvenait pas à imaginer quelle serait la réaction de la redoutable matriarche du clan Dalton devant l'évolution de la relation entre son fils et son épouse. Delilah savait très certainement que Blake l'avait épousée pour des raisons utilitaires. En tout cas, en grande partie. Parviendrait-elle à croire que ses sentiments aient pu évoluer à ce point en un temps aussi bref ? Probablement pas. Grace parvenait à peine à le croire elle-même.

Lorsqu'ils tournèrent dans la longue allée qui conduisait à la somptueuse résidence des Dalton à Nichols Hills, l'angoisse lui serrait l'estomac. Puis la porte d'entrée s'ouvrit à la volée, et elle comprit au premier regard qu'elle avait sous-estimé Delilah. En les voyant, la matriarche poussa un cri de joie qui résonna comme un coup de canon dans l'air frais et limpide de septembre.

— Je le savais ! s'écria-t-elle en riant alors qu'ils grimpaient les marches du porche. Personne au monde n'est capable de résister à la combinaison du soleil de la Provence et de la cuisine d'Auguste. Et surtout pas deux personnes à tel point amourachées l'une de l'autre.

— Tu n'es jamais fatiguée d'avoir toujours raison ? observa Blake en se penchant pour déposer un baiser sur sa joue.

— Jamais.

Ses yeux bleus à peine un ton plus clair que ceux de son fils vinrent se river sur Grace, et elle ajouta :

— Et c'est là un détail dont vous feriez bien de vous souvenir, vous aussi, ma petite. Et maintenant, venez par ici, que je puisse serrer ma nouvelle bru dans mes bras.

Et pendant l'étreinte digne d'un ours qui suivit, enveloppée par la fragrance d'un parfum scandaleusement coûteux, Grace passa instantanément du statut d'employée et ancienne nounou à celui de membre de la famille.

— Merci de m'avoir fait confiance pour Molly, murmura-t-elle au bord des larmes. Et merci... pour tout.

— C'est nous qui devons vous remercier, répliqua Delilah en la serrant plus fort. C'est d'abord grâce à vous que Molly est arrivée chez nous.

Lorsqu'elles se séparèrent, les deux femmes avaient les yeux humides. Visiblement embarrassée par cet accès de sentimentalité si peu fréquent chez elle, Delilah désigna l'escalier d'un large geste de la main.

— Je suppose que vous désirez voir le bébé. Elle est là-haut dans la nurserie. Elle faisait une petite sieste, mais je viens de l'entendre sur le moniteur, et elle est réveillée maintenant.

La dernière fois où elle avait monté les marches en marbre de ce magnifique escalier, Grace n'était qu'une employée dans la maison de Delilah. En les remontant aujourd'hui, elle éprouvait des sentiments confus. Mais surtout, elle était anxieuse de serrer le bébé dans ses bras. Elle l'entendait déjà babiller dans la seconde chambre à gauche, en haut de l'escalier. Toutefois, l'idée que ce bébé et cet homme merveilleux étaient désormais tout à elle lui paraissait toujours aussi incroyable.

Lorsqu'ils entrèrent dans la nurserie que Delilah avait créée et dotée de tous les luxes possibles, Molly se tenait debout dans son berceau. Ses boucles d'or formaient un halo autour de son visage, et ses yeux bleus suivaient chacun de leurs mouvements avec une sorte d'impatience, comme si elle leur reprochait de s'être absentés aussi longtemps.

Grace sentit son cœur fondre instantanément. Et son bonheur fut total lorsque Molly se mit à gazouiller joyeusement, en lui tendant ses petits bras dodus.

— Gace !

Riant et pleurant tout à la fois, elle souleva l'enfant hors de son berceau.

Septembre s'acheva, et le mois d'octobre apporta dans son sillage des températures nocturnes beaucoup plus fraîches. Les semaines passaient, mais dans un recoin sombre de son esprit Grace ne parvenait pas à se défaire de l'idée que ce bonheur ne pouvait pas durer. Un jour, même si elle ignorait encore de quelle façon, elle paierait cher cette joie qu'elle éprouvait chaque matin en se réveillant. Mais ses jours et ses nuits dans les bras de Blake étaient si bien remplis qu'ils repoussaient cette vilaine pensée au dernier rang de ses préoccupations.

Leur premier souci était de trouver une maison. Plutôt que de déménager la nurserie de Molly dans l'appartement de célibataire de Blake pendant qu'ils visitaient frénétiquement des propriétés à vendre, ils acceptèrent l'offre de Delilah d'occuper l'aile de sa résidence qu'elle réservait à ses invités de passage. Et, tout naturellement, Delilah et Molly l'accompagnaient dans ces recherches du foyer idéal lorsque Blake était retenu par son travail. Julie aussi, lorsqu'elle ne pilotait pas son avion ou n'était pas occupée à redécorer la maison qu'Alex et elle venaient d'acquérir.

Grace avait d'abord redouté que Delilah fasse pression pour les obliger à choisir une résidence vaste et somptueuse, mais cette crainte s'était avérée vaine. Sa belle-mère n'avait qu'une seule exigence : elle tenait à ce que sa petite-fille habite suffisamment près de chez elle pour qu'elle puisse la gâter à volonté. Elle se montra donc ravie lorsque Grace porta son choix sur une maison à colombages, récemment rénovée, à moins d'un kilomètre de la résidence des Dalton. La maison, bâtie sur deux niveaux, était sise bien en retrait de la rue, sur un demi-hectare de terrain, ombragé par de grands pins. Elle avait eu le coup de foudre pour ses parquets de chêne luisant, sa magnifique cuisine inondée de soleil. Les cinq chambres l'avaient fait hésiter, mais Blake l'avait convaincue qu'ils pouvaient transformer l'une d'elles en salle vidéo et l'autre en salle de sport. Jusqu'au jour où ils en auraient besoin pour un meilleur usage.

Lorsqu'ils entrèrent en possession de la maison, Grace se trouva confrontée à la redoutable mission de remplir les pièces vides. Elle songea à s'attaquer à une pièce à la fois, mais Delilah lui offrit aimablement les services de son décorateur pour coordonner un plan général.

— Prends-la au mot, insista Julie pendant un brunch chez leur belle-mère.

Les deux jeunes mariées étaient confortablement installées sur la terrasse ensoleillée, surveillant distraitement les jeux de Molly dans son parc d'enfant, tandis que leurs maris, plantés devant la télévision du salon, prenaient connaissance des résultats des matchs de football du week-end. Delilah avait entraîné leur autre invité dans la bibliothèque pour lui montrer de vieilles photos jaunies, datant de l'époque où son mari et elle se lançaient dans l'exploration pétrolière. Grace trouvait intéressant que Dusty Jones, l'irascible associé de Julie, soit devenu un visiteur assidu de la résidence de Nichols Hills.

— Ce décorateur a du talent, assura sa nouvelle belle-sœur. Enormément de talent.

Grace ne pouvait pas la contredire sur ce point. Elle avait vécu dans ces pièces somptueuses durant plusieurs mois en tant que nounou de Molly. Les lustres Lalique et les magnifiques meubles anciens témoignaient du goût de Delilah pour l'unique et le flamboyant. Mais Grace avait vécu dans la crainte constante que Molly rende un jour son déjeuner sur la soie tissée à la main qui recouvrait ses magnifiques sofas italiens.

— Crois-moi, insista Julie. Victor t'aidera à réaliser le style de décoration que tu auras choisi. Il a tout de suite compris que chez nous j'avais envie d'espace et de simplicité. Jusqu'à présent, j'ai suivi presque toutes ses suggestions.

— Ce qui n'a pas manqué de surprendre tout le monde, constata Grace. Toi y compris.

— C'est vrai, reconnut la jeune femme rousse en riant. J'ai tendance à exprimer des opinions bien arrêtées sur divers sujets. Alex me le reproche assez souvent.

Le mariage lui réussissait merveilleusement bien. Julie paraissait détendue et heureuse avec ses longs cheveux auburn tombant en cascades sur ses épaules. Ses doigts jouaient distraitement avec le pendentif d'or qu'Alex lui avait offert comme cadeau de fiançailles, un disque d'or massif délicatement ouvragé, représentant un dieu inca surgi des eaux du lac Titicaca pour créer le soleil, la lune et les étoiles. Julie, qui avait piloté des avions-cargos dans toute l'Amérique du Sud, avait mentionné son nom, mais Grace l'avait oublié.

— Si j'étais toi, je me résignerais à l'inévitable, et j'appellerais Victor. Autrement, Delilah l'invitera à un cocktail, un soir, et elle obligera le malheureux à étudier un par un les plans de toutes tes pièces tout en lui versant des martinis au fond de la gorge.

— D'accord, je me rends. Je l'appellerai.

Les deux femmes demeurèrent silencieuses un instant, mais ce silence ne les gênait ni l'une ni l'autre. Elles ne se connaissaient que depuis quelques mois, pourtant ce bref laps de temps avait suffi pour qu'elles deviennent amies. Le fait d'avoir épousé des jumeaux renforçait encore le lien entre elles. Et offrait à chacune une perspective unique sur la vie de l'autre.

Grace avait craint de voir des tensions se créer entre les deux frères, suite à la preuve qu'elle avait apportée quand à la paternité de Blake. Ou bien des tensions entre Alex et elle. Avant les dernières analyses ADN, en effet, tout semblait indiquer qu'Alex était le père du bébé. Entre-temps, Molly était devenue chère à son cœur et il avait réorganisé sa vie autour d'elle. La maison dans laquelle Julie et lui venaient d'emménager avait été choisie en pensant aux besoins de Molly.

Alex semblait cependant avoir accepté de bonne grâce de n'être que l'oncle de Molly au lieu de son papa, et il était toujours aussi attentif, aussi affectueux avec elle. Mais Grace ne pouvait s'empêcher de se sentir encore un peu coupable.

— Dis-moi la vérité, murmura-t-elle, s'adressant à sa belle-sœur. Alex m'en veut-il d'avoir gardé le secret de ma cousine ?

— Il t'en a voulu durant un jour ou deux, c'est vrai, lorsque Blake lui a montré les dernières analyses ADN. Mais Alex est un grand garçon. Il s'est remis de sa déception. Je l'y ai peut-être un peu aidé, ajouta-t-elle avec un sourire malicieux, en redirigeant ses pensées dans des voies différentes lorsque c'était nécessaire.

— Oui, je suis sûre que... Excuse-moi, c'est le téléphone de Blake que j'entends sonner. Il attendait un appel de Singapour. C'est peut-être important.

Elle ramassa l'appareil que Blake avait laissé sur la table, et jeta un coup d'œil à l'écran. C'était un appel local. A l'évidence, le correspondant jugea que ce qu'il avait à dire était trop urgent pour le confier au répondeur. Grace allait reposer le téléphone lorsqu'il sonna de nouveau, affichant l'icône d'un message texte.

— Je ferais mieux d'aller montrer ce message à Blake. Veux-tu garder Molly un instant ?

— Bien sûr.

Le téléphone à la main, elle entendait la clameur d'une foule en délire monter du salon. En toute honnêteté, elle n'avait pas eu l'intention de poser son doigt sur l'icône des messages. Ou de lire les quelques mots qui apparurent sur l'écran. Mais ce qu'elle découvrit la pétrifia :

J'ai du nouveau concernant Petrie. Appelez-moi.

Grace sentit une main de glace lui serrer le cœur. Tout à coup, elle n'entendait plus les sons provenant du salon. Elle se sentait paralysée, parvenait à peine à respirer, et l'image de Jack Petrie resurgit dans son esprit, oblitérant tout le reste. Elle revit son visage haineux la dernière fois qu'il lui avait permis d'entrer dans sa maison. *Sa maison.* Pas celle de sa cousine. Pas le foyer qu'ils avaient bâti ensemble. La maison était à lui. La voiture était à lui. Chaque sou de leur compte en banque était à lui, et c'était lui qui décidait combien sa femme pouvait dépenser.

L'étau de glace se brisa. Une furie presque oubliée flamba de nouveau dans son cœur. Un cri de rage monta dans sa gorge et elle projeta violemment le téléphone de Blake contre le mur tapissé du couloir.

Les jumeaux Dalton accoururent au pas de course avant même que les morceaux de l'appareil aient touché le sol.

— Que diable… !

— Grace ! s'écria Blake, écartant son frère. Tout va bien ?

Elle ne répondit pas. Elle ne pouvait pas répondre. Une rage insensée lui obstruait encore la gorge.

— Est-il arrivé quelque chose à Molly ? insista-t-il en lui emprisonnant les bras. Alex, va voir si Julie et le bébé n'ont rien !

Cette injonction était inutile. Son frère se précipitait déjà vers le bout du couloir.

— Parle-moi, Grace ! supplia Blake en serrant ses bras à lui en faire mal. Dis-moi ce qui s'est passé.

— Tu as reçu un message, voilà ce qui s'est passé.

— Quoi ?

— Je l'ai ouvert par erreur, se défendit-elle en se libérant brusquement de son étreinte. Je n'avais pas l'intention de le lire. A l'évidence, de toute façon, je n'étais pas censée en avoir connaissance.

— De quoi parles-tu ? Quel message ? Qui l'a envoyé ?

— Je suppose qu'il provient de ton ami le détective.

— Jamison ? fit-il en se rembrunissant.

— Oui, Jamison, confirma-t-elle d'un ton acide. Il te demande de le rappeler. Il a du nouveau concernant Petrie.

— Oh ! non !

Cette exclamation équivalait à un aveu. Tournant les talons, elle se précipita vers l'autre bout du couloir, où elle faillit entrer en collision avec le duo qui ressortait de la bibliothèque. A tout autre moment, elle aurait noté avec intérêt qu'une bonne partie du rouge à lèvres de Delilah s'était transférée de sa bouche à celle de Dusty Jones. Mais, lorsque Delilah lui demanda ce qui se passait, elle répondit seulement d'une voix sèche :

— Posez la question à votre fils.

Elle les contourna rapidement, regrettant soudain de n'avoir pas emporté les clés de la magnifique Jaguar que Blake avait insisté pour lui acheter. Elle avait besoin de sortir de cette maison, de prendre l'air. Malheureusement, elle les avait laissées sur la commode de leur suite, au premier étage. Grinçant des dents de frustration, elle se précipita vers l'escalier. Elle se sentait trahie. Elle entra dans la suite luxueusement meublée, et elle venait de ramasser les clés d'un geste brusque lorsqu'une voix derrière elle la fit sursauter :

— Tu as l'intention d'aller quelque part ?

— J'y songeais, en effet, rétorqua-t-elle, faisant face à son mari pour le fusiller du regard.

— Serait-il indiscret de te demander où ? s'enquit-il d'un ton serein.

Trop serein. Elle avait toujours admiré sa maîtrise de soi, cette capacité qu'il avait de conserver son calme et de rester lucide face à toutes les situations, mais, à cet instant précis, avec cette souffrance qui lui déchirait le cœur, ce calme olympien ne fit que raviver sa colère.

— Je t'avais fait confiance, dit-elle d'un ton amer. Lorsque tu m'as assuré que tu pouvais vivre avec mon refus de trahir le secret d'Anne, je t'ai cru.

— C'est exactement ce que je fais.

— Comment oses-tu dire cela ?

Il lui lança un regard pénétrant, mais, sans se départir de son flegme, il alla tranquillement refermer la porte avant de se retourner face à elle.

— Comme tu n'as pas voulu me faire confiance en me révélant les secrets d'Anne...

— Je ne pouvais pas ! Pour moi, une promesse est sacrée. Mais, visiblement, ce n'est pas le cas de tout le monde.

— Comme tu n'as pas pu me faire confiance, corrigea-t-il, un soupçon d'impatience dans sa voix, j'ai demandé à Jamison de continuer à enquêter. Je sais maintenant que son véritable nom était Hope Templeton.

— Je n'ai qu'une seule cousine, marmonna Grace. Je m'étonne qu'il ait fallu aussi longtemps à ton fin limier pour découvrir sa véritable identité.

— Je sais aussi qu'elle s'est mariée à l'âge de dix-sept ans.

— Comment sais-tu cela ? Nous avions pourtant...

— Modifié les dossiers officiels ? coupa-t-il. Je n'ai pas besoin de te rappeler que c'est un délit.

C'était l'avocat qu'elle avait à présent face à elle, bien campé sur ses jambes, les bras croisés, exposant son argumentaire d'un ton péremptoire. Elle comprit qu'il était inévitable qu'ils aient cette discussion un jour ou l'autre. Elle espérait de tout son cœur que ce serait la dernière.

Maîtrisant sa colère, elle se laissa tomber sur le lit.

— Continue. Je t'écoute.

— Ce que mon « fin limier », comme tu dis, n'a pas trouvé, c'est l'enregistrement d'un acte de divorce. Je suis donc obligé de supposer qu'Anne était encore une femme mariée lorsque nous nous sommes rencontrés. Et aussi, qu'elle n'était pas heureuse dans son mariage.

— Et comment es-tu parvenu à cette brillante déduction ?

Ce sarcasme ne provoqua qu'un haussement d'épaules.

— Le fait qu'Anne l'ait quitté me semble une preuve évidente. Sans compter qu'elle se cachait sous un nom d'emprunt, probablement pour éviter qu'il puisse la retrouver.

Grace aurait pu ajouter bien d'autres détails à sa liste. Comme l'aversion d'Anne pour les lieux publics de crainte que Petrie ou l'un de ses amis la reconnaissent. Sa crainte et sa profonde méfiance des autres hommes, jusqu'à lui. Sa brusque disparition de la vie de Blake malgré tout l'amour qu'elle devait éprouver pour lui.

— J'ai demandé à Jamison de se renseigner sur son mari, poursuivit-il en la tirant de sa sombre rêverie. A en croire les dossiers de la police d'Etat du Texas, Jack Petrie est un excellent officier, deux fois décoré pour actes de bravoure dans l'accomplissement de son devoir. La première fois pour avoir extrait un homme et son fils de leur véhicule en feu, et la seconde pour avoir abattu un dealer qui venait de tirer sur son partenaire durant un contrôle de routine.

— Tu ne l'as pas contacté, j'espère ? demanda-t-elle, le cœur serré.

— Non. Et Jamison ne l'a pas fait non plus. Mais il s'est renseigné discrètement.

Grace retint son souffle.

— Et alors ?

— Jamison en est ressorti avec l'impression que Petrie était un mari dévoué qui adorait parader avec sa jolie épouse à son bras. D'après la rumeur, il a été totalement dévasté lorsqu'elle l'a abandonné.

Blake attendait visiblement qu'elle nie la rumeur, mais, comme elle n'en fit rien, il aborda le cœur du problème :

— Ce qui laisse ouverte la question de Molly.
— Elle est ta fille, Blake ! s'écria-t-elle. Pas celle de Petrie !
— Je le sais. Même sans la confirmation des analyses d'ADN, les sources de Jamison confirment qu'Anne a quitté son mari presque un an avant que je ne fasse sa connaissance. Il demeure qu'ils étaient toujours mariés lorsqu'elle a donné naissance à Molly. Et, légalement...
— Au diable la légalité ! Tu disposes des analyses ADN. Si l'affaire arrivait devant les tribunaux, tu aurais plus qu'assez de preuves pour prouver que tu es le père de Molly.

Elle se releva pour venir vers lui, suppliante.

— Mais nous n'avons pas besoin d'un procès, Blake. Anne est décédée. Petrie ignore qu'elle a mis au monde un enfant. Pourquoi ne pas laisser les choses telles qu'elles sont ?
— De quoi as-tu si peur, Grace ? De quoi Anne avait-elle peur ? Petrie lui a-t-il fait du mal ? L'a-t-il battue ?
— Je...
— Réponds-moi, pour l'amour du ciel !

Elle faillit s'effondrer, alors. A cet instant, elle aurait tout donné pour pouvoir partager avec lui le fardeau de la sordide vérité. Mais elle avait juré à sa cousine qu'elle garderait toujours son secret. Elle consentit seulement à répondre à l'une de ses questions :

— Il ne la violentait pas physiquement. En tout cas, pas à ma connaissance. Mais la cruauté mentale peut être tout aussi dévastatrice.
— Raison de plus pour que je protège Molly contre ce sinistre individu.

Blake avait la formation et les réseaux de contacts nécessaires pour obtenir toutes sortes de sanctions légales contre Petrie, elle le savait. Elle savait aussi que le simple fait qu'il ait eu une aventure avec Anne rendrait Jack fou de rage et de jalousie. Cet homme était un sadique. Il avait étouffé son épouse d'un amour pervers que le reste du monde prenait pour de la dévotion. Anne était désormais à l'abri de sa vindicte, mais pas sa fille.

Ni son amant.

— Tu viens de me prouver que j'avais raison d'être inquiète, dit-elle d'une voix qui se brisait. Crois-tu que Jack Petrie ne cherchera pas à se venger ? Il tentera de t'extorquer des millions. Il t'intentera un procès en paternité qui traînera des années. As-tu réfléchi à cela ?

— Naturellement, répliqua-t-il d'un ton brusque. Je n'ai pas peur de l'affronter. Devant les tribunaux, ou de la façon qu'il lui plaira.

Il était temps de se calmer. Elle prit une profonde inspiration, tentant de ne pas oublier qu'elle n'avait pas affaire à un lunatique comme Jack Petrie.

— Oublie tes sentiments personnels un instant, Blake. Pense à l'effet qu'un procès interminable pourrait avoir sur Molly. Lorsqu'elle sera plus grande, elle se posera des questions au sujet de sa mère. Il lui suffira de se connecter sur internet. Tu peux imaginer les gros titres qu'elle découvrira : « L'enfant d'un célèbre milliardaire au centre d'une féroce bataille pour les droits paternels ». Ou bien : « Un officier de police plusieurs fois décoré pour bravoure affirme que sa femme était une prostituée ».

— Oui, d'accord, j'ai compris.

Il comprenait, mais cela ne lui plaisait pas du tout. Néanmoins, ils ne pouvaient pas se contenter d'ignorer le problème.

— Ordonne à ton détective de cesser son enquête, Blake. S'il te plaît ! Dans un an ou deux, à part nos proches, tout le monde supposera que Molly est notre enfant. Petrie n'aura aucune raison d'en douter.

Il la dévisagea comme si elle venait de le frapper, comme si cette réponse était une injure à sa conception du bien et du mal, et son regard devint glacé.

— Alors, tu es prête à faire de ta vie un mensonge ? répliqua-t-il d'un ton coupant. Comme ta cousine ?

Dans l'intérêt de Molly, elle lui donna la seule réponse possible :
— Oui.

12

— Elle ne parvient toujours pas à me faire confiance.

Une bière à la main, Blake s'efforçait d'ignorer le brouhaha de la foule qui se pressait dans le petit bar de quartier à quelques pâtés de maisons du siège de Dalton International. Son frère et lui sortaient d'une interminable réunion avec les représentants d'un fabricant d'acier japonais, suivie d'un dîner dans le meilleur restaurant d'Oklahoma City. A présent, leurs visiteurs avaient regagné leur hôtel, et Blake et Alex faisaient le bilan de la soirée devant une bière bien fraîche, avant de rentrer chez eux pour retrouver leurs épouses respectives. Les négociations avaient été longues et compliquées, mais ce n'étaient pas les Japonais qui lui causaient du souci. A cet instant précis, c'était Grace qui occupait toutes ses pensées.

— Je peux accepter que Grace ait promis de ne jamais révéler les secrets de sa cousine, poursuivit-il en allongeant ses longues jambes sous la table. Je respecte beaucoup sa détermination à tenir sa parole. Mais, bon sang, nous sommes mariés depuis presque un mois déjà, et elle est toujours persuadée que je ne suis pas de taille à la débarrasser de ce Jack Petrie.

Les deux frères avaient déjà débattu de ce sujet en de nombreuses occasions. Haussant les épaules, Alex s'efforça de trouver la voie du juste milieu.

— Grace connaît Petrie, rappela-t-il. Nous, non.

— Nous en savons assez sur lui ! Ce salopard terrorisait sa

femme et l'a obligée à vivre en se cachant. Et maintenant, il fait la même chose avec ma femme !

Il bouillonnait de frustration. Mais c'était surtout son orgueil qui souffrait. Il desserra sa cravate, déboutonna son col de chemise et avala une gorgée de bière, avant d'ajouter :

— Mère me raconte que Grace reste toujours dans l'arrière-plan à ses soirées de charité, et elle court se cacher dès qu'un photographe apparaît. Elle se conduit de la même façon lorsque nous sommes ensemble à un concert ou à un cocktail en ville. Cette femme tient à faire profil bas jusqu'à ce que notre mariage n'intéresse plus les médias.

— Et alors ? Tu ne cours pas après la célébrité, toi non plus.

— Tu ne m'aides pas beaucoup, grommela-t-il.

— Tu souhaitais entendre mon opinion. Je te la donne aussi honnêtement que possible.

— Oui, je sais. Tu suggères que je me rende à San Antonio pour m'expliquer avec ce type. Afin qu'il comprenne à qui il aurait affaire s'il lui venait l'idée de faire le malin.

— Ce que j'ai suggéré, c'est que nous y allions tous les deux, corrigea Alex.

— C'est mon problème ! Je le réglerai moi-même.

— Pour le moment, le résultat n'est pas brillant, excuse-moi.

Blake serrait les mâchoires, maîtrisant difficilement sa colère. Alex savait que son frère jumeau brûlait d'en découdre, d'intervenir personnellement dans cette affaire et de rendre coup pour coup.

— Au moins, les contacts de Jamison suivent tous les faits et gestes de ce Petrie, commenta-t-il.

— Je reçois des rapports quotidiens, en effet.

— Grace est-elle au courant ?

— Elle le sait.

Cette surveillance avait donné lieu à une discussion pénible entre eux. Grace lui avait rappelé que Petrie était un policier. Tôt ou tard, il finirait par remarquer qu'il était filé, et il remonterait facilement jusqu'à la source de cette surveillance. Ce à quoi

Blake avait répliqué que Jamison et ses collaborateurs étaient des professionnels eux aussi, et qu'ils sauraient agir en toute discrétion. Quoi qu'il advienne, il n'était pas question d'ignorer la menace potentielle que cet individu représentait pour eux.

Grace avait dû convenir qu'il avait raison sur ce point. A contrecœur, certes, mais elle l'avait fait. Néanmoins, qu'ils soient obligés de vivre avec cette ombre sinistre planant au-dessus de leurs têtes continuait à le mettre en rage. Il avait promis à son épouse qu'il n'affronterait pas Petrie sans en discuter d'abord avec elle. L'heure de cette discussion approchait à grands pas. En attendant, Grace et lui faisaient semblant de comprendre et d'accepter le point de vue de l'autre.

— Je crois comprendre que Grace a été le témoin direct de l'enfer que Petrie a fait subir à sa cousine, déclara Alex, abordant le sujet sous un autre angle. Ce que je ne comprends pas, c'est pourquoi elle a si peur de se défendre contre lui. Je ne connaissais pas très bien Anne, mais je connais Grace. J'ai l'impression qu'elle est beaucoup plus forte que ne l'était sa cousine.

— Plus forte et beaucoup plus têtue, convint Blake avec une grimace.

— Et nous sommes là pour lui prêter main-forte. Nous tous, car mère et Julie tiennent absolument à s'impliquer dans l'affaire. Et Dusty aussi.

— Justement, que se passe-t-il entre mère et ce Dusty ? Ces derniers temps, je trouve le vieux forban chez elle chaque fois que je lui rends visite.

— Ils se consultent mutuellement, répondit Alex, réprimant un sourire. Dusty est l'associé de Julie et le copropriétaire d'une filiale de Dalton International, et il préfère parler boutique avec une personne qui a prospecté les mêmes gisements de pétrole que lui.

— Seigneur ! s'exclama Blake en réprimant une grimace. Je ne vais pas te décrire l'image qui vient de me traverser l'esprit. Mais... je bois tout de même à leur santé, ajouta-t-il en levant son verre.

Les deux frères trinquèrent en souriant. Alex fit signe à la serveuse de leur apporter deux autres bières, avant de revenir à leur sujet principal :

— Grace doit tout de même comprendre qu'elle peut compter sur nous tous, que nous la défendrons contre cette larve de Petrie.

— Elle le comprend, répondit Blake d'un air sombre. Le problème, c'est qu'elle croit nous protéger. En tout cas, Molly et moi.

Son frère le dévisagea.

— Je parie que c'est ce qui te rend le plus furieux.

— A un point que tu n'imagines pas.

Il ne s'étendit pas sur les détails. Lorsqu'ils étaient enfants, c'était Alex qui se lançait le premier dans les bagarres, mais Blake était toujours là pour le protéger, comme lui le faisait en cas de besoin. Que son épouse ne le croie pas capable de la protéger devait le faire souffrir comme un écorché vif.

— Combien de temps vas-tu encore accepter de jouer selon ses règles ? s'enquit Alex d'une voix douce.

Relevant brusquement la tête, Blake répondit sans hésiter :

— Seulement jusqu'à la seconde où j'aurai le moindre soupçon d'un danger réel. Ensuite, les règles vont changer de façon radicale.

Grace était perchée sur l'un des tabourets de la cuisine lorsqu'elle entendit le bruit assourdi de la porte automatique du garage. Elle avait couché Molly à 19 h 30, et elle venait de s'accorder le plaisir divin d'un long bain aux huiles parfumées, évocatrices du soleil de la Provence et de ses immenses champs de lavande. Pieds nus, merveilleusement à l'aise dans un T-shirt noir et argent arborant le logo des San Antonio Spurs, elle avait passé un agréable moment blottie sur le sofa, à lire une biographie de Vincent Van Gogh. Puis elle avait décidé de s'accorder une portion généreuse de crème glacée double chocolat. Après toutes ces années faites de journées trépidantes dans la salle de classe et de soirées passées à corriger des copies, elle se délectait d'avoir le temps de lire pour le plaisir. Elle aimait encore davantage faire la lecture à Molly, ce qu'elle avait déjà commencé à expérimenter avant d'emménager dans cette maison qu'elle prenait tant de plaisir à meubler et à décorer.

A bien y réfléchir, elle vivait des jours parfaits. Et les nuits étaient tout aussi sublimes.

Elle avait dépassé sa colère et n'en voulait plus à Blake d'avoir demandé à son détective privé de fouiller le passé que sa cousine avait si désespérément tenté de fuir. Elle comprenait son raisonnement. Elle ne l'approuvait pas, mais elle le comprenait.

Malheureusement, une différence d'opinion sur un sujet aussi essentiel ne pouvait pas manquer d'affecter la relation qui se construisait encore entre eux. Elle créait une tension, un malaise léger mais persistant qu'ils s'efforçaient tous deux d'ignorer.

En dépit de tout cela, ils prenaient encore plaisir à découvrir de nouvelles facettes dans la personnalité de l'autre. Les petits tics, les gestes inconscients, les vieilles habitudes. Et, mieux encore, ils partageaient aussi la joie sans mélange de l'amour qu'ils portaient à Molly.

Et son cœur battait toujours la chamade lorsque Blake faisait son entrée dans une pièce.

Comme à ce moment précis. Elle fit pivoter son tabouret, serrant le bol de crème glacée entre ses mains et ressentit cette émotion familière alors que Blake entrait dans la cuisine par la porte donnant accès à l'office et au garage attenant. Il se déplaçait avec cette grâce naturelle qu'elle admirait tant, élégant comme à son habitude. Il s'était débarrassé de sa cravate, qui dépassait de la poche de son veston, et avait déboutonné son col de chemise. Cette nonchalance le rendait plus sexy encore. Ils étaient loin du stade où les conjoints s'embrassent distraitement le soir en rentrant et se demandent comment s'est passée leur journée. Elle doutait d'ailleurs sérieusement qu'ils en viennent là un jour, même si elle savait que la passion incandescente qui s'était allumée entre eux durant leur lune de miel pouvait être menacée un jour. Elle la sentait de nouveau brûler en elle, alors qu'il se plaçait entre ses genoux pour la serrer dans ses bras.

— Vous avez passé une bonne soirée avec vos clients japonais, Alex et toi ?

— Nous avons survécu, répondit-il, glissant une main derrière sa nuque.

Sa paume était tiède contre sa peau. Ses yeux bleus s'étaient assombris de désir et, lorsqu'il pencha la tête vers elle, Grace leva ses lèvres à la rencontre des siennes et ce baiser les laissa tous deux à bout de souffle.

— Cela a l'air délicieux, observa-t-il enfin, considérant la glace au chocolat d'un œil intéressé.

— Assieds-toi. Je vais t'en servir un bol.

— Je me contenterai de partager celui-ci avec toi.

— Tut-tut ! fit-elle d'un air faussement sévère. Dans ta liste de détails à noter pour l'avenir, tu ferais bien d'ajouter que je ne partage jamais ma glace au chocolat.

— J'en prends bonne note. Mais dans le cas présent, tu peux bien faire une exception, n'est-ce pas ?

Comme il était toujours campé entre ses jambes et qu'il ne semblait pas songer à s'en aller dans un avenir prévisible, elle céda à son caprice.

— D'accord. Tiens.

Il avala d'un seul coup la grosse cuillerée qu'elle lui tendait.

— Pas si vite ! se récria-t-elle. Tu vas geler à l'intérieur.

— Avec toi près de moi, aucune partie de mon corps ne risque de geler.

Il se rapprocha encore, l'obligeant à écarter les jambes, et releva l'ourlet de son T-shirt. Elle sentit presque aussitôt la pression de sa virilité à l'intérieur de ses cuisses.

— Blake ! gémit-elle alors qu'il empoignait fermement ses hanches. Je crois que nous ferions mieux de ralentir. Je ne peux pas...

— Attends.

Attendre ? Alors qu'il la saisissait par la taille et la soulevait sans effort pour la reposer assise sur le plan de travail ? Elle avait même oublié son bol de crème glacée jusqu'à ce qu'il le lui prenne des mains pour le reposer sur le comptoir de granit noir. La seconde suivante, son T-shirt passa comme par magie par-dessus sa tête. Puis il la débarrassa de sa culotte. Sa bouche, à présent, était juste devant la sienne, la boucle de sa ceinture pressait contre son ventre. Elle aurait dû se sentir totalement vulnérable, mais tout ce qu'elle ressentait, c'était un besoin urgent de le voir nu à son tour.

— Ta veste... ta chemise...

Il se dépouilla de son veston et de sa chemise à la vitesse de l'éclair mais il garda son pantalon. Glissant les doigts dans sa chevelure d'or pâle, il l'attira à lui et sa bouche vint s'emparer de la sienne.

Ce baiser était différent de tous les autres. Il était un peu plus appuyé, un peu plus dominateur, et, d'une étrange façon, plus contrôlé. Comme s'il savait qu'il la tenait à sa merci mais qu'il choisissait de ne pas user de son avantage. Pour le moment. Flottant dans une brume de désir, elle sentit que sa main venait se poser sur son sexe, et, tout à coup, elle se retrouva incapable de toute pensée cohérente.

Il ne lui fallut que quelques instants pour exploser dans un feu d'artifice de couleurs et de sensations, creusant les reins pour aller à la rencontre de ses caresses, la tête renversée en arrière dans les convulsions d'un fabuleux orgasme.

Blake la souleva alors, sans lui laisser le temps de reprendre son souffle, et l'emporta, encore pantelante de plaisir, jusque dans la chambre. Et, lorsqu'il ôta le reste de ses vêtements avant de la rejoindre sur le lit pour le dernier acte de leur duo d'amour, ses gestes étaient si doux, si tendres, qu'elle oublia aussitôt toutes leurs différences d'opinion.

Le sujet resurgit pourtant moins d'une semaine plus tard.

Cédant à la demande pressante de Delilah, qui désirait passer du temps avec sa petite-fille, elle avait attaché Molly sur son siège bébé et s'était mise en route pour la résidence de Nichols Hills, où elle avait reçu des instructions : celles de s'acheter une robe en vue de la grande soirée de charité que Delilah avait organisée pour le lendemain soir, où la présence de ses deux fils et de leurs épouses était requise.

— Je n'ai pas vraiment envie d'y aller, dit-elle, s'adressant au bébé qu'elle voyait dans son rétroviseur, gigotant joyeusement à l'arrière.

Cet instant de distraction l'obligea à freiner brutalement pour éviter un 4x4 noir au moment où elle sortait de l'allée de la résidence. Sa brève visite à Delilah n'avait rien fait pour calmer ses nerfs déjà éprouvés.

— Et pendant que vous êtes en ville, vous devriez en profiter pour passer chez la manucure, avait conseillé sa belle-mère tout en couvrant Molly de baisers. Et aussi chez le coiffeur.

— Ai-je l'air si mal en point ?

— Vous êtes ravissante, et vous le savez, avait répliqué la matriarche des Dalton en rivant son regard perçant sur elle. Pas tout à fait aussi rayonnante qu'à votre retour de Provence, bien sûr. Ne me dites pas que vous êtes déjà las l'un de l'autre sur le plan sexuel, avec Blake.

— Je n'ai rien dit de tel, avait répondu Grace d'un ton froid.

— Ne montez pas sur vos grands chevaux avec moi, ma petite. Si ce n'est pas le sexe, alors c'est cette affaire avec Jamison. Ecoutez, je n'aime pas me mêler de la vie de mes fils, mais...

Grace n'avait pu s'empêcher de pouffer de rire. Souriant malgré elle, Delilah avait marqué une pause, avant de poursuivre :

— D'accord, d'accord. Me mêler de la vie de mes fils est mon occupation favorite, mais j'étais persuadée vous étiez tombés d'accord sur le sujet.

— C'est le cas. Plus ou moins.

La vieille dame avait permis à Molly de jouer avec son bracelet de diamants tout en rivant de nouveau son regard sur Grace.

— Ce que j'ai à vous dire, je le dirai seulement une fois. Jamais plus je n'en soufflerai mot, je vous en fais le serment.

Pour Grace, cette affirmation était à peu près aussi crédible que l'idée que Delilah puisse renoncer à se mêler des affaires de ses deux fils. Lorsqu'elle s'emparait d'un sujet, cette femme ne le lâchait plus.

— Vous avez eu raison de respecter la promesse que vous aviez faite à votre cousine, avait déclaré sa belle-mère. Mais cette pauvre jeune femme n'est plus de ce monde, et aujourd'hui vous êtes mariée. Vous allez devoir décider envers qui vous devez vous montrer loyale.

Grace s'était figée, et ses yeux avaient lancé des éclairs, mais Delilah n'avait pas du tout été impressionnée.

— Allez, maintenant ! avait-elle ordonné d'un ton brusque. Faites du shopping, passez chez la manucure. Et, au nom du ciel, réfléchissez à ce que je viens de vous dire !

Grace n'avait pas décoléré durant tout le trajet jusqu'à l'élégante boutique que Julie et elle avaient découverte quelques mois plus tôt. Elle gara sa voiture dans un espace libre tout près de l'entrée et, coupant le moteur de la Jaguar, elle demeura un instant immobile sur son siège, serrant le volant si fort que ses jointures avaient blanchi.

Elle n'avait pas besoin que Delilah vienne lui donner des leçons de loyauté. Elle avait passé la moitié de sa vie et jusqu'au dernier sou de ses économies à protéger Anne de son sadique de mari. Il lui suffisait de fermer les yeux pour revoir sa cousine luttant contre la mort sur ce lit d'hôpital. La suppliant dans son dernier souffle d'emmener Molly chez son papa. Et surtout, surtout, de cacher son existence à Jack.

Mais, peut-être...

Protéger sa cousine était peut-être devenu comme une seconde nature chez elle. Peut-être devrait-elle faire davantage confiance à Blake. Son mari savait garder la tête froide dans toutes les tempêtes. Il était fort, extrêmement intelligent, et disposait de ressources au moins égales, sinon supérieures à celles de Jack Petrie. Et, plus important encore, il était le papa de Molly. Il étranglerait de ses propres mains quiconque tenterait de lui faire du mal.

Réprimant un gémissement, elle laissa retomber son front contre le volant. Elle désirait de toute son âme tenir la promesse qu'elle avait faite à sa cousine. Mais c'était devenu impossible. Delilah avait raison. Elle devait se libérer du poids du passé.

Molly et Blake étaient son avenir. Demandant silencieusement pardon à sa cousine, elle releva la tête et tira son téléphone de sa poche. L'assistant de son mari répondit à la seconde sonnerie.

— Bureau de Blake Dalton.

— Bonjour, Pat. Grace à l'appareil. Blake est-il disponible ?

— Bonjour, Grace. Désolée, mais il est en conférence avec une délégation du barreau des avocats de l'Etat. Vous savez, je suppose, qu'on lui en propose la présidence. Voulez-vous que j'aille l'informer que vous êtes en ligne ?

— Non. Dites-lui seulement... Dites-lui que je pensais à ma cousine, et... non, dites-lui seulement que j'ai appelé.

— Je n'y manquerai pas.

— Merci.

Grace coupa la communication avec le sentiment qu'il était maintenant trop tard pour reculer. Elle ne voulait pas reculer de toute façon. Sa vie était devant elle. Une vie avec Blake et Molly, débarrassée du spectre de Jack Petrie.

Elle voguait encore sur la crête de la vague de soulagement qui avait suivi sa décision lorsqu'elle ressortit de la boutique d'Helen Jasper, un peu plus tard. Helen avait une nouvelle fois prouvé son goût très sûr. Elle avait acheté toute la collection d'une jeune créatrice native de l'Oklahoma, certaine qu'elle allait faire grand bruit dans le monde de la mode. Grace avait choisi non seulement une robe de cocktail dans des tons vert tendre, mais deux petits hauts ornés de perles et un pantalon de soie bouffant, avec tous les accessoires appropriés. Elle avait demandé à Helen de lui faire un paquet des vêtements qu'elle portait en entrant dans la boutique, et elle se sentait prête à affronter l'automne dans un pantalon de lin cannelle, porté avec un haut assorti et une petite veste de soie orange qu'elle avait laissée déboutonnée, pour exhiber sa ceinture en imitation lézard aussi large que celle de Delilah mais un peu moins tape-à-l'œil.

Souriant d'avance à la réaction qu'aurait Blake en découvrant sa robe de cocktail au dos nu, qui ne couvrait pas non plus grand-chose côté face, elle ouvrit la portière de la Jaguar et jeta son sac à main sur le siège du passager. Elle s'apprêtait à ranger ses achats sur le siège arrière lorsqu'un gros 4x4 noir vint se garer dans l'espace près du sien. L'idiot qui le conduisait exécuta cette manœuvre si brusquement qu'elle dut refermer sa portière pour éviter l'accrochage. Dans ce geste, elle laissa tomber ses paquets, qui roulèrent sur le tapis de sol de la voiture. Lorsqu'elle se redressa, elle nota du coin de l'œil que l'autre conducteur était sorti de son véhicule, mais qu'il ne s'en était pas éloigné.

Un sentiment de malaise l'effleura. Il restait planté près de sa Jaguar. Trop près. Tous les articles qu'elle avait lus concernant la meilleure façon de se débarrasser d'un agresseur lui revinrent soudain à la mémoire. Elle n'en retint qu'un.

Glissant les clés entre ses doigts, elle serra le poing pour former un gantelet hérissé de pointes et commença à se retourner.

Elle n'en eut pas le temps. Elle ressentit un choc violent derrière son épaule, et l'univers disparut dans un brouillard rouge.

13

— Elle ne répond pas au téléphone.

Blake marchait de long en large dans le bureau de son frère, au vingtième étage de la tour de Dalton International. Les immenses baies vitrées offraient un panorama du centre-ville d'Oklahoma City très différent de celui qu'il voyait de son propre bureau, à l'autre bout du couloir. Mais, aujourd'hui, le spectacle du dôme du Capitole et des bateaux multicolores sur la rivière à ses pieds le laissait totalement indifférent.

— Je lui ai laissé trois messages. Le premier vers 10 h 30, et le dernier il y a moins d'une heure.

Il était seulement un peu après 14 heures, mais Alex comprenait l'inquiétude de son frère. Il avait vécu des heures d'angoisse lui-même, lorsque Julie était partie à la recherche de Dusty avec son téléphone portable déchargé, ce qui signifiait qu'il lui avait été impossible de la joindre pendant des heures.

— Mère ignore elle aussi où elle a bien pu aller ?

— Tout ce qu'elle a pu me dire, c'était que Grace comptait faire un peu de shopping. Et peut-être aussi passer chez le coiffeur et chez la manucure.

— Voilà qui réduit les possibilités, en tout cas, marmonna Alex, décrochant le téléphone sur sa table de travail. Je vais appeler Julie. Je me souviens de l'avoir entendue mentionner quelques fois une boutique qu'elles aiment beaucoup, avec Grace.

Par chance, il parvint à joindre son épouse au premier essai. Un peu à contrecœur, Julie avait décidé de cesser son activité de pilote agricole, de crainte que les hautes concentrations de produits chimiques n'affectent le bébé qu'Alex et elle avaient en projet. Ces jours-ci, elle formait son remplaçant, à qui incomberait désormais la difficile tâche de travailler avec Dusty.

Blake s'efforça de refouler son inquiétude tandis que son frère expliquait la situation à son épouse, puis notait deux numéros avant de promettre de la rappeler dès qu'ils auraient retrouvé la trace de Grace.

— Julie m'a conseillé d'essayer la boutique d'une femme du nom d'Helen Jasper, déclara Alex en composant le premier numéro. Il y a aussi un salon de manucure qui... Allô ? Madame Jasper ? Ici Alex Dalton.

Il écouta un instant, puis il sourit.

— Oui, très bien, merci. Mon frère aussi. C'est pour cette raison que je vous appelle. Nous avons besoin de contacter Grace, mais son téléphone ne semble pas fonctionner.. Elle avait l'intention de faire quelques achats, et Julie m'a suggéré d'appeler votre boutique.

Il tourna son regard vers Blake, avant d'ajouter :

— Ah bon ? D'accord. Merci beaucoup.

Blake se détendit un peu lorsque Alex l'informa que son épouse avait passé plusieurs heures en essayages et qu'elle avait laissé ce qui paraissait être une note conséquente.

— Elle est repartie un peu avant midi. Elle s'est peut-être arrêtée quelque part pour déjeuner tranquillement.

— Peut-être, convint Blake, sentant néanmoins son inquiétude revenir à la charge. Je l'imagine mal en train de s'attarder dans un restaurant sans nous appeler d'abord pour s'assurer que Molly va bien.

— Essayons le salon de manucure. Elle a peut-être...

Alex s'interrompit en fronçant les sourcils lorsque la porte de son bureau s'ouvrit. Pat, son assistante personnelle, lui lança un sourire d'excuse au moment où Delilah faisait son entrée dans la pièce, poussant le landau de Molly devant elle. Sans s'être fait annoncer, comme à son habitude. La matriarche du clan Dalton ne voyait pas la nécessité d'attendre qu'un subalterne lui donne la permission de parler à ses fils.

— Ton assistante m'a informée que je te trouverais ici avec Alex, dit-elle en arrêtant la poussette devant Blake.

Il eut à peine le temps de remarquer les hautes bottes de cavalière, les leggins noirs et la blouse couleur rouille serrée à la taille par une extravagante ceinture décorée de pendeloques, car Molly poussa un cri joyeux et lui tendit ses petits bras.

— Pa... pa !

Rayonnant de bonheur, il se pencha pour déboucler la ceinture de sécurité de la poussette, et il souleva le bébé dans ses bras pour respirer son odeur toujours changeante. Aujourd'hui, c'était un parfum de talc et de pêches mûres, auquel se mêlait une autre odeur, rappelant la levure, qu'il ne parvenait pas à identifier.

— Avez-vous des nouvelles de Grace ? s'enquit Delilah alors que Molly couvrait sa joue de baisers mouillés.

— Non, mais nous savons qu'elle a quitté sa boutique favorite il y a plus de deux heures.

— Comme je le disais, intervint Alex, elle s'est peut-être arrêtée en route pour déjeuner en prenant tout son temps.

— Elle ne ferait jamais cela, déclara Delilah d'un ton catégorique. Pas sans m'appeler d'abord pour prendre des nouvelles de Molly.

Blake sentit son sang se glacer. Sa mère venait de confirmer ses propres craintes.

— D'après Pat, elle t'avait laissé un message plus tôt, poursuivit-elle. N'a-t-elle donné aucune indication au sujet de ce qu'elle comptait faire durant le reste de la journée ?

— Elle me demandait seulement de la rappeler.

— C'est tout ?

— Non, répondit Blake, les mâchoires serrées. Constatant qu'elle ne répondait pas au téléphone, j'ai interrogé Pat, qui m'a appris que Grace avait d'abord suggéré qu'elle souhaitait me parler de sa cousine, puis qu'elle avait changé d'avis. Elle a demandé à Pat de m'informer simplement qu'elle avait téléphoné.

— Sa cousine ?

Malgré la distraction de la petite main de Molly qui giflait joyeusement sa joue, il ne manqua pas de remarquer une lueur de culpabilité dans le regard de sa mère.

— Saurais-tu quelque chose que j'ignore ? s'enquit-il d'un ton soupçonneux.

— Heu…

Pressentant un désastre, il plaça Molly dans les bras de son oncle et se tourna vers sa mère, plongeant son regard dans le sien.

— Dis-moi ce que tu as fait.

— Je n'ai rien fait, rétorqua-t-elle avec humeur. J'ai seulement suggéré à ma bru qu'elle devrait peut-être réfléchir envers qui elle devait se montrer loyale, envers sa cousine décédée ou sa famille, qui, elle, est bien vivante.

— Bon sang ! Je t'avais pourtant demandé de ne pas te mêler de cette affaire.

— Tu élèves une fille, toi aussi, répliqua-t-elle d'un ton exaspéré. A ce stade, tu devrais déjà savoir qu'en tant que parent tu disposes d'un droit inaliénable de te mêler des affaires de tes enfants, chaque fois que cela s'avère nécessaire.

Trop furieux pour répondre à cette attaque, il alla se planter face à la baie vitrée. Il savait parfaitement que Grace avait déjà réfléchi à son devoir de loyauté, qu'elle y réfléchissait constamment. Et que cette question la déchirait autant que lui.

S'était-elle lassée de la pression que lui-même et à présent Delilah avaient exercée sur elle ? Etait-ce pour cette raison qu'elle ne répondait pas à ses messages ? Avait-elle décidé qu'elle avait besoin de faire une pause loin des Dalton, mère et fils ?

Avait-elle tout simplement décidé de disparaître, comme Anne l'avait fait avant elle ?

Cette idée lui fit l'effet d'un coup de poignard en plein cœur. Mais il la repoussa presque aussitôt. Grace ne lui ferait jamais cela. Elle était trop honnête, trop intègre pour agir de la sorte. Ils s'étaient disputés au sujet de cette triste histoire, certes, mais elle savait qu'il l'aimait trop pour la laisser simplement disparaître de sa vie.

Mais le savait-elle vraiment ?

Fronçant les sourcils, il tenta de se souvenir s'il avait ou non prononcé ce mot particulier. Peut-être pas, mais il lui avait clairement exprimé son amour de mille façons. Le désir constant qu'elle éveillait en lui en était une meilleure preuve que tous les mots. Elle pouvait facilement deviner ses sentiments d'après ses actions.

Mais si elle ne répondait pas à ses messages, c'était peut-être pour une autre raison, et il entendait le vérifier tout de suite. Il sortit son téléphone et composa le numéro de Jamison.

— Blake Dalton à l'appareil. J'ai besoin de savoir où vous en êtes, dans l'affaire Petrie.

— J'ai reçu un rapport il y a une demi-heure, répondit le détective. Je m'apprêtais à vous l'envoyer par e-mail.

— Faites-moi un résumé.

— Attendez, je l'ai ici. Voilà. D'après mon contact à la police d'Etat, Petrie et son partenaire ont témoigné au tribunal hier matin. Ensuite, il a déclaré qu'il ne se sentait pas bien, qu'il devait couver un virus. Il est rentré chez lui pour le reste de la journée, et il a téléphoné ce matin pour prévenir qu'il ne viendrait pas travailler et qu'il avait rendez-vous chez le médecin. Mon équipe de surveillance signale qu'il a quitté son domicile en vêtements civils ce matin, à... exactement 6 h 15.

— N'est-ce pas un peu tôt pour un rendez-vous chez le médecin ?

— C'est aussi ce que j'ai pensé. J'ai demandé à mon gars de poursuivre la surveillance.

— Appelez-moi dès que...

Blake s'interrompit, effleuré d'une idée soudaine.

— Attendez un peu. Avez-vous dit que Petrie avait témoigné au tribunal, hier matin ?

— Oui, c'est cela. Une affaire de stupéfiants qui intéressait les fédéraux. Je peux vous donner tous les détails, si...

— Non, c'est inutile, coupa Blake. Dites-moi seulement dans quel tribunal l'affaire a été jugée.

— Bexar County, répondit le détective après une rapide vérification. La cour était présidée par le juge Honeywell.

Cela ne signifiait peut-être rien. Le juge Honeywell présidait une dizaine de procès chaque semaine. Mais il n'était pas impossible que Petrie ait pu glaner des informations au sujet de Grace auprès du juge ou de son assistante. Et cette idée lui serra l'estomac.

— Appelez votre associé à San Antonio. Demandez-lui de mettre tous les hommes disponibles sur cette affaire. Je veux savoir où se trouve Petrie à l'heure actuelle. Et je veux le savoir vite.

— Ce sera fait.

Blake rempocha son téléphone, et il s'apprêtait à expliquer la situation aux autres lorsque le portable d'Alex se mit à bourdonner. Son jumeau repositionna Molly dans ses bras et décrocha. Blake sentit son espoir revenir. C'était peut-être Pat qui redirigeait un appel de Grace vers le bureau de son frère. Cet espoir sombra instantanément lorsqu'il vit l'expression d'Alex, qui venait de lancer un rapide regard dans sa direction.

— Oui, merci de nous avoir appelés.

— Qui était-ce ? demanda Blake en se rapprochant avant même qu'il ait raccroché.

— C'était Helen Jasper, la propriétaire de la boutique où Grace a fait son shopping ce matin, répondit Alex d'un air sombre. En partant déjeuner, elle a reconnu la voiture de Grace garée près de sa boutique. Les sacs contenant ses achats étaient toujours sur les sièges, et son sac à main gisait sur le plancher.

Delilah ramena Molly chez elle tandis que ses fils partaient en trombe vers l'autre bout de la ville. Alex faisait fonction de navigateur et Blake tenait le volant, s'efforçant désespérément de se convaincre que Grace pouvait avoir eu mille raisons de laisser sa voiture garée à cet endroit. Mais aucune raison ne pouvait expliquer qu'elle ait laissé son sac à main bien visible à l'intérieur, pour tenter les voleurs.

— Voilà la boutique, dit Alex en désignant un alignement de vitrines dans un élégant ensemble commercial. Et voici la voiture de Grace.

Blake freina brutalement devant la Jaguar bleu sombre. Il avait une clé de secours de la Jaguar sur son trousseau. Il s'apprêtait à actionner la télécommande des portières lorsque Alex l'arrêta.

— Attends. Il pourrait y avoir des empreintes digitales, des fibres ou d'autres indices dans la voiture.

Comme du sang, par exemple. Mais il s'abstint de le préciser. C'était inutile.

— Es-tu certain de vouloir prendre le risque de contaminer la scène ? ajouta-t-il seulement.

— J'ai conduit cette voiture des douzaines de fois, répliqua Blake. Mes empreintes et mon ADN sont déjà partout, mais je ferai attention.

Il constata une seconde plus tard que les portières n'étaient pas verrouillées. Blake ouvrit précautionneusement celle du conducteur. Le siège pour bébé à l'arrière était vide, les jouets de Molly éparpillés tout autour. A l'avant, le siège du passager disparaissait sous un amoncellement de sacs. D'autres paquets avaient glissé sur le plancher de la voiture. Le sac à main de Grace gisait sur le tapis, bien en évidence, avec son smartphone dépassant de la poche latérale.

Les mâchoires serrées, il fit le tour de la voiture et déverrouilla le coffre. A son immense soulagement, il le trouva vide. Sans un mot, Alex lui tapota doucement l'épaule, et Blake comprit que lui aussi avait imaginé le pire. Mais bien sûr, ce coffre vide ne faisait que repousser temporairement le sinistre scénario.

— Je vais appeler Harkins, déclara Alex d'une voix tendue.

Phil Harkins était un ami, et aussi un procureur général extrêmement compétent. Alex avait déjà son téléphone en main lorsque son frère l'arrêta.

— Attends !

Il se pencha à l'intérieur du coffre et se redressa, tenant une feuille de papier pliée en deux. C'était un bref message, rédigé à l'encre noire, d'une écriture énergique :

« Tu m'as volé ma femme. J'ai pris la tienne. Si tu veux revoir cette garce en vie, je te conseille de t'arranger pour que cette histoire reste entre nous. Un grand ponte plein aux as comme toi ne devrait avoir aucun mal à nous retrouver. Nous t'attendons. »

Blake jura et tendit le message à Alex. Son frère le lisait encore lorsque son téléphone vibra. Le nom de Jamison s'affichait sur l'écran. Blake établit aussitôt la communication.

— Qu'avez-vous trouvé ?

— Petrie a quitté San Antonio à 7 h 10, à bord d'un vol direct à destination d'Oklahoma City. Il a atterri à 8 h 20, a récupéré un bagage, puis il a loué un 4x4 noir de marque Chevrolet au comptoir de la société Hertz. Un véhicule immatriculé en Oklahoma dont nous avons le numéro.

— Les véhicules de cette société ne sont-ils pas équipés d'un système de repérage par satellite ?

— C'est vrai, convint Jamison, mais Hertz a refusé de me donner accès à leur système.

— Je m'en occupe.

Il parcourut son répertoire et trouva le numéro de Phil Harkins. Par chance, celui-ci était dans son bureau.

— Bonjour, mon vieux, dit-il d'un ton jovial. Comment vont tes affaires ?

— J'ai besoin que tu me rendes un service, Phil. Sans me poser de questions.

— Vas-y, je t'écoute.

Dix interminables minutes plus tard, Harkins le rappela.

— Hertz vient de nous transmettre les informations du GPS de bord. Ton client a quitté l'aéroport et il s'est rendu dans ton quartier. Il a circulé dans ta rue. Il ne s'est pas arrêté, mais il a brusquement fait demi-tour à 9 h 54 et s'est rendu directement à Nichols Hills.

Il filait Grace, bien sûr.

— Il s'est arrêté en laissant tourner le moteur durant dix-huit minutes à cent mètres de la résidence de ta mère, poursuivait Harkins. Ensuite, il s'est mis en route vers le lieu où vous vous trouvez actuellement, et où il a attendu sans bouger durant presque deux heures.

Il surveillait la boutique d'Helen Jasper. Il guettait Grace.

— Tes hommes savent-ils où il se trouve à cet instant ?
— Oui. Il roule sur l'autoroute en direction du sud. Il est maintenant à cinq kilomètres de la frontière du Texas. Veux-tu que je demande à la patrouille autoroutière du Texas de l'intercepter ?

Blake ne pouvait pas courir ce risque. Petrie était l'un de leurs collègues. Il avait peut-être une radio avec lui, qui lui permettait d'écouter toutes leurs communications.

— Non, répondit-il. Inutile d'alerter la police d'Etat. Continuez simplement la surveillance à distance, et prévenez-moi s'il quitte l'autoroute. Nous allons prendre l'avion.

Alex avait composé le numéro du chef des opérations aériennes de Dalton International avant même que son frère n'ait raccroché.

— Quel appareil avons-nous prêt à décoller ?

Il écouta un instant, puis donna ses ordres d'un ton bref :

— Faites le plein du Skylane. Nous arrivons dans une quinzaine de minutes.

Blake se garda de le questionner sur son choix. La société disposait de jets d'affaires bien plus rapides, mais Alex pouvait poser le petit Skylane dans des pâturages si nécessaire.

Moins d'une demi-heure plus tard, ils avaient décollé. Alex poussa la vitesse de l'appareil au maximum et effectua un rapide calcul mental.

— Nous devrions les rattraper entre Austin et San Antonio... si c'est bien la destination de ce type.

Blake acquiesça d'un hochement de tête. Ses yeux protégés derrière des lunettes de soleil scrutaient le ruban de béton de l'autoroute, qui coupait tout droit à travers les collines et le damier des champs à leurs pieds.

Petrie était là, quelque part, trois cents mètres plus bas, dans un 4x4 Chevrolet noir, et il avait deux heures d'avance sur eux. Blake pouvait seulement espérer qu'il avait respecté sa part du marché et que Grace était assise, vivante et indemne, sur le siège voisin.

14

Grace changea de position sur le siège, réprimant une grimace lorsque le 4x4 rebondit sur une ornière. Ses mains étaient menottées dans son dos, et depuis qu'elle avait repris connaissance, une heure plus tôt, cette position était devenue une véritable torture.

Elle se tourna vers sa vitre, cherchant anxieusement un repère quelconque qui lui permettrait de deviner où ils se trouvaient. Mais elle ne voyait autour d'elle qu'une dense forêt de chênes rabougris et un maquis impénétrable. Refusant de se laisser aller au désespoir, elle se tourna de nouveau vers son ravisseur.

— Où allons-nous ? s'enquit-elle d'une voix soigneusement contrôlée.

Avec ses cheveux coupés court dans un style militaire, ses joues hâlées rasées de près, Jack Petrie avait tout de l'Américain ordinaire. Il détourna les yeux de la piste de terre devant eux pour lui adresser un sourire malveillant.

— Je te l'ai déjà dit. Tu le sauras lorsque nous serons arrivés. Et maintenant, cousine, à moins que tu ne veuilles me parler de ce riche salopard qui m'a volé ma femme...

Grace serra les mâchoires.

— Cela ne fait rien, cousine. Tu seras beaucoup plus bavarde, tout à l'heure. Et maintenant, tais-toi. Je ne veux pas rater le croisement.

C'était ainsi depuis que Grace était revenue à elle, nauséeuse et la tête douloureuse. Petrie avait refusé de lui révéler comment il l'avait retrouvée. Lorsqu'elle lui avait déclaré qu'il paierait cher ce kidnapping, il s'était contenté de lui sourire d'un air méprisant.

Elle savait déjà qu'il n'avait pas seulement l'intention de la kidnapper. Il était policier. Il ne laisserait aucun témoin derrière lui qui puisse l'identifier. Elle savait aussi qu'il comptait se servir d'elle comme d'un appât pour attirer Blake dans ses filets.

Elle s'était pourtant montrée si prudente ! Comment avait-il pu établir un rapport entre Blake et Anne ? *Non, pas Anne ! Hope !* Elle devait de nouveau penser à sa cousine en tant que Hope. Utiliser ce nom lorsqu'elle faisait référence à elle, sous peine de déclencher la rage qu'elle sentait bouillonner derrière la façade soigneusement contrôlée de Petrie.

Dix minutes plus tard, elle entrevit une surface d'eau bleue scintillante à travers le rideau des arbres. Peu de temps après, Petrie ralentit presque au pas, puis il s'engagea sans hésiter sur une piste étroite envahie de verdure, comme s'il connaissait parfaitement les lieux.

Les ronces éraflaient la carrosserie du 4x4 qui cahotait violemment dans les ornières, et chaque secousse provoquait de douloureux élancements dans les muscles de ses épaules. Elle faillit sangloter de soulagement lorsque la végétation devint moins dense et que la piste déboucha sur une vaste clairière descendant en pente douce jusqu'à la rive d'un lac.

Une cabane de pêcheur à la toiture en bardeaux de cèdre, dotée d'un petit porche rudimentaire, était construite presque au sommet de la pente, bien au-dessus du niveau des berges. Elle nota plusieurs constructions du même type, éparpillées entre les arbres le long de l'eau. La plupart semblaient inoccupées, portes et fenêtres protégées par des planches clouées. Aucune n'était assez près de toute façon pour qu'un occupant éventuel entende ses cris.

Petrie arrêta le 4x4 bien à l'écart de la piste, coupa le moteur et descendit. Laissant sa portière ouverte, il se pencha pour prendre un objet sur le plancher derrière son siège. Un étui à fusil qu'elle reconnut immédiatement. Il contenait une carabine de chasse de gros calibre qu'elle l'avait vu plus d'une fois nettoyer sur la table de sa cuisine.

A sa vue, elle se sentit terrifiée. Pas pour elle-même, mais pour Blake. Son mari allait se lancer à sa recherche, bien sûr. Et il finirait d'une façon ou d'une autre par la retrouver. Mais Petrie l'attendrait, tapi dans l'ombre, prêt à l'abattre.

Sa terreur augmenta encore lorsque Petrie sortit un pistolet automatique du vide-poches de sa portière. Ce n'était pas son arme de service. Elle avait vu assez souvent son arme réglementaire pour faire la différence. Il devait s'agir d'une arme confisquée à un dealer quelconque, dont on ne pourrait jamais remonter la piste.

Petrie vérifia le chargeur et glissa le pistolet dans sa ceinture, puis il ramassa le fusil qu'il avait posé contre la carrosserie. Le cœur battant à tout rompre, Grace le vit faire le tour du véhicule. Il ouvrit brutalement sa portière et détacha sa ceinture de sécurité.

— Allons-y.

Il la saisit par un bras et la tira brutalement à l'extérieur, ravivant la douleur dans ses épaules. Elle dut faire appel à toute sa volonté pour ne pas laisser échapper le moindre gémissement tandis qu'il la traînait en direction de la cabane.

Petrie trouva sans hésitation la clé dissimulée au-dessus de la porte et poussa Grace à l'intérieur. Une puanteur de vieille couverture moisie et d'appât de pêche flottait dans l'air. Réprimant une grimace, elle parcourut l'unique pièce du regard. Des lits superposés occupaient tout un mur. Une table de planches grossières, un sofa défoncé et un fauteuil hors d'âge occupaient le reste de l'espace. La cuisine consistait en un comptoir de planches équipé d'un évier ébréché, d'une plaque électrique et d'un petit réfrigérateur. Au fond de la pièce, une porte aux gonds à demi arrachés laissait entrevoir une salle de bains de la taille d'un petit placard.

— C'est gentil, chez toi, commenta-t-elle en plissant le nez.
— Cette cabane appartient à l'un de mes amis, qui m'invite ici de temps en temps pour pêcher et boire de la bière, cousine. Je sais qu'elle doit choquer la sensibilité d'une personne aussi raffinée que toi, mais elle sera parfaite pour ce que j'ai à faire.

— Arrête de m'appeler ainsi, espèce de larve. Dieu merci, toi et moi ne sommes pas de la même famille.

— J'ai toujours adoré ton petit côté fougueux, dit-il en la toisant avec un sourire malsain. Je vais peut-être devoir te dresser, comme je l'ai fait avec Hope.

— Je ne parierais pas là-dessus, si j'étais toi.

— Nous verrons si tu fais encore la maligne lorsque j'en aurai fini avec toi.

Il la traîna à travers la pièce et la fit pivoter brutalement face aux lits superposés. Elle sentit qu'il ouvrait la menotte qui enserrait son poignet gauche, et son bras endolori retomba aussitôt. Elle savait qu'elle ne disposait que de quelques secondes pour se retourner et lutter pour sa liberté, mais, avant qu'elle puisse esquisser le moindre geste, elle entendit le déclic de la menotte se refermant sur le montant métallique des lits superposés.

— Mets-toi à l'aise, cousine. Je crois que nous avons un peu de temps devant nous, avant que la fête commence.

Calmement, sans se presser, il posa l'étui de cuir sur la table, tira la fermeture à glissière et entreprit méthodiquement de remonter sa carabine de chasse.

Elle l'observa en silence. Ses bras pendaient, inutiles, à ses côtés, comme s'ils s'étaient définitivement séparés de ses épaules endolories. Lorsque son sang recommença à circuler, elle se pencha aussi loin que sa main menottée le lui permettait et déroula le matelas sur le sommier du lit inférieur.

— Très bien, Jack, dit-elle en s'asseyant sur ce grabat. Tu peux tout me dire, maintenant. Je sais que tu brûles de m'expliquer comment tu m'as retrouvée.

— Comment je t'ai retrouvée, cousine ? Ou comment j'ai retrouvé ma traînée de femme et le riche abruti que tu as épousé ?

— Les deux.

— Cela n'a pas été facile, reconnut-il en remontant la culasse de la carabine avec un claquement sec. Je n'ai jamais cessé mes recherches, depuis le jour où Hope m'a plaqué. J'ai étudié les registres officiels, j'ai appelé mes contacts dans les diverses forces de police, mais c'est seulement lorsque ta licence de mariage est apparue dans la base de données de l'administration du Texas que j'ai tenu ma première piste sérieuse. J'ai appris que le juge Honeywell vous avait mariés, et j'ai fait un brin de cour à son assistante. Elle s'extasiait de voir quel beau couple vous faisiez, et elle m'a raconté que le juge était un ami de longue date des Dalton. En quittant le palais de justice, je suis rentré directement chez moi et j'ai allumé mon ordinateur.

Il releva les yeux vers elle avant d'ajouter, souriant d'un air moqueur :

— J'ai trouvé des tas d'articles au sujet des Dalton d'Oklahoma City, mais on n'y parlait jamais de toi. J'en ai déduit alors que tu faisais profil bas, et que tu avais sans doute de bonnes raisons pour cela. J'ai donc décidé de continuer à creuser, et c'est alors que j'ai trouvé une requête, enregistrée auprès des autorités de l'Oklahoma, pour établir la paternité de l'enfant nommée Margaret, « Molly » Dalton.

Son sourire devint dur, cruel, et il poursuivit :

— Alors, tu vois, cousine, j'ai passé quelques coups de fil, et j'ai appris qu'une femme correspondant à ta description était apparue chez la maman des Dalton pratiquement le même jour que l'enfant. Je savais que cette gosse n'était pas la tienne. Je t'avais surveillée de trop près. Dès lors, il ne pouvait y avoir qu'une seule explication à ta décision de prendre un congé sans solde pour accepter un emploi de nounou.

Il avait laissé tomber son masque, donnant libre cours à la rage insensée qui bouillonnait en lui, et il ajouta d'une voix grinçante :

— La petite peste est la fille de Hope, n'est-ce pas ? Ma traînée de femme a eu un gosse de ce Dalton, et la noble, la dévouée cousine Grace est accourue pour la sauver, comme elle l'a toujours fait.

— Jack...

— La ferme ! Ne crois pas pouvoir t'en tirer en me racontant des mensonges. L'extrait de naissance de la gamine était joint à la requête en paternité. Inutile d'être un génie pour relier sa naissance à un certificat de décès enregistré par le même tribunal de Californie.

Il se leva brusquement, le visage déformé par la rage. Elle

s'efforça de ne pas trembler alors qu'il traversait la pièce dans sa direction.

— Elle est morte là-bas ! hurla-t-il. Ma femme est morte et tu ne m'as même pas laissé l'enterrer !

— Jack, s'il te plaît...

— La ferme !

La gifle s'abattit sur sa joue, et sa tête, projetée en arrière, heurta le montant métallique des lits superposés. Un goût de sang dans la bouche, la vue brouillée, Grace s'efforça de reprendre ses esprits.

— Tu vas payer pour ce que tu as fait, garce. Et ce Dalton aussi.

Sur cette promesse implacable, Petrie retourna jusqu'à la table et ramassa la carabine. Puis il sortit en claquant la porte derrière lui.

La tête tourbillonnante, la joue douloureuse, Grace s'affala un instant contre le montant métallique, puis, rassemblant tout son courage, elle s'efforça de réfléchir. La cabane était construite sur une élévation de terrain qui offrait une vue parfaite sur un seul chemin conduisant à la clairière. Toute personne arrivant par bateau serait pareillement exposée. Grace ne pouvait pas simplement attendre que Petrie abatte Blake. Elle devait agir.

Prenant une profonde inspiration, elle examina le lit supérieur. Le matelas roulé révélait un sommier de ressorts d'acier tendus sur un cadre rectangulaire. Mais, au second regard, elle remarqua que ce cadre n'était pas boulonné. Si elle parvenait à le soulever hors des montants...

Pour la première fois depuis qu'elle avait repris connaissance, elle entrevit une lueur d'espoir.

Elle pourrait soulever le cadre hors de l'un de ses supports, faire glisser la menotte le long du montant...

Elle s'allongea sur le matelas moisi, tendant l'oreille pour s'assurer que Petrie ne revenait pas, mais elle n'entendit que les battements affolés de son propre cœur. Sans cesser de surveiller la porte, elle leva les jambes pour appuyer ses pieds contre un coin du sommier et poussa de toutes ses forces.

Rien ne se produisit. Les mâchoires serrées, elle exerça une nouvelle poussée. Il y eut un grincement de métal rouillé, et le cadre se souleva de quelques millimètres. Gémissant sous l'effort, Grace banda de nouveau ses muscles, et le cadre métallique faillit sortir de ses montants. Au même moment, elle entendit la porte s'ouvrir, et elle laissa précipitamment retomber ses jambes.

— J'avais quelques détecteurs de présence à installer, l'informa Petrie en faisant son entrée dans la pièce.

Avec une nonchalance brutale, il déposa un gadget électronique équipé d'une batterie sur la table, avant d'ajouter :

— Nous ne voudrions tout de même pas que ton mari débarque à l'improviste, n'est-ce pas ? Et maintenant, il ne nous reste plus qu'à attendre.

Grace, pas plus que Petrie, ne pouvait deviner que ces gadgets high-tech travailleraient contre lui, pas pour lui.

Elle demeura allongée pendant ce qui lui sembla être des heures, en proie à la terreur, priant tour à tour pour que la boîte noire ne fonctionne pas ou pour qu'elle sonne et annonce l'arrivée d'une équipe complète des forces spéciales. Lorsqu'elle se mit à tinter bruyamment, son cœur cessa de battre.

Ensuite, tout se précipita. Petrie ramassa la carabine et se rua vers la porte. Il la laissa ouverte, et Grace le vit se dissimuler derrière l'un des piliers du porche et épauler son arme. Affolée, elle releva les jambes pour exercer une nouvelle poussée sur le cadre du lit supérieur.

— C'est vous, Dalton ?

— Oui, c'est moi, répondit la voix de Blake au moment où le coin du cadre métallique se détachait du montant. Je vais entrer.

Le coin du sommier s'affaissa, et ses bords coupants faillirent la heurter au visage. Par chance, Petrie était concentré sur la silhouette qui montait la pente herbeuse, et il ne se retourna pas. La respiration haletante, en proie à la terreur et au désespoir, elle fit alors glisser le bracelet d'acier le long du montant et dégagea ses menottes sans faire le moindre bruit. Elles brinqueballaient désormais à son autre poignet, tandis qu'elle cherchait frénétiquement un objet qui puisse lui servir d'arme lorsqu'elle entendit Petrie lancer d'une voix rude :

— Stop ! Pas un pas de plus !

Elle apercevait Blake, à présent. Il était désarmé, et suffisamment près pour que la balle d'une puissante carabine de chasse lui transperce le cœur.

— J'ai un compte à régler avec vous, Dalton. Mais je crois que je vais prendre tout mon temps. Je vais peut-être commencer par vous coller une balle dans le genou.

— Faites ce qu'il vous plaira, Petrie, mais libérez d'abord mon épouse.

— Je ne crois pas, mon gars. Elle est aussi coupable que...

Le détecteur de présence sonna de nouveau, et il se figea, avant de tourner instinctivement la tête vers le boîtier de contrôle resté sur la table. Grace sut qu'elle n'aurait pas de meilleure opportunité. Elle s'empara d'une canne à lancer de pêcheur, la seule arme offensive à sa disposition, et, se ruant vers la porte, elle la leva pour frapper son tortionnaire au visage de toutes ses forces.

— Ordure !

Le bras de Petrie se détendit violemment, l'atteignant de plein fouet, la faisant rouler à terre. Dans un éclair, elle vit Blake bondir et plaquer violemment Petrie au sol. Grace se redressait sur un coude, la tête tourbillonnante, lorsqu'une seconde silhouette jaillit du côté opposé de la clairière pour se ruer vers la cabane.

Alex la dépassa en courant alors qu'elle se remettait péniblement debout. Blake n'avait pas réellement besoin de l'aide de son frère. Il avait cloué Petrie au sol et lui martelait furieusement le visage de ses poings.

Dans un coin embrumé de son esprit, elle se demanda comment un avocat pouvait avoir eu si facilement raison d'un policier hautement entraîné. Puis elle se remémora les récits que lui avait faits Delilah de l'enfance des deux frères, dans l'univers rude des champs pétroliers de l'Oklahoma.

Alex crut bon d'intervenir enfin. Il saisit le bras de son frère et l'écarta fermement de Petrie, à présent méconnaissable.

— Ça suffit. Tu vas le tuer.

— Il... il a une autre arme, intervint Grace, luttant pour reprendre sa respiration. Un pistolet glissé dans sa ceinture, dans son dos.

Blake fit rouler Petrie sur le côté et, s'emparant du pistolet, releva le cran de sûreté d'un geste expert, avant de passer l'arme à son frère.

— Si ce crétin essaie de se mettre debout, flanque-lui une balle dans la tête.

L'instant suivant, il était à son côté, et une lueur sauvage brilla dans ses yeux d'azur lorsqu'il découvrit l'hématome qui se formait sur sa joue, à l'endroit où Petrie l'avait frappée.

— Je vais bien, assura-t-elle avant qu'il ne se rue de nouveau sur son ennemi à terre pour lui infliger une seconde punition. J'ai seulement eu très peur.

— Moi aussi, avoua-t-il d'une voix rauque, effleurant sa joue indemne d'une caresse. J'étais terrifié à l'idée que nous puissions arriver trop tard.

Elle ne lui demanda pas comment il l'avait retrouvée. De tels détails n'avaient aucune importance à cet instant. Elle avait seulement besoin de se blottir contre son grand corps vigoureux, de se perdre dans sa tendresse.

— Je ne t'ai jamais dit que je t'aimais, déclara-t-il d'un ton grave, plongeant son regard au fond du sien. Cette idée m'a torturé à chaque seconde pendant que nous te recherchions.

— Tu es là maintenant, répliqua-t-elle avec un sourire tremblant. Alors...

— Je t'aime, Grace, murmura-t-il. Je regrette seulement qu'il m'ait fallu être à deux doigts de te perdre pour comprendre combien je tiens à toi. J'espère que tu me pardonneras un jour.

— Je t'ai déjà pardonné.

Se haussant sur la pointe des pieds, elle effleura ses lèvres d'un baiser très prudent.

— Je t'aime aussi, murmura-t-elle, mettant tout son cœur dans ces simples paroles. Je n'imagine même pas ma vie sans toi. A présent, ramène-moi à la maison. Nous allons panser nos plaies et recommencer notre mariage depuis le début.

Épilogue

Delilah avait insisté pour célébrer le premier anniversaire de sa petite-fille avec la flamboyance qui lui était habituelle et son caractéristique sens du panache. Comme elle était l'une des plus généreuses contributrices au budget du zoo d'Oklahoma City, c'était dans ce cadre qu'elle avait choisi d'organiser cet important événement et, à cet effet, elle avait mobilisé tout son personnel.

Sa secrétaire personnelle avait dressé une liste d'invités qui incluait cinquante de ses plus proches amis — tous de potentiels généreux donateurs pour le projet de pavillon d'oiseaux exotiques qui était sa toute nouvelle cause — ainsi que tous les enfants de la ville enrôlés dans le programme de sports paralympiques.

Louis, son imperturbable majordome, se chargea du dessin des cartes d'invitation, représentant un perroquet aux couleurs éclatantes. Son chef cuisinier avait confectionné un gâteau à six étages décoré sur le thème de la jungle, mais il avait gracieusement consenti à ce qu'un traiteur prenne en charge le reste du menu.

Naturellement, Delilah avait aussi requis les services de ses belles-filles pour l'organisation de la soirée. La matriarche du clan Dalton avait balayé d'un revers de main négligent le fait que les nouvelles responsabilités de Julie en tant que directrice des opérations aériennes de Dalton International faisaient d'elle une femme très occupée. Elle trouverait bien le temps, puisqu'il s'agissait de préparer un événement unique dans une vie. Et cela s'appliquait aussi à Blake et à Alex. Grace, qui avait repoussé d'une année ou deux le moment de reprendre son travail d'enseignante, s'était impliquée dans la préparation de l'événement depuis les tout premiers stades.

Puis le grand jour arriva enfin. Delilah avait assigné à ses belles-filles la tâche d'accueillir les invités et de distribuer les sacs cadeaux contenant des casquettes à visière en forme de bec, des sifflets et des marshmallows jaunes, moulés en forme de canaris. Alex reçut pour mission de trouver des conducteurs pour les voiturettes de golf qui serviraient à promener les enfants ayant des difficultés à marcher. Blake assisterait le spécialiste des sports paralympiques qui avait été recruté pour organiser des jeux compatibles avec les divers niveaux de handicap des enfants. Dusty Jones et d'autres bénévoles de Dalton International tenaient les stands offrant de la limonade, du pop-corn et de la barbe à papa, dressés çà et là dans l'enceinte du zoo.

Même Molly avait participé. Elle s'était énormément amusée à pousser un gros ballon de plage multicolore en compagnie d'autres bébés dans le parc qui leur était réservé. Et elle avait aussi serré plusieurs d'entre eux dans ses bras, pour les couvrir de baisers humides, refusant ensuite de les relâcher.

— Elle est au stade des bisous, s'excusa Grace en libérant le garçon de trois ans au visage écarlate qu'elle retenait prisonnier. Allons, viens, Molly. Il est temps de souffler ta bougie et de découper le gâteau.

Molly se précipita dans ses bras, et Grace sentit son cœur se serrer. Elle reconnaissait chaque jour davantage sa cousine dans le bébé. Pas la femme nerveuse et craintive que Hope était devenue, mais la petite fille heureuse et gaie avec qui elle avait patiné, sauté à la corde et joué à la marelle. Les yeux brûlants de larmes contenues, elle resta là un moment, avec Molly qui gigotait contre sa poitrine, entourée de bruits d'oiseaux et d'un joyeux chaos.

Oh ! Hope ! Elle est si brillante et si belle ! Exactement comme toi.

Puis elle aperçut son mari qui se frayait un chemin à travers la foule, portant sur ses épaules un tout petit garçon souriant, aux jambes équipées d'attelles orthopédiques. Lorsqu'ils rejoignirent sa maman, Blake se pencha afin qu'elle puisse le reprendre dans ses bras, puis il s'arrêta pour bavarder un moment avec elle.

Grace sentit son cœur se serrer une nouvelle fois. Sa vie pourrait-elle jamais être mieux remplie qu'elle ne l'était à cet instant ? Son cœur pourrait-il y résister ? Cet homme si doux, si prévenant, si incroyablement sexy, avait pris possession de chaque parcelle de son être. Lui, Molly et le bébé qui avait commencé à se former dans son ventre. Elle n'avait jamais osé rêver d'un bonheur aussi complet.

Elle éprouva une seconde de panique lorsque Molly se tortilla dans ses bras en poussant un cri joyeux et faillit lui échapper.

— Papa !

Par bonheur, l'expérience lui avait appris à tenir fermement les petites jambes potelées quoi qu'il advienne. Suspendue tête en bas, riant de sa bonne farce, Molly ne semblait pas du tout inquiète lorsque son papa se précipita pour la relever.

— Tu es contente de toi, n'est-ce pas ? murmura-t-il en l'installant confortablement sur un bras pour enlacer Grace de l'autre.

— Papa ! répondit Molly, qui manquait encore de vocabulaire.

— Mère vient de m'envoyer un message qui m'ordonnait d'être présent à la découpe du gâteau, expliqua-t-il en se tournant vers elle.

— A moi aussi. Je crois que nous ferions mieux d'obtempérer.

Ils rencontrèrent Alex et Julie au détour de l'allée qui menait au pavillon aviaire. Molly manifesta une joie délirante en reconnaissant son oncle, et lui tendit ses petits bras d'un geste impérieux. Blake la confia obligeamment à Alex, et les deux frères prirent le chemin des tables surchargées de mets délicieux. Julie et Grace les suivirent, bras dessus bras dessous.

— Quand comptes-tu annoncer à Delilah que tu es enceinte ?

— Nous avons pensé que le moment idéal, ce serait à la fin de cette soirée. Elle sera trop fatiguée pour se ruer immédiatement chez nous afin de redécorer la nurserie.

— Je ne compterais pas trop là-dessus, si j'étais toi.

La jeune pilote à la crinière auburn hésita un instant, un sourire mélancolique dans ses étonnants yeux vairons, avant d'ajouter :

— Je suis un peu gênée de t'obliger à partager la vedette, mais... c'est-à-dire... je...

— Julie ! s'écria Grace. Toi aussi ?

— Oui, moi aussi, à moins que le test de grossesse que j'ai utilisé ce matin n'ait un défaut de fabrication.

— Oh ! mon Dieu ! C'est merveilleux ! Delilah va être obligée de diviser son énergie entre nous deux !

— Je savais que tu ne manquerais pas de te réjouir de ce petit réconfort, répondit Julie en riant. Moi, en tout cas, je trouve certainement cette perspective rassurante.

Elles attendirent que le dernier invité soit parti pour annoncer la grande nouvelle à leur belle-mère. La famille était rassemblée pour reprendre son souffle avant d'aider les équipes de nettoyage à faire disparaître les reliefs de la fête. Molly dormait à poings fermés dans sa poussette, entre Grace et Blake. Alex était assis près de Julie, à l'une des tables, ses longues jambes nonchalamment étendues devant lui. Delilah, qui s'était écroulée sur une chaise pliante, soupira d'aise lorsque Dusty repoussa son vieux Stetson sur sa nuque, vint se placer derrière elle et entreprit de lui masser les épaules. Elle avait les traits tirés de fatigue, mais elle s'efforça bravement de sourire, parcourant du regard le tapis de ballons dégonflés et de confettis en forme d'animaux qui jonchait le sol.

— La soirée a été un succès, vous ne croyez pas ?

— Je dirais que oui, répondit Alex en s'étirant paresseusement. Combien de promesses de dons as-tu extorquées à tes amis ?

— Un peu plus de cent mille dollars, précisa-t-elle avec un sourire satisfait. Ils ne pouvaient pas refuser, surtout quand je leur ai annoncé que mes fils attribueraient une somme égale, au dollar près, au total de tous les dons.

Ni l'un ni l'autre de ses fils ne sursauta à cette razzia opérée dans leur portefeuille.

— Une moitié de cette somme sera dédiée au développement des sports paralympiques, poursuivit Delilah, fermant les yeux de bonheur sous les mains expertes de Dusty. L'autre moitié servira à financer le nouveau pavillon aviaire. Le directeur du zoo est ravi.

Grace et Julie échangèrent un regard, d'abord entre elles, puis avec leurs maris respectifs. Blake fut le premier à saisir le signal.

— Grace et moi nous avons aussi une excitante nouvelle à t'annoncer.

Delilah se leva d'un bond, et ses yeux bleus vinrent se river dans ceux de Grace.

— Je le savais ! Vous êtes enceinte ! Je savais bien que ce n'était pas la grippe qui vous avait fait rendre votre petit déjeuner, la semaine dernière.

La matriarche tourna alors son regard inquisiteur vers Julie.

— Et vous ? Je me suis dit que vous deviez avoir une bonne raison pour renoncer à travailler au contact des produits chimiques, il y a six mois. Vous ne songeriez pas à devenir parents, vous aussi ?

— Nous ne faisons pas que l'envisager, reconnut Julie. J'attends déjà un bébé.

— Hourra !

Le cri de joie de Dusty avait réveillé Molly. Elle esquissa une moue, battit des cils à plusieurs reprises, puis se rendormit aussitôt, alors que le vieux pilote agricole dansait une gigue joyeuse.

— Je vais être trois fois grand-père ! s'exclama-t-il. Et pas seulement honoraire !

Sous ses sourcils broussailleux, ses yeux se tournèrent alors vers Delilah.

— Je suppose, ma petite Delilah, que le moment est assez bien choisi pour leur annoncer notre nouvelle.

— Je crois que oui.

Le bracelet de saphirs qu'elle portait toujours à son poignet jeta mille feux dans la lumière, alors qu'elle posait sa main dans la paume calleuse que Dusty lui tendait. Elle n'eut toutefois pas besoin d'entrer dans les détails, car ses deux fils et leurs épouses s'étaient déjà levés avec un ensemble parfait.

— Il était grand temps que tu transformes Dusty en honnête

homme, constata Alex avec un grand sourire, lui prenant les mains pour la lever de sa chaise et la serrer dans ses bras.

Une seconde plus tard, il laissa sa place à Blake, qui exprima les mêmes sentiments :

— Nous nous demandions tous quand vous vous décideriez enfin à sortir du placard, tous les deux.

Au grand ébahissement de toute la compagnie, Delilah rosit comme une jeune fille, et Julie se précipita pour la serrer dans ses bras. Dusty rayonnait de bonheur, lui aussi.

— Je suis si heureuse pour vous deux ! s'exclama Julie en riant. Si quelqu'un peut guérir ce vieux forban de sa passion pour les casinos, c'est bien vous !

Grace attendit son tour, le cœur rempli d'un tel bonheur que cela en était presque douloureux. Elle avait promis à Hope qu'elle ramènerait Molly à son papa, et qu'elle veillerait à ce qu'elle reçoive tout l'amour auquel elle avait droit.

J'ai réussi, Hope. Elle est infiniment aimée.

Et Grace l'était aussi.

RESTEZ CONNECTÉ AVEC HARLEQUIN

Harlequin vous offre un large choix de littérature sentimentale !

Sélectionnez votre style parmi toutes les idées de lecture proposées !

 www.harlequin.fr   **L'application Harlequin**

- **Découvrez** toutes nos actualités, exclusivités, promotions, parutions à venir...

- **Partagez** vos avis sur vos dernières lectures...

- **Lisez** gratuitement en ligne

- **Retrouvez** vos abonnements, vos romans dédicacés, vos livres et vos ebooks en précommande...

- Des **ebooks gratuits** inclus dans l'application

- **+ de 50 nouveautés tous les mois !**

- Des **petits prix** toute l'année

- Une **facilité de lecture** en un clic hors connexion

- Et plein d'autres avantages...

Téléchargez notre application gratuitement

SUIVEZ-NOUS !   facebook.com/HarlequinFrance
twitter.com/harlequinfrance